인간 탐구

HOTEL

for Drama

◦◦◦

HOTEL -인간 탐구

1판 1쇄 발행   2025년 11월 5일

지은이   조연경
발행인   이선우
펴낸곳   도서출판 선우미디어
　　　　　등록 | 1997. 8. 7 제305-2014-000020
　　　　　02643 서울시 동대문구 장한로 12길 40, 101동 203호
　　　　　☎ 2272-3351, 3352 팩스: 2272-5540
　　　　　sunwoome@hanmail.net
　　　　　Printed in Korea ⓒ 2025. 조연경

값 15,000원

ISBN 978-89-5658-807-0 03810

인간 탐구

HOTEL

조연경

선우미디어 sunwoomedia

인간 탐구

HOTEL

[1]

모두 퇴근한 고려호텔 구내식당에서 숙자는 분주하다. 소미에게 줄
저녁 도시락과 각종 밑반찬을 만드느라 콧등에 땀까지 송골송골 맺혀
있다. 특히 소미가 좋아하는 멸치 꽈리고추 볶음에는 고소한 깨와 함께
정성도 아낌없이 쏟아붓는다. 참 신기하지, 정성이 들어갔냐 안 들어갔
냐는 그 음식을 먹는 사람이 귀신같이 알아챈다. 본능이 정직한 건 무섭
다. 하지만 세상에 속일 수 없는 것도 존재해야 하지 않겠는가? 딸 넷에
막내로 아들을 본 소미의 어머니는 오직 아들, 조금 선심 쓴 게 남동생을
보게 한 넷째 딸이다. 시장에서 신발가게를 하는 소미 어머니는 돈 벌기
에 바빠서 아들만 살뜰히 챙기고 다른 자식들은 방목했다. '지 팔자 지가
타고난다.' 이 말은 소미 어머니에게 개운한 자유를 선사했다. 재래시장
에서 사 온 싸늘하게 식고 딱딱한 반찬들을 먹으며 자란 소미를 정갈하
고 맛난 반찬으로 공략하기는 그리 어렵지 않았다. 자신의 인생을 아들
에게 걸고 다른 자식들에게는 무관심한 소미 어머니 그리고 있는지 없는
지 항상 밖으로 나돌며 보물찾기를 오직 밖에서만 하는 소미 아버지에게

감사할 일이다. 외롭고 서럽게 자란 사람은 조금만 잘해줘도 감동한다. 자신의 약점을 알아도 어쩔 수 없다는 심정으로 산다. 그만큼 따뜻한 관심이 절실하다. 그건 고아원에서 자란 숙자도 마찬가지다. 다만 소미보다 오래 살아서 터득한 지혜가 있을 뿐이다. 여우처럼 간교한 지혜라 해도 아니 오히려 그래서 험한 세상 방패막이를 잘해 주었다.

"이모."

소미가 환하게 웃으며 식당 안으로 들어왔다.

"어서 와. 오늘 힘들었지? 어서 앉아."

"와, 맛있겠다."

"천천히 꼭꼭 씹어 먹어. 여기 차돌박이 된장찌개 먹어봐. 달래 넣어서 향이 좋아."

"아, 정말 행복해. 입 안으로 봄이 훅 들어 온 것 같아. 이 달래향 어쩔 거야?"

소미는 몸을 흔들며 웃었다.

"보온 통에 된장찌개 넣어놨어. 집에 가서 바로 냄비에 붓고 한번 끓여놔."

"이모, 나 이모 딸 벨라지아 만나면 무조건 안아줄 거야. 넌 나의 은인이라고, 네 덕분에 이모 생겼다고."

"걔 얘긴 하지 마."

"이모, 화 풀어. 그래 봐야 이모만 힘들어져. 상황은 안 변해. 쿨하게 받아들여."

숙자는 결혼하지 않았다. 벨라지아는 소미와 친해지기 위해서 숙자가 만든 가공의 딸이다.

—일찍 남편과 사별하고, 딸 하나 희망으로 삼고 정성껏 키웠는데 유

학 가서 독일 남자와 눈이 맞아서 지들끼리 결혼했다. 독일 남자는 12살이나 많고 결혼 경험이 있다. 아버지 정이 그리워서 그런 선택을 한 것 같아서 죽은 남편 멱살이라도 잡고 싶은 심정이다. 그런데 소미를 보고 너무 놀랐다. 딸과 똑 닮아서 그래서 무조건 잘해 주고 싶었다. 잘못은 저질렀지만 보고 싶은 마음은 시퍼렇게 살아 있어서 괴로웠는데 소미 덕분에 해소되고 있어서 너무 고맙다. 이모라고 불러라.—

이렇게 숙자는 회장 비서실에 있는 소미에게 자연스럽게 다가갔고, 이제는 가족처럼 친해졌다. 소미는 객지인 서울에서 자취하며 직장 다니느라 몸도 마음도 고단한 자기에게 다정하게 다가와 정성을 다하는 숙자가 고맙고 친이모 아니 친엄마보다 좋았다. 숙자는 소미가 바로 무장해제된 데 놀랐다. 외로움은 함정이다. 거기다 딸 스토리가 단단하게 그물을 쳐주었다.

"이거, 떡갈비. 따뜻할 때 먹어."

"배불러서 더 못 먹겠어."

"그럼 싸 줄게. 오미자차 마시자. 문경에서 온 진짜야."

"이모는 늘 진짜를 강조하더라."

"세상에는 진짜 같은 가짜가 많으니까. 소미도 조심해."

"걱정 마. 이모, 나 어디서 점 봤는데 인복이 많대. 그래서 이모도 만났잖아. 근데 인복이 남자 복은 아니지?"

"거기에 포함될걸. 좀 기다려 봐. 백마 탄 왕자님 나타날 거야."

"왕자는 안 나타나고 백마만 나타나는데?"

숙자와 소미는 유쾌하게 웃었다.

"오미자차 정말 맛있다. 빛깔은 왜 이렇게 곱지?"

"오늘 힘들었지? 창립기념일이라고 행사가 컸잖아? 대표님도 힘들었겠다."

"무슨, 걘 큰일에 더 강해. 시간이 지날수록 더 반짝반짝 초롱초롱하다니까."

소미는 고려그룹 작은딸이며, 광장동 고려호텔 대표인 은 지수의 여고 동창생이다.

언제나 깍듯하게 비서 역할을 잘 수행하지만, 숙자와 단둘이 있을 때는 은 지수를 여고 동창으로 대한다. 어쩌면 단짝 친구이지만 상사로 모셔야 하는 스트레스를 그렇게 풀고 싶은지도 모른다.

"사모님도 그러시잖아. 큰일에 더 대범하시고, 지난번 백화점에 에스컬레이터 고장 났을 때, 설치팀 책임 묻지 않고 다 수습해 주셨잖아? 다친 사람이 세 명인가? 넘치도록 충분히 보상해주시고 오히려 다친 사람들이 고맙다고 했다면서? 신문 기사에도 나왔어. 노블레스 오블리주 실천했다고, 엄마 닮았나 보다."

고려그룹은 건설회사와 백화점과 호텔 3개를 갖고 있는 단단한 대기업이다. 건설회사는 아버지 은 철수가, 백화점은 어머니 이 영희가, 호텔 3개는 장남 은 지훈, 장녀 은 지영, 차녀 은 지수가 각각 대표로 경영하고 있다.

"얼굴도 우리 대표님이 사모님을 가장 많이 닮은 것 같아."

바로 대답 없이 고개만 갸웃거리는 소미를 숙자는 다소 긴장된 표정으로 바라보았다.

-오늘 뭘 또 건지려나?-

"그게 좀 이상한 게, 아니야."

"말 하고 싶지 않으면 하지 마. 남의 일 관심 없어. 자, 이거."

숙자는 미리 준비한 백화점 쇼핑백을 내밀었다.

"이게 뭐야? 이모?"

소미가 반색을 했다.

"봄 스카프 하나 샀어."

소미는 재빨리 내용물을 꺼내 들며 눈이 휘둥그레졌다.

"이거 구찌 신상이잖아? 너무너무 갖고 싶었는데 비싸서 눈팅만 한 건데."

"그래서 샀어. 지난번 같이 백화점 돌 때 이거 오래 쳐다보더라고."

"들켰네. 이모 고마워. 난 받기만 하고."

"존재만으로 위로가 되는 사람이 있어. 처음엔 딸 때문이었지만 지금은 소미가 진짜 조카 같아."

"나도. 나도 그래."

"지난번 보니까 우리 대표님도 스카프 예쁜 것 매고 식당 오셨더라. 멀리서 보면 사모님 같아. 얼굴도 몸매도 분위기까지 똑 닮았어. 큰따님은 회장님 닮은 것 같고."

숙자는 자연스럽게 지수를 소환했다.

"그게 글쎄."

소미는 잠시 망설이더니 입을 열었다. '임금님 귀는 당나귀 귀' 숲속에서 외치는 이발사의 심정과 같은 걸까? 비밀은 알게 된 순간 입 밖으로 튀어 나가고 싶어서 안간힘을 쓴다.

"뭔가 아리송해."

숙자는 침을 꼴깍 삼켰지만 '뭐가?' 하고 덥석 물지 않았다. 무관심한 표정으로 오미자차를 마셨다. 상대방이 관심을 갖지 않으면 오히려 안달이 나서 더 빨리 터트린다.

"걔 언니 있잖아? 지영 언니도 우리 학교 다녔어. 지수가 1학년, 지영

언니는 3학년."

"두 살 차이니까."

"그런데 내가 어느 날 이상한 걸 목격했어. 처음엔 잘못 봤나 할 정도로."

소미는 남아있는 오미자차를 단숨에 다 마시고 말을 이어갔다.

"비가 엄청 왔어. 일기 예보는 분명 맑은 날이라고 했는데 그래서 애들이 책가방 이고 달리고 신문지 머리에 덮고 뛰고 학원 시간이 있으니까. 애들이 대충 빠지고 나서 근사한 자동차가 교문 안으로 들어오더니 현관에 서 있는 지영 언니를 태우는 거야. 사모님이 직접 내리셨어. 짧은 시간이었지만 비 맞을까 봐 우산 씌워서 소중한 보물 다루듯이, 다 느껴졌어. 지수는 왜 안 데리고 가지? 잠깐 그런 생각을 했어. 그때 지수가 운동장 나무 아래서 비를 피하고 서 있는 게 보였어. 데리고 가겠구나 했는데 자동차가 그냥 쌩하고 지수를 지나쳐 가는 거야."

"못 봤겠지."

"아니야, 멀리 서 있는 나도 봤는데 바로 옆으로 지나갔어. 그리고 무엇보다 지수도 알고 있었어. 지수가 비틀거리며 나무를 붙잡고 울기 시작했어. 너무 마음이 아팠는데 아는 척할 수가 없었어. 이 상황 뭐지? 했는데 생각해 보니 이상한 게 좀 있었어."

이번에는 숙자가 남아있는 오미자차를 단숨에 마셨다.

"학부형 참관수업 때도 사모님은 우리 반에는 한 번도 안 오셨어. 지영 언니 반에는 자주 가시고 그 반 아이들한테 햄버거랑 학용품이랑 선물도 듬뿍듬뿍 주시고."

"시간이 안 맞았겠지. 백화점 대표님인데 얼마나 바쁘시겠니?"

"그럴까? 지수는 잘 웃지도 않고 늘 표정이 어두웠어. 전교 일등을 했을 때도 미술 대회에서 큰 상을 받았을 때도, 집에다 말하지 않는 것 같았어. 대상 받은 그림이 구겨져서 그냥 책가방 안에 있는 것도 봤어. 근데 이모, 더 이상한 게 어느 날 사모님이 지수 만나러 학교에 오셨어. 그런 적 한 번도 없었는데. 우리한테 학교 앞 분식집에서 떡볶이랑 튀김 이랑 사주시며 '우리 지수랑 친하게 잘 지내라.' 하셨어."

"그게 뭐 이상해? 딸 친구들한테 맛있는 거 사주며, 딸하고 잘 지내라 는 거, 보통 엄마들이 할 수 있는 일이야."

"내가 화장실 다녀오는데 복도 끝에 사모님하고 지수가 서 있었어. 사모님이 자꾸 미안하다며 지수를 꼭 안아줬고 지수는 울고 있었어. 그 뒤부터 지수가 좀 밝아졌지만, 여전히 깊은 우물 같았어. 침침하고 속을 알 수 없고."

숙자는 소미와 헤어지자마자 홍초에게 전화를 해서 만날 약속을 했다.

분명 뭐가 있다. 재벌 회장이 밖에서 낳은 딸? 제일 먼저 이렇게 의심 할 수 있지만 속단해서는 안 된다. 이번 건은 그동안의 정보 중 가장 효과적이고 센 것일 수 있다. 숙자는 대어를 잡아 올린 낚시꾼의 손 떨림 을 심장으로 느꼈다. 지수가 검도를 배우고 있고, 디즈니 만화영화를 좋아하고, 절대 결혼은 하지 않을 거라는 비혼주의자이고, 크리스마스 에는 꼭 발레 '호두까기 인형'을 보고, 고흐를 좋아해서 남프랑스 엑상프 로방스 고흐의 생가에 가서 '별이 빛나는 밤'이란 그림을 보며 진한 에스 프레소 한 잔을 마시는 게 유일한 즐거움이고, 비발디의 '사계' 중 사뿐사 뿐 발레 스텝으로 튀어나오는 '봄'을 좋아하고, 흰 티셔츠에 청바지를 입거나, 완벽한 슈트 차림이거나 그런 남자한테 매력을 느끼고, 기타로 '금지된 장난' 중 '로망스' 정도 연주할 수 있고, 팝송 서너 곡은 경쾌하게 피아노로 칠 줄 아는 남자를 좋아하고, 로버트 테일러와 비비언 리의

'애수', 잉그리드 버그만의 '카사블랑카' 등 비극적 고전을 좋아하고, 그리고 가을비를 좋아하고, 박하향 묻은 여름 밤바람, 11월의 바다를 좋아하고. 너무 힘들고 외로울 때는 스스로 자신을 두 팔로 안아주며 '그래도 살아있잖아. 살아서 숨 쉬고 있잖아.' 이렇게 자신을 일으켜 세우고….

그보다 더 큰 정보. 지금 꼭 필요한 시점이다.

숙자는 다음 날 월차를 내고 홍초를 만나러 갔다. 두 번째 목요일은 홍초가 은 철수 회장 집에서 입주 가정부로 일하면서 받는 한 달에 한 번 보너스 같은 휴무일이다. 이날 숙자도 회사에 월차를 내는 날이다. 요양원에 있는 어머니를 만나러 가는 날, 공식적으로는 그렇다.

숙자는 홍초와 가까워지려고 은 회장 집 근처에 숨어 있으면서 홍초를 미행하기 시작했다. 그 결과 홍조가 한 달에 한 번 두 번째 목요일 하루 휴가를 받는다는 것, 딱히 갈 데도, 친구도 없는, 홍초는 영화를 보거나 백화점 아이쇼핑을 즐기거나 코인 노래방에 간다거나 공원 벤치에 앉아 멍 때리거나. 제대로 놀아 본 적이 없는 사람답게 서툴게 시간을 보내고 있다는 걸 알았다. 달고 단 한 달에 한 번 휴가 시간을 그냥 흘려보냈다. 숙자는 홍초에게 자연스럽게 접근했다. 공원 벤치에 숙자가 놓고 간 휴대폰을 홍초가 주워서 숙자에게 돌려주었다. 숙자는 감사의 표시로 비싼 점심을 대접했다. 숙자는 남편과 사별했고 유산으로 받은 4층짜리 빌딩이 서울 근교에 있어서 월세 받아 비교적 넉넉하게 사는데, 문제는 인생이 매우 심심하다고 말했다. 자식도 없고 친척도 없고 돈하고 시간만 있는 참 쓸쓸한 인생이라고. 홍조는 숙자가 마음에 들었다. 홍초는 아이를 못 낳아서 이혼당했다. 친구도 없고 친척도 없고 역시 심심한 인생이었다. 둘은 처지가 비슷해서 단짝 친구가 되었다. 4층 빌딩의 주인인 숙자가 항상 돈을 썼다. 홍초가 미안해서 커피값이라도 내려면 숙자는 펄펄 뛰었다. 돈밖에 없는 친구 어따 쓰려고 그러냐고, 홍초는 숙자를 알고부터 인생이 달콤해졌다. 홍초도 숙자 앞에서 무장 해제되었다. 재벌 집 가정부로 들어갔을 때, 월급이 많아서 기뻤다. 그런데 거기에는 비밀유지비 '어떤 경우에도 입 다물어'가 들어 있었다. '집안에서 일어난 일을 어떤 의도가 없다 해도, 무심코 한마디라도 발설하면 당장 명예훼손죄로 고소당해도 좋다.'라는 계약서에 사인을 했다.

그래서 홍초는 조심하지만, 숙자가 건넨 명품 가방과 비싼 와인 몇 잔에 자기가 무슨 이야기를 하는지도 모르고 떠들었다. 숙자는 홍초에게 맞춤 친구로 다가갔고 성공했다. 홍초가 해답을 줄 것이다

봄비가 촉촉이 내리고 있다. 봄은 나른하고 권태롭다. 창밖 강아지가 꼬리에 묻은 빗물을 터느라 요란하게 꼬리를 흔든다. "단추야 비 맞아. 어서 들어와." 카페 주인이 냉큼 강아지를 안고 안으로 들어온다. 단추? 그러고 보니 크고 검은 눈동자가 겨울 코트 맨 위에 달려있는 까만 왕단추를 닮았다. 카페 주인은 창가에 앉아 있는 홍초와 눈이 마주치자, 박꽃처럼 환하게 웃는다. 기분 좋은 여자다. 이름이 '플로라'라고 했던가. 세례명인 듯하다. 숙자가 택시에서 내리는 게 보였다.

공연히 '흥흥' 웃음이 났다. 어느 날 하늘에서 뚝 떨어진 선물 같은 친구. 숙자는 부자인데 심심하고 외롭다. 거기다 세상 물정 모르고 순진하다. 홍초가 유일한 친구다. 어쩌면 매달 적지 않은 월세가 따박따박 나오는 변두리이지만 역세권에 있는 4층 빌딩을 자기한테 줄지도 모른다. 어느 날 숙자가 슬쩍 눈치 못 채게 내는 힌트처럼 그렇게 말했다.

"나, 이거 물려줄 사람도 없어. 참 깊은 산속 절간처럼 고적한 인생이지? 자기가 있다는 게 얼마나 다행인지 몰라."

숙자의 휴대폰 안에 사진으로 얌전하게 들어 있는 4층짜리 빌딩은 홍

초의 가슴을 뛰게 했다. '내 것이 될 수도 있겠구나.' 그 순간 홍초는 숙자를 향해 눈부시게 웃어줬다.

숙자가 손을 흔들며 다가왔다. 홍초는 숙자가 순진하다 못해 어리숙해서 더 좋다. 홍초 눈에는 3만 원이면 충분한 옷을 가게주인이 삼십만 원 최신상이라고 바람 잡으면 숙자는 아무 의심하지 않고 산다. 어느 날 길에서 지갑을 잃어버려서 차비가 없다고 매달리는 여자한테 숙자는 10만 원을 주며 누군가가 찾아 줄 거라고 걱정 말라며 따뜻하게 위로했다. 홍초가 볼 때는 버스 정류장을 돌며 동정심에 호소하면서 푼돈을 뜯어내는 사기꾼인데 말이다. 홍초는 불쑥불쑥 숙자에게 돈을 뜯어내고 싶은 마음이 튀어나왔지만, 애써 눌렀다. 4층짜리 빌딩을 위해서 인내심이 필요하다.

"오래 기다렸어? 좀 늦었지?"

"아니야, 나도 방금 왔어."

"이거 사다가 늦었어."

숙자는 홍초 앞에 백화점 명품관 마크가 찍힌 쇼핑백을 내놓았다.

"이게 뭐야?"

"다음 주 화요일이 자기 생일이지? 생일선물."

숙자의 말을 듣는 둥 마는 둥 홍초는 이미 포장을 풀고 있었다. 숙자는 홍초의 허겁지겁을 구경하며 미소 지었다. 욕심 많고 단순하고 공짜 좋아하고 낚시의 대상으로는 최적이다. 거기다 숙자 자신이 순진하고 어리숙하게 보일수록 홍초는 우월감을 느끼며 스스로 무장해제가 되었다. 다행이다. 소미도 홍초도. 영악하지 않은 게. 숙자는 팔짱을 끼고 홍초를 감상했다.

"어머, 어머, 어머머."

홍초는 도도하게 제 모양을 나타낸 골드체인이 감겨있는 윤기 나는 검은 색 명품백을 보며 연신 감탄사를 쏟아냈다.

"오늘 점심은 내가 살게, 어디 분위기 좋은 데 가서 와인도 한잔하고."

홍초는 대학교 2학년 때 중퇴했다. 시인이 되고 싶어 국문과를 선택했지만 돈을 대주는 외할머니가 인연을 끊는 바람에 멈춰야 했다. 학교뿐만 아니라 홍초의 인생 앞에 스톱이라고 쓰인 표지판이 내려왔다. 외할머니는 모질게 반대하던 남자와 딸이 재혼하자 딸의 뺨을 후려치고 그 즉시 딸을 버렸다. 손녀딸 홍초도 고집스럽게 닫힌 외할머니의 마음을 열 수가 없었다. 딸도 가차 없이 내치는데 손녀딸이 뭐 예쁘다고.

엄마는 외할머니를 믿고 새로 재혼한 11살 연하의 남자와 미국으로 떠났다. 홍초는 달랑 혼자 남았다. 엄마는 설마 하나밖에 없는 사랑스러운 피붙이 외손녀를 외할머니가 버리기야 하려고. 자신의 새로운 사랑을 위해서 그렇게 믿고 싶었는지도 모른다. 그러나 외할머니는 딸에 대해 깊고 깊은 배신감으로 찬바람 쌩 돌만큼 냉정하게 등을 돌렸다. 홍초는 외롭고 춥고 배고팠다. 누군가의 울타리 안으로 들어가 포근하고 따뜻하게 몸을 누이고 싶었다. 그런데 누군가를 잘못 선택했다. 너무 성급해서일까? 홍초의 남편은 홍초가 아이를 못 낳는 몸이라는 걸 아는 순간, 좋은 구실을 준 신께 감사하며 홍초에게 이혼서류를 날렸다.

한강이 내려다보이는 레스토랑은 품격 있는 분위기를 선사했다. 홍초는 가장 비싼, 무려 11가지 음식이 나오는 특 코스와 이름도 어려운 그러나 만만치 않은 가격이라는 건 알고 있는 와인을 주문했다. 값이 꽤 나가겠지만 홍초는 걱정하지 않았다. 명품백을 받았는데 이 정도는 내가 내야지 그런 생각을 잠시 했지만 "돈 많은 친구를 어따 써." 하는 숙자가 결코 홍초에게 돈을 내게 하지 않을 것이다. 창밖은 오후의 햇살로 모든 게 반짝반짝 빛났다. 한강도 하늘도 나무도 옆에 있는 명품백은 더욱 더.

두 사람은 천천히 점심식사를 즐겼다.

"참, 은 회장님, 경제 잡지에 나왔더라."

숙자가 무심하게 흘렸다.

"또? 그 양반 인터뷰 되게 좋아해. 허긴 자랑할 게 많은 사람은 자랑하지 않으면 병날 거야."

홍초가 어깨를 들썩이며 웃었다. 숙자는 서서히 낚싯대를 잡아당겼다.

"정말 부럽더라. 세상에 태어났으면 그런 인생으로도 한 번 살아봐야지. 특히 그 집 사모님은 무슨 복일까? 재벌 남편이 속도 안 썩이고, 일편단심이지? 인터뷰 때마다 '내 재산 1호는 아내입니다.' 이러잖아? 초등학교 동창이라고 했지?"

"응. 어촌마을에서 제일 가난한 집 일등이 사모님 댁. 이등이 회장님 댁. 참, 사람 운은 몰라. 현금 장사하는 큰손 할머니 밑에서 경리 봐주다가 양아들 되고."

"그래도 회장님이 능력 있으니까 이렇게 된 거지."

"허긴."

갑자기 홍초가 어깨를 들썩이며 낄낄거렸다. 그럴 때마다 홍초한테 조선 시대 국밥집 주모 냄새가 난다. 천박한 싸구려.

"내가 그 집에서 받는 최고의 보너스가 뭔지 알아?"

"한 달에 한 번 휴가?"

홍초는 고개를 저으며 은밀하게 말했다.

"회장님과 사모님 원래 태생이 무식해. 그런데 위치에 맞게 품위 우아

떨며 사느라 고단하지. 그 스트레스 어떻게 푸는 줄 알아?"

홍초는 잠시 뜸을 들이더니 말을 이어갔다.

"요란해. 변강쇠와 옹녀가 따로 없어."

"잠자리?"

"응, 가끔 낮에 들어와서 한다니까. 침실 옆에 작은 서재가 하나 붙어 있는데 거기 벽에 딱 붙어서 바싹 귀 기울이면 다 들려."

"어머, 망측해."

"무슨, 황홀해. 나 가끔 상상해. 사모님을 나랑 바꿔치기하면서."

"상상하지 말고 용감하게 나가봐. 자긴 매력 있어."

"한 번 유혹해볼까? 그런 생각이 들 때가 있긴 하지만, 다 소용없는 짓이야. 회장님 좋아하는 여자 있어."

"일편단심 사모님은 어떡하고?"

"어떻게 밥만 먹고 사니? 맹숭맹숭하게. 그 여자, 사모님이 관장으로 있는 미술관 큐레이터야. 사모님 안 가진 것 다 가졌어. 젊은데다 매우 지적이야."

"어떤 관계인데?"

"잘 모르겠어. 난 화분처럼 그냥 흐뭇하게 바라보는 관계인지. 침실까지 간 관계인지. 분명한 건 그 여자를 회장님이 좋아한다는 거지."

"암튼 남자들이란. 어쨌든 그 집은 자식들이 속을 안 썩여서 좋아 보여."

"속 안 썩이는 자식이 어디 있어? 어느 집이든 마찬가지야. 큰아들은 부모가 미는 집안 딸과 등 떠밀려 결혼해서인지 사랑이 없어. 앙꼬 없는 찐빵 같은 결혼생활이지, 큰딸은 이혼했잖아? 일 년도 못 살고 작은딸은 잘 모르겠어. 예의 바르고 똑똑한데 늘 추워 보여."

"이유가 있을 거 아니야?"

"그야 있지. 사실은, 아, 내가 자기니까 말한다."

숙자는 손에 든 낚싯대가 요동치는 걸 느꼈다. 대어구나.

그날은 천둥 번개가 치는 요란한 날이었다.

"김 집사, 김 집사."

재벌 집 구색으로 홍초를 김 집사라고 부르는데 정작 당사자인 홍초는 영 듣기가 거북했다. 그냥 아줌마라고 하면 될걸. 절에 다니며 불심으로 험한 인생 버티는데 집사라니…. 그렇지만 홍초는 아무 소리 못 했다. 집안일을 두루두루 책임지는 건 맞으니까.

이층에서 은 회장이 홍초를 큰 소리로 다급하게 불렀다. 홍초가 뛰어 올라가 보니 은 회장은 지수의 방 한가운데 서 있었다.

"이게 다 뭐야? 와, 아, 방에 이렇게 인형이 많아? 초등학생도 아니고 낼모레 대학가는 아가."

감기 몸살로 일찍 퇴근한 은 회장은 이층에 있는 두 딸의 방을 돌다가 작은딸 지수의 방이 온통 인형으로 꽉 찬 데 놀란 모양이었다. 침대 위부터 책상 장식장 심지어는 옷장에도 인형이 들어앉아 있었다. 대부분 큰 곰인형이다.

홍초가 대답할 말을 찾지 못해서 쩔쩔매는데 때마침 영희가 들어 왔다.

"김 집사는 나가봐."

"네."

홍초는 아래층으로 내려가다가 다시 올라가 지수의 방문에 찰싹 붙어 서서 안의 이야기를 엿듣기 시작했다.

"이게 뭐야? 아 방이 온통 곰인형으로 꽉 찼잖아?"

"곰인형을 좋아하나부지."

"엄마가 돼 갖고 남의 집 불구경하나? 이게 다 뭘 의미하는 거야? 아가 외롭다고 비명 지르는 거 아니야? 여기 곰인형들 다 덩치 크고 푹신해서 끌어안기 좋은 것들 뿐이야. 아가 얼마나 마음 붙일 데 없으면 이런 곰인형한테 의지를 해? 당신 이 방 들어와 본 지 얼마 됐어? 몇 년 된 거 아니야?"

"곰인형 갖고 비약이 너무 심하네."

"내가 그동안 느낀 게 좀 있어. 말을 안 한 건 당신을 믿고 싶어서 아니 믿어서."

"뭘? 뭘 믿어?

영희의 음성이 떨리기 시작했다. 드디어 판도라 상자를 열게 되나? 죽을 때까지 열고 싶지 않았다. 진실을 알아서 불행해진다면 진실이 꼭 해답은 아닐 것이다.

"그래, 말 나온 김에 하자. 당신 와 우리 지수 차별해? 지수가 누구야? 나 지수만 보면 가슴이 아파, 너무 아파."

은 회장은 자신의 가슴을 팡팡 쳤다. 바보 같은 내 친구, 삶의 벼랑 끝에 내몰려 스스로 목숨줄을 놓아버린 너무도 가여운 내 친구, 규진아.

―너희 부부가 있어서 편하게 간다. 철수야, 영희야, 부탁한다. 미안하다.―

겨우 돌 지난 아기 손안에 쥐어진 쪽지에 그렇게 쓰여 있었다.

젊은 날 철수 영희 규진 셋이 찍은 사진도 들어 있었고 그 뒤에도 아기를 부탁한다는 글이 적혀 있었다. 어쩌면 규진은 다짐받고 싶었는지 모른다. 아니 믿고 싶었는지 모른다. 그리고 무엇보다 믿었다. 그래서 세상을 버릴 수 있었을 것이다.

규진은 어촌마을에서 함께 자란 친구다. 주위에서는 규진, 철수, 영희를 삼총사라고 부르며 어리지만 신통하게 보이는 우정에 박수를 보냈다. 규진은 어선을 열 개나 갖고있는 선장님 외아들이었고 철수와 영희는 가난한 어부의 아들 딸이었다. 철수와 영희가 배고플 때, 규진은 먹을 걸 갖다주었고, 추운 겨울 꽁꽁 언 시린 발에 새 털신을 신겨 주었고 학용품도 아낌없이 나눠주었다.

"영희야, 니가 규진이 생각하면 이럴 수는 없는기다. 대체 와 이러노?"

사투리가 불쑥불쑥 튀어나온다는 건 그만큼 은 회장이 흥분했다는 뜻이다.

"알아. 나도 규진이 생각하면 마음이 아파. 눈물이 나. 근데."

영희는 두려워서 차마 말을 잇지 못했다.

"와? 니 혹시… 아니제? 설마?"

은 회장의 목소리가 떨렸다.

영희는 고개를 푹 꺾었다.

"오, 맙소사. 그럼 진즉에 말을 했어야지."

은 회장의 목소리가 부들부들 떨렸다.

영희는 고개를 세차게 흔들었다.

"두려웠어. 할 수 없었어. 지수가 규진이 딸이 아니라 당신 딸이면? 당신이 다른 여자한테서 본 아이라는 걸 확인하는 순간, 내 인생은 지옥이야."

"아."

은 회장은 비틀거리며 쓰러지지 않기 위해서 의자 모서리를 꽉 잡았다.

이런 어이없는 일이 있다니 이런 바보 같은 여자가 있다니….

영희는 그런 철수를 아무 말 없이 바라보았다.

어려서부터 철수는 잔머리의 대왕이었다. 개천에서 태어난 용은 어떡하든 비상하기 위해서 무슨 짓이든 다해 내야 한다. 철수는 위장술에도 능했다. 역시 생활필수품이었다. 사랑 가득 담긴 철수의 시선이 지훈과 지영보다 더 오래 지수에게 머물수록 영희는 철수를 의심했다. 규진의 죽음까지 이용해서 가장 좋은 방법으로 지수를 우리 집에 데리고 온 건 아닌가? 철수가 잠깐 한 여자에게 뜨거웠던 적이 있었다. 병약한 그 여자가 죽었다는 이야기를 어디선가 들었는데 그 장소가 산부인과라고 했다. 물론 철수는 본성이 착하고 정직하고 온화한 편이지만 개천에서 난 용은 그렇게 살다가는 미꾸라지한테도 잡아먹힌다. 그 사실을 철수도 잘 알고 있다. 영희는 심호흡을 크게 한 번 했다.

"그래도 나 지수한테 막 대하지 않았어. 하느라고 했어. 불쑥불쑥 당신 딸이 아닐까 괴로웠지만 나쁜 엄마는 아니었어."

"이봐라 영희야. 나도 가끔 우리 영희가 지수한테 와 저래 냉랭하노? 가슴 철렁할 때가 있었는데 지수가 와 못 느끼겠노? 이게 다 증거 아니냐 말이다. 이 곰인형이."

"그래, 물어볼게. 지수 누구 딸이야?"

영희의 온몸이 사시나무 떨리듯 와들와들거렸다.

"하, 이런 바보 천지 같은 여자를 봤나? 별거 아니겠지 그냥 지나친 내 잘못이다."

다음 날 은 회장은 급행으로 친자 검사를 한 병원 검사지를 영희 앞에 뿌렸다.

지수는 은 회장의 딸이 아니었다. 가엾은 친구 규진의 딸이다.

영희는 무릎을 꿇고 눈물을 쏟아냈다.

이런 광경을 몰래 훔쳐본 홍초는 하나의 기억을 떠올렸다. 홍초가 이혼을 당하고 이 집 가정부로 들어왔을 때, 오랫동안 집안일을 봐준 순이 할머니가 있었다. 나이가 많아서 홍초와 배턴터치를 한 셈이다. 순이 할머니는 집안일과 식구들의 입맛을 이것저것 꼼꼼히 알려주며 특히 작은딸 지수한테 신경을 많이 쓰고 잘해 주라고 했다. 그러면서 의미심장한 한 사건을 들려줬다. 그때 홍초는 모든 게 낯선 재벌 집이라 팽팽한 긴장감에 사로잡혀 그 말을 흘려들었다.

"저 별채 뒤에 작은 창고가 하나 있어. 아이들이 잘 갖고 놀지 않는 장난감이 많았는데, 어느 날 거기에서 불이 났어. 근데 그 안에 이 집 큰딸 작은딸이 놀고 있었어. 겨우 8살 6살인데, 세상에. 사모님이 제정신이 아니었어. 불길은 쉽게 잡히지 않고 사모님이 그대로 창고 안에 뛰어 들어갔는데 안고 나온 건 큰딸뿐이었어. 소방차가 오고 다행히 불길이 잡혔는데 글쎄 작은딸이 밖으로 기어 나오는 거야. 나오자마자 그대로 기절했어. 지금도 허벅지와 왼쪽 팔에 화상자국이 있어. 그래서 치마 잘 안 입어. 여름에도 긴 팔 입고. 참 대단하지. 어린 게 그 불길 속에서. 잠시 의아했지만 사모님도 그 와중에 무슨 정신이 있겠어? 그냥 눈에 보이는 애를 집어 들고 나온 거지."

그랬구나. 지수의 얼굴이 늘 늦가을인 게 이유가 있었구나. 홍초는 그런 생각을 했다.

창밖 풍경은 점차 햇빛이 줄어들면서, 더욱 안정감 있고 차분하게 변해갔다.

숙자는 홍초를 보며 환하게 웃어줬다.

'명품백 값어치 충분히 했어. 내 친구.'

그런 의미였다.

"알아? 그 사실을? 작은딸은?"

"알겠지. 근데 웃기는 건 식구들이 다 모른 척한다는 거지. 다 알면서. 대단한 사람들이야. 괜히 재벌 집이 아니라니까."

숙자는 와인 잔을 높이 들었다. 홍초가 잔을 들어 '쨘' 하고 부딪혔다.

지수가 친딸이 아니라는 건 굿 뉴스다. 지수의 결혼에 관대할 테니까. 더구나 사랑 없이 정략 결혼한 장남과 장녀가 불행하다는 건 매우 좋은 징조다. 숙자는 자신의 꿈이 곧 날개를 달 것을 믿어 의심치 않았다.

[2]

〰

　박 관장은 지수와 민우의 검도 대련을 지켜보고 있다. 가르치는 자의 입장에서 두 사람의 장단점을 면밀히 살펴보아야 하는데 그럴 여유가 없다. 이상하게 가슴이 떨리며 설렜다. 문득 오래전 본 영화 '형사'에서 마치 부드럽게 애무하듯 뜨겁게 절정을 향해 달리듯 묘한, 하 지원과 강 동원의 칼싸움을 보는 것 같다. 두 사람은 상대를 죽여야만 자신이 살아남는 적이다. 그런데 그 둘의 칼싸움은 아름답고 슬프다. 마치 이루어질 수 없는 순백의 사랑을 풀어 놓듯이.

　지금 박 관장은 지수와 민우에게서 그것을 느끼고 있다. 지수와 민우는 오늘 처음 상대가 되어서 맞붙었다. 지수는 검도장에 나온 지 1년이 다 되어가지만, 민우는 시작한 지 3개월이 채 안 되었다. 그런데 실력이 비슷했다. 검도 대련은 무승부로 끝났다. 실전을 보고 냉정한 평가를 해야 하는데 박 관장은 칭찬을 의무로 생각하는 유치원 선생님처럼 '참 잘했어요' 박수를 쳤다. 지수와 민우는 인사를 하고 탈의실로 들어갔다. 박 관장은 그 자리에 한참을 서 있었다.

—대체 입안에서 알사탕이 녹아가는 것 같은 이 달달한 기분은 뭐지?—

민우가 식장을 걸어 들어가는 신랑처럼 단정한 슈트 차림으로 나왔다. 멋지다.

늘 흰 티셔츠에 청바지 차림인데, 오늘은 특별한 약속이라도 있는 모양이다.

"관장님, 오늘 저녁 시간 있으세요?"

"지금 분당에서 특별 수강생 두 명이 오는 중이야. 왜?"

"만화영화 보러 가자고요. 디즈니 만화영화인데 예매율 1위예요."

"만화영화를 남자 둘이?"

박 관장은 코끼리 발에 하이힐처럼 매우 웃기는 일이라고 생각했다.

"뭐 어때요?"

"난 액션이나 스릴러 아니면 안 봐. 수강생도 기다려야 하고, 근데 민우 씨, 만화영화 좋아해? 의왼데."

"어머니가 좋아하셔서 모시고 다니다가 저도 물들었어요. 가을 단풍처럼 아주 푹."

"하하하 만화영화 보러 다니지 말고, 시 쓰는 법 배우러 다녀. 표현이 시인이네."

"시도 좋아해요."

"영양가 없는 것만 좋아하네. 만화영화, 시, 어디 가서 그런 얘기하지 마. 특히 여자들 앞에서 요즘 여자들은 숫자 좋아해."

"다 그런 건 아니지요. 오늘은 혼자 가야겠네요. 어머니하고 가려고 두 장 예매했는데, 감기 기운이 있으신가 봐요."

"어머니하고 데이트하려고 옷을 그렇게 쫙 빼입은 거야?"

"네. 어머니가 좋아하세요. 그럼 관장님 수고하세요."

"정말 혼자 가는 거야?"

"네. 몰입도 최고예요."

그때 지수의 목소리가 악보 위 4분음표처럼 사뿐사뿐 날아왔다.

"저하고 가요."

두 남자가 동시에 돌아봤다. 지수가 단아한 네이비 원피스에 흰 재킷을 입고 서 있었다.

"오, 커플룩 같은데."

박 관장은 활짝 웃으며 말했다.

진한 네이비 슈트에 붉은 계통의 넥타이를 매고 있는 민우와 지수는 잘 어울렸다.

"저도 만화영화 좋아해요."

"잘됐네. 영화는 혼자보다 둘이지."

박 관장은 왠지 두 사람을 응원하고 싶었다.

밖에는 언제부터인지 봄비가 내리고 있었다. 안개꽃 한 묶음이 곳곳에 서 있는 느낌이다. 강도가 세지 않아 빗방울인지 안개인지 우산을 안 써도 쉽게 젖지 않았다.

"시간이 좀 있는데 저녁식사 하고 갈까요?"

민우의 음성은 부드러운 바리톤이었다. 듣기 좋았다. 그동안 가끔 검도장에서 만났지만, 목례만 하고 스쳐 지나가는 사이였다. 말수가 적고 성실해 보이는 남자였다. 어느 날 근처 초등학생들이 견학 온 검도장은 매우 어수선했는데, 민우가 아이들의 흩어진 신발을 가지런히 정리하고 있었다. 그 모습을 보면서 지수는 흐뭇했다. 속 썩이는 아이들한테 시달리다가 잘 자란 모범생 아이를 보는 선생님의 기분 같다고나 할까?

"네, 저녁은 제가 살게요. 영화도 공짜로 보는데."

지수의 입에서 공짜라는 말이 튀어나오니까 신선했다.

"메뉴는 제가 골라도 되지요?"

"그럼요."

민우가 성큼성큼 앞장서 간 곳은 방송에서도 소개된 적이 있는 떡볶이집이었다. 지수가 떡볶이를 좋아하고 아주 특별한 음식으로 생각한다는 걸 알고 민우가 찾아낸 곳이다. 검도장 주변에 있어서 언젠가는 같이 올 수도 있겠다 하는 생각에 일부러 엄마 은채와 함께 여러 번 왔다. 민우는 주인한테 아주 좋은 인상을 남겼다. 주변 사람의 평이 얼마나 중요한가? 아주 사소한 게 큰일을 결정하기도 한다. 지수는 검도장을 갈 때마다 지나치는 곳인데, 꼭 한 번 와 봐야지 벼르고 있던 분식집이어서 반가웠다.

"떡볶이 괜찮아요? 여기 김밥도 맛있어요."

"저 떡볶이도 김밥도 아주 좋아해요."

지수가 활짝 웃었다. 어린아이 같은 천진난만한 미소였다. 지수에게 떡볶이가 아주 특별한 음식이 된 건, 그날 이후였다. 엄마가 정문에서 지수를 기다리고 있었다. 그런 일은 처음이었다. 엄마는 지수를 보자, 밝게 웃으며 손을 흔들었다. 지수의 친구들이 엄마를 알아보고 인사를 했다.

엄마는 지수와 친구들을 데리고 학교 앞 떡볶이집에 가서 떡볶이를 사주었다.

"우리 지수랑 친하게 지내라." 엄마는 그렇게 당부하며 빈 접시가 되기 전에 떡볶이를 계속 주문했다. "실컷 먹어. 공부하느라 힘들지?" 그리고 엄마는 네 명의 친구에게 3만 원씩 용돈을 줬다. 넘치지도 모자라지도 않게 준 3만 원은 지수의 친구들을 단번에 기분 좋게 만들었다.

"지수야, 나 이 3만 원 너무 마음에 들어. 더 많이 줬으면 부자 냄새나서 싫었을 것 같아."

소미가 그렇게 말하며 지수의 팔짱을 꼭 꼈다. 그날 엄마는 미안하다고 하며 지수를 안아주었다. 무엇이 미안한지, 왜 안아주는지, 지수는 묻지 않았다. 이상하게 눈물이 주르르 흘렀다. 다행히 그날 이후 엄마가 달라졌다. 무엇보다 편안해졌다. 그동안 엄마는 지수를 대할 때 늘 안간힘을 썼다. 빠른 시간에 성적을 올려야 하는 수험생처럼 노력하고 애를 썼다. 지수를 안아 줄 때도 지수의 성적을 칭찬할 때도 지수 앞에 맛있는 반찬을 놔줄 때도 '이거 안 하면 큰일나' 하는 표정으로 거기다 억지로를 숨기려고 더욱 애를 썼다. 다른 식구들은 몰라도 당사자인 지수는 분명하게 느꼈다. 오빠와 언니를 바라보는 엄마의 눈빛은 바라보는 순간 그대로 사랑이 넘쳐흘렀다. 하지만 지수를 바라볼 때 엄마의 눈빛은 '사랑이 필요해' 안간힘을 쓰며 급전을 빌리듯 다급하게 끌어모은 듯 어색했다. 그래서 엄마는 힘들어 보였다. 지수는 사랑하는 엄마를 힘들게 하는 자신의 존재가 화가 나기도 하고 슬프기도 했다. 자신은 늘 회색빛 11월에 서서 아빠 엄마 오빠 언니가 누리는 화사한 5월을 바라보는 기분, 결코 그 안에 들어갈 수 없는 자신의 존재가 불행하다고 생각했고 자신감을 잃었다. 그래서 비혼주의자가 됐다. 혼자 사는 게 편했다. 자신만 책임지면 되니까. 단순하지만 절박한 논리였다. 고등학생이 되었을 때 지수는 진실이 알고 싶어졌다. 친생자 검사를 했고 엄마 아빠가 친부모가 아니라는 걸 알게 되었다. 그나마 다행이었다. 두 사람 중 한 사람만 친자관계가 성립한다면, 더 힘들 것 같았다. 지수는 현실에 순응하기로 하고 아무것도 궁금해하지 않기로 했다. 그러다 우연히 서재에서 한 사진을 발견했다. 두꺼운 백과사전에 끼워진 낡은 사진, 거기에는 젊은 날의 아빠 엄마 그리고 낯선 남자가 어깨동무를 하며 환하게 웃고 있었다. 그 사진 뒤에는 이렇게 써 있었다.

─미안하다. 내 친구 철수야, 영희야, 내 아기 잘 부탁한다. 잘 부탁한다. 믿는다.─

낯선 남자가 아버지였다. 지수는 백과사전 갈피에 사진을 다시 끼워 놓으며 뜨겁게 치밀어 오르는 울음을 꿀꺽 삼켰다. 아 떡볶이.

지수는 고개를 들고 서둘러 떡볶이를 포크로 찍었다. '무슨 생각을 하냐? 떡볶이 다 식는다.' 이런 의례적인 말도 없이 맞은편 민우는 떡볶이를 먹고 있었다. 말없이 기다려줄 줄 아는 남자, 그동안 조급증에 걸린 남자만 보아온, 지수는 그런 민우가 갑자기 편해졌다.

"여기 자주 와요?"

"가끔 옵니다. 어머니가 편찮으신데, 입맛을 잃으실 때마다, 이 집 떡볶이로 입맛을 찾으세요."

"아, 네."

좀 전에 박 관장과 이야기하는 걸 얼핏 들었을 때도 어머니와 데이트할 때마다 슈트를 입는다고 했던가?

"효자인가 봐요?"

"아버지가 일찍 돌아가셔서 제가 홀어머니 밑에 독자거든요. 효자가 될 수밖에 없는 상황이라고나 할까요."

병약한 홀어머니 밑에 독자라. '…그래서 모든 기준이 어머니가 좋아하나? 안 좋아하나?'구나.

어머니 중심의 삶. 인생에 순종하는 사람은 크게 다치지 않는다. 인생이 고분고분하지 않을 때 꺼내 드는 방패가 순종이다. 지수는 민우를 바로 이해했다.

"오늘은 떡볶이 포장 안 해가요?"

분식집 주인아주머니가 물었다.

"네."

"서비스로 튀김 좀 주려고 했더니… 좀 싸 줄게 어머니 갖다 드려요."

"제가 어디 좀 들러야 해서요. 감사합니다."

민우는 고개를 숙였다. 주인아주머니는 잠시 지수를 관찰했다.

─만날 어머니하고만 오더니, 오늘은 꽃같이 예쁜 아가씨네─ 그런 표정이었다.

"떡볶이 맛있어요."

지수는 아주머니의 시선에 답례를 해야 할 것 같아서 밝은 음성으로 말했다.

"그런 좀 싸줄까? 서비스로,? 오늘은 서비스 팍팍 주고 싶은 날이네."

아주머니는 민우 모자에 대해 우호적인가보다.

"저도 어디 좀 들릴 데가 있어서요. 나중에 오면 그때 서비스 팍팍 주세요."

"오케이."

유쾌한 아주머니다.

"효자라서 인기가 좋은가 봐요. 나이 드신 분들은 효자한테 약하잖아요?"

아버지도 남자가 아리송할 때는 효자인가 아닌가 확인해보라고 했다. 하지만 젊은 여자들은 효자를 좋아하지 않는다. 누구와 나눠 갖는 사랑이란 얼마나 목마른가? 낳아준 어머니라도.

"여자들한텐 효자가 그렇게 인기 없어요."

"그래서 결혼 안 하려구요."

"네?"

뜻밖에 심각한 답변이 나와서 지수는 놀랐다.

"고생시킬 것 같아서요."

"그럼 너무 외롭지 않나요?"

"어머니 계셔서 괜찮아요. 그게 마음 편하기도 하고요."

"생각이 바뀔 수도 있잖아요?"

"아니요."

의외로 단호한 대답이 돌아왔다.

"사실은 저도 비혼주의자예요. 결혼 안 하려고요."

"아, 네."

싱거운 대답이 돌아왔다. 다른 남자들은 꼭 이유를 캐물었다. 심지어는 아버지가 등 떠밀어 나간 맞선자리에 식품회사 둘째 아들은 비혼주의자인데 왜 나왔냐고 한 대 칠 기세로 화를 냈다. 상대가 이유를 묻지 않으니 그만큼 편했다. 처음 마주한 자리에서 뜻밖에 깊은 이야기가 나왔다. 그동안 검도장에서 만난 덕인가? 민우는 김밥을 떡볶이 국물에 찍어 먹었다. 지수도 좋아하는 방법이었다. 김밥에 맵고 달큰한 국물이 살짝 덧입혀지면 맛이 춤추듯 살아난다.

–우리 닮은 점이 많네.–

그중 지수는 민우가 비혼주의자라는 게 가장 마음에 들었다. 감정이 쉽게 자라지 않고 친구의 가능성도 있다. 사랑이 아니라 우정이라면 남자친구 한 명쯤 있어도 좋다. 사랑은 간절히 원하는 게 생기기 때문에 그게 채워지지 않으면 죽도록 외롭다, 춥다, 허기진다. 엄마의 사랑을 받지 못했을 때, 그 절망감은 끔찍했다. 남자의 사랑도 크게 다를 것 같지 않다.

"좋은 청년이야. 게다가 잘 생겼잖아? 키도 크고."

아주머니는 계산을 하는 지수에게 속삭였다. 지수는 조금 웃어 보였다.

영화관은 저녁 시간이라 아이들로 북적였다. 팝콘과 햄버거와 콜라가 여기저기서 등장했다.

지수는 영화관에서 팝콘은 물론 뭘 먹는 사람을 이해하기 어려웠다. 누군가의 몰입에 방해되는 짓이다. 다행히 민우는 팝콘을 사지 않았다.

"잠깐만요."

민우가 밖으로 나갔다. 옆자리 초등학생과 엄마는 매우 적극적이다. 팝콘과 콜라를 먹고 마시는 것도 디즈니 만화영화에 대해서도. 친절한 엄마는 어린 딸에게 영화의 내용을 설명하고 있다. 상연 전이지만 영화가 시작되어도 크게 다를 것 같지 않다. 어린 딸의 이해를 돕기 위한 엄마의 지나친 사랑은 주위를 돌아볼 배려심을 잃어버릴 것이다.

―아이고, 자리 잘못 잡았네.―

그런 생각을 하고 있는데 민우가 돌아왔다. 민우는 나가자고 했다.

―그래, 신경 쓰며 아슬아슬한 기분으로 보는 것보다 포기하는 게 낫겠다.―

만화영화를 볼 때 지수는 온갖 근심 걱정을 내려놓게 된다. 단순한 게 아름답다를 실감하며 즐긴다. 그런데 이런 분위기에서는 안 될 것 같다. 아쉽다.

그런데 민우는 다른 영화관으로 안내했다. 스위트관으로 30명만 보는 특별관이다. 가격이 만만치 않아서인지 사람이 별로 없다. 민우는 영화관을 바꿨다. 같은 시간대에 스위트관에서 만화영화를 상영하니 다행이었다. 지수는 민우의 순발력과 배려가 좋았다. 아주 편하게 디즈니를 즐겼다. 그러다 지수는 깜빡 잠이 들었다. 몇 달째 호텔 매출이 떨어져서 아버지로부터 새로운 기획안 제출을 독촉받고 있는 시점이라, 몸도 마음도 고단했다. 지수는 얼핏 잠에서 깼다. 좀 미안해서 민우를 슬쩍 쳐다봤다. 민우는 화면에만 열중하고 있다. 다행이다. 이 남자 참 편하다. 무엇보다 절대적 비혼주의라니 안심이 된다. 그동안 상황에 등 떠밀려 혹은 우연히 만난 남자들은 바로 지수와 결혼을 꿈꿨다. 지수의 배경을 알고 있으면 더욱 조바심을 친다. 결혼으로 얻는 게 너무 많다는 생각에서 필사적이기까지 하다. 그래서 지수는 더욱 달아났는지 모른다. 이 남자는 그럴 염려가 없다. 디즈니 만화영화처럼 편하다. 그리고 따뜻하다.

영화가 끝나고 밖으로 나오니까 빗줄기가 제법 굵어졌다. 민우가 가방에서 우산을 꺼내 준다.

"우산이 있었어요?"

"네, 제 것도 있어요."

민우는 걱정 말라는 듯 우산 하나를 더 꺼냈다.

"우산을 두 개씩 갖고 다녀요?"

"예고 없이 비 오는 날이면 우산이 필요한 사람이 꼭 나타나니까요."

민우는 택시를 잡아줬다. 지수는 택시를 타고 손을 흔들었다. 민우는 가볍게 목례를 했다.

집까지 데려다준다고 하지 않아서 편한데다 누군가를 위해서 우산을 두 개씩 갖고 다니는 남자라.

지수는 기분이 좋아졌다. 어쩌면 조금 덜 외로워질 수도 있겠다.

집에 돌아와서 샤워를 하는데 콧노래가 나왔다. 지수가 가운을 걸치고 이층 거실로 나왔을 때, 지영은 패션잡지를 보고 있다가 지수에게 물어

봤다.

"뭐 좋은 일 있남? 내 동생?"

지수는 지영의 맞은편에 앉았다. 둘만 사용하는 이층이라 목욕가운만 걸쳐도 신경 쓸 필요가 없다.

"언니, 나 오늘 나랑 비슷한 사람 봤어."

"비슷한 여자? 아, 비슷한 남자구나. 나랑 비슷한 여자는 경쟁자라 징글징글할 테고 비슷한 남자라. 뭐가?"

"그냥, 다 생각이."

"그래서 연애 가능성 있어?"

"무슨. 친구라면 몰라도."

"오케이, 친구라도 만들어 봐."

지영은 오랜만에 보는 지수의 밝은 표정이 고마웠다. 늘 안쓰러운 동생이다.

그래서 마음의 평온을 위해 배운 뜨개질 첫 작품으로 지수의 조끼를 떠주었다. 아주 폭신폭신해서 일명 '뭉게구름'이란 이름을 갖고 있는 털실로 거기다 아주 화사한 핑크색으로 그걸 입혔는데도 지수는 추워 보였다. 마음을 포근하게 감싸줄 털실은 없나? 지영은 잠시 그런 생각을 하며 안타까워했던 기억이 난다. 엄마의 공평하지 못한 사랑 때문에 지영은 늘 불편했다. 지수는 늘 허기진 표정이었는데 자신은 늘 포만감에 나른했다. 지영은 엄마한테 여러 번 묻고 싶었다. 왜 차별 하냐고. 그러나 묻지 못했다. 엄마가 지수한테 사랑을 주려고 안간힘을 쓰는 게 보였기 때문이다. 자신을 쥐어짜듯 엄마는 애를 썼지만 번번이 성공하지 못하고 그 마음을 들켰다. 지영은 그런 상황이 너무 불편해서 빨리 집을 떠나고 싶었다. 그래서 유학도 가고 결혼도 빨리했다. 물론 이혼도 빨리

했지만. 지영이 대학에 입학했을 때, 엄마는 오빠와 함께 있는 자리에서 지수가 아버지 엄마의 은인 같은 친구의 딸이라는 것을 알려주었다. 잘 해 주라고 당부도 했다. 식구들 전부 그 사실을 알았지만 모른 척했다. 그러나 지수는 알고 있었을 것이다. 차별의 온도는 너무 쉽게 느껴진다. 지영은 잠시 지수를 바라보았다. 우리 지수가 행복해졌으면 참 좋겠다. 다행히 지금 지수의 표정은 어둡지 않다.

오후까지 비가 '나 말랑말랑한 봄비 아니에요.' 시위하듯 폭포수처럼 쏟아졌는데, 저녁이 되니 다시 얌전한 봄비가 되어 사방을 촉촉이 적시 고 있다. 늦은 저녁 고수부지는 비 때문인지 더욱 한산했다. 숙자는 차 안에서 민우를 기다리고 있었다. 민우의 차가 들어오는 게 보였다. 차가 참 알맞았다. 민우 형편에 딱 맞는 차를 고르느라 힘들었다. 넘치지도 모자라지도 않는 분수에 딱 맞는 자동차를 갖고 있는 남자는 높은 점수 를 받는다. 왠지 허튼짓 안 하고 성실할 것 같다. 민우는 아버지를 닮았 다. 민우의 아버지 동훈은 큰 키에 훈훈한 외모, 말수가 적은데 음성은 부드럽고 따뜻했다 그의 미소는 박하향 바람이 스쳐 지나가는 것처럼 주위를 단번에 숲 향기로 적셨다. 비린내 나는 생선가게 앞에서도, 그의 미소는 그런 힘을 발휘했다. 숙자는 동훈을 보자마자 가슴이 뛰었다. 종로에 있는 대형서점 직원으로 취직했을 때, 숙자는 첫 월급의 설렘이 지나가자마자, 바로 매일 같은 일을 반복하는 단순함에 질려버려서 이직 을 꿈꿨다. 그런데 동훈이 나타났다. 동훈은 책을 좋아해서 서점 직원을 천직으로 여기는 듯했다.

"아침에 출근해서 서점 문을 열 때마다 훅 끼치는 책 냄새가 너무 좋아 요."

동훈은 두 살 위인 숙자에게 그런 말을 자주 했다. 숙자는 새로운 직장을 향한 열망으로 매일 밤 습관처럼 쓰는 이력서를 찢었다. 어쩌면 엄마한테 버림받고 고아원에 맡겨졌을 때부터, 자신의 의지와는 상관없이 고약하게만 군 어두운 삶에 화사한 빛이 들어올지도 모른다는 기대로 가슴이 활랑활랑 뛰었다. 엄마가 떠나던 날, 어린 숙자는 본능적으로 엄마의 옷고름을 꽉 붙잡고 하루 종일 엄마를 따라다녔다. 가위로 '싹둑' 엄마의 옷고름을 자른 건 외할머니였다. 외할머니는 아버지가 누군지도 모르는 손녀를 위해 자신도 딸도 희생하기를 원치 않았다. 엄마는 외할머니에게 등 떠밀려 처녀로 위장되어 나이 많은 양조장 집 주인한테 시집을 갔다. 만일에 대비해서 상대방의 약점이 필요했는데, 나이가 많다는 게 속 편했다. 외할머니는 바로 세 살배기 어린 손녀를 고아원에 맡겼다. 외가에서 키우다가 잘못하면 소문이 나거나 엄마와 연결될 것을 우려해서 먼 곳에 있는 고아원에 맡겼다. 아니 버렸다. 숙자는 동훈을 바라보기 시작했다. 그러나 동훈이 바라보는 여자는 따로 있었다. 고아원에서 친 자매처럼 함께 자라고 같은 곳에 취직한 은채였다. 동훈은 숙자가 바라보는 그 눈빛으로 은채를 바라보았다. 숙자는 분노와 배신감을 한꺼번에 느꼈다.

'내가 가질 수 없으면 너도 가질 수 없어.'

숙자가 야박한 삶을 그나마 견딘 건 은채가 있었기 때문이었다. 나만 불행한 게 아니다.

얼마나 위로가 되는 일인가?

"이모."

민우가 차창을 똑똑 두드렸다. 숙자가 문을 열어주자, 민우는 재빨리 옆자리에 앉고 문을 닫았다. 언제나 민첩하다.

"이모, 별일 없지?"

"그럼, 엄마는 어때?"

"봄이라 그런가? 영 기운이 없어."

"그럴 줄 알았다. 니 엄마는 봄에 약해. 남들은 꽃피는 계절이라고 좋아하는데 겨울을 좋아하니, 자, 이거 보약 한 재 지었어. 녹용 인삼 들어갔으니 잘 먹으라고 해. 그리고 이건 신경정신과 약."

숙자는 쇼핑백을 건넸다.

"이모, 정말 고마워, 번번이."

민우의 이마에 진정으로 고마워하는 빛이 흘렀다.

'그래, 고마워해라. 그래야지. 널 내 마음대로 할 수 있으니까.'

"남남이나 그런 인사하는 거야. 우리가 남이가?"

숙자가 장난스럽게 민우의 팔을 툭 치며 말하자, 민우는 웃음이 터졌다. 고마운 이모다.

"신경정신과 약은 언제까지 먹어야 하는 거야?"

"그거야 네 엄마가 알지. 본인 병은 본인이 제일 잘 알아."

숙자는 은채 대신 신경정신과에 다니고 있다. 은채가 증상을 말하면 자신의 증상인 것처럼 약을 받아와서 은채에게 준다. 병약한 은채는 불면증과 우울증이 심해 약을 달고 산다.

은채가 신경정신과에 다녀서는 안 된다. 은채의 존재가 함부로 노출되어서는 안 된다. 은채 역시 숙자가 대신 진료를 받고 약을 받아 오길 바랐다. 민우는 좀 이상했다. 어느 날 손톱깎이를 찾으려고 엄마의 화장대 서랍을 열었는데 그 안에 약봉지가 수북이 쌓여 있었다. 엄마는 신경정신과 약을 먹지 않고 있었던 것이다. 그런데 왜 약이 필요한가? 그러고 보니 엄마의 우울증도 불면증도 명확하지 않다. 엄마는 비교적 평온한 일상을 보내고 있다. 다만 외출을 싫어할 뿐. 민우는 이유를 묻지 않았다. 약이 필요할 때가 있나 보다, 단순히 넘어갔다.

"회사는 어떠니?"

"뭐, 그렇지."

아파트 모델하우스 실내장식을 위주로 하고 있는 중소기업은 몸은 힘들지만 그런대로 마음은 편하다. 언젠가 그만둘 회사이기 때문에 더욱 그런지 모른다.

"그래도 잘 다녀. 은 대표 회사원한테 점수가 후해. 조직사회에서 살아남으려면 인내, 절제, 협동, 배려가 기본이라고."

민우가 고개를 끄덕였다. 회사생활은 민우한테 맞지 않았다. 학창 시절 왕따 당한 상황과 크게 다르지 않았다. 외모가 멋진데 공부까지 잘한다. 그런데 집안이 약하다. 존재만으로 스트레스받는데 괴롭혀도 학교로 쫓아와서 따질 아버지도 없고 어머니는 아프다. 게다가 가난하고 형제도 없다. 회사에서도 마찬가지였다. 입사 동기들은 잘 나가는 민우를 따돌림시켰다. 민우는 지겨웠다. 그래서 회사를 두 번이나 때려치웠고, 창업을 준비했지만, 돈도 경험도 도와줄 사람도 없었다.

그때 숙자가 멋진 프로젝트를 갖고 왔다. 짜릿짜릿한 흥분이 온몸을 감쌌다. 왕따를 당해서 억울하고 외로울 올 때마다 아파트 화단의 꽃을 꺾어버렸다. 가능한 한 빨리 많이. 다른 사람의 정성을 훼손시키는 일 그보다 아름답고 싱그러운 꽃이 바닥에 떨어진 순간부터 시들시들 죽어가는 게 짜릿했다. 바로 그런 기분을 느꼈다. 자기보다 힘이 약한 생물의 모가지를 비틀 때 느끼는 희열. 나는 상대를 훤히 아는데 상대는 나에 대해 하나도 모른다. 이런 게임이라니. 지기가 어렵다.

"은 대표 만나보니 어때?"

40

지수는 경계심이 별로 없었다. 말도 편하게 하고 잘 웃었다. 그러나 민우는 속지 않았다. 처음부터 깐깐하고 교만하고 말수가 적은 여자는 그 속도로 천천히 마음 안으로 들어갈 수 있다. 그러나 지수 같은 여자는 비교적 빠른 속도로 친숙함의 벽을 쌓아서 남자가 자신감이 생길 때쯤부터 절대 뚫을 수 없는 견고한 벽이 나타난다. 더구나 지수는 비교적 호텔 경영을 잘한다고 소문난 재벌 2세다. 많은 걸 갖고 있는 사람은 잃을 게 많기 때문에 다양한 방패를 마음에 숨기고 있다가 적시에 알맞은 방패를 꺼내서 상대방을 막아낸다. 애초부터 호락호락할 수가 없는 존재다.

"우리 민우는 할 수 있어. 반드시 해낼 수 있어."

숙자가 수험생 아들한테 파이팅을 외치는 것처럼 주먹을 흔들었다. 민우는 고개를 끄덕였다.

"자, 이거."

숙자가 누런 봉투를 내밀었다.

"은 대표 그 집 친딸 아니야. 회장 부부의 친한 친구 딸인데 그 친구는 자살했대. 믿고 맡길 친구가 있어서 자살한 거라고 회장 부부가 더 애통한가 봐. 그래서 은 회장은 오히려 친자식들보다 더 벌벌 떨어. 부인은 아니지만, 여잔 제 뱃속에 열 달 동안 품고 있던 자식만 자식이거든. 그게 본능이지."

누런 봉투 안에는 그동안 소미와 홍초에게서 빼낸 지수에 관한 정보를 아주 세심한 것까지 적어 놓은 노트가 들어 있다.

"자, 이제 굿바이하자. 아 참, 밑반찬 몇 개 만들어 왔다."

숙자는 뒷좌석에 놓인 또 다른 쇼핑백을 민우에게 건넸다.

"이모, 고마워."

"한꺼번에 갚아. 공짜 아니야."

"알았어. 꼭 갚을게."

"농담을 진담으로 받는 우리 도련님."

숙자가 민우의 볼을 가볍게 두드렸다. 그러나 숙자는 진심이다. 자신의 인생을 다 걸었는데, 진심이 아니면 뭐란 말인가?

"이모, 집에 한 번 와."

"괜히 드나들다가 누가 보기라도 하면 어떡해? 이모는 없는 사람이야."

"알았어, 이모. 나 갈게."

민우가 쇼핑백을 양손에 들고 자기 차로 뛰어가다가 걸음을 멈추고 문득 돌아본다. 숙자는 기다렸다는 듯이 요란하게 손을 흔들었다. 민우가 가볍게 목례를 했다. '고맙습니다. 정말 고맙습니다.' 민우의 목례는 그렇게 외치고 있었다. 숙자는 '어여' 가라는 듯 손을 내저었지만 '그래, 고마워해야지. 네 목숨이라도 내놓을 만큼 고마워해야지'라는 듯 고개를 끄덕였다.

숙자는 자신의 꿈에 눈부신 날개를 달아 줄 민우의 차가 떠나는 걸 확인하고 천천히 시동을 걸었다. 봄바람은 밤에 더 달큰한 향기를 가져온다. 기분이 좋다. 어느새 비가 걷혔다.

민우는 숙자가 준 쇼핑백을 양손에 들고 집으로 들어왔다. 제법 묵직했다. 은채는 소파에 앉아서 책을 읽고 있다가 민우를 보고 일어났다. 은채는 늘 소리 없이 움직인다. 층간소음을 염려해서 푹신한 실내화를 신고 있는 작은 아이처럼.

은채의 시선이 쇼핑백에 머물자, 민우가 말했다.

"이모가 줬어요"

"그래."

폭포수같이 퍼붓는 숙자의 애정에 한 번쯤 감사의 호들갑을 떨 만도 한데 은채는 한결같이 무덤덤하다. 어쩌면 태어나면서부터 한 번도 제대로 받아 보지 못한 보살핌이 영 어색한지도 모른다. 거기다 은채는 조금도 뻔뻔스럽지 못하다. 일방적으로 받기만 하는 입장이란 게 얼마나 부담스러운가? 그보다 은채는 마음을 잃어버린 듯했다. 그날 이후로. 은채는 아무것도 느끼지 못하는 것 같았다. 그날을 민우도 기억한다. 고작 네 살이었을 뿐인데 그 기억은 선명하게 민우의 가슴 한가운데 뱀처럼 똬리를 틀고 있다. 너무 무섭고 슬퍼서 털어내려고 애를 쓸수록 집요하게 달라붙는다. 엄마는 네 살배기 민우를 포대기 띠를 둘러업었다. 아장아장 걷는 민우의 손을 잡고 갈 수 있는 상황이 아닌듯했다. 엄마는 매우 서둘렀다. 엄마의 손이 덜덜 떨려서 띠가 제대로 묶여지지 않았지만, 엄마는 민우를 업고 달렸다. 엄마의 숨소리가 가쁠수록 등에 업힌 민우는 겁이 났다. 그래서 순한 아가 민우는 악을 쓰고 울기 시작했다. 엄마는 어느 모텔 건물에 들어갔다가 곧 나왔다. 그리고 울면서 달리기 시작했다. 민우도 발버둥을 치며 울었다.

군데군데 기억이 안 나는 부분도 있지만, 그때 엄마의 눈물은 지금도 민우를 슬프게 한다. 아버지가 "은채야, 은채야." 엄마의 이름을 부르며 다급하게 쫓아왔다. 엄마는 그대로 달렸다. 그때 '끼익!' 자동차 멈추는 소리가 요란하게 들렸다. 순간 비명이 들리고 사람들이 웅성웅성했다. 엄마는 천천히 슬로우 모션처럼 고개를 돌렸다. 길 한복판에 아버지가 쓰러져 있었다. 엄마를 애타게 부르며 쫓아오던 아버지는 영원히 일어나지 못했다. 민우는 엄마의 등에서 그 모든 것을 바라보았다. 그대로 눈에 담겼고 마음에 담겼다. 그날 이후 엄마는 잘 웃지도 잘 울지도 않았다.

감정이 들어 있지 않은 목각인형 같았다.

'그날 대체 무슨 일이 있었던 건가?'

민우는 알고 싶었지만 침묵했다. 상처를 드러내놓으면 엄마는 더 못 견딜 것이다. 민우는 쇼핑백 안에 든 걸 죄다 꺼내서 냉동실과 냉장고에 구분해서 넣는 엄마를 바라보았다. 신경정신과 약봉지가 관심을 받지 못하고 바닥에 뒹굴었다. 순간 민우는 묻고 싶었다. 약이 아직도 많은데 왜 자꾸 이모한테 약을 받아 오라고 하느냐고 더구나 엄마는 요즘 들어 안정감을 찾은 듯 그 어느 때보다 평온해 보였다. 다행스럽게도 세월이 상처의 두께를 녹이는 듯했다. 그러나 민우는 묻지 않고 방으로 들어갔다. 은채는 신경정신과 약봉지를 열어봤다. 지난번과 약이 다르다. 종류도 더 많아졌다.

"언니, 나 자꾸 죽고 싶어. 매일 매일 베란다에서 아래를 내려다보면 그대로 뛰어내리고 싶어.

은채는 숙자와 통화할 때마다 신음소리처럼 고통을 토해냈다. 그 말은 그대로 의사에게 전달되었을 것이다. 물론 숙자의 증세로 위장되어서 환자는 김 숙자다. 은채가 죽고 싶다고 말할 때마다 숙자는 기겁을 했다.

"너 미쳤어? 제발 정신 차려. 민우 생각은 안 해? 그 약 먹으면 마음이 편해진대. 제시간에 잘 챙겨 먹어. 하루에 네 번이야. 아침 점심 저녁 자기 전에 한번, 알았지?"

"알았어."

숙자는 은채가 병약한 게 참 좋다. 손안에서 파닥거리는 작은 새 같다. 움직임 하나하나 숨소리 하나하나 다 알아챌 수 있다. '내 손안에 있다. 언제나 은채는.'

민우는 책상 앞에 앉아서 숙자가 준 누런 봉투를 꺼냈다. 노트 한 권과 비누 2개가 들어 있다. 노르웨이산 수제비누인 '왈츠'는 구하기가 힘들다. 가격도 비쌌지만 구하기 힘든 재료의 조합이라 극히 소량만 생산한다. 그래서 '귀족비누'라고 불리기도 한다. 향의 지속력이 대단하고 냄새가 매혹적이고 품위 있다. 지수가 아주 좋아하는 향이다. 민우는 검도장 개인 사물함에 이 비누를 넣어두고 늘 이 비누로만 손을 닦았다. 운이 좋은 날은 막 손을 닦고 나왔는데, 지수와 스쳐 지나가기도 했다. 지수는 비누향에 반응을 보였다. 걸음의 속도가 늦추어지기도 했고. 어느 날은 뒤를 돌아보기도 했다. 민우는 지수가 좋아하는 비누향으로 자신을 알렸다. 아주 천천히 다가가기 시작한 것이다. 눈치채지 못하게 식탁 위에 놓인 수프 접시를 향해 다가가는 고양이의 발걸음처럼 살금살금. 숙자는 호텔에서 근무하는 덕에 귀한 비누 '왈츠'를 떨어지지 않게 잘 구해왔다. 노트에는 지수의 한 달 스케줄이 상세히 적혀 있었다. 지수의 여고 동창이며 비서인 소미의 입에서 나온 것들이다. 이모가 외롭고 단순한 인간은 공들인 보람이 빨리 나타난다고 했던가? 중간쯤 민우는 색다른 내용을 봤다. 지수가 젊은 데도 임플란트를 많이 한 상태라고 적혀 있다. 부모의 보살핌 특히 엄마의 보살핌을 충분히 받고 자란 아이들은 치아가 건강하다. 아이들을 방치했을 때 제일 먼저 고장 나는 게 치아다. 임플란트 이유에는 이렇게 적혀 있다.— 지수가 사탕, 초콜릿같이 단 것을 입에 달고 자랐고 치아는 잘 닦지 않았다. 그리고 이가 다 망가져서야 엄마가 눈치챘다—. 이모의 표현은 너무 직설법이라 이모의 무식이 간간이 드러나고는 한다. 그러니까 지수는 곰인형과 초콜릿으로 외로움을 견딘 모양이다. 모든 게 넘치도록 풍요로운 집에서의 결핍은 더 잔인했으리라. 그러나 민우는 냉정하게 감정을 차단했다. 지수는 이용해야 하는 대상이다. 이해할 필요도 연민은 더욱 가질 필요도 없는 대상. 그래야 진행이 된다. 감정은 애초부터 쓸모없는 것인지 모른다. 은채는 유자차 담긴 찻잔과 과일 접시를 쟁반에 받쳐 들고 민우의 방으로 들어왔다. 민우는 황급히 노트를 덮었다. 은채는 쟁반을 책상 위에 놓고 말없이 나왔다. 은채는 민우가 평범하게 살기를 소망했다. 사랑하는 여자를 아내로 맞이해서 아들딸 낳고 알콩달콩하게 그러나 평범하기는 위대하기만큼 힘들었다. 민우는 늘 왕따를 당했다. 겸손하고, 양보 잘하고, 착하게 굴어도, 못된 아이들의 표적이 되었다. 아버지 없고 가난한데 잘생기고 공부 잘하는 건 매우 부당한 일이라고 생각하는 듯했다. 중학교 2학년 겨울방학을 앞두고 민우의 담임한테 다급한 전화를 받았다. 민우가 다쳐서 119에 실려 병원으로 이동 중이라는 것이다. 은채는 숨이 턱 막혔다. 숨을 쉴 수가 없었다 온몸이 와들와들 떨리면서 겁부터 났다. 은채는 덜덜 떨리는 손으로 숙자에게 전화를 걸었다. 숙자의 도움 없이 살고 싶었다. 아니 숙자를 안 보고 살고 싶었다. 그런데 그렇게 되지 않았다. 숙자는 동남아 여행 중이었다. 은채가 병원으로 달려갔을 때 민우는 수술 중이었다.

"다행이에요. 다리가 부러졌대요."

민우의 담임이 새털처럼 가볍게 말했다. 다리가 부러진 게 다행이라고? 은채는 어이가 없어서 어떤 말도 할 수 없었다.

"머리나 눈 같은 데를 다쳤으면 어쩔 뻔했어요."

담임은 자기 나름대로 신체에 등급을 나눈 모양이다. 40대 노처녀 담임은 자식에 향한 애처로운 모정을 모르는 걸까? 손가락을 다쳐도 심장이 부서지는 듯한 고통을 느끼는 게 엄마다.

평소 민우를 괴롭히는 아이들 몇 명이 민우에게 폭력을 행사하려 하자, 민우가 도망을 치다가 계단에서 굴러서 밑으로 떨어졌다. 곧 교장실에 민우를 괴롭힌 아이들의 부모가 불려왔다. 화려한 옷차림에 명품백과

보석으로 치장한 그들은 대단한 부자라는 걸 숨기지 않았다. 테이블 위에 명함을 내놓기 시작했는데 변호사, 의사, 교수 그런 글자가 물살처럼 교장실에 번졌다.

"사내애들은 원래 개구져서 주먹질을 예사로 한다니까요. 그걸 놀이라고 생각해요. 순진한 건지, 철이 없는 건지, 하하하."

교장은 동의를 구하듯, 좌우를 둘러보며 웃었다.

"사실 민우의 다리가 그렇게 된 게 애들이 그런 건 아니고, 지가 도망치다가 부주의로 그런 거니까."

교감이 안경테를 올렸다 내리며 말했다.

"그건 아니지요. 우리 아이들이 원인 제공을 했으니까 우리 책임입니다."

변호사라는 명함을 내민 남자가 딱 부러지게 말했다. 그건 가진 자의 자기과시에 불과한 선심이었다. 병든 병아리 앞에서 화려한 날개를 쫙 펼쳐 보이는 오만한 공작새처럼. 그때까지 한 마디 사과도 없었고 민우의 상태를 물어 본 사람도 없었다.

"아, 그렇게 생각해주시면, 저희는 더할 나위 없이 감사하지요. 얘기가 잘 끝나겠네요. 안 그렇습니까? 민우 어머니. 하하하."

교장은 자꾸 웃었다. 은채는 아무 소리도 들리지 않았다. 그저 윙윙 벌집을 탈출한 벌떼들이 맴도는 소리만 귀가에 들렸다. 그들은 병원비와 위로비를 넉넉하게 주었다.

"이런 경우 드물어요. 우리 민우가 복이 있나 봐요. 척하니 병실도 일등실에 누워있고 위로비 받은 걸로 민우 소고기 실컷 먹이고 옷도 좀 사 입히고, 아, 운동화 당장 사야겠어요. 지난번 보니 너무 낡아서 아이들이 화장실 갈 때 끌고 다니던데."

담임은 남는 장사라는 말을 하고 싶어서 안달이 난 듯했다. 담임에게도 명품백이라는 달콤한 콩고물이 떨어지고, 학교 과학실에는 최신형 새 컴퓨터가 5대나 들어 왔다. 담임의 말처럼 황송한 일등실에서 은채는 침대 모서리를 잡고 울었다. 다행히 민우가 깊이 잠들어 있었다.

'엄마도 아니다. 엄마 노릇을 못 하는 나는 엄마도 아니다.'

그러나 은채는 옴짝달싹할 수 없었다. 어떤 경우에도 소리 내지 않고 순응하는 것만이 은채가 살아남는 방법이었고, 거기에 너무 익숙해져 있었다. 자존감 같은 건 애초부터 없었다. 거미줄에 걸린 거미처럼 조금 파닥거리다 그대로 죽어가는, 아니 조금 파닥거리지도 못했다. 그냥 숨죽이며 가만있는 것 외에는 소낙비를 고스란히 맞으면서도 피할 줄 모르고 그저 비가 멈추기를 간절히 바라는.

"미안하다. 민우야, 민우야."

은채도 힘을 갖고 싶었다. 어느 누구도 함부로 하지 못하는 힘. 그래서 숙자와 민우가 무슨 짓을 하는지 알면서 모른 척했다. 아니 적극적으로 협조할 생각이다. 은채가 협조할 일은 바로 생겼다.

장미의 계절 5월답게 미술관은 장미 덩굴로 고풍스러운 벽돌과 조화를 잘 이루고 있었다. 시간을 가늠하며 서성대고 있는 민우의 눈에 드디어 지수의 차가 들어왔다. 민우는 옆에 서 있는 은채의 어깨를 감싸 안고 지나가는 택시를 불러세웠다.

"엄마, 피곤할 텐데 먼저 집에 들어가서 쉬세요."

"그래, 오늘 아들 덕분에 그림 감상도 하고 좋았어. 너무 늦지 않게 들어와라."

은채는 평소보다 목소리를 높였다. 자동차에서 내려서 이쪽을 바라보고 있을 그 여자 지수가 듣기를 원했기 때문이다. 민우의 목소리도 한

옥타브 올라간 듯했다.

은채는 택시를 타고 떠났다. 민우는 택시가 시야에서 완전히 사라질 때까지, 그 자리에 서서 바라보았다. 민우가 막 돌아서는데 지수가 미소를 지으며 다가왔다.

"어머니세요?"

"네. 고흐를 좋아하셔서. 근데 여긴 어떻게?"

"저도 고흐 좋아해요."

민우와 지수는 대화를 나누며 자연스럽게 안으로 들어갔다. 지수는 민우가 효자라는데 안심했다. 아버지가 늘 그런 말씀을 하셨다. "효자는 안전해. 사람의 도리를 알고 있으니까."

갑자기 지수는 '푸' 하고 웃음이 났다.

'이 남자가 왜 꼭 안전해야 하지? 장마 예고를 듣고 집 돌담을 점검하는 사람처럼 안전이 왜 그렇게 중요한가?'

그러나 지수는 바로 수긍했다. 나는 안전이 중요하다. 그동안 만난 남자들은 지수가 갖고 있는 것만 봤고 탐을 냈다. 안전하지 않은 남자들이었다. 이 남자는 안전한데 결혼할 생각이 조금도 없다. 얼마나 마음 편한 상대인가? 더운물에 잘 풀리는 질 좋은 비누처럼 지수의 마음이 말랑말랑해졌다. 지수는 옆에 서서 그림을 감상하는 민우를 바라보았다. 완벽한 슈트 차림에 단정하게 맨 코럴핑크빛 넥타이가 봄 한 귀퉁이를 얹어 놓은 듯 화사했다.

'아, 그래. 어머니와 데이트 하는 날에는 슈트를 입는다고 했지?'

19세기 후반 네덜란드의 후기 인상주의 화가 빈센트 반 고흐 대표작으로는 '해바라기 연작', '별이 빛나는 밤에'. 네덜란드 개신교 목사의 아들로 태어나 영국과 프랑스를 떠돌면서 책방 점원과 선교사 등을 지냈다.

1880년 그림을 그리는 것이 천직임을 깨닫고 습작에 열중했다. 네덜란드에서 미술 공부를 시작한 후 프랑스에서 인상파 화가들을 만나면서 그의 독특한 붓놀림으로 자연의 형태와 색채를 생생하게 전달하는 개성적인 화풍이 확립되었다. 그는 현대회화의 발전에 크게 기여했고 독일 표현주의 화가들에게 강한 영향을 미쳤다. 풍경을 멋지게 묘사하려는 다른 작가들과 달리 그는 풍경화를 그릴 때도 인간의 내면을 중요시했다. 그는 풍경이란 주(主)가 아니라 화가의 내면세계를 대변하는 종(從)에 불과하다고 생각했다.

이런 식으로 민우는 고흐를 백과사전으로 공부했다. 고흐가 정신병을 앓고 있고 스스로 귀를 자를 정도로 천재예술가의 고독과 아픔이 극심했다는 대목에서도 민우는 어떤 마음의 동요도 일어나지 않았다. 민우에게 지수가 사랑하는 화가 고흐를 알아가는 일은 정확하게 수학 문제를 풀어야 하는 수험생의 자세만 필요했다.

민우는 고흐의 해바라기 앞에서 입을 열었다.

"화려한 노란색이 생명력을 표현하는 것 같은데 죽음도 보이는 것 같아요. 꽃은 시들기 직전 가장 화사하게 피잖아요? 이중적인 의미가 담긴 것 같고, 이걸 그릴 때 작가 마음이 복잡했나 봅니다. 아, 제가 잘 몰라서."

민우는 당황스러운 표정으로 입을 다물었다. 민우는 어느 미술평론가가 한 말 중 일부를 자기 느낌인 양 옮겼다. 리얼리티를 살리기 위해서 ―주제넘었습니다. 부끄럽습니다―를 당황스러운 표정으로 보여줬다.

"아니에요. 저도 그렇게 느꼈어요."

지수는 민우가 고흐의 그림을 잘 이해하고 있다는 생각에 기분이 좋아졌다. 그동안 남자와 이런 대화를 나눈 적이 없었다. 매우 신선했다.

"처제."

윤호가 반가운 듯 큰 소리로 불렀다. 지수는 일행의 무리에서 빠져나와 성큼성큼 자기에게 다가오는 한때 형부였던 윤호를 바라보았다. 여전히 멋지다. 금테안경만 벗으면 좋겠는데. 전자 회사의 대표가 되자, 나이 많은 임원진들에게 다소 위압적인 모습을 보이려고 쓰기 시작했다고 했던가? 윤호는 그런 순진한 면모가 있었다. 그래서 언니가 좋아했는데….

"처제, 오랜만이야."

윤호는 아직도 지수를 처제라고 부르고 있다. 재혼하면 달라지려나? 지수는 상관없다고 생각했지만, 자신은 어떤 호칭으로도 윤호를 부르지 않았다.

"잘 지내시지요?"

"응."

윤호는 힐긋 민우를 바라보았다. 민우는 가볍게 목례를 했다. 윤호는 누구냐고 묻고 싶은 듯해 보였으나 그냥 넘어갔다. 상대방을 난처하게 만들지 않는 장점도 갖고 있다. 그리고 보면 꽤 괜찮은 남자인데 언니는 왜 이혼했을까?

"좋은 시간 가져요."

윤호는 주어를 생략함으로써 민우와 지수 두 사람 모두에게 해당하는 인사말을 남기고 일행 쪽으로 성큼성큼 다가갔다.

'걸음걸이도 시원하고 남자다운데 언니는 왜 이혼했을까? 이런, 이런, 내가 지금 무슨 생각을 하는 거지?'

그런데 오늘따라 전 형부인 윤호의 장점이 불쑥불쑥 눈에 띄었다. 사무실로 들어가는 작은 문이 열리면서 화려한 공작새처럼 몸치장이 요란한 정 여사가 나타났다. 지수는 재빨리 밖으로 나왔다. 민우도 뒤따라 나왔다. 수다스럽고 탐욕스럽고 남의 이야기를 자기 해석을 달아 말하기 좋아하고 그리고 무엇보다 이혼한 맏며느리의 여동생인 사돈아가씨를 좋아하지 않는다. 정 여사가 관장으로 있는 이 미술관은 엄마가 관장으로 있는 미술관보다 크고 웅장했다. 거기다 고풍스러움이 덧입혀져서 중세 건물 같기도 했다. 엄마가 관장으로 있는 미술관은 깔끔한 현대식 건물로 군더더기가 없었다. 정 여사는 엄마를 싫어했는데 그 기분의 대부분은 질투였다. 민우는 왜 그렇게 빨리 나왔는지 묻지 않았다. 그보다 이 근처에 T.V '생활의 달인'에 나온 맛집이 있다고 얘기해 준다. 그동안 대부분 엄마에게 등 떠밀려 만난 남자들은 뭐든지 꼬치꼬치 캐묻기를 좋아했다. 재산에 대한 궁금증을 노골적으로 드러내 놓았고 거리낌이 없었다. 그건 그들도 그만큼 갖고 있었기 때문이기도 했다. 소유에 대한 저울질. 맞선자리에는 늘 벌건 불빛의 정육점에 있는 눈금 정확한 저울이 함께 했다. 그건 차라리 코믹했다. 상식을 지나치게 벗어나면 너무 어이가 없어서 웃음이 난다. 민우와의 만남에는 저울 대신 개운한 자유가 있었다.

민우가 안내한 곳은 파스타 집이었다. 깔끔하고 단순한 실내였지만 곳곳에 이름 모를 들꽃이 항아리에 가득 담겨 있어서 운치가 있었다. 몽블랑 파스타가 시그니처메뉴라고 했다. 몽블랑 파스타와 엔초비 파스타 그리고. 와인 대신 콜라를 주문했다.

"콜라의 개운함을 극대화하는 게, 피자와 크림 파스타지요. 와인도 주문할까요?"

"아니에요. 저도 콜라 좋아해요. 나쁜 남자처럼 매력이 있지만 건강을 해칠까 봐 조심할 뿐이에요."

"하하하."

민우는 유쾌하게 웃었다.

"어떤 남자가 나쁜 남자예요?"

"방금 말했잖아요? 콜라 같은 남자라고."

"하하하."

　민우는 또 웃었다. 민우의 웃음은 청량한 바람 같았다. 들꽃 향기로 실내가 조금 눅진했는데 창문을 열어놓은 듯 바로 보송보송해졌다. 파스타의 맛은 훌륭했다. 남프랑스 향기를 유감없이 드러낸 엔초비 파스타는 비린내가 조금도 나지 않았다. 지수에게 남프랑스 여행은 늘 낭만적이었고 그만큼 외로웠다. 엑상프로방스에서 머물며 시외버스를 이용해서 아를, 아비뇽, 막세유를 다녀오고는 했다. 늦은 저녁을 위해 시외버스 앞 대형슈퍼마켓에서 장을 봤다. 대부분 과일을 샀다. 특히 강렬한 태양 빛 아래서 숙성한 체리는 크고 달았다. 가격은 서울에 있는 백화점과 비교가 안 될 만큼 저렴했다. 지수는 숙소에 들어와서 T.V를 틀고 플라스틱 바가지로 옮긴 체리를 다리 사이에 끼고 먹었다. 체리물이 입가에는 물론 뺨에도 묻었다. 그 울긋불긋함이 단정하지 못해 좋았다. 그곳 T.V에서는 요란한 플라멩코 춤이 자주 나타났는데, 음악이 신나서 그냥 두고는 했다. 혼자라는 건 때로 스스로 함정을 판다. 뭔가 부지런히 해야 될 것 같은 그래서 실수도 한다. 다 외로워서이다. 조금은 달달하게 조금은 멜랑꼴리하게 외로움을 즐길 수 있는 무게는 병에 물이 반쯤 찼을 때 그만큼의 무게이다. 병에 물이 꽉 찼을 때 그 무게의 외로움은 온몸을 덜덜 떨게 한다. 그 한기는 정말 지긋지긋하다. 뜨거운 커피로도 진한 위스키로도 거위털 파카로도 녹일 수 없다. 외과 의사인 사촌 미애는 몇 시간 온 몸을 쥐어짜는 긴박한 수술을 끝내고 나올 때 병원복도 창문 너머로 비친 주홍빛 노을을 보며 그 속에 풍덩 빠져 죽고 싶다는 생각을 했다고 한다. 섹스와 독한 위스키가 잠시 마음을 풀어주는 노을을 대신하기에는 그 방법이 너무 멍청해서 지독하게 외롭다고 했다. 늘 혼자 떠나는 여행은 외과적 수술만큼이나 지수에게 외로웠다. 그래도 숨이 막히면 어디론가 떠나야 했다. 지수는 문득 앞자리 민우를 바라보았다.

'저 남자하고 떠나면 조금 덜 외로울까?'

민우는 앞 접시에 몽블랑 파스타를 덜어서 지수 앞에 놓는다. 빵의 부드러움이 크림소스에 젖어서 그대로 녹는다.

"우리 자기소개해요."

지수가 장난스럽게 말했다. 민우가 고개를 끄덕였다.

민우는 얼마큼 나에 대해서 알까?

박 관장이 아는 만큼은 알고 있을까? 고려그룹 작은딸 광장동에 있는 고려호텔 대표 그 정도는, 지수는 그 정도를 이야기했다. 민우는 "아네" 하며 고개를 끄덕였다. 지극히 일상적인 대화를 나누고 있는 사람처럼 무덤덤했다. 민우의 반응이 지수를 편하게 했다.

"저는 이 민우입니다. 인테리어 회사에 다니는데 주로 아파트 모델하우스 실내장식을 합니다."

민우는 명함 한 장을 꺼내서 지수 앞에 놨다. 민우의 직책은 대리였다. 넘치지도 모자라지도 않는. 순간 지수는 그렇게 생각했다.

"아파트 모델하우스라면 여자 마음 특히 주부들의 마음을 사로잡아야 겠네요."

"네, 그렇지요."

"어떻게 사로잡아요?"

"특별한 게 있으면 됩니다. 주방 벽에 붙은 작은 크리스털 샹들리에,

현관 입구 문이 지중해 물빛 같은 파란색, 서재 창문은 빛이 다 들어오면 안정감이 없으니까. 성당 창문처럼 스테인드글라스로 또 곳곳에 주부가 쉴 수 있는 원탁 테이블과 의자를 놓고 이런 식이지요. 가끔 재미난 이벤트도 합니다."

"어떤?"

"모델하우스를 방문한 주부들한테 선물추첨을 하지요. 당신의 특별한 날에 눈부신 날개를 달아 줄 드레스를 드립니다."

"어머?"

지수는 놀랐다. 공감했기 때문이다. 여자들은 드레스에 관한 로망이 있다.

"세계에서 행복 지수가 가장 높은 나라가 핀란드예요. 복지제도가 제일 잘 된 나라이기도 하지만 그 나라 국민의 소박함 때문이기도 하지요. 핀란드 사람들은 행복의 이유를 햇빛과 바람이 풍성한 넓은 공원, 기거할 집 한 채, 일용할 양식으로 꼽지요. 하지만 많은 사람이 누구나 즐길 수 있고 누구나 갖고 있는 평범함에는 만족하지 못해요. 햇빛 바람 그런 건 중요하지 않아. 그 공원이 내 이름으로 등기되었다면 몰라도, 집 한 채는 대부분 갖고 있으니까 난 최소 집 두 채는 있어야 돼. 일용할 양식? 매일 아침 브라질에서 공수하는 커피를 마신다거나, 금 접시에 음식을 담아서 먹거나 하면 몰라도, 이렇게 사람들은 이상하리만큼 특별함에 목말라 있지요. 그게 다 욕심이지만 특별함은 매력적인 유혹이 되지요. 그걸 마케팅에 접목시키는 겁니다. 아, 제가 말이 너무 많았네요."

민우는 지수를 만나면 어떤 말을 해야 할지 미리 메모를 해놓는다. 그때그때 분위기에 어울리게 풀어 놓을 수 있는 다양한 이야기들. 지적이면서 재미있어야 하고 진실과 성실이 음식의 양념처럼 골고루 배어 있는, 아, 어렵다. 때로 민우는 그런 생각이 들지만, 그때마다 세차게 고개를 흔들었다. 토양이 전혀 다른 곳으로 옮겨 앉는데 이 정도는… 민우는 브라우닝의 사랑 시도 몇 개, 릴케와 셸리의 낭만시도 몇 개 외우고 있고 와인의 종류와 유래, 밤하늘 별자리 전설도 다 꿰고 있다. 적재적소에 사용하기 위해서 많은 걸 습득하고 있어야 한다. 하지만 가장 중요한 건, 어떤 경우에도 겸손함으로 무장되어 있어야 한다는 것이다. 멋쩍은 표정, 당황한 표정, 다소 부끄럽고 어색한 표정, 밤마다 거울을 보며 연습한 다양한 표정을 민우는 그때그때 알맞게 내놓고 있었다.

"맞아요. 특별함으로 사람의 마음을 움직인다?"

순간 지수는 호텔 운영에도 그 특별함을 끼워 넣으면 어떨까 생각했다.

그렇지 않아도 아버지가 제자리걸음인 호텔 매출 현황에 언짢아하시는데.

"호텔에도 그걸 이용하면 좋을 것 같습니다."

반가운 말이 날아왔다.

"어떻게요?"

"호텔에 유료 멤버십 제도가 있잖아요?"

"네."

"대부분 무료 숙박권, 호텔 내 식사비 할인 등이 위주잖아요?"

"그렇지요."

"누구나 한 번쯤 꿈꾸는 파티를 열어주는 거예요. 인원은 8명 10명 15명, 이런 식으로 멤버십 가격 등급에 따라 차이를 두고 모든 행사를 호텔에서 맡고 해주는 거지요. 깔끔한 모던타입, 낭만적인 프로방스 타입, 화려하고 고풍스러운 루이 14세 타입 등 다양하게 분위기를 연출해서 선택의 폭을 넓히는 거지요, 고객이 원하면 드레스 모자 등 특별한 의상도 제공하고요. 결혼기념일, 생일, 브라이덜샤워, 베이비샤워 등등 특별한 날 고객에게 맞춤 파티를 열어주는 거지요."

'와우' 지수는 소리를 지를 뻔했다. 평범함보다는 특별함에 마음이 설레는 건 확실하다. 상상을 현실로 바꿔주는 마법의 지팡이 그걸 멤버십 특전에 끼워 넣는다? 나라면? 한다.

지수는 모든 걸 주관화하는 버릇이 있다. '나라면 어떨까?' 많은 사람의 주관에 의해서 선택되면 결국 객관이 된다. 나른하고 권태로운 일상에서 그 정도 상상은 할 수 있고 그 상상은 현실이 된다. 브라보…!

민우는 지수의 표정이 꽃처럼 피어 나는 걸 보고 있다. 모델하우스를 방문한 여성 고객들 대부분은 편리함보다 나만 누리는 특별함에 후한 점수를 줬다. 지수에게 도움이 됐다면 다행이다. 민우는 어떡하든 지수의 마음에 쏙 들고 싶었다. 영혼을 팔아서라도. 그만큼 절실했고 그만큼 현실이 남루했다.

"정말 멋진 생각이에요. 구체적인 실행 방법을 연구해 봐야겠어요. 오늘 저녁은 제가 살게요. 이런 멋진 아이디어를 받았는데 이 정도는 너무 약하지만."

지수가 지갑에서 꺼낸 카드에는 작은 다이아몬드가 박혀 있었다. 민우가 선택한 신용카드는 늘 연회비 무료였다. 원래는 연회비가 3만 원 정도 하는데 특별기간 이벤트를 이용하면 무료가 된다. 민우는 그런 걸 잘 낚아챘다. 가난은 민첩성과 순발력을 만들어 준다. 어떡하든 살아내야 하는 삶인 것이다. 때로는 비겁하기도 하고, 때로는 약삭빠르기도 하고, 때로는 잔인함을 숨기느라 교활하기도 했다. 그래서 어느 우아한 피부과 원장 사모님이 T.V 토크 프로에 나와서 "개천에서 용 난 사람,

개룡은 사윗감으로 절대 안 돼요." 했던가? 누군가를 밟고 일어서야 하는 운명인 것이다.

"영화 보러 갈까요? 디즈니 만화영화 어제 개봉했어요."

"영화는 다음에 보러 가요. 오늘은 갈 때가 있어요."

지수는 순순히 만화영화를 포기하고 민우를 따라서 낙원동 악기점까지 왔다. 신기했다. 세상 모든 악기가 다 있었다. 새것보다 중고가 더 많은 악기점이었다.

"기타를 하나 보려구요."

콧수염이 코믹한 주인은 재빨리 다양한 모양의 기타 진열대에서 기타를 하나 집어 들고 왔다.

"따끈따끈한 신상입니다. 어쩌다가 이렇게 멋진 녀석이 우리 집에 들어왔는지."

주인은 기타를 어루만지며 자부심을 여지없이 드러냈다. 기타를 잘 알지 못하는 지수도 한눈에 예사롭지 않은 걸 느꼈다. 그러나 민우는 다른 쪽을 보고 있었다. 중고품들이 놓여 있는 구석 코너였다. 주인은 민우의 시선이 향한 쪽을 보고 바로 말을 바꿨다.

"악기는 중고도 괜찮지요. 길이 들어져서 오히려 소리가 매끄럽게 나올 수 있어요."

민우는 중고 중에서 가장 가격이 싼 기타를 집어 들었다. 순간 지수는 주인이 추천한 신상 기타를 민우에게 선물하고 싶었다. 아이디어값이라고 할까? 그러나 지수는 고개를 흔들었다.

지나친 건 모자란 것보다 못하다. 민우는 중고 기타를 안고 좋아했다

"고등학교 때 산 기타와 이제 작별이네요."

고등학교라고? 기타의 수명이 원래 그렇게 긴가? 지수는 민우의 형편

이 매우 안 좋다는 걸 알아챘다. 그런데도 민우는 굳이 감추려 하지 않는다. 중고 기타를 품에 안고 저렇게 좋아하는 표정이라니, 갑자기 지수는 가슴이 뭉클했다. 엄마가 어쩌다 지수를 보고 웃어 주면 지수는 가슴이 뭉클했다. 그걸 감동이라고 표현한다는 걸 초등학교 사학년 때 알았다.

"한번 연주해 보세요. 소리는 잘 납니다. 중고라고 무시하면 안 됩니다."

누구도 그 기타를 무시할 생각이 없는데 주인은 무시라는 표현을 내뱉었다.

오히려 주인이 가격이 싸다는 이유로 대우를 안 해준 듯했다. 구석진 곳에 쓸모없는 짐짝처럼 쌓아 놓다니. 민우는 소년처럼 수줍게 고개를 끄덕이더니 칵테일 바에 놓여 있음직한 높은 의자에 앉아 기타 연주를 시작했다. '금지된 장난' 중 '로망스' 지수가 가장 좋아하는 곡이다. 금지된 장난은 사랑이 아니라 전쟁이었다. 지수는 오랜 가뭄 뒤 논바닥처럼 메마르고 갈라진 가슴에 조금씩 조금씩 향기롭고 따뜻한 물이 스며드는 걸 느꼈다. 저 남자 덕분에 내가 덜 외로울 수도 있겠다. 그런 생각이 훅 들어 왔다. 민우는 이어 비틀즈의 '예스터 데이'를 연주하며 노래를 부르기 시작했다.

"예스터 데이. 올 마이 트로블스 심 소 화 어웨이…"

지수는 여행 중 우연히 들른 카페에서 아주 오랫동안 먹고 싶었던 케익 한 조각을 발견한 기분이었다. 작은 흥분이 일었다. 민우는 지수의 표정이 달콤하게 풀리는 걸 바라보았다. 어린아이가 커다란 캔디를 바라보듯이. 어디서 이모의 목소리가 날아오는 듯했다.

"잘하고 있어. 이 민우.'"

민우는 지수를 위해서 기타 연습을 죽어라하고 했다. 기타를 친 지

6개월밖에 안 됐다.

"표정을 좀 더 애틋하게 해 봐. 마른 장작개비처럼 말고, 설탕물에 담갔다가 꺼낸 것처럼."

숙자는 빈틈없이 능란한 조련사처럼 굴었다. 민우는 손가락에 피멍이 들어서 결국 피가 터져 나올 때까지 기타연습을 했다. 설탕물에 담갔다 꺼낸 표정을 연습하면서 지수는 민우와 헤어지면서 손을 내밀었다. 민우는 지수의 손을 잡았다. 작고 따뜻했다.

"오늘 나이스 데이."

지수가 장난스럽게 웃었다. 그런 미소는 뭔가 감출 때 방패로 들고나오는 미소다. 어쩌면 지수가 흔들리고 있을지도, 그러나 민우는 단호하게 고개를 저었다. 방심은 금물 오만도 금물. 냉정해야 한다. 민우는 집에 들어오자마자, 냉동실에서 얼음을 꺼내 입 안에 집어넣고 와작와작 깨물기 시작했다. 중노동을 한 듯 갈증이 났고 피곤했다. 그런 민우를 은채는 말없이 바라보았다.

'민우야, 멈출 수 없어. 반드시 해내야 돼.'

은채는 민우의 고단함을 모른 척할 생각이다. 목표는 어떤 방법이라도 이루기 위해 목표가 된 것이다.

지영은 이층으로 올라오는 지수의 발걸음이 가볍고 경쾌해서 마음이 놓였다.

'오늘 지수의 기분이 괜찮구나.'

어린 시절부터, 지영은 지수의 기분을 살폈다. 엄마가 차별한다는 걸 알았기 때문이다.

엄마의 사랑을 마음 놓고 누릴 수 없다는 건 매우 불편했다. 어느 날은 지수가 없어졌으면 좋겠다고 생각했고 어느 날은 지수가 가여웠다. 이

널뛰기 감정이 지영을 지치게 했다.

"언니, 일찍 들어왔네. 오늘 친구들하고 한잔한다고 하지 않았어?"

"호텔 실적 제자리걸음이라고 아버지가 하도 눈치 줘서 술 마시다 체할까 봐 오늘은 패스했어."

"언니, 내게 좋은 아이디어가 있어."

민우의 아이디어를 공유할 생각인데 지영은 바로 차단했다.

"아, 일 얘기는 나중에. 지금은 그냥 멍 때리고 싶어."

"오케이."

"고흐, 잘 만났어?"

"응. 언니도 시간 나면 가봐, 너무 좋아."

"불행한 사람은 싫어. 그리고 정 여사라도 만나면 어쩌니? 날 보면 바퀴벌레라도 만난 듯 기겁할 텐데. 암튼 정 여사는 일관성 있어서 좋아. 처음부터 끝까지 난 바퀴벌레라니까."

지영은 전 시어머니를 정 여사라고 불렀다.

"그분 원래 자기보다 예쁜 여자는 다 싫어하잖아? 우리 엄마부터."

"그럼 세상 여자가 다 싫게? 성형수술로도 개선이 안 되는 특수한 얼굴. 참 신기하지. 정 여사 아들은 안 왔니?"

지수는 윤호 이야기를 안 하려고 했는데 지영이 먼저 꺼냈다.

"만났어."

"그래? 누구랑 왔어?"

"친구들인가? 남자들끼리 왔어."

지수는 지영이 한 질문의 의미를 알아챘다. 그래서 남자들을 강조했다.

"허긴 그런 바보한테 어디 여자가 붙겠니?"

지영은 그렇게 말하며 흥흥거렸지만, 그 바보를 아직도 못 잊는 것 같았다. 왜 언니는 이혼했을까? 공식적 발표는 성격 차이다. 지수는 물어보고 싶었지만, 혹시 언니의 상처를 헤집는 꼴이 될까 봐 그대로 방으로 들어갔다. 지영은 닫힌 지수의 방문을 한참 바라보다가 앞에 놓인 커피잔을 들어 커피 한 모금을 마셨다. 식은 커피에서 더욱 진한 커피향이 난다. 그래서 지영은 식은 커피를 좋아한다. 뜨겁다가 식어야만 제대로 된 커피향이 나온다. 애초부터 식은 커피는 아무 맛도 안 난다. 누군가 그랬지?

　─커피가 식으면 품질이 드러나고, 사랑이 식으면 품격이 드러난다고.─

　윤호가 보고 싶다. 결혼한 지 1년도 채 안 되어서 이혼한 전 남편.

[3]

~

아버지한테 등 떠밀려 나간 맞선자리에 남자는 의외로 괜찮아 보였다.

"수완도 좋고, 허튼짓도 안 하고, 쓸 만한 놈이야."

"인물도 좋던데, 지난번 최 회장네 창립기념회장에서 봤는데."

"인물 뜯어먹고 사나? 더구나 남자 인물을."

"인물 중요하지, 보기 좋은 떡이 맛도 좋다잖아?"

"그래서 나 좋다 했나?"

"당신 인물 빼면 뭐 볼 거 있어?"

"이그, 이렇게 밝혀서야."

아버지가 엄마 궁둥이를 철썩 한 대 때렸다. 엄마가 소녀처럼 까르르 웃었다. 아버지와 엄마는 체면을 지키며 타인의 시선에서 품위를 유지하면서도, 때때로 어린 시절 발가벗고 뛰놀던 어촌마을로 돌아가고는 했다. 무식했고 그만큼 유쾌했다. 자식들은 타인이 아니었기에 옆에 있어도 별 신경 쓰지 않았다. 지영은 그게 좋았다. 결혼해서 딱 그렇게 살고 싶었다.

맞선남 윤호는 지영이 편하게 커피를 마실 수 있게 커피잔을 지영 앞으로 알맞게 옮겨주었다.

"힘들었지요?"

윤호의 말을 지영은 이해했다. 재벌가 자녀들의 결혼은 기업의 합병 같다. 서로 윈 앤 윈 하면서 이익을 극대화시키는 것. 그래서 부모가 등 떠밀면 무조건 맞선자리에 나와야 했다.

"네."

지영은 간결하게 대답했다. 윤호의 얼굴에 미소가 물결처럼 번졌다.

"달라진 게 없습니다. 지영 씬."

"네?"

윤호는 지영을 오래전에 한번 봤다. 유학 시절 잠깐 서울에 왔을 때, 아버지는 어떤 모임에 착실하게 참석하라고 명령했다. 재벌가 자녀들의 모임이었다. 대부분 대학생이었다. 끼리끼리 부담 없이 놀 마당을 만들어 준 것이다. 그곳에서 자연스럽게 만나 연애로 발전하고 결혼까지 하면 부모는 속 편할 것이다. 그때 대학교에 막 입학한 지영도 참석했다. 무슨 모임인 줄 모르고 왔다가 바로 눈치챘다. 지영은 식사 전에 일어났다.

"그만 가보겠습니다."

"왜 오자마자 가요?"

누군가의 질문에 지영은 또렷한 음성으로 대답했다.

"초록끼리만 놀면 재미없잖아요? 최소 빨주노초파남보는 섞여 있어야지요."

지영은 바로 나갔다.

"쟤, 뭐래?"

"예쁘고 돈 많으면 정신이 문제야. 공평한 세상이라니까."

모두들 한마디씩 했지만, 곧 지영을 잊어버리고 서로를 탐색하기 시작했다. 하지만 윤호에게는 신선한 충격이었다. 지영이 가끔 생각이 났지만, 미국 유학 중이라 특별히 뭘 할 수 있는 처지도 아니었다.

"저 본 적이 있어요?"

"네. 오래전에."

"그래요?"

공식적 모임이 많으니까 어디선가 봤겠지, 지영은 더 이상 묻지 않았다. 잠시 침묵이 흘렀다.

아, 그러고 보니 어느 잡지에선가 윤호의 취미가 카레이스라는 기사를 읽은 적이 있다.

"그거 위험하지 않아요?"

"뭐가요?"

"카레이스"

"아, 그만뒀어요."

"왜요?"

"무서워서요."

윤호가 천진한 얼굴로 말했다. 지영은 터져 나오는 웃음을 꿀꺽 삼켰다.

"진짜예요. 사고를 목격했거든요."

"아, 네."

"요즘은 자전거 탑니다."

"산악자전거요?"

"아니요. 그것도 무섭습니다. 굴러떨어지면 낭떠러지잖아요."

이번에는 웃음을 삼키지 못했다. 그대로 터져 나와서 지영은 실컷 웃었다. 뭔가 자꾸 유쾌해지는 기분이었다.

"그냥 평평한 자전거길만 달립니다. 운길산 쪽 자전거길은 안전하고 아름답습니다."

자전거 타는 윤호는 쉽게 상상이 되지 않았다. 완벽한 카레이서 복장을 하고 멋진 자동차 옆에 서 있는 인터뷰 사진 때문인가?

"지영 씬 시간 있을 때 뭐해요?"

"뜨개질이요."

이번엔 윤호가 웃었다.

뜨개질을 시작한 건 고등학교 때였다. 지수가 어두운 밤에 정원 벤치에 앉아 울고 있는 걸 본 날, 다가가지 못하고 그대로 들어왔다. 종종 지수가 혼자 소리 없이 우는 걸, 이층 거실 커튼 뒤에 숨어서 몰래 보고는 했다. 그날은 그 울음의 깊이가 우물 같았다. 지영은 늘 방관자로만 머무는 자신이 미워서 꼴딱 밤을 새우고, 다음날 바로 광장시장에 가서 색색깔의 실과 크고 작은 여러 개의 뜨개바늘을 사 왔다. 집안일을 봐주는 홍초가 뜨개질하는 걸 종종 봤다. 홍초는 뜨개질할 때마다 "온갖 시름 달아나고 마음의 평화가 찾아오네…" 노래를 흥얼거리고는 했다. 지영은 홍초에게 뜨개질을 배웠다. 한창 공부해야 할 시간에 무슨 해괴망측한 짓이냐고 엄마가 야단쳤지만, 지영은 뜨개질을 계속했다. 온갖 시름이 다 달아나는 건 아니지만 완벽하고 단순한 몰두는 마음의 평화를 가져다줬다. 뜨개질하는 동안만이라도.

그날 윤호와 지영은 서로에게 반했다. 자전거라니? 뜨개질이라니? 의외성은 신선했고 그건 호감으로 이어지는 촉매 역할을 충분히 했다. 윤호와 지영은 무엇보다 만나면, 뭘 하든, ─파스타를 먹든, 커피를 마시든, 드라이브하든, 처음 하는 것처럼 가슴이 떨렸다. 그리고 행복했다. 사랑이라고 이름 짓기에 나무랄 데가 없었다. 윤호와 지영은 맞선 본 지 8개월 만에 성대한 결혼식을 올렸다. 지영은 보여주기식 화려한 결혼식보다 들꽃처럼 작고 소박한 결혼식을 꿈꿨지만, 두 회사의 주가까지 끌어 올리며 기자들의 플래시 세례 속에서 요란하게 결혼식은 끝났다. 신혼여행지는 제주도였다.

"마음 같아서는 발리 해변가 리조트에서 한 일주일 아무것도 안 하고 먹고 자고 먹고 자고 하면 좋은데, 우리 지영이 얼굴만 보고."

윤호는 미안해하고 아쉬워했다. 하지만 회사에서 오랫동안 공들인 신제품이 나오는 시기인데다, 경쟁회사에서도 동일 품종의 신제품이 나왔다. 편하게 자리를 비울 수 있는 시기가 아니었다.

"다음에 가면 되지."

지영은 윤호의 손을 잡고 가볍게 흔들었다. 윤호는 마음이 따뜻해지면서 이제 앞으로 펼쳐질 자신의 장밋빛 인생에 스스로 축배를 들었다. 축하해 김 윤호, 결혼 잘했어….

그러나 첫날밤부터 뒤죽박죽 엉망이었다. 지영과 나란히 침대에 누웠을 때부터 윤호는 갑자기 길을 잃은 아이처럼 허둥댔다. 뭘 어떻게 해야 하는 거지? 막막하고 겁이 났다. 사랑하는 여자의 머리카락에서는 달콤한 샴푸향이 났고, 희고 매끄러운 살결은 만지고 싶어서 가슴이 터질 것 같았다. 거칠게 때로는 부드럽게 안단테 모데라토 비바체 아 비바체 그렇게 지영의 몸을 연주하고 싶었다. 그러나 윤호는 아무것도 할 수 없었다. 더 기가 막힌 건 앞으로도 아무것도 할 수 없을 것 같은 예감이다.

—어떻게 해야 하나? 나?—

지영은 미동도 하지 않은 채. 가만히 누워있었다. 윤호는 벌떡 일어나더니 냉동실에서 위스키를 위해 준비된 얼음을 꺼내 와작와작 씹었다. 지영은 윤호의 긴장이 신선했다. 지영은 일어나 앉으며 윤호를 향해 양팔을 벌렸다. 윤호가 다가와 지영에게 안겼다. 윤호의 가슴이 파닥파닥 뛰는 게 느껴졌다. 지영은 토닥토닥 윤호의 등을 부드럽게 두드렸다.

"괜찮아요. 그냥 자요. 나도 피곤하네."

그런데 그냥 자는 일이 계속되었다. 심지어 윤호는 일을 핑계로 집에 들어오지 않는 날도 있었고, 서류 뭉치를 잔뜩 끌어안고 당장 오늘 하지 않으면 사형대에라도 끌려갈 사람처럼 비장한 표정으로 서재에 들어가 밤을 꼬박 새웠다. 윤호는 미안해했고 괴로워했다. 그래서 지영을 쳐다보지 않았고 가능한 한 지영으로부터 멀리 달아나고 싶어 했다. 지영도 괴로웠다.

'대체 왜 이러는 거지? 윤호에게 남자 노릇을 제대로 하지 못하는 병이 있나? 그렇다면 치료를 받으면 되지. 혹시 자존심 상하고 민망해서 망설이는 건 아닌가?'

그러나 그건 아닌 듯했다. 지영은 친구로부터 윤호가 여자와 호텔을 드나든다는 얘기를 들었다. 친구는 친절하게도 사진까지 찍어서 보냈다.

"너희 신혼 아니니? 니 남편 너무한다. 좀 참지."

수화기 너머 친구의 목소리는 피아노 건반처럼 매끄럽게 춤을 추었다. '이런 걸 내가 목격하다니 웬 횡재인가?' 친구는 그렇게 말하고 싶었는지도 모른다. 지영은 윤호의 귀가를 기다렸다. 윤호는 늦은 밤 들어왔다. 술도 마시지 않았다. 거실 불빛 아래 서 있는 윤호의 얼굴이 밀랍처럼 창백하고 지쳐 보이는데 지영은 놀랐다 그러고 보니 몸도 많이 말랐다. 지영은 가슴이 싸하고 아팠다. 그래서 묻지 못했다.

대체 무슨 일인가? 단순한 바람이 아니다. 우리는 사랑하고 있다.

그날 밤 지영은 잠을 잘 수 없었다. 서재에서 윤호는 술을 마시고 또 마셨다. 마치 술을 마시는 것밖에 할 줄 모르는 사람처럼. 윤호는 이렇게 스스로를 만들어 버린 자신을 죽이고 싶었다. 정말 죽이고 싶었다. 윤호는 천문학자가 되고 싶었다. 매일 밤 아름다운 별자리 전설을 사랑하는 여자한테 들려주는 소박하고 낭만적인 남자가 되고 싶었다. 아버지는 미친놈이라고 상대도 안 해주었고 어머니는 하늘의 별을 돈으로 보라며, 별 밭이 아닌 돈 밭 생각만 해도 환장하게 좋다고. 농담으로 받았다. 그러나 아버지는 단순한 어머니처럼 순간적인 아들의 객기로 생각하지 않았다. 아들의 꿈을 알고부터 아버지는 무섭게 아들을 몰아붙이고 조련하기 시작했다. 감상적이고 여린 아들이 그런 개뼈다귀 같은 생각을 다시 못 하게 해야 한다는 투철한 사명 의식이 생긴 듯, 아버지는 일등병을 훈련시키는 무서운 선임처럼 거칠게 윤호를 몰고 갔다. 윤호는 숨이 막혔다. 그래서 독한 술도 마셔보고 위험해서 더욱 짜릿한 카레이서도 해봤지만, 여전히 숨이 막혀서 죽을 것 같았다. 아버지로부터 달아나고 싶었지만, 곧 잡혀 올 것이라는 두려움 때문에 한 발걸음도 움직일 수 없었다. 결국 윤호는 탈출구를 찾았다. 살기 위한 탈출구는 윤호를 더욱 외롭게 했지만 숨을 쉬어야 했다. 윤호는 섹스에 깊이 빠져들었고 탐닉했다. 여자들은 윤호의 마음에 들기 위해 최선을 다했다. 돈을 위해서 때로는 신데렐라 꿈을 꾸면서 윤호에게 헌신했다. 윤호가 깊은숨을 쉬고 온몸을 떨며 몸에 남은 것 모두를 쏟아낼 때까지 뭐든 했다. 여자가 다르니 방법도 달랐다. 윤호는 매일 밤색 색깔의 크레파스가 잔뜩 들어 있는 상자를 여는 기분이었다. 아슬아슬하고 진한 쾌감이 느껴졌다. 여자가 자신의 몸 위에서 춤을 출 때 윤호는 아무것도 하지 않았다. 맞은 편

T.V의 개그프로를 보며 웃기도 했고, 담배 연기로 도넛을 만들기도 했고, 커피를 긴 빨대로 빨아 마시기도 했다. 윤호가 절정을 향해 달리려 하지 않을수록 몸 위의 여자는 더욱 안간힘을 쓰며 노력했다. 조금씩 조금씩 윤호의 몸에 불이 댕기는 걸 느낀 여자는 기회를 놓칠 수 없어서 자신의 온몸을 출렁이는 파도에 던지듯 윤호에게 던졌다. 모든 것이 끝났을 때, 대부분의 여자는 해냈다는 안도감으로 꽃처럼 환하게 웃었는데 땀으로 온몸과 머리카락이 젖어 있었다.

윤호는 근로자에게 임금을 지불하는 사용주처럼 무표정으로 여자들에게 돈을 주었다. 그런데 윤호는 그런 것에 너무 익숙해져서 자신이 침대에서 아무것도 할 수 없게 됐다는 걸 비로소 깨달았다. 너무 늦게. 사랑하는 아내에게 여왕 대접을 해주고 싶었다. 그런데 왕 노릇만 해온 윤호는 그 방법을 잃어버렸다. 윤호는 서재 바닥에 주저앉아 엉엉 울었다. 지영은 문밖에서 윤호의 울음소리를 듣고 있었다.

'이제는 물어봐야 한다.'

지영은 서재로 들어갔다. 술에 취한 윤호가, 울음에 젖은 윤호가, 낯선 사람을 보듯 지영을 무표정하게 바라보았다. 그러나 윤호가 떨고 있다는 게 지영은 느껴졌다. 지영은 다가가 윤호를 두 팔로 안았다.

"당신이 힘든 게 뭔지 알고 싶어요, 아니 알아야 해요."

윤호는 침묵했다.

"알아야겠어요."

지영은 확고한 의지를 전달했다. 윤호는 사실대로 말할 수가 없었다. 사랑하는 여자한테 아주 좋은 남자 멋진 남자로 보이고 싶었다. 지영이 조심스럽게 입을 열었다.

"혹시 몸에 문제가 있어요?"

다행이었다. 그쪽이 훨씬 나았다.

윤호는 고개를 끄덕였다.

"같이 병원 가 봐요."

지영의 음성이 새털처럼 가벼워졌다. 원인을 알았으니 거기에 맞는 합당한 치료만 받으면 된다고 생각했다.

"병원에 가봤어. 몇 군데나."

"뭐라고 해요?"

윤호는 고개를 저었다.

"쉽지 않은가 봐. 약을 먹어도 보고, 정신과 상담도 받아 봤는데. 병명이 나오지 않아. 스트레스 때문이라고."

스트레스 그건 너무 두루뭉술한 병명이다. 좋은 신호이기도 하고 나쁜 신호이기도 한. 일단 죽지는 않는 병 그러나 뚜렷한 원인이 없다면 더 고치기 힘든 거 아닌가?

어쩌면 윤호가 여자를 데리고 호텔에 간 것도 극복하고 싶은 간절한 마음으로 자신을 테스트해 보고 싶었던 아닐까? 수화기 너머 호텔로 윤호가 여자와 함께 들어갔다고 전해 준 친구는 말꼬리에 흥흥 재미있고 고소해 못 견디겠다는 웃음을 달았지만, 윤호는 절박했을 것이다. 사랑하는 아내를 위해서….

"미안해, 결혼하는 게 아니었는데."

지영은 윤호를 안은 팔에 힘을 주었다. 어쩌면 윤호는 행복한 기대를 했을지 모른다. 사랑하는 아내라면 잘 될 것이라는. 윤호 탓이 아니다.

"우리 같이 노력해 봐요."

지영의 음성이 떨렸다. 윤호는 지영이 자신의 말을 믿어줘서 더욱 괴로웠다. 어떻게 노력해야 하나? 지영은 걱정이 됐다. 사실 지영도 경험이 별로 없었다. 유학 시절 잠깐 같은 과 동급생과 사귄 적이 있었는데 그는 겁이 많고 욕심은 더 많았다. 지영의 집안을 알고 더 적극적이었다가 어느 날 사라졌다. '우리는 서로 안 맞아. 각자 행복하자.' 지영의 휴대폰에 남긴 문자에는 얼음이 서걱거렸다. 두 사람의 연애를 알게 된 운전기사가 은 회장에게 보고를 했고, 은 회장은 지영의 연인에게 밤낮으로 아르바이트를 하며 학비를 벌지 않아도 될 만큼, 방음이 전혀 안 되어 밤새도록 옆방의 흥분된 신음소리와 사랑해 스잔나, 사랑해 챨스를 들어야 했던 부실한 방에서 탈출할 수 있을 만큼의 충분한 돈을 주었다. 그는 사랑이 멋진 비즈니스가 된다는 걸 알았고, 이런 비즈니스가 앞으로 두세 번 더 있으면 좋겠다고 생각했다. 지영에 대한 미련은 손톱만큼도 없었다. 쾌적한 환경에서 눈을 뜰 수 있는 행운이 너무 좋았다. 이별의 아픔을 크게 느끼지 않은 건 지영도 마찬가지였다. 예의 없는 남자는 딱 질색이다. 지영의 연애는 그게 전부였다.

"상품은 말이다. 흠집이 없어야 제값 다 받고 운 좋으면 웃돈 얹어받으며 팔려 가는 법이다. 사람도 크게 다르지 않다. 자기 가치는 자기가 지니고 있는 법이야. 아무리 개방적인 시대라 하지만 그럴수록 몸가짐이 반듯해야 한다. 돋보이거든."

아버지는 기분 좋게 술에 취한 날이면 지영과 지수에게 그런 말을 했다. 오히려 엄마가 눈을 흘겼다.

"지금이 어떤 시대인데, 구석기 유물 같은 소리를 하고 있어? 너들 연애 실컷 해. 결혼하면 끝이다."

"그러다 소문나면?"

"그건 안 되지, 조심조심 사랑이라는 유리병을 양손에 들고 빙판길을 걷는 연인들처럼."

"캭, 무식한 여자가 표현 하나는 날아가네."

"책에 밑줄 긋고 외웠어. 요긴하게 그런 말들 써먹을 때가 있어. 사람들이 잘 속는단 말이야. 내가 유식한 줄 알아."

아버지와 엄마는 유쾌하게 웃었다. 그때마다 지영과 지수도 같이 웃었다.

지영은 '침실에서 행복'이라는 책도 사서 읽었고, '오늘 밤 하늘을 나는 양탄자에 오르는 법' 등을 인터넷에서 찾아봤다. 달콤한 아이스와인도 마셔보고, 독한 위스키도 마셨다. 메릴린 먼로의 잠옷처럼 오직 향수만을 뿌리고 알몸으로 눕기도 했다. 간질간질 본능을 자극하는 음악이라고 소개하는 색소폰 연주도 틀었다. 윤호는 지영의 노력에 조금씩 움직였다. 서로 포옹하고 키스하고 그리고 그 다음… 윤호는 멈췄다. 설렘, 감미로움 그 이상으로 발전하지 못했다. 사람들의 시선을 피해서 간 서울 변두리 신경정신과 의사는 섹스 중독이라고 했다. 더 강한 것, 오늘보다 더 강한 것, 점점 강하고 진한 것에만 반응하게 된다고. 알콜 중독, 니코틴중독, 도박중독과 다를 바 없는 늪 같은 함정… 윤호는 지영이 점점 자신감을 잃어가는 걸 보고 더 이상 결혼생활을 유지할 수 없다는 결론을 내렸다. 충분히 아름답고 충분히 사랑스러운 여자가 자책하기 시작한 것이다. '혹시 나 때문이 아닌가?'

그러나 윤호는 섣불리 이혼 이야기를 꺼낼 수 없었다. 무엇보다 지영을 너무너무 사랑한다. 함께 있는 공간 함께 나누는 시간은 언제나 벌꿀이 흐르는 듯 달콤하고 애틋하다. 침실만 아니면. 윤호는 고개를 세차게 흔들었다. 추악한 이기심이다. 지영을 놔 줘야 한다. 결국 윤호는 이혼을 이야기했고 지영은 눈물을 보였다.

'그냥 살면 안 되나? 함께 밥 먹고, 함께 산책하고, 함께 음악 듣고,

맛, 집 찾아다니고 문득 바다도 보러 가고, 밤하늘에 별도 올려다보고, 평범하고 소박하게.' 그러나 윤호는 점점 야위어 가고 있다. 정 여사는 지영을 의심했다. 단골 최 도사가 남자 잡아먹을 상이라며 색을 밝히니 아들을 자주 출장 보내라고 했다. 딴 방 쓰는 게 제일 좋은데 하면서 그래서 정 여사는 윤호를 본가로 자주 불렀다. 정 여사 자신이 아프다는 핑계로 윤호를 집에 보내지 않는 날도 있었다. 점점 시댁 식구들은 윤호를 걱정하며 지영에게 눈을 흘기기 시작했다. 지영은 윤호를 편안하게 해주고 싶었다. 두 사람은 이혼했다.

"카, 우리 집에 이혼한 자식이 생기다니. 조금 있으면 유상증자인데 이거 알려지면 주가가 떨어질 것 뻔한데 유상증자 청약 신청하겠나?"

"돈이 문제야? 애가 죽게 생겼는데, 얼굴 봐요, 피죽도 못 먹은 애처럼 삐쩍 말라서 남들이 다 수군거려."

"이래서 여자가 잘 들어 와야 하는데 사부인을 닮았나? 곱상하니 색을 밝히게 생긴 게 다 즈히 엄마."

김 회장은 다음 말을 잇지 못했다. 이혼 문제 때문에 지영과 함께 온 영희가 문밖에서 그 이야기를 듣고 뛰어 들어와 김 회장의 얼굴을 핸드백으로 후려친 것이다.

"어쿠, 어우."

김 회장은 뒤로 나자빠졌다. 영희의 서슬이 너무 시퍼레서 정 여사도 뒷걸음쳤다.

두 사람은 성격 차이로 이혼을 한다고 발표했다. 정 여사는 이혼 사유가 며느리한테 있다고 슬슬 물감을 풀 듯 사방에 흘리고 싶었으나, 자기 남편을 핸드백으로 후려친 서슬 퍼런 영희 때문에 침묵했다. 바닷가에서 해풍 맞고 자란 무식한 년이라고 마음속으로 씹으며.

정 여사는 한때 태생이 비슷한 영희와 친해지고 싶은 생각이 든 적도 있었다. 재벌 집 여자들은 유식하고 우아할 뿐만 아니라 외국어도 잘했다. 영어는 기본이고 중국어 일본어 불어 등도 술술 나왔다. 부부 동반 파티에는 늘 외국인들이 많아서 영어가 자주 등장했는데 한 템포 늦게 웃는 건 항상 정 여사와 영희였다. 못 알아듣기 때문에 눈치로 웃느라 짧은 순간이지만 시간 차이가 생겼다. 그런데 정 여사가 환장할 노릇은 사람들이 자신은 무식해서 못 알아듣기 때문이라고 단정 짓지만, 영희는 아니었다. 워낙 품위 있는 분이라 감정을 쉽게 드러내지 않는다는 해석이었다. 남편이 잘 쓰는 말, 이 무슨 개뼈다귀 같은 일인가? 그건 순전히 외모 때문이었다. 영희는 미모가 뛰어난데다 말수가 적고 늘 잔잔한 미소를 띠고 있어서 우아하고 지적으로 보였다. 정 여사는 영희 때문에 늘 억울했고 분했다. 그런 여자의 딸이 며느리로 들어와 내 아들 체중을 무려 11킬로나 빠지게 하고 뒤도 안 돌아 보고 제 집으로 갔다. 마음 같아서는 지영의 품행에 대단한 문제가 있어서 내쳤다고 여름날 등장하는 모기 살충제처럼 살금살금 사방에 뿌리고 다니고 싶지만, 영희의 서슬도 겁났고, 무엇보다 아들 윤호가 막았다.

"다 제 탓이에요. 제가 잘못했어요."

"뭘? 바람 폈니?"

"네."

"뭐? 겨우 그것 때문에? 아니 남자가 영화 보고 골프 치고 여행 다니고 바람피우고 취미생활 좀 한다고 이혼을 당해? 뭐, 이런 개뼈다귀 같은…."

정 여사에게 아들의 바람은 취미생활일 뿐이었다. 그냥 단순하게 즐기는. 그 위치에 그 외모에 그런 취미생활 못하는 게 멍청이지. 정 여사는 남편 김 회장의 취미생활을 이해했다. 물론 시간이 걸렸지만 어쩌면 포기라는 말이 맞을지도 모른다. 그런데 발칙하게 지영은 그걸 참지 못하고, 뭐 꼭 나쁜 일만은 아니다. 대출 없이 현금으로 화장품 회사를 사들였다는 소문이 자자한 강 회장의 외동딸이 곱상하니 얌전해 보여 마음에 딱 들어 흘금거리는 중이었다. 이혼은 흥이 아니다. 애도 없는데. 다만 이혼의 원인 제공자가 지영이라야 하는데, 그것도 도저히 봐줄 수 없는, 나쁜 짓이라야 하는데. 윤호는 어머니의 마음을 이미 읽었다.

"저 때문에 이혼한 거예요. 어머니가 어디 가서 딴소리하시면 제가 바람피워서 이혼당한 거라고 발표할 겁니다. 제가 죽일 놈이라고요. 그러니 아무 말씀 하지 마세요. 제발."

윤호는 필사적이었다. 정 여사는 아쉽지만 포기했다. 윤호는 어떤 경우라도 침묵하겠다는 정 여사의 약속을 받아내고서야 안도하는 표정으로 방으로 들어갔다.

'꼭 이렇게 해야 하나? 우리한테 유리한 상황을 만들어야 며느릿감을 맘대로 고를 수 있는데.'

정 여사는 아들과 다시 한번 이야기를 해 봐야겠다는 심정으로 아들의 방문을 열다가 흠칫했다. 아들이 울고 있었다. 몸을 둥근 공처럼 잔뜩 웅크리고, 등짝에 화살촉이 꽂힌 짐승처럼 왈각왈각 울음을 토해내고 있었다. 정 여사는 조용히 방문을 닫고 그 자리에 꼼짝 않고 서 있었다. 아들의 아픔이 고스란히 전해져서 심장이 뽀개지는 통증이 느껴졌다. 문득 지영을 바라보던 아들의 얼굴이 떠올랐다. 이렇게 행복해도 되는지요? 감사하고 겸손해지고 싶은 모습이었고, 무엇보다 아들은 늘 웃고 있었다. 시간이 지날수록 무슨 이유에서 인지 웃음이 점차 사라졌지만, 지영을 바라보는 눈빛은 여전히 애틋하고 절절했다. 눈빛은 거짓말을 할 수 없다. 혹시 내가 아들의 행복에 훼방꾼은 아니었나? 며느리한테 잘했어야 했나?

정 여사는 눈물이 핑 돌았다. 아들이 너무 가여웠다.

이혼하고도 공식적인 자리에서 윤호와 지영은 만났다. 늘 두 사람은 멀찍이 떨어져 있었다. 그러나 누가 두 사람을 5분만 바라본다면 왜 이혼했을까? 의문점을 찍을 것이다. 지영이 딴 곳을 볼 때, 윤호는 지영을 바라본다. 윤호가 딴 곳을 볼 때 지영은 윤호를 바라본다. 애틋하고 안타깝고 슬프고 그리고 눈물이 흐르지 않을 뿐이지 울고 있다. 눈빛으로 온몸으로 '우리는 사랑하고 있어요' 외치고 있는데 누가 눈치를 못 채겠는가? 다행스러운 건 그 둘을 5분 이상 바라보는 사람들이 없다는 것이다. 비즈니스 모임은 늘 이익을 얻기 위해 분주하니까.

[4]

～

　숙자는 정성껏 피크닉 도시락을 만들었다. 김밥, 샌드위치, 주먹밥과 갖가지 나물 특히 살짝 데친 두릅과 초고추장에 신경을 썼다. 그리고 제철 과일과 구수하고 달큰한 시래기 된장국. 집밥을 먹고 자란 아이들은 몸도 마음도 튼튼하다. 엄마의 집밥은 사랑이다. 지수는 값비싼 음식을 먹고 자랐겠지만 한순간도 행복한 포만감을 느끼지 못했으리라

　"지수는 입맛이 참 특이해. 나물 좋아하고, 특히 두릅은 환장해. 된장국도 시래기를 넣어야 좋아하고 방학 때 시골 우리 집에 놀러 와서 어찌나 잘 먹던지. 엄마가 부잣집에서 귀하게 자란 애가 입맛이 털털하다고 좋아했어. 근데 이상하게 난 짠하더라구, 걔가 좋아하는 것들은 엄마가 잘 만드는 엄마 음식들이잖아. 갈증 때문에 그리워하고, 그래서 더 좋아하게 되고, 엄마 사랑 못 받은 티가 난다니까."

　소미의 말을 곱씹으며 숙자는 엄마표 피크닉 도시락을 완성했다. 보온병 한 개에는 시래깃국 다른 한 개에는 지수가 좋아하는 바샤 커피를 가득 넣었다. 숙자는 그것들을 차에 실었다. 문득 허리를 펴고 바라본

하늘은 청명했다. "나무랄 데 없는 날씨야." 숙자는 모든 게 흡족했다. 숙자는 민우와 만나기로 한 대형슈퍼마켓 주차장으로 향했다. 민우의 차가 기다리고 있었다. 민우가 차에서 내리려는 걸 숙자는 손으로 제지했다. 두 사람이 함께 있는 걸 누구한테도 보여서는 안 된다. 숙자는 재빨리 차 안에 도시락과 보온병을 민우의 차에 옮겼다. 그리고 돌아보지 않고 떠났다. 얼마나 민첩한지 몇 분도 채 안 걸렸다.

민우가 도착한 곳은 한강 고수부지였다. 며칠 전 지수는 검도장 복도에 진열되어있는 캠핑 도구를 유심히 보고 있었다. 박 관장이 빌려준 돈 대신 받아 온 물건들이었다. 텐트, 버너, 코펠, 접이식 의자, 모기장 등등.

"그래도 양심은 있어서 튀기 전에 자기 매장 물건을 줬다니까. 이거 팔아서 빌려준 돈 보충해야지."

사람 좋은 박 관장은 사방에 돈 빌려서 코인 투자하다가 실패하고 달아난 친구에게 별 유감없다는 듯 말했다. 민우는 지수 곁으로 다가갔다. 지수가 말했다.

"캠핑 한번 해 보고 싶었어요. 밤하늘의 별도 보고, 바비큐 그릴로 고기도 구워 먹고, 재미있을 것 같아요."

그래서 만든 자리였다. 전화로 모든 게 주문 배달이 가능했다. 참 편리한 세상이다.

지수의 차가 들어오는 게 보였다. 오늘은 지수가 직접 운전을 했다. 민우가 다가가 차 문을 열어줬다. 지수가 활짝 웃었다. 지수의 웃음은 언제나 만개한 꽃 같았다. 그런데도 슬퍼 보였다. 만개한 꽃의 다음 순서가 시들기 때문인가? 때마침 민우가 전화로 주문한 캠핑 세트가 배달되었다.

"어머? 이런 게 다 배달이 돼요?"

"저도 처음 알았습니다."

원터치 텐트가 멋진 두 사람만의 공간을 만들어 줬다. 접이식 의자를 펴고 앉으니 하늘도 강도 잘 보였다. 지수는 어린아이처럼 호기심을 갖고 둘러보며 이것저것 만졌다.

"오늘 저녁은 도시락입니다."

"도시락도 준비해왔어요?"

"네, 어머니표."

작은 테이블에 도시락과 시래기 된장국을 올려놓았다. 김이 모락모락 올라오는 된장국은 냄새만으로도 입맛을 확 당겼다. 도시락 뚜껑을 열자, 지수의 입에서 "아" 짧은 감탄사가 튀어나왔다. 너무 근사한 도시락이었다. 더구나 지수가 좋아하는 알싸하고 감칠맛 나는 두릅도 있었다. 순간 지수는 민우가 부러웠다. 이런 도시락을 쉽게 먹을 수 있다니. 그런 엄마가 있는 민우가 부러웠다.

"어머니 힘드셨겠어요? 몸도 안 좋으신데."

"저한테 뭔가 해줄 때는 기운이 나십니다. 기운을 모아 뒀다가 쓰시나 봐요."

지수는 맛있게 먹었다. 디저트 커피는 바샤였다. 뜨거운 커피를 마시면서 지수는 혹시 그동안 꿈쩍도 안 하던 행운이 조금씩 내게 다가오는 게 아닌가? 문득 그런 생각을 했다.

"이거, 제가 제일 좋아하는 커피예요."

"아, 네, 어머니 친구분이 선물하신 건데 어머니가 좋아하세요. 아끼시며 조금씩 드세요."

"어머? 그래요? 어머니께 감사하다는 말 꼭 전해주세요. 최고의 도시락과 커피였어요."

민우가 미소 지었다. 따뜻한 미소였다. 어린 시절 지수는 이런 미소와 자주 만나고 싶었다. '따뜻하고 폭신한 털장갑을 낀 미소'라고 동시를 써서 선생님께 듬뿍 칭찬을 받은 적도 있었다.

'엄마는 언제쯤 오빠나 언니한테 보여주는 털장갑 낀 미소를 내게 보여줄까? 그럼 쌩쌩 겨울바람이 불어도 춥지 않을 텐데. 안델센 동화의 성냥팔이 소녀처럼 추운 거리에 서서 창문으로 안락하고 따뜻한 실내에서 행복한 시간을 보내는 가족을 보는 느낌이 안 들 텐데, 나도 저 실내로 들어가고 싶다.'

지수는 늘 그런 생각을 했다. 그런데 요즘 그 미소를 자주 만나고 있다. 민우한테서. 고맙다.

"아주 특별한 만찬이었어요. 고마워요."

"저도 고맙습니다. 맛있게 먹어줘서."

민우는 기타를 집어 들었다.

"음악이 가장 맛있는 디저트지요. 뭐 듣고 싶은 노래 있어요?"

민우는 지수가 트롯 '아담과 이브처럼'에 매료되어 요즘 부쩍 자주 듣는다는 걸 알고 있었지만, 이번에는 물어보았다. 너무 많은 걸 알고 있다면 의심을 살 수도 있다.

"아담과 이브라는 트롯 곡이 있는데 우연히 듣고서 좀 꽂혔어요. 트롯은 익숙하지 않은데 자꾸 들으니까 좋아요. 그 노래 모르지요?"

모르긴. 요 며칠 몇 시간씩 연습한 곡이다. 민우는 기타를 치며 노래를 부르기 시작했다

"난 그냥 네가 왠지 좋아. 이유도 없이 그냥 좋아. 난 너를 사랑하고 싶어. 사랑에 빠지고 싶어 사랑은 이런 건 가봐 가슴이 저려오네요. 그리

움이 이런 건가 봐 자꾸만 눈물이 나요. 오렌지빛 노을 창가에 와인 잔에 입맞춤으로 사랑을 마시고 싶어. 사랑을 꿈꾸고 싶어. 난 그냥 니가 정말 좋아. 이유도 없이 그냥 좋아. 난 너를 모두 알고 싶어. 벗어 버린 아담과 이브처럼….”

풀향기와 함께 강바람이 부는 저녁 시간, 아담과 이브는 애상적이었고 감미로운 와인처럼 마음을 조금씩 적셔갔다. 민우가 자신의 취향이 유치하다고 하지 않고 뜻밖으로 그 노래를 매혹적으로 부르는데 지수는 놀랐다. 기타 연주도 나무랄 데 없이 훌륭했다. 민우의 노래가 끝나자 지수는 요란하게 박수를 쳤다.

“어머니가 좋아하는 노래인데 자꾸 듣다 보니 저도 좋아졌어요.”

민우는 자연스러움이 필요할 때마다 어머니를 소환했다.

“다음에는 좀 멀리 가요, 고기도 구워 먹고 진짜 캠핑.”

지수가 웃으며 말했다. 민우는 고개를 끄덕였다. 구석에 서 있는 민우의 차는 낡았다. 기타도 낡았다. 중고로 바꾸긴 했지만, 민우가 갖고 있는 게 낡을수록 주인인 민우는 반짝반짝 빛났다. 가난이 부끄럽지 않은 당당한 남자. 욕심이 없기 때문이다. 남의 것을 탐내지 않기 때문이다.

지수는 민우를 바라보며 꽃잎 웃음을 보였다. 활짝, 민우는 지수의 웃음에 의미를 몰라서 어리둥절했다. 지수는 그런 민우가 좋았다.

“제 차 타고 같이 가요. 오늘은 제가 민우 씨 데려다줄게요.”

“아닙니다.”

민우는 몇 번 사양했지만, 지수의 고집에 끌려 지수의 옆자리에 앉았다. 지수의 차 내부는 매우 훌륭했다. 대기업 회장 접견실 같았다. 민우는 차창 밖으로 저 구석에 서 있는 자신의 작고 초라한 차를 바라보았다.

지금은 벤츠나 롤스로이스 못지않다. 멋지게 자기 역할을 다하고 있지 않은가? 민우는 이모 숙자의 선견지명에 감탄했다. 지수의 운전은 터프했다. 마음이 평온하지 않으면 모든 걸 거칠게 다루고 싶어진다. 지수는 음악을 틀었다. 비발디의 봄이 사뿐사뿐 걸어 나왔다. 도무지 지수의 음악 취향을 알 수가 없다. 어디에도 마음을 붙일 데가 없는 거다. 그걸 흔히 변덕이라고 말한다. 지수와 민우는 말없이 앞만 바라보았다. 둘만 있는 차 안 공간은 그 어느 때 보다 좁게 느껴졌다. 이렇게 가까이 있는 건 처음이다.

지수는 어색했지만 재미난 영화가 빨리 끝날까 봐 조바심이 나는 것처럼 뭔가 아슬아슬한 기분이기도 했다.

"다 왔습니다."

가로등이 듬성듬성 있어서 그리 밝지 않은 골목길 앞에서 지수는 차를 세웠다.

두 사람은 차에서 내렸다. 담벼락이 병풍처럼 길게 드리워진 골목길이었다. 반쯤 눈 감고 있는 듯한 희미한 가로등 불빛과 담벼락, 키스하기 정말 좋은 장소다. 지수는 불쑥 그런 생각이 들어서 쿡쿡 웃었다. 민우는 잠자코 서 있었다. 지수는 손을 내밀었다.

"오늘 즐거웠어요. 친구. 우리 친구 맞지요?"

"네. 친구."

민우가 잡고 가볍게 흔든 지수의 손은 차갑고 작았다. 악수를 하고 두 사람은 헤어졌다. 지수는 백미러로 민우의 모습을 봤다. 민우는 뒤 돌아보지 않고 성큼성큼 걷고 있다. 그게 좀 아쉬웠다. 지수는 자꾸 궤도 이탈을 하려는 자신의 마음이 우스웠다. 결국은 주인한테 끌려서 제 자리를 잘 찾을 자신의 마음, 자신을 믿었다. 그러나 그 믿음이라는 게 얼마나 새털처럼 가벼운 것인가?

　은 회장은 감자전에 막걸리를 마시며 '이리 오너라 업고 놀자' 몽룡과 춘향의 사랑가를 듣고 있었다. 내가 나로 사는 기분 좋은 시간이다. 유식한 척, 겸손한 척, 체면 차려야 되고 마음을 숨겨야 하는, 그래서 때로는 뜨거운 수증기 피어오르는 한증막에 서 있는 사람처럼 숨이 찼다. 침실 옆에 붙어 있는 서재는 뭘 해도 되는 자유로운 공간이다. 영희는 재벌 마나님들의 모임 '칸나회'에서 봄 가을에 한 번씩 개최하는 불우이웃돕기 바자회에 나가서 아직도 안 돌아오고 있다.

　'크, 우리 영희, 무진장 고생하고 있겠네. 고상한 척 유식한 척 얼마나 힘드노. 영희야.'

　그런데 때로는 너무 완벽하게 해내서 은 회장도 깜빡 속을 때가 있다. 정말 이화여대 나왔나? 정말 미국 하버드에서 연수받았나? 이화여대 평생교육원 잠깐 다녔고 미국 하버드는 아들 입학식 졸업식 때 딱 2번 가봤다.

　'머리 좋은 여자야. 암.'

　은 회장은 고개를 끄덕였다. 지혜와 다른 타고난 본능, 징그러울 정도로 빠르고 정확했다. 내조자로서는 최고다. 침실에서도 최고다. 갑자기 난초 같은 윤지가 떠올랐다. 미술관 큐레이터 그 여자를 볼 때마다 청년처럼 설렜다. 그래서 그림처럼 바라보기로만 했다. 손을 잡아당겨 가슴에 안으면 은 회장의 돈을 탐닉하는 다른 여자들과 다를 바가 없는 여자가 될 것 같았다. 윤지만은 순백의 첫사랑처럼 가슴에 품고 싶었다. 홍초가 알맞게 잘 삭힌 홍어회와 묵은김치를 담은 접시를 놓고 나간다. 육감적인 여자다. 대개 엉덩이를 요리조리 흔들며 종종걸음치는 여자는 간교하고 욕심이 많다. 음식솜씨만은 나무랄 데가 없다. 은 회장은 홍어회와 막걸리가 행복하다. 그보다 요즘 호텔 실적이 나란히 올라가는 중이라 더욱 신바람이 난다. 아들은 비즈니스호텔인 소공동 고려호텔, 큰딸은 패밀리 호텔인 장충동 고려호텔, 작은딸은 비즈니스와 패밀리의 느낌이 반반인 광장동 고려호텔 대표 자리에 앉혔다. 모두 운영의 묘미를 잘 살려 평타 이상은 치고 있다. 무엇보다 서로 좋은 아이디어는 공유하고 양보하기도 한다. 재계에서도 우애 좋다고 칭찬이 자자하다. 자식 농사 잘 지었다고 부러워도 한다. 이번에도 지수가 새로운 아이디어를 내서 세 호텔이 공유했다. 멤버십 혜택에 특별한 날, 특별한 파티를 넣어서 평범한 일상이 지루하다고 눈 흘기는 사람들을 새로운 회원으로 끌어들이는 데 성공했다. 젊은 여성, 젊은 엄마들을 위한 획기적인 패키지 상품을 만들어 시선을 모았다. 여자들끼리 안전하고 편안하게 고급스러운 장소에서 맛있는 것 먹고 실컷 수다 떨 수 있는 공간을 제공한 것. 특히 젊은 엄마들을 위해서는 아가들을 안전하게 맡아주는 베이비시터와 키즈 카페를 동시에 준비해 놨다. 육아로 인해 하루 종일 집안에서만 시간을 보내는 젊은 엄마들이 또래의 친구들을 만나서 기분 좋게 놀 수 있는 공간을 만들어 준 것이다. '레이디, 우먼 데이 특별 할인가'라는 패키지 상품으로. 잠을 자도 되고 낮시간만 사용해도 되는 2가지 타입으로 구분했다. 호텔은 반드시 1박부터 시작해야 한다는 고정관념을 깬 것이다. 반응은 뜨거웠다. 무엇보다 은 회장은 늘 아픈 손가락인 지수를 지훈과 지영이 따뜻하게 보듬어 주고 있는 사실이 제일 기뻤다.

'예쁜 내 새끼들. 오늘따라 막걸리가 달고 달다. 영희야, 빨리 들어와라. 오늘 침실에서 신나게 놀아 보자아. 이리 오너라 업고 놀자아.'

은 회장은 점점 더 유쾌해지기 시작했다. 얼핏 차 소리가 들렸다. 은 회장은 창문을 열고 내다봤다. 지수가 들어오는 게 보였다. 홍초가 반갑게 맞이한다. 저 여자의 장점이다. 외로운 우리 지수에게는 저런 호들갑이 도움이 된다.

'잘됐다. 오늘 아부지하고 한잔하자.'

그런데 지수는 다시 나간다.

'무슨 일이지?'

은 회장은 벨을 눌러 홍초를 불렀다. 홍초가 시원한 수정과를 유리그릇에 가득 담아서 쟁반에 받쳐 들고 들어온다. 은 회장의 입맛에 맞게 순서를 잘 정한다.

"지수, 어디 간다고 나갔나?"

"휴대폰을 돌려줘야 한다고."

"무슨 휴대폰?"

"친구가 차에 놓고 갔나 봐요."

"친구? 누구?"

홍초는 모르겠다는 표정으로 서 있다.

"그 비서로 있는 소미 아닌가?"

은 회장이 알고 있는 지수의 친구는 소미밖에 없다.

"글쎄요."

"직접 운전하지 말라고 그렇게 말을 해도 암튼 부모 말을 안 들으니 자식이지, 안 그러면 부모게."

홍초가 배시시 웃으며 몸을 꼬고 있다.

"나가봐. 김 집사."

"네."

영희가 늦게 들어오는 날이면 홍초는 여자 냄새를 풍기려고 애쓴다. 은 회장은 넘어가지 않을 자신이 넘쳐흘러서 오히려 재미있다.

지수는 민우의 휴대폰을 차에서 발견했다. 내일 민우의 회사로 연락해서 돌려주려고 했는데 문득 급한 연락이 올지도 모르는 휴대폰을 그렇게 장시간 방치해서는 안 된다는 생각이 들었다. 지수는 박 관장에게 전화해서 민우의 집 전화번호를 물었다. 다행히 박 관장은 번호를 알고 있었다.

지수는 방금 민우를 내려준 민우의 동네로 가서 민우에게 연락을 했다. 민우는 깜짝 놀란 듯했다. 회색 츄리닝 차림으로 민우가 뛰어오는 게 보였다. 지수는 차에서 내렸다.

"미안합니다. 휴대폰 두고 내린 것도 몰랐어요. 내일 내가 호텔로 가서 받아 와도 되는데."

"휴대폰 없으면 불안하잖아요?"

"미안해서 어쩌지요."

"언제 만화영화 쏘세요. 떡볶이도."

"네. 운전 조심해요."

지수는 고개를 끄덕이며 차에 탔다. 이번에는 차가 골목 귀퉁이를 돌 때까지 민우가 서 있었다. 미안한 마음 때문이겠지. 한 번쯤 손을 흔들어도 될 텐데 민우는 마른 장작개비처럼 서 있었다. 지수는 그 무뚝뚝함이 좋았다. 차가 신호등에 걸려서 잠시 멈춰 있는데 낯익은 차가 앞에 서 있다. 오빠 지훈의 차다. 곧 신호가 바뀌어 앞 차가 출발했다. 지훈이 직접 운전을 하고 있었고 혼자였다. 흔치 않은 일이다.

'어디 가는 거지? 언제나 한결같이 충직한 박 기사도 떼어놓고 혼자?'

언젠가 아버지와 엄마가 나눈 대화가 떠올랐다.

"어휴, 살고 싶은 여자와 못 살아서 생병 난다. 우리 지훈이…."

엄마가 한숨 섞인 말로 안타까움을 나타냈다.

"시간이 약이야."

"당신 욕심 때문에."

"그럼, 여기서 멈춰? 앞으로 못 나가면 현상 유지가 아니라, 곤두박질이야. 이게 기업 생리야."

"밤중에 말도 없이 저러고 다니다 차 사고라도 나면 어휴."

"차 사고는 무슨, 영희야, 제발 오버하지 마. 그보다 소라 에미가 눈치챌까 봐 그게 걱정이지."

"내가 떠나라고 할까? 아주 멀리, 우리 지훈이가 못 찾게."

"내버려 둬. 지도 숨통이 트여야지. 그러다 말겠지. 아예 안 보이면 마음이 더 커져."

지수는 조심스럽게 지훈의 차를 뒤쫓았다. 차는 고급 브랜드로 자리 잡은 대형 아파트 단지를 지나서 비교적 한적한 곳에 멈췄다. 잎사귀가 넓은 나무들이 병풍 역할을 잘해 주었다. 지수는 차에서 내려 큰 나무 뒤에 몸을 숨기고 지훈을 살폈다. 지훈은 낮은 바람처럼 소리 없이 움직이다가 어느 지점에서 멈춰 서서 한 곳을 바라보았다. 그곳에는 작은 꽃집이 있었다. 이런 곳에 꽃집이라니. 숨은 그림처럼 찾기도 어려운 곳에 누가 꽃을 사러 온단 말인가? 그러나 지수는 주인의 취향을 나무랄 생각은 없었다. 자작나무가 운치 있게 늘어선 끝 지점에 있는 꽃집은 아치형 문이 활짝 열려 있어서 내부가 잘 보였다. 밖은 어둡고 내부는 환해서 더욱 그랬다. 다양한 꽃이 풍성하게 있었고 실내장식도 나무랄 데 없이 아름다웠다. 여기까지 일부러 찾아오는 단골손님들이 있는 듯했다. 구석에 놓인 원탁 테이블 위에는 손님 맞을 준비가 막 끝난 것처럼 두 개의 커피잔이 놓여 있었고 작은 대나무 바구니에는 과일과 쿠키도 담겨 있었다. 혹시 오빠가 저 자리에 앉을 손님이 아닐까? 그러나 지수는 고개를 저었다. 그러면 숨을 필요가 없다. 내실로 들어가는 문에서 여자가 나왔다. 긴 머리를 단정하게 하나로 묶은 포니테일로 목선이 다 드러났다. 오빠가 좋아하는 헤어 스타일이다. 여자는 얼핏 수수해 보였지만 아주 작은 보석알이 얼굴 곳곳에 박혀 있는 듯 시간이 지날수록 빛이 났다. 아, 언젠가 오빠가 말한 그 여자, 송 미주.

어느 날 오빠가 불쑥 한 여자 이야기를 했는데 그때 오빠의 표정을 잊을 수가 없다. 대기업 승계자인 장남으로서 지나친 관심과 통제를 받고 있어서인지 오빠의 표정은 늘 긴장 상태로 굳어 있었다. 그런데 그날은 밀가루 반죽처럼 말랑말랑 부드러웠다. 그리고 무엇보다 행복해 보였다. 오빠는 처음으로 마음의 빗장을 열고 초콜릿 공장에 처음 가본 아이처럼 세상이 달콤할 수도 있다는 걸 알려준 미주와 결혼하고 싶어 했지만, 아버지의 강권으로 대권주자로 이름을 올리고 있는 6선 국회의원 딸과 결혼했다. 더욱 슬픈 건 오빠가 별로 저항하지 않았다는 점이다. 오빠는 자신의 위치를 잘 알았고 아버지와 충돌 없이 아버지 뜻을 따랐다. 미주는 미국으로 떠났다. 아버지는 충분한 보상을 해주고 싶어 했지만, 미주는 어떤 것도 받지 않았다. 오빠는 미주를 몰래 바라보고 서 있었다. 지수는 가슴에서 촉촉이 비가 내리는 걸 느꼈다. 오빠는 울고 있을까? 언제 저 여자는 돌아왔을까? 오빠가 숨겨 놓은 차로 가는 걸 보고 지수도 몸을 돌리려는데 미주가 고개를 들어서 이쪽을 쳐다보는 걸 느꼈다. 지수는 재빨리 몸을 숨겼다. 어쩌면 미주는 오빠가 숨어서 자신을 바라보는 걸 알고 있는 게 아닐까? 단 한 번도 이쪽으로는 시선을 주지 않던 미주가 오빠가 움직이자, 바로 이쪽을 쳐다본 것이다. 저 테이블에 놓인 커피잔도 오빠를 위해 준비한 건 아닐까? 언젠가는 숨어 보지 말고 들어와 달라는, 마주 앉아 얼굴을 보며 이야기하고 싶다는 간절함….

오빠의 차가 은반 위의 스케이트처럼 미끄러지듯 빠져나갔다. 곧이어 꽃집 문이 닫히고 창문마다 민트색 블라인드가 차르르 내려왔다. 어쩌면 안이 훤히 들여다보이게 출입문과 사방을 빙 둘러싼 파노라마식 창문을 전부 열어놓은 것도 오빠를 위해서인지 모른다. 지수는 잠시 나무를 잡고 서 있었다. 서로 모른 척하며 언제까지 버틸 수 있을까? 소중한 게 어긋나면 인생이 허망해진다. 욕심도 사라지고, 의욕도 달아나고, 테입을 돌리면 습관적으로 움직이는 목각인형이 된다.

나는 어떤가?

엄마의 차별대우에 늘 뼈가 시리게 외로웠고 그 이유를 알았을 때 파도의 흰 거품처럼 그대로 부서져 사라지고 싶었다. 그래도 잘 버텼다. 오빠도 잘 버텨 낼 것이다. 책임감의 무게를 잘 알고 아무리 힘들어도 결코 내려놓지 않는 그래서 좀 가여운 남자다. 문득 민우의 얼굴이 떠올랐다. 그 남자도 책임감이 대단하다. 병든 엄마를 대하는 태도를 보면 알 수 있다. 어쩌면 우리는 좋은 친구가 될 수 있을 것 같다.

[5]

〰

봄이 여름에게 바통을 넘겨주는 6월 중순. 비가 내리고 있다.

은 회장은 넥타이를 매주는 영희의 손길이 그 어느 때보다 부드럽고, 코끝을 간지럽히는 영희의 풍성한 머리카락 사이로 퐁퐁 올라오는 은은한 샴푸향에 점점 기분이 좋아진다. 다행이다. 박 의원을 만나는 일은 정말 싫다. 피할 수 있으면 피하고 싶지만, 현실은 언제나 그쪽으로 등 떠민다.

"날씨가 우중충해서 넥타이를 밝은색으로 골랐어. 예쁘네, 우리 철수."

영희가 은 회장의 엉덩이를 탁탁 가볍게 쳤다. 가능하면 은 회장의 기분을 새털처럼 가볍게 만들어 주고 싶었다. 사돈이 된 박 의원에게 뭔가 부탁하러 나가는 남편의 표정은 늘 잔뜩 구겨져 쓰레기통에 버려진 휴짓조각 같다.

"너무 치사하게 매달리지 마."

"그럼 부탁하는 처지에 고개 빳빳하게 들어? 딸을 우리 집에 줬으면 좀 녹녹해지는 맛이 있어야 하는데 예나 지금이나 지 멋대로야.”

“딸 사랑 하면 박 의원 따라갈 사람 없어. 완전 딸 바보로 소문났잖아? 그래서 우리도 맏며느리로 들인 거고.”

“그럼 뭐가 와야지. 조건 없이.”

“소라 에미가 비협조적이야. 지 아버지한테 부탁하면 다 들어줄 텐데. 완전 방관자잖아? 이게 다 지훈이 때문이야.”

“멀쩡한 우리 아들은 왜?”

“여잔 사랑 못 받으면 열나. 복수심도 생긴다니까.”

“당신이 지훈이 보고 좀 잘하라고 그래.”

“지도 하느라고 하는데 어색하지, 모든 건 마음에서 우러나야지. 암튼 잘하고 와.”

“그래야지. 회사 고꾸라지게 생겼는데.”

“그렇게 어려워?”

“지난번 일이 타격이 커. 신문에도 방송에도 요란하게 났잖아. 자극적인 제목 달고. 고려건설에서 짓고 있는 대구 대단지 아파트에서 깡패들 패싸움, 기업이미지 추락하는 건 한순간이야. 연예인과 다를 바가 없어.”

“그게 우리 고려건설과 무슨 상관이야? 경찰서에서 그랬다며? 터도 넓은데다 사방에 나무토막 천지고, 철 기둥도 있고, 모래도 많고, 싸움 도구까지 다양하게 있어 아주 적합한 장소였다고. 고려건설과는 아무 상관 없다고.”

“사람들은 기억하고 싶은 것만 기억해. 고려건설이 깡패들 대동해서 시급 덜 주려고 인부들을 협박한 쪽으로 기사가 난 곳도 있고. 그 뒤부터 재건축 수주를 못 따고 있잖아. 개포동 현우 아파트도 우리가 재건축하기로 다 되어 있었는데 장휘건설로 넘어갔고."

"뭐? 거기 박 의원 작은 사위 회사 아냐? 지 아버지가 물려준 지 얼마 안 됐는데 벌써? 우리 아들 속상했겠네. 손아래 동서한테 뺏겼으니."

"작은딸은 협조적인가 봐. 국가에서 발주하는 제법 큰 공사 여러 개 그 회사에서 따냈어."

"공개입찰이잖아?"

"그런 것도 있고 아닌 것도 있고. 어휴 시간 다 됐다. 나, 다녀올게."

"너무 애쓰지 마. 철수, 화이팅."

"알았어. 영희야."

두 사람은 손바닥을 마주치며 서로를 격려했다. 서로 발가벗고 바다에서 수영한 어린 시절부터 함께 했다. 늘 내가 아닌 우리였다. 상대가 배고프면 내 마음이 더 허기지고, 상대가 울먹이면 나는 펑펑 눈물이 쏟아졌다.

'잘 돼야 할 텐데…. 큰며느리가 좋아하는 오일 해물 파스타라도 만들어 볼까?'

영희는 걱정스러운 마음으로 은 회장이 나간 문을 오랫동안 바라보았다.

청운동 일식집은 옛날 이름 있는 요정이었는데, 시대에 맞게 일식집으로 개조해서 장사를 잘하고 있다. 드나드는 문이 여러 개 있어서 사람들과 마주치지 않아도 되고, 방마다 방음이 잘 되어 있고 종업원들은 입도 귀도 눈도 닫았다. 비밀이 보장되었고 음식 맛도 훌륭했다. 맨 끝방에 은 회장과 박 의원이 마주 앉아 있다. 식사가 끝날 즈음 은 회장이 막 입을 열려고 하는데 박 의원이 은 회장의 손을 잡았다. 축축하게 땀이 밴 손은 기분 나빴다.

"사돈, 조금만 기다려주십시오. 고지가 눈앞에 있습니다. 여기서 잘못 삐끗하면 바로 낭떠러지로 떨어집니다. 제가 지금은 아무것도 할 수 없습니다. 조금만 기다려 주십시오. 정상에 오르면 다 내 세상인데 뭔들 못하겠습니까? 다 도와 드릴 수 있습니다. 금쪽같은 내 새끼가 그 집에 있는데요."

은 회장은 문화시설과 교육시설이 열악한 지방마다 대단지 복합 문화 공간과 학교시설을 건립하는 국가사업에 참여하고 싶었다. 아니 꼭 참여해야 했다. 일거리가 없어서 굶어 죽는 건 일용직 근로자나 대기업이나 다를 바 없었다. '금방'과 '서서히'라는 시간의 차이만 있을 뿐. 그런데 박 의원은 대권 도전을 하기 위해서 손톱만 한 흠집도 낼 수 없다고 선언한다.

"세상이 너무 밝아졌습니다. 모든 게 훤히 다 보여요. 꼼짝 못 해요. 빤스 색깔도 드러나게 생겼다니까요 하하하."

이렇게 넉살도 떨면서, 선거 때마다 후원금을 얼마나 야무지게 챙겨 갔는데 저런 배은망덕한 놈.

"오늘은 제가 밥값 내겠습니다. 이 집 맛 괜찮지요?"

결국 은 회장은 가장 쓴 저녁밥을 얻어먹고 집으로 돌아왔다. 별채에서 본채로 잘 넘어오지 않는 큰며느리 정아가 영희가 만들어 준 오일 해물 파스타를 맛있게 먹다가 일어나서 인사를 했다.

"아버님, 다녀오셨어요?"

은 회장은 고개를 끄덕이고 안방으로 들어갔다. 영희는 은 회장의 표정에서 모든 걸 읽었다.

'오일 해물 파스타를 진즉에 만들었어야 했나?'

영희는 안방으로 들어갔다. 은 회장은 옷도 갈아입지 않은 채, 그대로 침대 옆 티테이블 의자에 앉아 있다.

"잘 안됐나 보네."

영희가 맞은편 의자에 앉으며 말했다.

"배은망덕한 놈, 지 배 속만 채우면 되는 놈이야. 의리도 윤리도 아무 것도 없어. 정상에 오르면 지 세상이 되니 그때 보자고. 미친놈 국민의 세상이지 어떻게 지 세상이야. 생각 자체가 썩어 문드러졌어."

남편은 모욕감을 느꼈으리라. 영희는 조용히 은 회장의 말이 끝나기를 기다렸다. 화를 삭일 시간이 필요하다. 드디어 은 회장이 깊은숨을 토해 내며 말을 멈췄다. 영희가 입을 열었다.

"전부터 생각한 건데, 백화점을 처분하고 고려건설에 올인 하면 어때? 고려건설이 단단해야 애들 호텔도 잘 유지되고 자연스럽게 커지고."

고려건설은 은 회장 부부의 출발점이다. 온갖 절절한 희로애락이 녹아 있다.

"무슨 소리야? 백화점은 당신 거야. 유일한 당신 것."

"나 욕심 없어."

"어쨌든 그건 안돼. 내가 당신한테 입버릇처럼 말한 거 생각나?"

"뭐?"

"내가 죽은 다음, 다른 놈하고 몸은 섞어도 돈은 섞지 말라는 말."

영희는 다소 어이가 없어서 '픽' 웃었다.

"당신 것과 내 것 섞지 마. 잘못하면 둘 다 잃어. 꽉 움켜쥐고 있어야 살아날 기회라도 오는 거야."

"사실, 백화점이 크게 매력이 없어. 요즘 다 인터넷 쇼핑 사이트에서 물건 사잖아? 옷, 구두, 화장품, 김치, 깍두기 없는 게 없어. 중국 사이트 도 등장하고."

백화점 매출이 제자리걸음일 때도 불안했는데, 조금씩 하향곡선을 긋고 있다. 그래서 면세점을 입점시켜야 하는데, 지금은 희망 사항으로 남아있을 뿐이다. 박 의원이 책임지겠다고, 어려운 일 아니라고, 상견례 장에서 큰소리치더니 지금은 대권이 눈앞에 있어서 몸을 사려야 된다고 뒤로 물러났다. 박 의원이 뉴스에 자주 오르내리는 건 맞지만 대권주자라는 건 동의할 수 없다. 스스로 몸집을 키우는 자는 어느 순간 반드시 나자빠진다. 영희는 고개를 저었지만, 은 회장은 워낙 변수가 많은 정치판은 권투경기의 링이나, 앞을 잘 볼 수 없는 정글의 생리를 갖고 있어서 박 의원을 함부로 무시하면 안 된다고 했다. 박 의원한테 미련을 버리지 못하고 있다. '우리 철수가 욕심이 많아졌구나.' 영희는 가슴이 철렁했지만, 더이상 간섭하지 않았다.

백화점 매출은 앞으로도 희망적이지 않다. 백화점에 와서 마음에 드는 옷을 입어보고 사진 찍고 인터넷 쇼핑몰에서 구입한다. 옷뿐만 아니라 가전제품 식료품까지. 아이쇼핑만 하는 경우가 점점 늘고 있다. 백화점은 인터넷 쇼핑몰과 가격 경쟁이 되지 않는다. 어마어마한 유지비와 패션을 선도하는 최신상품 위주인데, 인터넷 쇼핑몰은 인건비가 축소되고 재고 처리가 많다. 디자인이나 소재가 획기적으로 변하는 게 아니니까 꼭 최신형을 고집할 이유가 없다. 소비자들은 날로 지혜로워지는데 경영자들은 그걸 못 따라간다.

"다시는 그런 말 꺼내지 마. 당신 거야. 당신 몫."

은 회장은 쐐기를 박듯 말했다. 조심스러운 노크 소리가 서너 번 들리더니 지훈이 들어왔다.

"다녀왔습니다."

"저녁은?"

"먹었습니다. 아버지 오늘 박 의원님 만난다고 하지 않으셨어요?"

지훈은 장인을 꼬박꼬박 박 의원님이라고 부른다.

"만났다."

지훈은 은 회장의 얼굴을 살펴보았다. 어둡다. 지훈은 말없이 고개를 끄덕였다. 그럼 그렇지.

요즘 들어서 아니 처음부터 아내 정아는 비협조적이었다. 불난 집 불구경하듯 철저한 방관자였다.

"가서 쉬어라. 네 처 좀 잘 다독이고."

영희는 창백한 지훈의 얼굴빛이 걱정됐지만 내색 않고 말했다.

"네."

지훈은 거실로 나왔다. 방금 정아가 먹은 스파게티 그릇을 홍초가 치우고 있다. 그릇 치우는 소리가 요란한 거로 봐서 홍초가 심사가 뒤틀린 모양이다. 정아는 홍초를 한결같이 무시한다.

"수고하세요."

지훈의 목소리가 날라오자, 홍초가 놀라서 이쪽으로 몸을 돌렸다.

"아. 네."

그릇 치우는 홍초의 손놀림이 한결 부드러워졌다. 지훈은 밖으로 나와서 별채로 가다가 걸음을 멈췄다. 문득 올려다본 밤하늘은 별이 드문드문 빛나고 있었다. 윤호가 떠올랐다. 천문학자가 되고 싶어 했던, 한때 매형이었던 윤호를 지훈은 좋아했다. 윤호가 별자리 전설을 들려주고는 했는데, 그때마다 지영은 양치기 소년이 사랑하는 주인집 아가씨 스테파니가 되어 뺨을 붉히고 행복해했다. 동생의 행복한 모습은 낯설었지만, 그만큼 소중하고 고마웠다. 둘은 왜 이혼했을까? 사랑이 모든 것의 해답일 수는 없다. 미주가 떠올랐지만, 지훈은 고개를 흔들었다. 아내와 아이가 있는 내 집으로 들어가는데 미주를 데리고 갈 수는 없다. 최소한의 예의는 지키고 싶었다. 정아는 거실 소파에 앉아 휴대폰으로 통화를 하고 있었다. 늦은 시간 퇴근해서 들어오는 남편을 환대할 생각은 조금도 없어 보였다. 환대는커녕 아는 척도 하지 않고 계속 통화 중이었다. 응석이 묻어 있는 말투로 보아서 상대방은 장모님인 듯했다. 지훈은 최소한의 예의가 번번이 무시당하니까 이제는 그것조차 지키고 싶지 않았다. 지훈은 안방으로 들어가지 않고 정아 앞에 서 있었다. 정아는 서두르지 않고 계속 이야기를 이어갔다. 시시콜콜한 이야기였다. 호텔 마사지 예약날짜며, 한정판 명품 핸드백을 살 수 있는 방법 등등 남편이 앞에서 기다리는데도 통화를 계속해야 할 긴박한 내용은 없었다. 지훈의 인내심이 바닥으로 내려갈 즈음, 정아는 통화를 끝내고, 바로 지훈을 쳐다보며 눈으로 '왜?'하고 물었다.

"오늘 아버지가 장인어른 만나신 것 알고 있어?"

"엄마한테 얘기 들었어."

지훈은 합창단 단원처럼 깊은숨을 눈치채지 않게 내뱉고 말했다.

"회사 사정이 아주 안 좋아. 장인어른이 힘을 좀 보태주셨으면 해."

지훈은 하기 어려운 말이라 오히려 힘을 빼고 순하게 말했다.

"아빠가 내 말 들으시나 뭐. 알아서 하시겠지, 순리대로, 아빠가 좋아하는 말대로 되겠지. 그만 자야겠어."

정아는 안방으로 들어와서 침대 끝에 걸터앉았다. 뻔뻔스러운 놈 치가 떨린다. 도와주기는커녕 방해할 수 있으면 하고 싶다. 결혼해서 지금까지 이가 시리게 외로웠다. 결혼하고 싶은 첫사랑 여자를 잊지 못해 아직도 찾아간다. 첫사랑은 부피가 두꺼워 결코 망각의 서랍에 들어갈 수 없다고 했던가? 참 지독하고 지겨운 사랑이다. 그렇다면 목숨을 걸고라도 그 사랑을 지켜야지, 왜 나는 끌고 들어와 이렇게 외롭고 힘들게 만드나? 정아는 지훈의 이기심에 분노했다. 지훈이 한 달에 두 번 주로 수요일 박 기사를 퇴근시키고 혼자 차를 몰고 어디론가 다녀오는 걸 알았다. 누구한테 함부로 시킬 수 없는 일이라 정아는 지훈의 차를 미행했다. 그리고 꽃집을 발견했다. 차마 들어가지 못하고 밖에서 바라보는 지훈의 눈빛은 애절했다. 정아는 돌아오는 차 안에서 핸들을 잡고 울었다. 할 수 있는 일이 우는 것밖에 없다는 사실이 기막혔다. 정아는 자신이 지훈을 깊이 사랑하는 걸 깨달았다. 집안끼리의 결합이었다. 지훈은 맏아들, 정아는 맏딸, 맏이로서의 거역할 수 없는 의무였다. 그런데 사랑하게 된 것이다. 깊이. 사랑하지 않는다면 훨씬 받아들이기 수월했을 것이다. 사랑은 마음에 무거운 추를 단 것처럼 모든 걸 자유롭지 못 하게 한다. '새털처럼 가벼운'은 사랑하지 않을 때 이야기다. 그래서 이별도 할 수 있는 것이다.

[6]

∽

　정아는 한 가지 계획을 세웠다. 그 여자 미주를 알아야겠다. 도대체 어떤 여자이기에 이토록 오랫동안 지훈을 잡고 있는 것인가? 정아는 수수하고 가벼운 차림으로 집을 나섰다. 동네 한 바퀴 돌고 들어 올 사람처럼. 골목 안으로 지수의 차가 들어오는 게 보였다. 웬일인지 늘 추워 보이는 작은 시누이 지수가 정아는 시집 식구들 중에 유일하게 마음에 들었다. 자신을 바라보는 눈빛과 미소에는 '힘들지요? 다 잘 될 거예요. 토닥토닥' 따뜻한 위로가 있었다. 정아의 마음을 알아채고 이해한다는 건 지수도 그런 마음이 있기 때문이다. 지수는 정아를 발견하고 곧장 김 기사에게 차를 멈추라고 했다. 정아는 차에서 내리는 지수를 바라보며 활짝 웃었다.

　"언니, 어디 가요?"

　지수는 두 살 어린 정아에게 늘 깍듯하게 언니라는 호칭과 존댓말을 썼다.

　"친구가 근처에 왔다고 해서, 차 한잔하려고요."

지수는 평상시와 다른 정아의 모습이 의아했지만, 고개를 끄덕였다.

"좋은 시간 보내세요."

지수는 다정하게 말하고 안으로 들어갔다. 그 모습을 정아는 잠시 바라보았다. 요즘 지수가 추워 보이지 않는다. 안성맞춤의 털코트를 장만한 사람처럼. 그 털코트가 도대체 뭘까? 남자? 사랑이라도 하는 건가? 그게 뭐든 정아는 지수의 평온하고 따뜻한 일상이 반갑지 않다. 자신이 불행할 때 누군가도 불행해 보인다면 위로가 된다. 그 위로는 대단한 것이어서 정아는 그것으로 버티고 있다. 지수도 불행해야 한다. 추워보여야 한다. 그래야 그나마 공평한 세상이 아닌가? 사랑하는 사람한테 사랑받지 못하고 있는 억울함과 분노는 심술을 쌓이게 하고 그건 칼날이되어 누군가를 찌르고 싶은 잔인함으로 서서히 변모한다. 다만 정아가알아채지 못할 뿐. 정아는 택시를 타고 꽃집과 가까운 대단지 아파트 후문에서 내렸다.

자신의 얼굴이 매스컴에 노출되지 않은 게 얼마나 다행인가? 은 회장은 아내와 함께 신문 잡지 방송에 얼굴을 내밀고 인터뷰하기를 좋아했다. 화목한 가정의 이미지는 기업이미지와 연결되고 무엇보다 아내의 미모가 뛰어나서 은근히 자랑하고 싶은 마음도 있었다. 박 의원은 정아에게 당부했다. 함부로 매스컴에 얼굴을 디밀지 말고 SNS 등 인터넷소통도 하지 말고 조용히 있는 듯 없는 듯 지내라고. 노출될수록 시선이모아지고 결국 시샘을 받을만한 위치에 있는 사람한테는 누구도 관대할수 없다는 지론이었다. 정아는 수긍했다. 그게 이렇게 유용하게 쓰일줄은 몰랐다. 꽃집 여자, 내 남편의 사랑 그 여자는 내 얼굴을 모를 것이다. 다행스러운 일이다. 정아는 심호흡을 하고 꽃집 문을 열었다. 진한커피 냄새가 훅 얼굴에 끼쳤다. 꽃향기보다 먼저 달려드는 커피향. 저 여자는 커피를 아주 좋아하는구나.

"어서 오세요."

미주가 꽃 손질을 멈추고 반갑게 인사를 했다.

"구경 좀 해도 되지요?"

"네."

"이 동네로 이사 온 지 얼마 안 됐는데, 이렇게 예쁜 꽃집이 있는 줄 몰랐어요."

"커피 한잔하실래요?"

"네, 커피향이 아주 좋아요."

정아와 미주는 마주 앉아서 커피를 마셨다. 미주는 쿠키가 담긴 작은 바구니를 정아 앞으로 밀어놓았다.

"좀 달아요."

"쓴 커피에는 단 쿠키가 어울려요."

미주가 공감하듯 고개를 끄덕이며 미소 지었다. 그 미소가 바구니 안의 쿠키보다 더 달고 따뜻하게 느껴졌다. 어쩌면 기업 승계라는 피할 수 없는 상황을 늘 무거운 짐처럼 짊어지고 살았을 지훈에게 저 미소는 충분히 위로가 되었으리라.

"장미하고 안개꽃으로 꽃다발 하나 만들어 주세요. 빨간 장미로요. 색깔 어중간한 건 싫어요."

"네."

"가끔 놀러 와도 되지요? 아는 사람도 없고 좀 심심해요."

"네."

미주는 호들갑스럽지 않았다. 미주는 조용히 자리에서 일어나 꽃다발을 만들기 시작했다.

"아주 풍성하게 만들어 주세요."

"꽃다발은 너무 풍성하면 예쁘지가 않아요. 꽃이 꽃에 묻힌 느낌이랄까. 참 어느 분한테 드릴 거에요? 용도에 따라 좀 다른데."

"나한테요."

"네?"

"오늘 결혼기념일인데 남편이 출장 갔어요. 일 때문에 늘 바쁘거든요. 이렇게 혼자 일 줄 알았으면 결혼은 왜 했는지."

정아는 진심이었다.

"아, 네."

미주는 아주 풍성하게 장미 다발을 만들어 주었다.

"와, 장미가 몇 송이예요? 풍성하면 안 된다면서요?"

"안 되는 건 아니에요. 결혼기념일 날 혼자 있는 아내한텐 무조건 풍성하게."

"맞아요. 허전한 마음 메꾸려면 이 정도는 돼야지요?"

정아와 미주는 마주 보고 웃었다. 미주는 꽃값을 아주 싸게 받았다.

"이 가격이 아닌 것 같은데…."

"앞으로 단골 해 달라는 제 부탁도 함께 리본으로 묶었어요."

아, 이 여자, 지훈과 결혼했으면 아주 사랑스러운 아내가 되었겠구나. 내 탓이 아니다. 정아는 자기 탓이 아니라는데 안도했고, 묘한 질투심이 서서히 치밀어 올라서, 가게를 서둘러 나가려는데 한 여자가 들어왔다.

"자기, 아직 저녁 전이지? 이거 먹어봐. 아구찜이 아주 잘 됐어. 이래서 얼굴 예쁜 여자보다 음식솜씨 좋은 여자랑 결혼해야 돼. 훨씬 남는 장사라니까."

수다스럽지만, 귀여운 또래의 여자다. 아구찜을 담은 냄비를 테이블 위에 놓으며 정아를 보고 반가워한다.

"손님이 계셨네. 장미 다발 너무 예쁘다. 여기 싸고 좋아요. 자주 이용해주세요."

"네, 아파트에 새로 이사 와서 심심했는데 좋은 곳 알았어요."

"어머? 좋겠다. 내 꿈이 저 아파트에서 살아 보는 건데. 대형평수만 있어서. 내 이름은 말희예요. 좀 촌스럽지요?"

말희는 매사에 낙천적이고 유쾌한 여자였다.

"내 이름은 연아예요."

정아는 이름을 바꿨다.

"저는 미주예요."

"어머 어머, 우리 소개팅하는 것 같다. 통성명하고. 우리 친구 먹어요. 나이도 비슷한 것 같은데."

말희는 골목대장처럼 어깨를 들썩이며 큰 소리로 말했다.

"다음에 또 만나요."

정아가 인사를 하고 나가려는데 말희가 붙잡았다.

"아구찜 먹고 가요. 소주도 한잔하고."

말희가 가방에서 소주 한 병을 꺼내며 말했다.

"소주요?"

"네, 여기 꽃집 주인도 어울리지 않게 소주 잘 마셔요."

미주가 잔을 갖고 오면서 고개를 끄덕였다. 와인이라면 몰라도 소주라니. 의외였다.

"빨리 취하는 술이 좋아요."

미주의 말에 정아는 지훈을 떠올렸다. 처음 만난 날, 지훈은 독한 위스키를 주문해서 마셨다.

빨리 취하는 술을 좋아한다면서. 반드시 잊어야 하는데 절대로 잊혀지지 않는 뭔가를 갖고 있는 사람은 빨리 취하는 술을 찾는다.

"미주 씨 실연당했어요. 그래서 독한 술을 좋아해요. 겨우 소주 석 잔에 취하지만."

정아는 말희가 수다스러워서 다행이라고 생각했다.

"실연이요? 이렇게 예쁜 여자를 누가요?"

정아는 남편의 이름이 튀어나올까 봐 걱정하면서 물었다.

"아, 아니에요. 말희 씨가 괜히 그러는 거예요."

"아닌데, 언젠가 비 오는 수요일 날. 내가 부부싸움하고 늦은 시간에 여기 왔잖아,? 그때 나 위로하느라고 소주 한 병 마시고 막 울면서 아, 그래, 살면서 실연 한번 안 당한 사람이 어디 있어? 난 일곱 번이나 당했는데 무지개도 아니면서."

말희는 처음 보는 여자 앞에서 미주의 사생활을 너무 까발리는 것 같아서 적당히 마무리했다.

—상대편 부모의 반대로 사랑하는 사람과 헤어졌다. 그동안 외로워도 슬퍼도 나는 안 울어. 캔디처럼 씩씩하게 잘 살아왔는데 처음으로 고아라는 사실이 뼈저리게 아팠다.—

미주의 첫 고백은 그렇게 시작되었다. 말희는 늘 가난한 현실이 서글 퍼서 한 달에 두 번 정도 꽃을 사는 것으로 자신을 위로했다. 파장 무렵 늦은 시간에 장을 보는 버릇도 떨이로 싸게 살 수 있기 때문이다. 고등어 한 마리 콩나물 한 봉지 두부 한 모 등 저녁 한 끼가 담긴 초라한 장바구니에 안개꽃 한 다발을 넣으면 금방 생활의 때가 벗겨지면서 화사한 꽃바구니로 바뀌는 듯해서 좋았다. 말희는 우연히 꽃집을 발견했고 꽃값이 저렴해서 단골이 됐다. 미주와 맛있는 걸 나눠 먹을 정도로 가까워져서 이제는 친구라는 이름을 붙여도 된다고 생각했을 때, 새로운 여자가 등장했다. 말희는 정아가 마음에 들었다. 늘 부족해서 눈치가 빨라진 말희는 정아가 부자라는 걸 한눈에 알아봤다. 그건 콩고물이 떨어질 수도 있다는 기분 좋은 기대감을 줬다. 정아는 가끔 꽃집을 찾아갔다. 지훈과 부딪힐 염려가 없는 낮시간에.

말희는 거의 매일 오는 듯했다. 정아와 말희 그리고 미주 세 여자는 커피와 쿠키를 먹으며 이야기를 나누고는 했다. 주로 말희가 많은 말을 쏟아냈다. 그 사이 꽃을 사러 오는 손님은 한두 명이 고작이었다. 애초부터 돈을 벌기 위해 차린 꽃집이 아닌 듯했다. 어쩌면 지훈을 기다리기 위해서 만들어 놓은 장소인지 모른다. 언젠가는 지훈이 숨어서 바라보는 것을 그만두고 성큼성큼 안으로 들어올 것이라는 애틋한 기대감을 갖고. 정아는 미주의 미소가 따뜻할수록, 미주의 풍성한 머리카락 사이에서 작은 바람처럼 날리는 샴푸향이 매혹적일수록 그리고 미주가 아름답다고 느낄수록 질투로 환장할 기분이었다. 정아는 미주가 새로 들어 온 화분 정리로 바쁠 때, 슬쩍 말희에게 명품지갑을 쥐어줬다. 친구된 기념 선물인데 좀 늦었다면서. 말희는 오르가슴에 도달한 여자처럼 황홀해했다. 그 덕에 말희로부터 미주에 관한 많은 이야기를 들을 수 있었다. 외동딸인 미주는 교통사고로 부모를 잃고 고모 집에 맡겨졌는데 고모 내외는 미주 몫인 유산만 차지하고 미주를 고아원에 맡겼다. 의사인 미주의 아버지가 꽤 큰 돈을 남겼지만, 고모는 어린 조카를 돌볼 생각이 애초에 없었다. 그나마 마음의 짐을 덜어내기 위해서인지 고모는 고아원에 주기적으로 기부를 했고, 그 덕에 미주는 다른 원생들과 달리 대우를 받으며 비교적 편하게 지낼 수 있었다. 물론 외로움은 그와 상관없이 꿋꿋하게 미주를 공격했지만.

그래서 미주는 미소만 지을 뿐 크게 웃지를 않는 건가? 미소는 만들수 있지만 웃음은 만들 수 없다.

　—미주는 꽃집에서 절대로 잠을 자지 않는다. 꼭 출퇴근을 한다. 꽃집이 외진 곳이기도 하지만, 도둑이 한번 들고부터는 늦은 시간이라도 꼭셔터 문을 내리고 집으로 돌아간다. 미주의 집은 대단지 아파트 반대편에 있는 빌라촌으로 25평짜리 3층 빌라에서 혼자 산다. 나는 식구가 네명인데도 18평에서 사는데 부럽다. 남자 쪽 부모가 반대해서 결혼이 깨진 모양인데 그 남자를 엄청 사랑한 것 같다. 지금도 사랑하는 중인지도모른다. 꽃집 손님들이 남자를 소개시켜 준다면 펄쩍 뛴다. 절대 결혼안 한다고. 불쌍한 여자지만 나보다는 덜 불쌍하다. 혼자 25평에서 사는여자가 불쌍한가? 네 명이서 바글바글 18평에서 사는 여자가 불쌍한가?—

　말희는 불쌍해 보이는 표정이 절로 나왔다. 명품지갑 다음이면 명품가방이 아닐까? 그 다음은? 뭐든 처음보다 점점 커질 것이다. 마치 평수큰 빌라라도 받을지 모른다는 표정으로 빌라 평수를 강조했다. 그러나정아는 빌라 평수는 들리지도 않았다. 아직 서로 잊지 못하고 사랑하는중이라는 것. 그것만으로 온몸이 부들부들 떨렸다. 차라리 만나서 침대에서 뒹굴었다면 그 천박함, 그 부도덕함에, 그 사랑을 경멸하고 깎아내릴 수 있을지도 모른다. 그런데 이건 뭔가? 정아는 점점 시들어갔다.

　박 의원은 금쪽같은 내 새끼가 전혀 행복하지 않은 얼굴을 보일 때마다 은 회장의 사업을 바닥으로 끌어 내리고 싶은 마음이 꿈틀꿈틀 요동을 친다. 그래야 교만한 사위 놈이 바짓가랑이 붙잡고 매달릴 게 아닌가? 본때를 제대로 한번 보여주고 싶다. 그러나 외손녀 소라가 있어서방해자가 아닌 방관자로 머물 수밖에… 두고 볼 생각이다.

[7]

～

　여름은 긴 방학이 있는데다 휴가철이라 호텔이 그 어느 때보다 바쁘게 돌아간다. 그래서인지 지수는 검도장에도 잘 나오지 않았다. 민우는 점점 초조해졌다. 지수와 친해지긴 했지만, 여전히 친구 사이다. 그걸 뛰어넘어서 연인이 되기에는 아직 먼 길이다. 요즘 들어서는 그럴 가능성이 있기는 한지 회의적이다. 특별한 환경 때문에 지수의 마음으로 들어가기가 어렵지 않을 거라고 생각했는데, 그 특별한 환경이 지수를 잘 단련시켰다. 외로움을 많이 느끼지만 외로움에 강하고. 서정적인 분위기를 그리워하지만 매우 현실적이다. 초조한 건 숙자도 마찬가지다. 아직 키스도 못 해 봤다니 젠장. 그러나 차분히 때를 기다려야 한다. 사람의 마음을 얻는 게 천하를 얻는 것보다 더 어렵다고 하지 않던가? 시간이 필요하다. 그렇게 숙자는 스스로를 위로했다. 다행히 바쁜 여름철이 지나고 가을이 왔을 때 지수는 다시 착실하게 검도장에 나왔다. 사실 바쁜 건 핑계였다. 물론 바쁘기도 했지만, 일주일에 한 번 검도장에 못 나올 상황은 아니었다. 지수는 자신의 마음이 백 미터 달리기 출발선상에 있는 것처럼 앞을 향해 무조건 달릴 것 같아서 겁이 났다. 민우에게 향한 마음이 친구 이상이어서는 안 된다. 그래서 민우를 만나지 않았다. 잠시 쉬고 심호흡을 하고 마음을 다잡고 검도장에 나타났다. 거기 민우가 있었다. 여전히 부드러운 미소를 띠고. 지수는 가슴이 뛰지 않기를 바랐다. 다행히 반가움을 넘어서지는 않았다. 지수와 민우는 디즈니 만화영화를 보고 떡볶이도 먹고 자전거도 탔다. 웃음소리를 비눗방울처럼 날리면서. 우리는 친구다. 얼마나 편하고 좋은 관계인가? 지수는 민우를 보며 미소 지었다. 지수의 미소가 그 어느 때보다 따뜻했지만, 민우는 눈에 들어오지 않았다. 목표물이 마음먹은 대로 되지 않는 초조감만 있을 뿐이다.

　가을은 이상하게 훅 지나간다. 봄처럼 나른하지도 여름처럼 덥지도 겨울처럼 춥지도 않은, 모든 게 알맞은 아름다운 계절이기 때문에 아쉬움이 남아서인가? 미주는 모양이 둥근 석유난로를 들여놨다. 꽃집이 산으로 가는 길목에 있어서인지 바람이 산에서 내려올 때면 늦가을도 겨울 같다. 거기다 미주는 추위를 많이 탄다. 외롭게 자란 사람은 더위보다 추위에 약하다. 미주는 석유난로 위에 주전자를 올려놓았다. 주전자에서 나는 물 끓는 소리도 좋지만 가습효과도 있다. 지중해 물빛을 닮은 파란 카펫이 깔려 있고, 난로 위에서는 주전자 물이 끓고, 흔들의자에 앉아 남편의 목도리를 뜨개질하면서 퇴근해 들어오는 남편의 발걸음 소리에 귀를 기울이고. 마치 파도 소리에 귀 기울이는 소라껍질처럼. 흰 눈이 조금씩 내리면 더 멋질 거야. 그런 결혼생활을 꿈꿨지만, 늘 그렇듯이 미주의 꿈은 현실에서 이루어지지 않았다. 미주는 맞은편 작은 테이블을 바라보았다. 커피잔 두 잔이 마주 보고 있고 작은 바구니에는 쿠키와 귤이 들어 있다. 언제쯤 도대체 언제쯤 지훈은 저 문을 열고 들어올 것인가? 바라만 보지 않고. 미주는 눈물이 핑 돌았다. 이번에 저 문을 열고 들어오면 결코 달아나지 않으리라. 지훈이 없는 시간은 죽음과 다를 바가 없었다. 다시는 그 지옥으로 들어가지 않을 것이다. 죽음보다 나을 게 없는 삶, 절망과 통증이 온몸을 지배할 때, 미주는 살기 위해서 다시 돌아왔고 '나, 여기 있어요' 간절한 외침을 작은 쪽지로 전했다. 지훈은 나타났지만 다가오지 않았다. 하지만 미주는 지훈의 사랑을 단 한 번도 의심하지 않았다. 기다리면 된다. 기다릴 것이다. 확고한 믿음은 삶의 원동력이었다. 미주는 소주를 꺼내서 마시기 시작했다. 소주 참 위안이 된다. 지훈은 결혼했다. 딸도 있다고 하던데. 어디서 들었나? 바람결에… 미주는 쿡쿡 웃었다. '바람결에' 참 마음에 드는 단어다. 나는 아무것도 원하지 않는다. 그냥 마주 보고 커피를 마시고 이야기를 나누고, 나는 정말 아무것도 원하지 않는다. 그를 마주 볼 수만 있다면 충분하다. 미주는 자신이 아무것도 원하지 않는 게 아니라 너무 큰 것을 원하고 있다는 걸 미처 깨닫지 못하고 있다. 오늘은 소주가 달다. 술술 잘 넘어간다. 그때 정아가 들어 왔다.

"벌써 난로를 들여놨네. 아니, 무슨 일 있어요? 대낮부터 소주를."

"소주 대낮에 마시면 안 되나요? 연아 씨도 한잔해요, 가만, 잔이 있어야지."

미주는 소주잔을 찾다가 비틀거리며 그 자리에 주저앉았다.

"괜찮아요?"

정아가 재빨리 다가갔다.

"취했나 봐요. 취하니까 참 좋아요, 맨정신으로 못 견디는 그리움이 있거든요, 나는 늘 기다렸어요. 아니 오늘도 내일도 매일매일 기다릴 거예요. 저기 저 커피잔도 그 사람을 위한 거예요. 언젠가는 저 문을 열고 저벅저벅 나한테로 걸어 올 거예요. 그 믿음이 없다면 나는 벌써 죽었을 거예요. 나는 알아요. 그 사람도 나와 같은 마음이라는 걸."

미주가 울기 시작했다. 미주의 손을 잡고 있는 정아의 손등에 방울방울 미주의 눈물이 떨어졌다.

"어떡하면 그런 믿음을 가질 수 있어요?"

정아는 떨리는 목소리로 물었다.

"사랑이 가르쳐 줘요. 믿어도 된다고."

갑자기 미주가 어깨를 들썩이며 웃기 시작했다. 미주는 취했다. 평소에 단아한 미주는 찾아볼 수 없었다. 정아는 미주의 확고한 믿음에 분노가 치밀었다. 지훈에게 향한. 그때 말희가 들어 왔다.

"옴마, 옴마, 이게 무슨 일이래? 소주를 한 병이나 혼자 마셨어?"

"말희 씨 잘 왔어요. 내가 지금 바쁜 일이 있어서 가 봐야 되는데, 미주 씨 좀 돌봐줘요."

"걱정 말고 어서 가요."

정아는 도망치듯 밖으로 나왔다. 지훈이 죽이고 싶을 정도로 미웠다. 그날 밤 정아는 그 어느 때보다 뜨겁게 지훈을 안았다. 그래서일까? 아니면 술에 취해서일까? 지훈도 열정적이고 섬세한 연주자가 되어 정아의 몸을 두드렸다. 절정에 이르렀을 때 지훈은 "사랑해. 사랑해" 뜨겁게 속삭였다. 정아는 눈물이 핑 돌았다. 얼마나 듣고 싶던 말인가? 얼마나 기다렸던 말인가? 지금부터 다시 시작해도 되나? 우리….

그러나 다음 순간 지훈의 입에서 흘러나온 말. "미주야, 미주야." 정아의 몸이 그대로 굳었다. 지훈은 모든 걸 남김없이 쏟아내고 정아의 몸에서 떨어져 나가 이내 잠이 들었다. 정아는 지훈을 죽여버리고 싶었다. 그러나 곧 그 대상을 바꿨다. 다음날 꽃집을 찾았을 때, 미주는 말희가 끓여 온 콩나물국을 먹고 있었다. 미주의 얼굴은 병자처럼 핼쑥했다.

"기다리지 마."

"내가 누굴?"

"누구든 기다리지 마."

정아는 미주와 말희의 대화를 들으며, 새로 들어온 난 화분 앞에 서 있었다. 관심은 오직 난 화분이라는 듯 어루만지면서.

"차라리 떠나버려. 먼저 버려."

"그러고 싶어, 너무 힘들어서. 그런데 이 꽃집이 너무 아까워. 내 손길 안 닿은 데가 없어. 정말 정성을 쏟았어."

"뭐? 핑계는."

말희가 어이없다는 듯 '픽' 웃었다.

"지난주에 시애틀에서 가깝게 지낸 친구한테서 연락이 왔어 시립 미술관에 취직했는데 사람이 더 필요하대. 나한테 오지 않겠냐고."

"아, 그래, 자기 그림 공부했다고 했지? 전시회에 출품도 했다고 하지 않았어?"

"그냥, 그림그리기를 좋아했어."

"잘됐네. 좋아하는 일 하면 뭐든 빨리 벗어날 수 있어. 사람이든 상처든 나도 자기 덕분에 미국 구경도 하고."

미주는 아무 말 없이 꽃집 안을 천천히 둘러보았다. 지훈을 기다리기에 참으로 적합한 장소였다. 커튼을 달 때도, 티 테이블을 놓을 때도, 벽에 그림을 걸어 놓을 때도, 지훈의 취향만을 생각했다. 정성으로 매만지고 그리움으로 덧칠하고 사랑으로 완성한 꽃집이다.

정아는 실내를 둘러보는 미주의 표정에서 꽃집 때문에 떠날 수 없다는 미주의 말이 핑계일 수만은 없다는 걸 알아챘다. 정아는 장미 다발을 한 묶음 사 들고 꽃집을 나왔다. 문득, 뒤를 돌아보니 창문 너머 미주가 손을 흔들고 있었다. 다정한 친구에게 '다음에 또 만나.' 작별 인사를 하듯. 정아는 다시 돌아서서 걸었다. 바람이 차다. 돌아오는 길에 정아는 몇 번이고 걸음을 멈췄다. 빈 택시가 지나가도 세우지 않았다. 드디어 정아는 고개를 끄덕였다. 결심이 선 것이다.

정아는 침실에서 오랫동안 창밖을 바라보았다. 아름답고 낭만적으로 꾸며진 정원은 시어머니 영희의 취향이었다. 고등학교도 제대로 졸업 못 한 영희지만, 이상하게 지적으로 보인다. 상견례 때 영희는 정아를 보자마자 두 손을 잡아 주며 박꽃처럼 환하게 웃었다.

"아가, 환영한다. 그라고 고맙다. 우리 가족이 되어 주어서."

진심이 느껴졌다 말투도 눈빛도 더없이 따뜻했다. 그 순간 정아는 안도했다. 사랑보다 조건으로 하는 결혼이 두려웠는데 든든한 지원군이 있구나 하는 기분. 어쩌면 영희가 지적으로 보이는 게 따뜻한 포용력 덕분인지 모른다. 그런 배려가 자신감에서 나오고 그 자신감은 많은 걸 갖고 있는 여유로 연결되기 때문이다. 갖고 있는 많은 것 중 사람들이 생각하는 우선순위는 학력이다. 사람들의 착각을 영희보다 은 회장이 더 기분 좋게 즐기고 있다. 영희는 좋은 시어머니다. 간섭도 잔소리도 하지 않는다. 별채에 오지도 않고 현관문 비밀번호는 묻지 않는다. 독립을 인정하고 자유를 준다. 그러나 그 모든 건 오직 자식들을 위한 것이다. 영희에게 며느리와 사위는 별책 부록이다. 본 책을 빛나게 해주기 위해서 별책 부록도 존중해 주는 것일 뿐, 특별한 애정은 없는 듯했다. 하지만 그게 흠이 될 수는 없다. 오히려 자연스럽다. 정아는 편하게 받아 드렸다. 어둠으로 서서히 물들어 가는 정원은 고즈넉한 산속 같았다.

'나는 해낼 것이다. 반드시 해낼 것이다.'

정아는 다시 한번 다짐을 하며 흔들리지 않기 위해서 침실을 나와 서

재로 향했다.

지훈은 일을 가장해서 서재에서 자는 날이 많았다 정아는 몇 번 가볍게 노크를 하고 안으로 들어갔다. 지훈은 소파에서 잠들어 있었다. 담요 하나를 걸치고 잔뜩 웅크리고 자는 모습이 어느 간이역 대합실 노숙자 같았다. 외롭고 또 외롭고, 춥고 또 춥고. 도대체 언제까지 이렇게 살 것인가? 순간 정아는 대상을 바꿔야 하지 않나? 그런 생각을 했다. 그러나 곧 고개를 저었다. 저 남자는 소라의 아버지다. 그것만으로 충분히 살만한 가치가 있다. 정아는 조용히 문을 닫고 거실로 나왔다. 지훈이 따뜻하게 웃어 줬다면, 다정하게 안아줬다면, 마음을 바꿀 수도 있었을까? 정아는 그걸 기대했는지도 모른다. 정말 하고 싶지 않은 일이었기 때문이다. 그러나 정아는 다시 한번 마음을 단단히 굳혔다.

드디어 디데이로 잡은 날이 왔다.

초겨울로 접어든 날씨는 회색빛 하늘 탓인지 춥고 어두웠다. 정아는 모자를 눌러쓰고 목도리를 칭칭 감아서 얼굴 반을 가렸다. 옷을 여러 겹 껴입어서 얼핏 뚱뚱해 보였다. 겨울이라 다행이다. 정아는 그런 생각을 하며 택시를 타고 아파트 대단지 입구에서 내렸다. 밤 11시. 산으로 연결되는 산책로 입구까지 아파트 밖으로 빙 둘러서 걸어갔다. 아파트 단지 안이 아니라 둘레길이라 CCTV가 없었다. 언제가 말희가 불만스럽게 툴툴거린 적이 있다.

"강남 같으면 여기도 CCTV가 있을 텐데 이래서 다들 강남 강남 하는 거 아니야? 울 언니는 강남 강남 하다가 결국 강남으로 파출부 다녔다니까."

말희는 어깨를 들썩이고 낄낄거렸다. 공평하지 않은 인생에 유감이 많다는 듯 다소 불량스럽게.

정아는 꽃집 앞에서 걸음을 멈추고 심호흡을 했다. 어둠으로 꽁꽁 둘러싸인 주위는 바람 소리뿐이다.

꽃집만 없어지면, 지훈을 기다릴 장소가 사라지면, 미주는 떠날 것 같았다. 아니 떠나야 한다.

정아는 뒤로 돌아서 크고 작은 화분들이 쌓인 곳으로 갔다. 제일 큰 화분 밑에 열쇠가 있다는 걸 말희의 수다 속에서 건졌다. 정아는 열쇠로 뒷문을 열었다. 앞문과 뒷문이 열쇠 하나로 가능했다. 블라인드가 내려진 실내는 작은 스탠드 등이 켜져 있어서 주위를 가늠할 수 있었다. 정아는 식은땀이 주르르 등줄기를 타고 흘러내리는 걸 느꼈다. 석유난로 주위에는 작은 나무 의자 하나 그 위에 곰 인형이 그려진 빨간색 무릎 담요가 놓여 있고, 나무 책꽂이에는 에세이 몇 권과 원예에 관한 서적이 꽂혀 있었다. 언제가 말희가 말했다.

"이런 것들을 난로 옆에 두면 어떻게 해? 다 불쏘시개감인데."

위험하다는 듯 주의를 줬지만, 미주는 웃기만 했다. 정아는 덜덜덜 떨리는 손으로 석유난로를 켰다. 불이 활활 타올랐다. 정열적인 무희가 춤을 추는 듯했다.

정아는 구석에 놓인 석유통을 들고 왔다. 다행히 석유통은 석유가 얼마 남지 않아서 무겁지 않았다. 정아는 석유통을 비스듬히 눕혀서 난로 주변에 석유를 조금씩 부었다. 숨이 차서 '후유, 후유' 숨을 몰아쉬면서. 정아는 다시 석유통을 구석 제자리에 갖다 놓았다. 온몸이 부들부들 떨렸다. 정아는 눈을 질끈 감았다. 하나, 두울, 세엣. 정아가 막 석유난로를 밀어 버리려고 한 순간, 덜컥 머그컵이 떨어지는 소리가 들렸다. 둔탁한 소리였지만 정아에게는 비명처럼 날카롭게 들렸다. 정아는 반사적으로 획 뒤를 돌아보았다. 고양이 한 마리가 곧 달려들 태세로 발톱을 세우고 이쪽을 바라보고 있었다. 고양이 고양이가 있었던가? 미주가 가끔 길고양이한테 먹이를 준다고 했던가? 고양이의 두 눈이 유리알처럼 반들반들거렸다. '내가 다 보고 있어.' 고양이는 야옹야옹 요란하게 울며 점프를 해서 타원형의 곡선을 그리며 정아에게 달려들었다.

"어이쿠."

정아는 뒤로 나뒹굴었다. 순간 두려움이 산사태처럼 정아를 덮쳤다. 정아는 엉금엉금 기어서 문밖으로 나와 뛰기 시작했다. '내가 무슨 짓을 하려고 했나?' 눈물이 쏟아졌다. '도대체 내가 무슨 짓을…' 정아는 큰길이 나올 때까지 무작정 달렸다. 택시를 타고 어떻게 집에 왔는지 모르겠다. 꿈을 꾼 것 같다. 아주 나쁜 꿈을. 정아는 스틸녹스 한 알을 입안에 털어 넣고 이불을 뒤집어썼다. 와들와들 온몸이 떨리기 시작했다.

언제 잠이 들었던가?

정아는 화사한 햇살이 커튼 사이로 비집고 들어오는 바람에 눈을 떴다. 몇 시인가? 열 시가 넘었다. 소라를 친정에 맡긴 건 잘한 일이었다. 소라를 편하게 볼 수가 없다.

대체 내가 무슨 짓을….

가슴이 타들어 가는 갈증을 느꼈다. 정아는 주방으로 들어가 벌컥벌컥 물을 마셨다. 그래도 갈증은 해소되지 않았다. 그때 벨이 울렸다. 홍초다. 일주일에 세 번 청소를 해주러 온다. 지훈이 낯선 사람을 들이기 싫어서 홍초가 온다. 지훈이 충분한 대가를 지불하는 걸로 아는데도 홍초는 불만투성이 표정을 노골적으로 드러낸다. 특히 정아한테. 홍초는 좋은 팔자를 타고난 사람들한테 적개심이 있다. 자신의 처지를 더욱 슬프게 만드는 존재에게 관대할 수는 없는 노릇이다. 다른 날과 달리 홍초가 잔뜩 긴장된 표정으로 진공청소기를 잡았다. 그러다 선심 쓰듯 정아에게 말했다.

"오늘은 안채에 가지 말아요. 분위기가 영 뒤숭숭해요."

"왜요? 무슨 일 있어요?"

홍초는 목소리를 낮추며 대답했다.

"누가 죽었대나 봐요."

"누가요?"

"뭐 꽃집에서 불이 났다나? 그래서 안에 있던 여자가."

홍초는 아침부터 웅성웅성 먼지 일 듯이 작은 긴장이 퍼지더니, 급기야 큰 파도가 밀려오는 것처럼 집안 전체를 집어삼키는 불길한 어둠을 감지했다. 홍초의 본능적 촉은 잘 발달되어 있고 대체로 정확했다. 홍초는 은 회장 부부의 대화를 엿듣기 시작했다.

어젯밤에 꽃집에 불이 났다. 미주가 빠져나오지 못하고 죽었다. 사고인 것 같은데 이걸 지훈에게 알려야 하나 말아야 하나. 당신은 그걸 어떻게 알았나? 이 비서한테 지켜보라고 했다. 이 비서가 가끔 출근길에 그곳을 지나서 온다. 지훈과의 관계가 적극적으로 이어지면 어쩌나 해서. …어쩌다 그런 참 박복한 인생이다. 우리한테도 책임이 있는 것 같아서 마음이 안 좋다. 암튼 소라 에미가 알면 절대 안 된다. 알기 전에 끝나서 그나마 다행이라고 해야 하나?

이런 대화였다. 지훈에게 헤어진 첫사랑이 있었다. 미주라고 했던가? 영희는 미주와의 관계가 적극적으로 이어질까 봐 이 비서를 시켜서 지켜보라고 했다. 그런데 불이 나서 미주가 죽었다. 소방차와 경찰차가 오고 동네 사람들이 모이고 굉장히 긴박하고 어수선했다. 홍초가 알고 있는 전부다. 홍초는 자신을 개무시하는 정아의 평온한 일상을 박살 내고 싶었다. 얼마나 안성맞춤의 재료인가? 홍초는 무심한 듯 흘렸지만, 정아에게는 핵폭탄인 듯 안색이 창백해지더니 그 자리에 주저앉았다. 정아도 남편의 첫사랑 존재를 알고 있었던 게 틀림없다. 홍초는 요란하게 진공 청소기를 돌리기 시작했다 자기도 모르게 콧노래가 흘러나왔지만 진공 청소기 소리가 삼켰다.

죽다니 그럴 리가 없는데, 미주는 항상 8시에 퇴근한다고 했는데, 거기 없어야 하는데, 그보다 불이 왜 났을까? 난, 난, 아무 짓도 않았다. 아, 아니다. 석유난로에 불을 켜고 주위에 석유를 뿌렸다. 그런데 그게 어떻게….

정아는 숨을 쉴 수가 없었다.

고양이, 고양이 짓인가? 생각해 보니 한 마리가 아닌 것 같았다. 기분 나쁘게 번들거리는 노랑 눈알이 여기저기 꽤 있었던 것 같기도 했다. 고양이들이 장난을 치다가 석유난로를 쓰러트렸나? 그보다 미주는 왜 퇴근을 안 한 것인가?

"전에는 아픈 고양이가 있으면 밤새 돌보느라 꽃집에서 잤어요. 인정이 너무 많아서 탈이에요. 이렇게 외진 곳에서 여자 혼자 자다가 뭔 일 나면 어쩌냐고 내가 그렇게 말렸는데, 근데 도둑이 들고부터는 꽃집에서 절대 안 자요. 8시 칼퇴근이에요. 도둑 든 게 다행이라고 해야 하나? 꼭 집에서 자니까."

분명 말희는 그렇게 말했다. 단 한 번도 어기지 않고 8시 칼퇴근이라고. 도대체 뭐가 잘못된 거지? 그럼 내가 갔을 때, 미주는 내실에 있었나? 분명 아무 소리도 안 들렸는데. 아, 모르겠다.

정아는 머리를 흔들었다. 숨쉬기가 점점 더 힘들어졌다. 이대로 죽을 것 같았다. 어린 딸 소라의 얼굴이 떠올랐다. 홍초는 방향을 틀다가 아직도 바닥에 주저앉아있는 정아를 봤다. 얼굴빛이 새파랗게 질려 있었고 연신 잔기침을 토해내는데 숨 쉬는 게 벅차 보였다. 홍초는 덜컥 겁이 났다. 진공청소기를 집어 던지고 정아에게 달려갔다.

"작은 사모님, 작은 사모님."

정아는 홍초의 다급한 목소리가 아주 멀리서 아득하게 들려왔다. 정아는 그대로 기절했다. 정아가 눈을 떴을 때 근심 어린 얼굴로 지켜보던 영희가 정아의 손을 덥석 잡았다.

"이제 정신이 드니?"

"어머님."

"그래, 대체 어떻게 된 거니?"

정아는 아무 말 하지 않았다. 홍초는 그냥 픽 쓰러졌다고 했다.

"작은 사모님이 요즘 다이어트에 열을 올리더니 빈혈이 생겼나? 암튼 다이어트가 사람 잡는다니까요."

홍초의 말대로라면 정말 좋겠다. 정아는 아무것도 몰라야 한다. 딸 사랑이 지나친 박 의원이나 모든 인간관계가 오직 필요한 사람인가 이득이 되는 사람인가 숫자로만 계산하는 심장 빠진 로봇 같은 안 사돈 귀에 들어가면 무자비하게 아들을 괴롭힐 것이다. 딸에게 상처를 줬다면 박 의원은 소리 없는 총으로 방아쇠를 당길 위인이다. 모든 게 정아의 지나친 다이어트 부작용으로 결론이 났고, 그건 영희에게도 정아에게도 매우 다행스러운 일이었다. 정아를 위한 식단이 질 좋은 단백질로 채워졌고 영희는 따뜻한 관심을 보였다.

"그만하면 날씬하고 예뻐. 애 엄마가 미스코리아 나갈 일도 없는데, 건강이 최고다. 제일 좋은 엄마는 오래 사는 엄마야. 소라 생각해서라도 잘 먹어야 돼."

영희는 하필이면 그날 정아가 쓰러졌다는데 가슴이 덜컥했는데 다행히 다이어트 때문이라니 "후유" 가슴을 쓸어내렸다. 정아는 밥은커녕 물도 삼킬 수 없었다. 좀 더 자세히 그날의 상황을 알고 싶었지만 단 한 발걸음도 밖으로 나갈 수가 없었다. 모든 게 두려웠다. 해가 뜨는 것도, 바람이 부는 것도, 누군가의 작은 발걸음 소리도, 사람의 목소리도, 세상에 존재하는 모든 게 그저 무섭고 싫었다. 이불을 뒤집어써서 모든 걸 차단하려고 했지만, 그 어느 때보다 또렷이 이불 안으로 기어들어 왔다. 미주, 미주의 미소, 웃고 있어도 슬퍼 보이는 여자. 키가 커도 아주 작게 느껴지는 여자. 그리고 돈만 있으면 행복할 것 같은 속 편한 수다쟁이 말희. 말희는 모든 걸 알고 있을 것이다. 말희를 만나고 싶지만 그건 안 되는 일이다. 관심을 보여서 안 된다. 꼬투리 잡힐 짓은 절대 해서는 안 된다. 그보다 말희가 어디 사는지 주소도 휴대폰 번호도 서로 모르고 있다. 외롭다. 너무 외롭다. 정아는 이불 밖으로 얼굴을 내밀며 주위를 두리번거렸다. 그리고 보니 지훈이 안 보인다. 아, 그래 어디 출장을 간다고 했던가? 손가락 하나 움직일 힘도 없어서 그저 누워있는 자신에게 다가와 어린아이의 옹알이처럼 그렇게 말하고 나갔다. 지훈도 모든 사실을 알고 있을 것이다. 영희가 가능한 한 지훈이 충격을 덜 받게 정리를 해서 상황전달을 했을 것이다. 자식들이 영희 인생의 전부이고 자식들의 행복이 영희가 사는 목적이다. 다만 때때로 지수에게는 해당이 안 되는 듯해서 고개가 갸웃거려졌지만, 지금 그걸 분석할 기운도 여유도 없다. 지훈은 출장을 빙자해서 어딘가에서 혼자 괴로움을 토해내고 있을 것이다. 등에 작살이 꽂혀 고통에 몸부림치며 울고 있는 산중에 어린 동물처럼 아니면 식음을 전폐하고 누워서 재깍재깍 돌아가는 시곗바늘 위에 시체 같은 자신을 올려놓고 괴로움의 시간이 정지되기를 바라고 있을지도 모른다. 어쨌든 지훈은 돌아왔다. 닷새 만에. 생각보다 변한 게 없다. 양 볼이 홀쭉할 만큼 얼굴이 핼쑥하거나, 허리 밸트가 헐렁할 만큼 몸무게가 빠지지도 않았다. 얼핏 겉으로 보기에는 전과 다름없는 평온한 일상을 이어갔다. 소라와도 잘 놀아 주고, 식사도 거르지 않고 잘했다. 정아는 왠지 모를 배신감을 느꼈다. 아니다. 속은 썩어서 문드러졌을 것이다. 괴로움과 자책감으로 너덜너덜 만신창이 되었을 것이다. 겉모습으로 함부로 평가해서는 안 된다. 그러나 소라와 놀아 주면서 '하하하' 웃는 지훈의 웃음은 즐겁고 경쾌하기까지 했다. 정아는 지훈의 웃음이 부당했고 무엇보다 바퀴벌레가 온몸에 기어 다니는 것처럼 징그럽고 싫었다. 겨우 닷새… 사랑하는 여자를 잃은 남자가 평온한 일상으로 돌아오기에는 너무도 짧은 시간이다. 어쩌면 지훈은 아주 로맨틱한 남자 오직 한 여자만 사랑하는 괜찮은 남자로 자신을 격상시키고 즐긴 건 아닌가? 숨이 막히는 치열한 경쟁에서 살아남기 위해서는 자신만의 위안이 필요했을 것이다. 가족을 사랑하는 지훈에게 장남이란 위치는 어떤 경우라도 가족을 지키는 것이리라. 거기다 그는 마약, 여자, 도박 등 부도덕한 짓은 용납할 수 없는 성격이다. 그게 그가 가족을 사랑하는 방법이다. 정아와 소라도 그 범위에 들어 있고, 그게 사랑받지 못하는 아내 정아가 그나마 견딜 수 있는 이유이기도 하다. 정아는 고개를 저었다. 함부로 지훈을 속단해서는 안 된다. 지훈은 누구보다 지금 괴로울 것이다. 보이는 게 전부가 아니다. 우리는 보이는 것만으로 판단해서 얼마나 많은 함정에 빠졌나? 정아는 지훈에게 잘해 주고 싶었다. 따뜻한 미소도 보이고, 재잘재잘 재미있는 이야기도 하며 지훈의 고통을 덜어 주고 싶었다. 그러나 정아에게 그럴 여력이 남아있지 않았다. 정아는 점점 야위어 갔다.

"언니, 다이어트 하지 말아요. 건강 해쳐요. 지금 충분히 아름다워요."

자신한테 관심이 없는 큰 시누이 지영까지 걱정 어린 말을 건넸다. 다이어트라니, 참 좋은 방패다. 정아는 청소하러 온 홍초에게 명품백을 하나 줬다.

홍초는 이게 웬 횡재인가 황송해하며 쩔쩔매는 걸로 고마움을 표시했다. 그러다 정아가 원하는 게 있다는 걸 깨달았다. 세상 이치는 단순하다. 받는 게 있으면 줘야 한다. 홍초는 진공청소기를 끌고 나오며 말했다. 정색하지 않고 별일 아니라는 것처럼 무심히.

"그 꽃집 아가씨 자살인가 봐요."

"누가 그래요?"

정아가 왈칵 달려들었다. 그럼, 그렇지. 남편의 첫사랑인데, 무관심할 수 있나?

홍초는 명품백 하나를 더 받을 수 있는 방법을 찾기 위해서, 순간 머릿속을 요란하게 굴렸지만, 곧 포기했다. 매사 자연스러워야 한다. 욕심은 망하는 지름길이다. 홍초는 알고 있는 걸 순순히 털어놨다.

"이 비서가 알아본 모양이예요. 경찰에서 자살로 결론을 내렸대요."

"네? 아니, 어떻게? 유서라도 나왔나요?"

정아의 얼굴이 창백하게 흔들렸다.

"그건 잘 모르겠고요, 어련히 알아서 했겠어요. 경찰이."

"왜 자살했대요?"

"그야 모르지요. 작은 사모님 같은 분은 모르겠지만, 세상에는 자살할 이유가 수백 가지도 넘어요."

정아는 더 이상 묻지 않았다. 남편의 첫사랑에 관한 관심은 여기까지라야만 자연스럽다.

미주는 왜 자살했을까? 아니 자살이 확실한 건가?

정아는 머리가 깨질 듯이 아팠다. 아스피린을 먹고 침대에 누웠다. 차라리 잠이 들었으면 좋겠다고 생각하고 뒤척이는데 지훈이 들어 왔다. 이른 퇴근이었다. 지훈이 옷을 갈아입는 동안, 정아는 꼼짝 않고 누워있었다. 잠이 든 척하는 게 정아의 가장 편한 도피 방법이었다. 그러나 지훈은 다른 날과 달리 속는 척 하지 않았다.

"할 말 있어."

낮고 작은 음성이었지만 힘이 느껴졌다. 정아는 덜컥 겁이 났다.

"일어나봐."

역시 낮고 작은 음성이지만 분명한 건 명령이었다. 거역할 수 없는 명령.

정아는 일어나서 지훈의 맞은편에 앉았다. 침대 옆에 놓인 작은 티테이블은 장식품 역할이었는데, 오늘은 제대로 본분을 다하고 있다. 지훈은 손에 쥐고 있는 것을 테이블 위에 올려놓았다. 단추였다. 정아는 한눈에 알아봤다. 한정판 명품 코트 소매 끝에 달려 있는 3부 다이아몬드가 박힌 녹색 단추. 경쟁이 치열한 그 옷을 차지할 수 있었던 건 VVIP 대접을 받는 엄마 덕분이었다.

"단추가 예술이다."

엄마는 그렇게 말하며 명품 코트를 입어서인지 더욱 아름다워 보이는 정아를 흐뭇하게 바라보았다.

"당신 코트에서 떨어진 단추야. 내가 주웠어. 화재 현장에서."

증거를 확실하게 갖고 있는 수사관처럼 지훈의 어조는 간결했지만, 자신감에 차 있었다.

─이 단추로 내가 알고 싶은 걸 다 알아낼 수 있다.─

헉! 정아는 숨이 탁 막혔다. 지훈은 기다려주지 않았다. 노련한 수사관처럼 몰아붙였다.

"언제부터 꽃집을 드나들었어? 아니 그보다 왜 이 단추가 거기에 떨어져 있는 거야?"

정아의 입술이 파르르 떨렸다. 지훈은 어제 꽃집을 찾아갔다. 영희는 상황을 전달하면서 지훈에게 더 이상 궁금해하지도 말고, 꽃집 주변에는 얼씬도 하지 말고. 아주 작은 오해라도 살만한 행동을 해서는 절대 안 된다고 했다. 철저한 무관심과 무반응만이 최선이라고 누누이 당부했다. 그래도 가지 않을 수가 없었다. 화사한 꽃들을 가득 품고 있었던 장소라고 상상조차 할 수 없을 정도로 꽃집은 폐허가 되어 있었다. 가슴에서 '울컥' 뜨거운 것이 치밀어 오르더니, 눈물이 되어 방울방울 바닥으로 떨어졌다.

"절대 자책하지 마라. 누구도 타고난 운명을 거역할 수 없다."

어머니는 그렇게 말하며 지훈의 손을 잡았다. '그래, 운명' 지훈은 이 모든 걸 운명에게 떠맡겨야 자신이 그나마 숨을 쉴 수 있어서 거역할 수 없는 운명을 소환했다. 지훈이 사방을 둘러보고 막 몸을 돌려서 나가려는데 발밑에서 뭔가 반짝거렸다. 단추였다. 그 단추가 누구의 것이라는 걸 알았을 때, 심장이 멎는 듯했다. 그때 지훈은 자신을 맹렬하게 쏘아보는 시선을 느꼈다. 누군가가 바라보고 있었다. 순간적으로 지훈은 고개를 돌리고 빠른 걸음으로 차로 가서 급하게 액셀을 밟았다. 마스크를 썼다는 게, 그나마 다행이었다. 미주의 죽음 앞에서도 자신의 안위를 먼저 걱정하는 게 스스로 치가 떨렸지만, 항상 그래왔다는데 생각이 미치자, 차라리 포기가 되었다.

정아가 고개를 들었다. 뭔가 결심한 듯 눈빛이 반짝거렸다. 저렇게 예쁜 눈을 가진 여자였던가?

지훈은 엉뚱한 생각이 들어서 실소했다. 정아는 사실대로 이야기하기로 마음먹었다. 가감 없이 사실 그대로. 그동안 불안했던 것도 사실을 말하고 싶은데 그 대상이 없었기 때문이었다. 오죽하면 신뢰감 제로인 홍초를 붙잡고 말하고 싶었을까? 정아가 말하는 동안, 지훈은 손가락 하나 꼼지락거리지 않고 반듯한 자세로 들었다.

"그 꽃집만 없어지면, 그 여자가 떠날 것 같아서. 하지만 난 아무 짓도 안 했어. 난로를 켰지만 그것뿐이야. 내가 나올 때까지는 모든 게 다 멀쩡했어. 그 여자가 거기 있는 줄 정말 몰랐어. 거기서 절대로 잠을 자지 않는다고 들었어. 8시면 꼭 퇴근하다고."

정아는 울먹이더니 급기야 어깨를 들썩이며 소리 내어 울기 시작했다. 지훈은 다가가 정아를 안고 토닥거렸다.

"미안해, 다 내 탓이야. 당신이 알고 있는 줄 몰랐어. 정말 미안해."

"당신 내 말 믿지? 나 정말 아무 짓도 안 했어."

"알아. 당신 이 말 누구한테도 안 했지?"

정아는 고개를 끄덕였다.

"아무한테도 얘기하지 마. 절대로."

"알았어. 근데 자살이라는데."

"자살로 추정되어서 자살로 결론 났어."

"그게 무슨 말이야?"

"정황은 자살이지만 확실한 자살 증거는 없다는 거지. 그날 거기 간 것 절대 누구한테도 말해서는 안 돼. 그럴 리는 없겠지만 알리바이를 밝혀야 하는 상황이 오면 나와 같이 있었다고 해. 알았지?"

정아는 고개를 끄덕였다. 지훈은 다시 한번 정아를 꼭 안아주었다.

아, 따뜻한 내 편. 그런 안도감에 정아는 화재 사건 이후 처음으로 잠을 잘 잤다. 아침은 여전히 눈부시게 펼쳐져 있다. 모처럼의 숙면 덕분으로 정아의 몸은 새털처럼 가벼웠다. 블랙커피 한 잔과 화이트초콜릿 하나를 들고 창가에 앉았다. 정아식 아침식사였고 모처럼 그걸 즐길 수 있어서 좋았다. 정아는 초콜릿을 입에 굴리면서 커피를 마셨다. 그러다 문득 가슴이 서늘해지는 걸 느꼈다. 자살로 끝난 사건인데 무슨 알리바이를 대라고 한다는 건가? 물론 만일의 경우라는데 그게 왜 필요한가? 경찰이 결론을 그렇게 내렸지만 의심되는 부분이 있는 건가? 지훈은 절대 누구에게도 함부로 말하지 말라고 신신당부했다. 미주가 일가친척 한 명 없는 외톨이라서, 누구 하나 적극적으로 따지고 캐묻지 않아서 쉽게 내려진 결론인가? 아니다. 경찰이 그렇게 허술하게 진위 여부를 조사할 리는 없다. 그러나 정아의 가슴은 쿵쾅쿵쾅 요란하게 뛰었다. 도무지 안심할 수가 없다 오히려 지훈에게 다 털어놓기 전보다 더 불안하고 겁이 난다. 만일 무슨 계기가 있어서 철저하게 다시 조사한다면. 생각만으로도 온몸이 얼음덩어리 안에 갇힌 것처럼 차가워졌다.

　―석유난로 주변에 석유를 뿌렸다는 건, 누구한테도 절대 얘기하지 말아야지. 지훈한테도.―

　정아의 고백을 들은 그날 이후로, 지훈은 정아를 살갑게 대했다.

　'걱정 마. 당신한테는 내가 있잖아 기대도 돼. 토닥토닥.'

　지훈의 눈빛은 그렇게 말하고 있었다. 정아도 날카롭게 손톱을 세우지 않고 지훈에게 기댔다. 미주라는 존재가 없어지니까. 정아는 부드러워지고 관대해졌다. 그런 정아가 지훈도 편했다.

　지훈과 정아는 결혼하고 처음으로 진짜 남편과 아내처럼 살고 있는 듯해서 새롭고 행복하기까지 했다.

[8]

◈

　그러나 회사는 먹구름으로 뒤덮여 한 줌의 햇살도 비집고 들어 올 틈
이 없었다. 작은 구멍이 얼마든지 큰 둑을 무너트릴 수 있다. 문제는
시초인 작은 구멍을 무심하게 넘어간다는 데 있다. 어느 때부터 고려건
설은 뉴스에 자주 등장했는데, 대부분 비난을 감수해야 하는 부정적인
면이 크게 부각 되었다. 조직폭력배의 패싸움부터 시작해서, 아파트 화
재 사건이 이어지고, 거기다 결정적으로 이제 갓 스물인 청년의 추락사
가 있었다. 조직폭력배의 힘겨루기는 고려건설과 아무 상관 없고 단지
패싸움하기 최적인 장소를 고려건설 아파트 건설 현장으로 잡았을 뿐이
었다. 신도시 고려건설 화재 사건은 주민의 부주의로 생긴 것인데 막
입주를 시작한 대단지 새 아파트라서 시선을 모았고, 화재의 원인이 부
실 공사도 한 원인이 될 수 있다고 건축전문가의 무책임한 말 한마디가
기업의 이미지를 깎아내렸다. 물론 사실은 밝혀졌지만, 사람들은 강렬
한 앞부분만을 기억할 뿐이다. 이제 갓 스물 아름다운 청춘이 된 청년은
미소가 귀여운 소년의 모습으로 T.V 화면에 등장해서 "취직이 되어서

너무 좋습니다. 첫 월급을 타면 바로 할머니 무릎 수술을 해드릴 생각입니다. 오랫동안 고통스러워하셨는데 이제 할머니를 편하게 해드릴 수 있어서 너무 행복합니다." '성년의 날' 세상 다 가진 듯, 환한 표정으로 인터뷰한 청년은 고려건설 아파트 건축 현장에서 추락사했다. 안전모도 쓰지 않았고 안전화도 신지 않았다. 게다가 경험이 없는 신참이 고층에서 작업을 했다. 청년은 고려건설 직원이 아니라 하청업체 견습공이었는데 뉴스에 나갈 때는 고려건설만 보였다. 거기다 부모 이혼으로 병든 할머니가 파지 주우며 어렵게 키웠지만, 언제나 씩씩하고 밝았다는 이웃 사람들의 인터뷰와 손자를 잃은 할머니의 대성통곡이 고려건설을 악덕 기업으로 몰아가는 데 오랜 시간이 걸리지 않았다. 한강을 끼고 있어서 강남의 맨해튼이라 불리는 최고의 입지 조건인 재건축 아파트도, 신도시 광범위한 재개발 단지도 모두 다른 건설회사로 넘어갔다. 건실하고 양심적인 기업이미지와 그동안의 아파트 건축 실적으로 주민들이 뽑은 희망건설 회사 1위였는데 어느 곳도 수주를 따내지 못했다. 좋은 이미지를 만드는 데 평생 걸린다면 나쁜 이미지로 추락하는 건 하루도 안 걸린다.

"아닙니다. 우리 회사와는 전혀 상관없는 일입니다."

안타까운 외침은 양심 없고 책임회피인 변명으로 낙인찍혀 더 불리해질 뿐이었다. 침묵하며 시간이 흐르기를 기다려야 하는데, 그동안의 손해는 무엇으로 메꾼단 말인가? 은 회장은 점점 초조해졌다. 그때 손을 내민 사람이 로버트 강이었다. 재미교포로 기업합병의 선두주자로 이름을 날리고 있는 그는 은 회장에게 굉장히 우호적이었다. 고려백화점도 로버트 강 덕분에 무리하지 않고 인수할 수 있었다.

"회장님을 뵐 때마다 아버지가 생각납니다. 자수성가는 자신의 마지막 한 방울까지 쥐어짜야만 가능한 일이지요. 얼마나 외롭고 힘든 일일까. 아버지를 보면서 늘 그런 생각을 했습니다."

미국에 이민 간 로버트 강의 아버지는 세탁소로 시작해서 마켓 그리고 자동차 부품회사로 성공한 기업인이었다.

그러나 안타깝게도 아들의 성공을 보지 못하고 폐암으로 사망했고, 아들은 늘 그런 아버지를 존경하며 그리워했다. 은 회장도 그런 로버트 강을 고마워하며 신뢰했다.

"회장님 요즘 힘드시지요?"

회장실에서 마주 앉은 로버트 강의 표정은 진정으로 염려하는 빛이 흘렀다.

"사업이란 날씨 같지. 인생도 그렇지만 늘 햇빛 좋은 날만 있을 수는 없지. 바람도 불고 천둥 번개도 치고, 그런데 요즘은 정말 죽을 맛이네. 뭔가 한꺼번에 밀려오는 느낌이 들어서 영 불안해."

"걱정 마십시오. 길은 언제나 있습니다. 길이 없으면 만들면 되지요."

로버트 강이 들고 온 해결책은 너무도 안성맞춤이어서 은 회장은 로버트 강의 두 손을 잡고 흔들었다. 갑자기 눈물이 핑 돌았다. 그동안 식구들 걱정할까 봐 제대로 말도 못 했지만, 회사 사정은 바닥을 향해 곤두박질치고 있었다. 유상증자를 준비하면서 한두 단계 점프를 꿈꿨지만, 이제는 놓쳐 버린 풍선이 되었다.

"제가 좀 더 자세히 알아보고 자료를 제출할 테니, 회장님도 꼼꼼히 검토해 보십시오. 한 치의 어긋남도 없어야 하니까요."

은 회장은 고개를 끄덕였다. 물론이다. 절대 한 치의 어긋남도 없어야 한다.

"제가 회장님을 정말 좋아하나 봅니다. 저희 아버지를 닮으셨어요."

로버트 강은 미소를 지었다. 은 회장도 빙그레 웃으며, 로버트 강의 아버지를 닮은 게 천만다행이라고 생각했다. 은 회장은 시멘트 회사를 인수했다. 많은 건설회사가 파트너로 삼고 싶어 하는 건실한 회사였다. 로버트 강이 준비해 온 서류는 빈틈없이 정확했고 어떤 하자도 없었고 무엇보다 인수자에게 유리했다. 그 이유는 시멘트 회사 대표인 아버지가 건강상의 문제로 일선에서 물러나자, 아들 셋이 경영 분쟁을 일으키며 형제간의 우애가 깨지자 아버지가 분노하며 빠른 용단을 내렸기 때문이다. 이런 인수 조건이라면 여러 회사가 덤벼들었을 텐데 로버트 강의 역할로 은 회장이 가져올 수 있었다. 고마운 일이다. 로버트 강의 아버지 산소라도 찾아가서 술 한잔 올리고 싶은 심정이다. 은 회장은 시멘트 회사 인수자금 중 일부 대출을 받기로 하고 박 의원에게 부탁했다. 빤질빤질 능글능글 요리조리 잘 빠져나가며 자신의 이익만을 극대화하는 비열한 철새 같은 박 의원을 만나고 싶지 않지만, 그럴 감상에 사로잡힐 여유가 없었다. 다행히 박 의원은 은 회장의 부탁을 시원하게 들어줬다. 은 회장이 어리둥절할 정도였다.

박 의원은 요즘 들어 딸 정아가 행복해 보여서 기분이 좋았다. 거기다 웬일인지 정아가 시댁에 힘이 되어 달라고, 무슨 부탁이라도 하면 꼭 들어 달라고, 박 의원한테는 인색한 눈웃음까지 발사하며 간청을 해온 것이다. 정아의 마음에 변화가 온 것은 사위와의 관계가 좋아졌기 때문이라는 걸 쉽게 알 수 있었다. 더구나 대출 정도는 어렵지 않다. 공사 수주를 따게 해달라는 것처럼 나중에 발각되면 바로 박 의원의 목줄이 될 것도 아니고 기업이 은행 대출을 받는 건 자연스러운 일이다. 박 의원은 평판 좋은 국내 시중은행 은행장을 소개해주었고, 은 회장은 기업담보로 대출이자가 저렴하고 최장기 만기 기간인 혜택을 받으며 대출을 받았다. 건설회사가 시멘트 회사를 갖게 되는 것은 기업에 날개를 단격이다. 시멘트 파동이 일어날 때마다 작업이 중지되고 그 기간이 길수록 손실 또한 매우 크다. 이제는 그럴 염려가 없다. 은 회장은 로버트 강에게 인수금을 건네고 시멘트 회사를 둘러보았다. 처음부터 끝까지 시멘트 회사의 장남과 회사 고문 변호사가 함께했다. 그날 저녁 집에 돌아오자마자 은 회장은 지훈과 정아를 불렀다.

"이거 크루즈 여행권이다. 며칠 바람 쐬고 와라."

"그래, 소라는 걱정하지 말고, 내가 잘 볼 테니."

영희도 기분 좋게 거들었다.

"아, 회사 걱정도 말고. 가끔 둘만의 시간도 필요하다."

은 회장은 정아를 보며 환하게 웃었다. '네 덕분이다. 고맙다.'

지훈은 아버지의 미소에 담긴 뜻을 헤아렸다. 정아에게 단단히 고마움의 표시를 해야겠다. 부부 사이라도 그건 필요하다. 그보다 지훈은 시멘트 회사 인수 작업이 너무 빠른 시일에 걸림돌 없이 착착 진행되는 게 불안했는데 서류검토를 아버지와 회사 자문 변호사 그리고 법률전공의 몇몇 이사와 함께 했고 무엇보다 로버트 강의 주선이라는데 걱정을 털어냈다. 로버트 강은 고려백화점을 좋은 조건으로 인수받게 해준 것으로 이미 후한 점수를 받고 있었다.

"아버님이 도와주신 모양이야. 고마워."

지훈은 언제부터 박 의원을 장인어른, 대신 아버님이라고 불렀다. 정아는 그게 듣기 너무 좋았다.

"그런 인사는 남남끼리 하는 거지. 우리가 남이가?"

정아는 귀엽게 굴었다. 지훈은 정아를 안았다.

"오늘도 뜨거운 밤이 되나요?"

"하하하."

정아의 애교에 지훈은 웃음을 터트렸다. 문득 '여자는 남자하기 나름'이라는 말이 떠올랐다.

그날 밤 아름다운 장미꽃이 수없이 폈다 지고 폈다 졌다. 다소 어색했지만 황홀한 밤이었다.

정아는 나른하고 달짝지근한 피로를 느끼며 잠에서 깼다. 아직도 침대에서 밤꽃 냄새가 나는 듯했다. 본능을 찌르는 짙은 바닐라향의 냄새를 즐기다가 문득. 정아는 크루즈여행에 대한 답례로 시댁 식구들에게 선물을 해야겠다고 생각했다. 마침 크리스마스도 며칠 남지 않았다.

백화점은 화려한 대형 선물 상자 같았다. 소비자의 구매 욕구를 자극하기 위해 11월 중순부터 크리스마스 장식을 하는데 백화점마다 경쟁이 붙어서 치열하다. 지금껏 한 번도 보지 못한 것 아니 상상조차 할 수 없었던 경이롭고 참신한 것, 시선을 단번에 끄는 몽환적이고 화려한 것, 새로운 아이디어가 축제장 풍선처럼 팡팡 터져서 사람들은 즐겁다. 매일 똑같이 반복되는 평범한 일상이 다소 심심하고 지루했는데 갑자기 길가다 선물 상자를 주운 것처럼 유쾌했다. 그러나 그것이 바로 소비로 이어지는 건 아니었다. 고객들은 오랜 학습효과를 거쳐 충동구매를 하는 어리석음을 쉽게 저지르지 않았다. 정아는 집 가까운 백화점으로 들어갔다. 시어머니의 백화점은 신도시에 있어서 거리도 멀었지만, 특별히 찾아가고 싶지 않았다. 시댁 식구와는 일정 거리가 꼭 필요하다. 정아는 바로 쇼핑의 어려움을 느끼고 진력이 났다. 정아는 참을성이 없었다.

그동안 절제하고 인내하고 기다릴 필요가 없었다. '저거' 원하는 걸 손가락질하면 바로 품 안으로 들어왔다. 대부분은 '저거' 하고 가리키기도 전에 정아의 물건이 되었고, 정아의 사람이 되었다. 그래서 애착이 없었다. 너무 쉽게 얻는 것투성이라 마음이 가는 시간은 매우 짧았다.

그런데 지훈만은 달랐다. 지훈을 온전히 자기 것으로 갖기 위해서 얼마나 노력했나? 시간이 흘러도 달라지는 게 없어서 미워하고, 말 안 듣는 사춘기 딸처럼 삐딱하게 굴었다. 그러다 미주라는 존재가 불쑥 튀어나와 증오하기 시작했다.

그런데도 지훈을 보면 가슴이 뛰었다. 노력하고 싶은 날도 있었다. 이 널뛰기 감정 때문에 정아는 지치고 힘들었다. 그래도 포기할 수 없었다. '이 정도면 사랑이라는 이름으로 자신의 감정을 표현해도 손색없으리라'. 정아는 그렇게 믿었다. 그동안 정아는 시댁 식구들한테 관심이 없었다. 뭘 좋아하는지 어떤 게 어울리는지. 알 수가 없어서 쇼핑은 점점 짜증 났다. 결국 정아는 아주 보편적인 선물을 택했다. 대충 고르는 데는 그 잣대가 필요했다.

"요즘 가장 잘나가는 게 어느 거예요?"

이 질문을 몇 번 하고 정아는 명품관에서 스카프와 지갑을 골랐다. 하지만 지훈에게는 정성을 기울였다. 지훈이 좋아하는 토마토향의 디퓨저를 가장 소중하게 다루며 막 백화점을 나오는데, 누군가가 비명을 지르듯 한 이름을 불렀다.

"연아 씨, 연아 씨."

정아는 걸음을 멈췄다. 자신의 가짜 이름, 그 이름으로 자신을 부를 수 있는 여자는, 말희뿐이었다. 순간 정아는 양손에 잔뜩 들고 있는 쇼핑백 안의 물건을 훔친 것처럼, 가슴이 요란하게 뛰기 시작했다. 정아가 뒤돌아볼 새도 없이 말희가 뛰어와 와락 정아를 끌어안았다.

"내가 자기 얼마나 만나고 싶었는데, 미주 씨 소식은 들었지요? 세상에 그렇게 박복한 인생이."

말희는 눈물을 뚝뚝 떨어트리며 어깨를 들썩이고 울었다. 지나가는 사람들이 힐끗힐끗 쳐다보았지만, 말희는 신경 쓰지 않았다. 정아는 말희의 어깨를 안았다. 정아도 말희를 만나고 싶었다. 말희를 만나면 뭔가 선명해 질 것 같았다. 그러나 말희의 휴대폰 번호도 주소도 모르고 무엇보다 지훈이 신신당부했다. 그 일과 관련해서 누구도 만나지 말고 캐묻고 다니지도 말라고 아주 작은 움직임이라도 의심의 빌미를 줄만 한 건 절대 해서는 안 된다고 했다. 모르는 곳, 나와 상관없는 사람이라고 생각하고 그쪽으로 눈길도 주지 말라고 했다. 그러나 정아는 사실을 정확히 알고 싶었다. 그래야 가끔씩 무방비 상태의 자신한테 쳐들어와 온 밤을 고통과 불안에 떨게 하는 악몽에서 벗어날 것 같았다. 불기둥처럼 치솟는 불길 속에서 미주는 정아를 향해 손을 뻗치고 있었다. '제발 나 좀 살려 달라고.' 너무도 간절하게 그러나 꿈속에서 정아는 번번이 도망쳤다. 악몽에서 깨어나면 정아의 온몸은 식은땀으로 젖어 있었다.

"괜찮아, 괜찮아, 아무 걱정 마 내가 있잖아."

그때마다 지훈은 다정한 음성으로 정아의 마음을 어루만져 주었다. 지훈이 있어서 정말 다행이었다. 그러나 악몽은 쉽게 사라지지 않았다. 오랜만에 맛보는 아내로서의 행복감을 쫙쫙 찢어 놓았다. 정아는 크리스마스 분위기에 들떠 있는 대형 커피점을 피해서 백화점 지하에 있는 작은 레스토랑으로 말희를 데리고 들어갔다. 다행히 조용했다. 두 사람은 대형 인조 나무로 가린 구석 자리에 마주 앉았다. 주문한 아이스와인은 치즈 크래커와 함께 곧 테이블 위에 놓여졌다. 말희는 물처럼 아이스와인을 벌컥벌컥 연거푸 따라 마셨다. 그리고 아주 긴 이야기를 가슴 속 뜨거운 불덩이를 꺼내놓듯 왈칵왈칵 토해냈다.

"그날은 꽃집을 못 갔어요. 큰아이가 독감에 걸려서 열이 오르락내리락하는 바람에. 밤 9시쯤 미주 씨한테 전화가 왔어요. 술을 좀 마셨는데 취하지 않았다고. 오히려 정신이 더 말똥말똥하다며 웃었어요. 그 웃음 소리가 울음소리보다 더 슬펐어요. 뭔가 다 내려놓고 허탈해서 웃는 웃음. 그 남자가 저녁 7시쯤 온다고 해서 기다렸는데 오지 않았대요."

정아는 꿀꺽 침을 삼켰다. 그 남자는 내 남편 지훈이다.

"말희 씨 난 바보인가 봐. 그 남자가 꼭 올 줄 알았어. 하루 종일 들떠서 그 남자가 좋아하는 달래 냉이 된장찌개를 끓이고, 이 추운 겨울에도 봄나물을 쉽게 구할 수 있어서 감사했어. 새콤달콤 해파리냉채도 무치고, 버터를 전복 위에 칠해서 노릇노릇 굽고, 생김을 좋아하는 그 남자를 위해서 쪼그리고 앉아 한 장 한 장 정성껏 굽고, 담백한 양념장도 만들며 신혼의 아내처럼 행복했어. 디저트는 내가 좀 음흉했어. 생크림이 산처럼 잔뜩 올려진 케익을 샀어. 그 남자 생크림이 묻어 있는 내 입술을 좋아했거든. 언제나 그 남자는 부드러운 입술로 내 입술의 생크림을 닦아 줬어. 그때마다 난 주위를 둘러보며 조금 부끄러워했고 많이 행복해했어. 그런데 7시가 지나도 8시가 지나도 9시가 지나도 지금까지 그 남자는 오지 않고 있어. 문득 등줄기를 아프게 훑고 지나가는 뭔가가 떠올랐어. 그 남자는 아무 흔적을 남기지 않는다. 내게 전화를 한 적도 문자를 남긴 적도 없어. 며칠 전 그 남자가 나무 뒤에 서서 나를 바라봤어. 언제나 그랬듯이 뿌리 깊은 나무처럼 꼼짝 않고. 나는 불을 환히 켜고 사방의 블라인드를 다 올리고 문도 열어놨어. 그 남자가 편하게 실내를 볼 수 있도록, 나를 마음 놓고 바라볼 수 있도록, 그 남자와 시선을 마주치지 않으면서 나는 화분 하나를 들고 문 가까이 다가갔어. 빠른 손놀림으로 화분 정리를 하면서 그 남자가 내 얼굴을 자세히 볼 수 있도록, 그와 나의 거리를 좁혀줬어. 그 남자가 나를 원하니까. 그런데 갑자기 그 남자가 문 쪽으로 걸어오는 거야. 뚜벅뚜벅. 말희 씨, 나 그때 심장이 멎는 줄 알았어. 아, 드디어 내게 오는구나. 아침에 샤워를 하고 나왔는데 괜찮을까? 하루 종일 먼지를 뒤집어쓰고 흙을 만지며 분갈이를 했는데, 하필이면 오늘, 이상한 냄새가 나는 건 아니겠지? 그러나 그 남자는 문밖에 놓인 화분 밑에 쪽지를 밀어 넣고 떠났어. 그 남자의 차가 완전히 빠져나가는 걸 보고 나는 부랴부랴 쪽지를 꺼내서 읽었어. 바로 오늘 저녁 7시에 온다는 짧은 메모였어. 보고 싶다는 말도, 사랑한다는 고백도 생략되었지만, 그것으로 충분했어. 언제나 자상하고 친절한 그 남자는 내게 시간을 준 거야. 나를 가꿀 수 있는 충분한 시간. 그런데 그 메모지는 자필로 쓴 게 아니고 워드로 친 컴퓨터 글씨였어. 그 남자는 나와 연결되는 걸 너무도 철저히 차단한 거야. 아무것도 남기지 않았어. 마치 완전범죄를 꿈꾸며 살인을 계획하는 지능범처럼. 그 남자가 집안의 완강한 반대에 부딪혀 나를 포기했을 때도 나는 기업 승계의 짐을 짊어진 장남의 위치를 이해하려고 했어. 그런데 말희 씨, 지금 갑자기 가슴이 무너져 내리면서 이런 생각이 드는 거야. 그 남자는 나를 사랑했나? 나 송 미주를 사랑했나? 사랑이라는 감정을 사랑한 건 아닌가? 송 미주 대신 그 자리에 성 춘향을 갖다 놔도 줄리엣을 갖다 놔도 상관없는 건 아닌가? 그 남자가 어느 날 그런 말을 했어. 내 용량은 10인데 아버지는 100을 기대한다고 그래서 너무 힘들고 괴롭다고. 어쩌면 그 남자는 그 중압감에서 벗어나 새털처럼 가벼운 일상을 만들기 위해서 사랑이란 달달한 감정이 필요했던 건 아닌가? 울고 싶을 때 송 미주라는 여자를 소환해서 그 여자와 이루어질 수 없는 사랑 때문에 울고, 웃고 싶을 때 송 미주라는 여자를 소환해서 그 여자와 함께한 즐거운 시간 때문에 웃고, 어느 날 문득 퇴근길에 올려다본 밤하늘의 별이 너무 아름다워 말랑말랑 로맨틱하고 싶을 때, 송 미주를 소환해서 한 여자를 이토록 오래 사랑하는 나는 멋진 놈이다, 스스로 축배를 들고. 이런 식으로 갈치 한 마리를 자신의 구미에 맞게 요리하듯이 사랑을 매만진 건 아닌가? 오늘 저녁 약속은 어쩌면 이별 통보를 위한 게 아니었을까? 미련을 갖고 자기를 기다리는 내게 최소한의 배려를 하기 위한 게 아니었을까? 그런데 차마 얼굴 보고 말할 용기가 없었나? 아니면 그럴 필요도 없었나?"

수화기 너머 숨죽여 우는 미주의 울음소리가 줄이 한두 개 끊어진 채 연주하는 바이올린 소리처럼 가깝게도 멀게도 들렸다.

"미주 씨 그런 소리 하지 마. 왜 사랑했던 지난 시간까지 부정하려고 해? 행복했잖아. 이제 다 털어 버리고 미국 가. 거기서 새 출발 해. 그림도 그리고, 취직도 하고, 연애도 하고, 자긴 아직 젊고 아름다워."

그러나 미주는 아무 말도 들리지 않는 듯했다.

"나 이제 뭘로 살아야 해?"

"세상은 넓어. 이 길이 아니면 저 길도 있어. 내가 내일 아침 일찍 갈게. 소주에다 지독하게 매운 아구찜 어때?"

"말희 씨, 고마워. 고마웠어."

그리고 통화가 끝났다. 말희는 미주의 마지막 굿 나잇 인사가 잠시 신경에 걸렸지만, 술 탓, 기분 탓이라고 여기며 그대로 넘어갔다.

"그때 내가 달려갔어야 했어요. 내가 멍청했어요."

말희는 머리카락을 잡아 뜯으며 울었다. 정아는 잠시 기다려줬다.

"내가 봤어요. 그 나쁜 놈을. 화재 현장에 왔더라구요. 나를 보자, 얼굴을 가리고 꽁지 빠진 새처럼 달아나는 꼴이란, 대체 얼마나 대단한 집구석이기에 자신을 드러내지 않으려고 그렇게 기를 쓰는지."

이번에는 정아가 와인을 거푸 마셨다.

"참고인으로 불려 갔을 때 경찰관이 그러더라고요. 자살한 사람 많이 봤지만 이렇게 외딴 섬처럼 고적한 인생은 처음이라고요. 너무 불쌍하다고요. 휴대폰 안에 저장되어 있는 번호가 채 다섯 개도 안 된다고요. 고아원 원장, 거래처인 용인화원, 그리고 나 김 말희."

자살이란 단어가 나왔을 때 정아는 재빠르게 낚아챘다.

"어떻게 자살로 종결되었어요?"

"유서가 있었어요. 경찰이 내게 보여줬어요, 필적 확인도 했고요."

"뭐라고요? 유서요?"

정아는 혼란의 늪에 빠져 허우적대기 시작했다. 이 비서를 통해서 모든 건 정확히 시어머니에게 전달되었을 테고 그러면 지훈도 알고 있었을 것이다.

'그런데 왜 유서가 없다고 했을까?'

어느 날 홍초가 대단한 비밀을 발설하는 듯 주위를 살피며 낮은 목소리로 말했다.

"석유난로 때문에 불이 났는데, 탈출할 시간이 충분한데도 꽃집 여자가 밖으로 나오지 않았대나 뭐래나, 암튼 그래요."

"누가 그래요?"

"이 비서가요, 전복죽 한 그릇에 다 불었어요."

홍초는 '힝힝' 말소리를 내며 웃었다. 어찌 보면 세상이 참 만만하다. 달랑 전복죽 한 그릇에 입을 열다니 이 비서는 독립운동은 절대 못 할 가벼운 인간이다. 그러나 홍초는 이 비서가 대충 둘러댄 말이라는 걸 알지 못했다. 전복죽 얻어먹은 대가로 거짓말을 풀어 놓은 것이다. 홍초는 정아에게 명품 캐시미어 머플러를 받자마자, 그 이야기를 전달했다. 지훈의 이야기도 크게 다르지 않았다. 지훈은 그 이야기를 꺼내는 것조차 괴로워해서 정아는 더 이상 아무것도 물을 수 없었다. 미주의 죽음을 떠올리게 하는 건 지훈에게 잔인한 일이다. 그건 정아에게도 다른 이유로 괴로운 일이었다. 죄책감이 들어 있어서 더 무거운 마음이었다. 그래서 화재 사건은 입을 다물게 됐다. 지훈이 처음 정아에게 설명한 것이 정아가 아는 전부였다. 석유난로 때문에 불이 나서 그걸 집중 조사했는데, 여러 가지 정황으로 고의라는 쪽으로 결론이 나서 자살로 종결되었다. 자살이라는 뚜렷한 증거가 없으니 뭔가 새로운 게 나타나면 상황이 바뀔 수도 있다 그러니 절대 함부로 나대지 말아라. 꺼져 있는 석유난로에 불을 피운 게 당신이라는 사실을 잊어서는 안 된다. 그러면서 지훈은 양팔을 벌려서 자신의 품 안에 정아가 들어오게 했다. 정아는 그 울타리 안에서 머물러야만 그나마 불안하지 않았다.

어느 날은 불안감이 치솟아 아버지에게 모든 사실을 털어놓고 아무도 모르게 알아봐 달라고 하고 싶었다. 그렇지만 정아는 고개를 흔들며 침묵했다. 그게 제일 안전한 최선의 선택이었다. 그런데 유서가 있는 자살이라니, 말희는 경찰에서 들은 이야기와 자기감정을 적절히 섞어서 더욱 정확하게 상황전달을 했다.

미주는 더 이상 살아야 할 이유가 없었다. 아니 살아내야 할 자신이 없었다. 미주는 곧바로 집으로 왔다.

그 시간이 말희와 통화가 끝나고 30분 후, 그러니까 밤 10시가 조금 넘은 시간이었다. 미주는 오랫동안 보관하고 있는 아름다운 추억, 지훈과의 흔적을 모두 없애 버렸다. 사진과 편지 그리고 지훈에 대한 절절한 그리움을 토해낸 자신의 일기장까지. 그리고 유서를 썼다. 확실한 자살을 알리기 위해서 유서는 꼭 필요했다. 그렇지 않으면 사건으로 수사를 해야 되고 그러다 지훈의 존재가 수면 위에 떠오를 수 있으니 깔끔한 마무리는 필수였다. 미주의 유서는 간략했다.

'꽃집은 고아원에 기증하고, 자신의 집인 25평 빌라는 김 말희에게 준다. 그리고 화장해서 강에 뿌려 달라, 고맙고 미안합니다.' 너무 간단한 내용이라 더 안타깝고 슬펐다. 미주는 유서를 눈에 띄게 거실 테이블 위에 올려놓고 수면제 약병을 들고 밖으로 나왔다. 그때가 밤 12시였다. 미주가 빌라에 들어간 시간과 나온 시간이 정확한 건 두 명의 주민과 만났기 때문이다. 들어갈 때는 때마침 퇴근해서 한잔 걸치고 집에 들어가는 301호 주인아저씨와 만났고, 나올 때는 막 교대를 마치고 들어오는 102호 종합병원 간호사와 부딪혔다.

"약병이 바닥으로 떨어졌는데 급히 주웠다고, 그 간호사가 증언했대요."

말희는 약병 이야기를 하면서 또 울기 시작했다.

"미주 씨가 오랫동안 불면증에 시달려서 수면제를 먹었어요. 어느 날 미주 씨가 그러대요. 수면제를 몇 알씩 계속 모았더니 한 병이 되었다고요. 내가 펄쩍 뛰었어요. 당장 버리라고, 그랬더니 걱정 말래요. 절대 안 먹는다고 그럴 용기가 없다고, 다만 그게 있으면 이상하게 위안이 되고 마음이 편하대요. 너무 힘들면, 너무 외로우면, 너무 아프면, 벗어날 길이 있다는 것만으로 힘이 된다고요. 그 기분이 이해가 됐어요, 그때는. 이럴 줄 알았으면 강제로라도 빼앗아버릴걸."

"왜 빌라에서 다시 꽃집으로 갔을까요?"

'미주가 죽음을 준비하기 위해 흔적을 없애러 빌라로 간 사이 내가 꽃집을 다녀갔구나.'

정아는 시간을 가늠하며 물었다.

"빌라에서 죽으면 빌라 사람들한테 폐가 될까 봐 그런 거지요. 꽃집은 허허벌판에 달랑 꽃집 하나 서 있으니까, 죽으면서까지 이 사람 저 사람

배려하고, 대체 무슨 바보 같은 짓인지. 내가 뭘 해줬다고 빌라까지 주고, 내가 너무 큰 평수 큰 평수 그랬나 봐요. 사람 사는 게 이리 허무한데, 무슨 아파트 평수가 대수라고."

"그래서 어떻게 됐나요?"

정아는 유서 이야기가 나온 뒤로 조급해졌다.

"미주 씨는 꽃집에 가서 수면제를 먹었어요. 경찰은 사망 추정 시간을 밤 2시 전후로 봐요. 그리고 화재는 새벽 6시쯤 일어났어요. 석유난로 과열이 원인이래요. 마침 새벽 산행을 하는 등산객한테 발견돼서 다행히 홀랑 타지는 않았어요. 미주 씨가 누워있는 내실까지 불길이 번졌으면 미주 씨가 온전하지 못했을 거예요. 결국 화장했지만, 그래도 다르지요."

"그렇지요, 격식을 갖춰서 정중하게 보낸 것과 다르지요."

남은 아이스와인을 다 마시고 두 사람은 일어났다. 달고 단 아이스와인도 살아 있는 사람의 특혜였다. 산다는 건 어쩌면 특혜의 연속인지 모른다. 감사하고 겸손할 일이다.

"연아 씨, 휴대폰 번호 좀 줘요."

정아는 고개를 저었다.

"왜요?"

"우리가 만나서 무슨 이야기를 하겠어요? 미주 씨 그냥 편안하게 보내 줘요."

"아, 내 생각이 짧았네요. 우리가 만나면 가엽고 또 가여운 미주 씨 이야기만 할 텐데, 알았어요."

"서로 잘 살아요. 악착같이 죽지 말고."

말희는 또 울기 시작했다. 정아는 가장 비싼 아이스와인 두 병을 포장해서 말희에게 줬다.

"달콤한 거 마시면 쓴 감정이 없어질지도 몰라요."

"고마워요, 우리 셋 좋은 친구가 될 수 있었는데."

말희는 아쉬운 표정으로 그렇게 말하고 돌아섰다.

'절대로 친구가 될 수 없는 사이에요. 우리는.'

정아는 말희의 뒷모습을 바라보며 중얼거렸다. 정아는 온몸에 기운이 다 빠져나간 것처럼 어지럽고 휘청거렸다. 가까스로 몸을 추슬러 백화점 주차장에 세워 놓은 자동차 안으로 들어갔다.

'생각을 해야 한다. 생각을 정리해야 한다. 왜 지훈은 유서 이야기를 안 했나? 분명한 자살인데 왜 다양한 가능성에 대해 열어놓으면서 불안감을 조성시켰나?'

정아는 바로 그 이유를 알아냈다. 아버지의 힘이 필요했기 때문이다. 그러기 위해서는 내 약점을 잡고 자기한테 의지하게 만들어야, 필요할 때마다 아버지의 힘을 나눠 쓸 수 있다.

정아는 치를 떨었다. 얼마나 교묘하고 비열한 인간인가? 정아가 지훈을 사랑한 이유는 그가 좋은 사람이기 때문이었다. 사랑은 이유가 없다고 하지만 감정이 전부는 아니다. 정아가 지훈을 좋아한 건, 반듯하고 책임감 강하고 부모한테 잘하고 두 여동생을 살뜰하게 보살피는 든든한 오빠였기 때문이었다. 그의 빛나는 휴머니즘에 정아는 반했다. 주위에 그런 남자가 없었다. 많이 갖고 있을수록 오만하고 무례했다. 뭐든 돈으로 해결하면 된다는 생각에 세상을 만만하고 가볍게 봤다. 그래서 마약, 도박 같은 어둠의 늪에 쉽게 빠졌다. 지훈은 그렇지 않았다. 그게 매력이었는데, 정아가 잘못 본 것이다. 지훈은 살아남기 위해서, 주위의 색깔로 변하는 보호색을 지닌 약하고 교활한 곤충과 다를 바가 없다. 진실하지도, 정직하지도, 용기도 없다. 능력과 힘이 없을 때 그걸 가리기 위해 만든 휴머니즘이란 비겁한 보호색에 속은 것이다. 아내를 철저하게 이용하기 위해 어떤 망설임도 없이 아내의 약점을 만들어 단단히 쥐고 무방비 상태로 자신에게 기대게 만들어 놓았다.

정아는 그걸 깨달았을 때, 분노와 절망은 아주 짧은 순간 지나갔고, 갑자기 온몸을 결박하고 있는 쇠사슬이 풀어진 것처럼, 화한 박하향이 퍼지는 눈부신 자유가 느껴졌다.

이제 지훈을 만만하게 봐도 된다. 아니 깔봐도 된다. 그의 가장 큰 매력, 좋은 사람이 아니다. 나쁜 놈이다.

이 사실이 정아의 마음을 새털처럼 가볍게 만들었다. 가장 편안한 사랑은 수평 저울에 올려놓았을 때, 어느 한쪽으로 기울어지지 않는 같은 무게의 사랑이다. 어느 한쪽으로 기울어지면 그 사랑은 고단하다. 그동안 사랑하는 쪽인 정아가 사랑하지 않는 쪽인 지훈에 비해 약자였다. 분노하고 미워했지만 사랑받고 싶은 열망에 자신을 헌신하기도 했다. 특히 침실에서 정아는 노력했다. 본능에 따라 움직이다가 문득 지훈이 품행이 방정치 못한 여자로 생각할까 봐 겁이 나서 순간순간 경직되었다. 그러느라 오르가슴에 도달한 적이 없다. 마음 놓고 지훈의 손에서 뜨겁게 해체되고 싶었지만, 옥타브를 높이는 대신 입술을 깨물어 참아냈다. 지훈에게는 순결한 여자이고 싶었다.

"박 의원 딸내미 어린 게 남자관계가 복잡하다믄서." 그런 소문이 잠시 돌았지만, 아버지가 막았다. 권력과 부는 그 순간, 가장 알맞은 방패를 만들어낸다. 단순한 소문만은 아니었다. 너무 쉽게 갖고 싶은 걸 갖게 되니 사는 게 참 재미없었다. 가슴 뛰게 하는 설렘이 있어야 살맛이 나는 거 아닌가? 정아는 남자를 자주 바꿨다. 지금은 그걸 후회했다. 다 쓰레기 같은 남자뿐이었다. 그래서 반듯한 지훈을 사랑하게 된 것이다. 하지만 지훈은 그동안 만났던 쓰레기들보다 위장술에 능했고 계산이 치밀했을 뿐 크게 다르지 않다.

'이제 나는 지훈을 얼마든지 깔봐도 된다.'

참으로 숨통이 트이는 일이었다. 정아는 끝까지 모른 척하리라 마음먹었다. 약점을 잡힌 채, 남편의 말에 꼼짝 못 하고 다소 바보 같은 표정으로 '당신만이 내 보호자예요' 바들바들 떨며 남편의 품속으로 파고들 것이다. 물론 어떤 도움도 시댁에 주지 않을 것이다. 속 편한 구경꾼인 방관자가 될 것이다.

'이제 나는 완전한 자유다.'

소리라도 지르고 싶은 심정이다. 갑자기 맵고 짜고 단 비빔국수가 먹고 싶었다. 정아는 백화점 지하 스낵가에서 비빔국수 한 그릇을 아주 달게 해치웠다. 기분 좋은 포만감을 느끼며 집으로 왔다. 대문 앞에서 막 퇴근한 지훈을 만났다. 지훈의 충직한 운전기사인 박 기사가 지훈의 차와 정아의 차를 차례로 주차장에 세워 놨다. 지훈과 정아는 나란히 집으로 들어와 정원을 걸었다. 겨울치고는 꽤 포근한 날씨다.

"그게 다 뭐야?"

"식구들 크리스마스 선물 샀어."

"오, 기대되는데."

"기대해도 돼. 당신 선물은 아주 오래오래 골랐어."

" 기분 좋은데, 내가 특별하다는 말로 들리는데."

"물론, 특별하지."

"그럼 오늘밤 특별한 사람이 특별하게 모셔야겠는 걸."

지훈의 말에 정아는 쿡쿡 웃으면서 양손에 쇼핑백을 나눠 들고 팔랑팔랑 안으로 들어갔다.

지훈은 그 모습을 보며 기분 좋은 미소를 지었다.

'이제 저 여자는 내 마음대로 할 수 있다.'

화재 현장에서 정아 코트의 단추를 발견한 순간, 지훈은 머릿속을 부지런히 움직였다. 그때는 이미 사랑하는 여자를 잃은 남자의 고통은 저만치 달아나 있었다. 이윤을 극대화해야 하는 오직 장사꾼일 뿐이었다. 지훈은 대단한 전리품을 얻은 병사처럼 단추를 손안에 꼭 쥐고 돌아왔다. 바로 영희를 찾아가서 그 누구에게도 유서 이야기를 하지 말라고 당부했다. 미주의 존재를 아는 이 비서의 입단속도 철저하게 시켰다. 고집이 세고 제멋대로인 정아를 길들이는 데 이보다 더 좋은 약점이 없었다. 정아가 불안해할수록 악몽에 시달리며 바들바들 떨수록 지훈은 패를 잘 쥔 노름꾼처럼 마음이 느긋해졌다. 영희는 미주의 자살에 생각보다 의연하게 대처하는 지훈이 고맙고 대견했다.

'그럼 누구 아들인데. 아들아 감정은 맛있게 즐기되, 이성은 항상 땅을 딛고 서 있어야 된다.'

지훈은 이미 끝난 일, 상황이 절대 뒤바뀌지 않을 일에 오래 마음을 두지 않는다. 그건 금같이 귀한 시간을 낭비하는 일일 뿐이다. 미주의 죽음은 너무도 안타깝고 괴로운 일이지만, 누구도 운명을 거스를 수는 없다. 미주의 운명인 것이다. 지훈은 운명을 방패 삼아 재빨리 슬픔 속에서 자신을 건져냈다. 그러다 문득 자신에게 묻고 싶어졌다.

'나는 미주를 사랑했나?'

미주를 만나려고 한 건 이별을 통보하기 위해서였다. 올 2월 미주가 먼저 연락을 해왔다. 돌아왔다고. 그 뒤부터 지훈은 멜로영화의 남자주인공처럼 아주 그럴듯하게 자신을 격상시켜서 꽃집 앞으로 데리고 갔다. 들어가지 않고 바라만 봤다. 그 순간 보슬보슬 내리는 봄비 한가운데

서 있는 사람처럼 온몸이 촉촉이 젖기 시작했다. 절절함 안타까움, 설렘, 순수함, 달콤함, 그리움 등등 사랑을 구성하고 있는 다양한 감정으로 온몸을 적실 수 있는 건 정말 멋진 일이었다. 그동안 정확한 숫자로만 계산되는 비즈니스의 삶은 콘크리트 벽 속에 갇혀 있는 것처럼 숨이 막혔다. 그런데 숲 향기 짙은 잡목 사이에 서서 사랑하는 여자를 그저 바라보기만 하는데 숨통이 탁 트였다. 시간이 지날수록. 침실에서처럼 뜨거워지고 달콤해지면서 온몸이 피아노 건반이 돼서 소리를 냈다. 도레미도레미 아아 솔시레 솔시레 정액을 남김없이 쏟아냈을 때보다 더 짜릿했다. 치열한 경쟁에서 살아남으려고 매 순간 안간힘을 써야 되는 긴장감에서 벗어나 잠시나마 아주 슬픈 영화의 남자주인공이 되는 일은 그럴 수 없이 달콤한 휴식이었다. 더구나 이루어질 수 없는 사랑은 한 잔의 커피 맛처럼 달고 쓰고 뜨거워서 그 다양함 때문에 안타까움조차 은밀한 즐거움을 느끼게 했다. 물론 도덕성이 강하고 책임감 있는 사람이라면 부도덕함에 절대 엄격하겠지만, 지훈은 그런 사람이 못 되었다. 그렇다고 언제까지 감정의 유희를 즐길 수 없었다.

미주에 대한 예의가 아니다. ―그럴듯하게 스스로에게조차 내세웠지만― 그것이 전부가 아니다.

이대로 가다가 미주의 감정이 폭발해서 적극적으로 자신을 드러내놓으면, 호텔에 나타나기라도 하면 등등의 여러 가지 부정적인 가능성이 고개를 들기 시작했기 때문이다. 그건 두려운 일이다. 이제 결단을 내려야 한다. 지훈은 언제나 좋은 남자인 채로 살고 싶었다. 아무도 눈치를 채지 못한다면 비열해도 상관없다고 생각했다. 그런데 갑자기 미주의 얼굴을 보고 이별을 통보한다는 게 불편했다. 끝까지 멋진 남자로 멋진 이별을 하고 싶은데 그건 20대 수려한 젊은 시절 한 번일 때 가능하다.

구질구질하고 비겁하게 보일까 봐 염려되었다. 그래서 약속을 지키지 않았다. 지훈은 다시 한번 스스로에게 물었다

'나는 미주를 사랑했나?'

물론 사랑했다. 어제의 하늘이 아니었고 어제의 바다가 아니었다. 모든 게 달라 보였다. 세상은 순도 백 프로의 금가루를 부려 놓은 것처럼 반짝거렸고 무엇보다 행복했다. 그러나 그 사랑을 지키기 위해서 대가를 지불해야 할 때, 그것도 자신이 소중하다고 생각하는 것을 내놔야 할 때, 그 사랑은 단번에 우선순위에서 밀려났다. 지훈의 사랑은 기쁨을 줄 때만 사랑으로 빛났다. 지훈이 미주를 만나지 않고 바라만 본 것도 이 상태라면 비교적 안전하고 어떤 대가를 지불하지 않아도 된다는 생각에서였다. 물론 미주도 보고 싶었다. 그 모든 게 이기심이라고 생각한 적은 단 한 번도 없었다. 지훈의 세계에서는.

그날 밤 어느 때보다 지훈과 정아의 밤은 화려했다. 정아가 본능에 충실하며 자기 기분에 따라 거리낌 없이 움직였기 때문이다. 이제 지훈에게 잘 보일 필요가 없다. 조심해야 할 필요는 더욱 없다. 정아는 결혼해서 처음으로 오르가슴을 느끼며, 지훈의 등에 긴 손톱자국을 냈다. '아 개운하다.' 지훈과 눈이 마주치자, 정아는 박꽃처럼 환하게 웃으며
"사랑해."

멜로영화의 여주인공처럼 달콤한 세리프를 날렸다. 지훈은 말없이 정아를 안았다.

'이 여자 이렇게 뜨거운 여자였나?' 놀라웠다. 그러나 지훈에게 정아의 가장 큰 매력은 무엇보다 최근에 쥐게 된 정아의 약점이었다. 내 마음대로 할 수 있는 여자. 지훈과 정아는 한 침대 안에서 전혀 다른 생각을 하며 달콤한 잠에 빠져들었다.

〜

'이게 무슨 일인가?'

은 회장은 부들부들 경제 신문이 든 손이 떨렸다. '건실한 중장비업체인 강인종합이 오늘 날짜로 부도처리가 되었는데 결정적 요인은 최근 기업 인수 사기를 당했기 때문'이라는 기사가 났다. 은 회장은 깊은 심호흡을 하고 다시 기사를 읽어 내려갔다 가슴이 요동쳤다. 뒷목 잡고 쓰러지기 일보 직전에 노 실장이 뛰어 들어왔다.

"회장님, 큰일 났습니다."

노 실장은 은 회장의 표정에서 이미 큰일 난 일을 은 회장이 알고 있다는 걸 눈치챘다.

"물, 물."

노 실장은 재빨리 물을 대령했다. 은 회장은 벌컥벌컥 물을 마시며 '정신 차려야지 이럴수록.'

자신을 다독거렸다. 로버트 강은 연락이 되지 않았다. 바람처럼 사라졌다. 시멘트 회사를 최초로 인수한 건 로버트 강이었다. 시멘트 회사를 인수하자마자 건물, 토지, 시설물 등 돈이 될만한 것을 모조리 분해해서 팔고 빈껍데기만 남겨놓았다. 그리고 4개의 회사에 동시에 다시 팔아넘겼다. 도약을 위해서 새로운 회사가 필요하거나, 반대로 손실을 메꾸기 위해서 절실함으로 해결책을 찾는 회사가 타켓이 되었다. 내부에 조력자가 있었고, 서류를 완벽하게 위조했고 함께 동행한 시멘트 회사 오너의 장남과 고문 변호사는 진짜와 닮은 가짜였다. 무엇보다 로버트 강은 오랜 시간에 걸쳐 차곡차곡 적금을 붓듯 신뢰를 쌓았다. 사기당한 4개의 회사 대표들은 모두 로버트 강에게 "회장님만 보면 아버지 생각이 납니다. 너무 닮으셨어요. 힘이 되어 드리고 싶습니다." 이런 말을 들었고 명절 때마다 손편지와 함께 구미에 맞는 선물을 받았다. 무엇보다 로버트 강을 통한 거래에서 한 두 번 이익을 맛보았다.

"그렇게 철저하게 안 해도 돼. 너라면 믿을 수 있어." 이 범주 안의 '너에' 로버트 강은 포함되었고 그건 방심을 불렀다. 은 회장은 혈압이 오르고 심장이 조여 오는 듯한 통증 때문에 며칠 입원을 했지만, 한가하게 누워있을 수 없어서 의사의 만류를 뿌리치고 퇴원했다.

"너무 걱정 마라. 곧 해결책을 찾아 볼 테니, 이럴 때일수록 각자 위치에서 내 할 일에 최선을 다해야 한다."

은 회장은 식구들의 걱정을 덜어 주기 위해 해결책을 강조했지만 참으로 암담했다.

소문은 생선구이 냄새를 따라 부엌으로 들어가는 고양이 발걸음처럼 살금살금 조심스럽게 시작되지만, 어느 순간 불이 확 댕겨진 것처럼 걷잡을 수 없이 퍼진다. 더구나 이건 막연한 소문이 아니라 팩트다. 사기당한 4개의 회사 중 고려건설이 있다는 건 곧 노출될 것이다. 굶주린 하이에나가 먹이를 발견한 것처럼 얼마나 뜯어 먹힐 것인가?

늘 한결같은 모습으로 서로 사랑하고 있다는 걸 보여주는 부부, 반듯하고 능력 있고 우애 좋은 자식들, 부러움의 대상에게는 절대 관대할 수 없다. 은 회장은 늘 이런 시선 속에 있는 아내와 자식들이 상처 받을까 봐 염려스러웠지만, 그보다 문제해결이 시급했다. 대출해 준 은행장과 마주 앉았다. 은행장은 어떻게 된 일이냐고 묻지 않았다 이미 조사를 다 끝내서 상황 파악을 정확히 하고 있었다. 은행장은 서류 한 장을 내밀었다. 대출받을 때 작성한 약정서였다. 빨간 볼펜으로 밑줄 친 부분이 눈에 확 들어왔다. 담보로 제공된 회사에 문제가 발생할 시, 그 즉시 그와 상응하는 가치가 있는 다른 회사를 제2의 담보로 제공한다. 그 밑에는 문제 발생에 해당되는 다양한 사례와 기한 등이 자세히 적혀 있었다. 물론 은 회장도 알고 있는 사실이다. 하지만 도대체 얼마나 되었다고 이리도 야박하게 군단 말인가?

"이건 대출금을 기한 내에 갚지 못하거나 이자를 내지 못할 때 뭔가 우리 측에서 은행에 불이익을 주었을 때, 그때 이야기해야 하는 문제 아닙니까?"

"그건 아닙니다. 강인종합이 부도나지 않았습니까?"

"어떻게 고려건설을 강인종합에 비교합니까?"

은 회장의 목소리가 높아졌다.

"강인종합도 내실이 단단한 회사였습니다. 규모가 좀 작아서 그렇지. 은행은 미래를 예측하면서 고객을 봐줄 수 없습니다. 현재 이 시점이 중요하고 이 시점으로 판단합니다."

은행장은 박 의원의 부탁을 함부로 내칠 수가 없어서, 뉴스에 부정적인 면이 부각되어 오르락내리락하는 고려건설에 엄격한 잣대를 대지 못하고, 거금을 대출해 준 것이 못내 께름직했다. 결국 일이 터졌고, 지금부터는 냉정해야 한다. 은행장은 '박 의원이 좀 봐달라고 또 부탁을 해오면 어떻게 하나? 사돈지간이라던데.' 잠시 흔들렸지만, 자신의 앞날을 담보로 잡힐 수는 없었다. 가족이 경영하는 비교적 재무구조가 탄탄한 백화점과 세 호텔에 고려건설의 지분이 들어 있다 그중 하나를 담보로 제공 받으면 된다. 은행장은 그런 생각을 하며 입꼬리를 실룩거렸다. 은 회장은 시종일관 얼음처럼 차가운 은행장을 포기하고 바로 박 의원을 찾아갔다. 여의도 박 의원 사무실에서 가까운 일식집 구석방에 자리 잡았다. 저녁 식사를 하기에는 이른 시간이기도 하고 무엇보다 은 회장은 입맛이 소태처럼 써서 아무 생각이 없었다. 다만 조용한 방이 필요했을 뿐이다.

"하, 어쩌다가, 매사에 신중하신 분이, 하, 어쩌다가."

"그렇게 됐습니다. 죄송합니다."

"아, 뭐, 저한테 죄송할 건 없습니다. 하, 어쩌다가 허긴 원숭이도 나무에서 떨어질 때가 있다니까, 하."

박 의원은 안타까운 듯 '하. 어쩌다가'를 앵무새처럼 되뇌었다. 그 소리가 은 회장은 듣기 싫지 않았다. 내 편을 만난 듯 잔뜩 긴장된 마음이 풀어졌다. 그만큼 은 회장은 힘들고 외로웠다. 그러나 박 의원은 지난번 대출 이야기를 했을 때처럼 우호적이지 않았다. 내년 7월 예정인 전당대회를 내세워 몸을 사렸고 더 이상 청탁이라는 이름으로 자신한테 흠집 낼 일을 하고 싶지 않은 듯했다. 말투는 부드러웠고 "하, 어쩌다가." 걱정의 탄식은 계속되고, 은 회장의 빈 물잔에 계속 물을 따라주는 자상함도 보였지만, "도와 드리지 못해서 정말 죄송합니다."로 아무 소득 없는 채 만남은 끝났다. 빈손으로 돌아오는 차 안에서 은 회장은 김 기사에게 노래를 틀어 달라고 했다. "옛날에 금잔디 동산에…." 어린 시절 작은 어촌마을이 떠올랐다. 사랑하는 영희와 규진이 있었다. 우리 지수의 아버지 내 친구 규진은 가난해서 늘 배고픈 나와 영희에게 먹을 것뿐만 아니라 따뜻한 위로도 주었다. 그 시절은 생각만으로도 늘 힘이 된다. 돌아갈 수 없는 그 시절이 오늘 너무도 그립구나. 은 회장은 눈을 감았다.

돌아가는 차 안에서 눈을 감고 노래를 듣는 건 박 의원도 마찬가지였다. 그 노래가 다를 뿐. 은 회장의 어깨가 축 처지고 영 몰골이 말이 아닌 게 처음으로 안 됐다는 생각이 들었다. 박 의원은 은 회장이 늘 부러웠다. 잘난 아들도 있지, 똑똑한 딸들도 있지, 그보다 어찌 저리 고운가 볼 때마다 감동을 주는 아름다운 마누라도 있지. 그래서 사돈을 맺게 되었을 때 좋았다. 그런데 정아가 행복해 보이지 않았다. 내 딸을 힘들게 하는 사위를 어느 장인이 곱게 볼 것인가? 사위뿐만 아니라 그 집 식구들이 다 싫었다. 그래서 관심을 두지 않았다. 어느 날 집에 온 정아의 표정이 전과 달리 편안하고 화사했다. 그러면서 하는 말이 앞으로 시댁 일에 적극적으로 나서달라고. 도움을 주라고 그러면서 "아빠아" 하고 팔짱을 끼며 애교를 떨었다. 그날 박 의원은 기분이 좋았다. 드디어 내 딸이 행복해졌구나. 우리 사위가 잘하는가 보다. 딸이 행복하다면 하늘의 별도 따다 줄 수 있다. 그러나 얼마 뒤 집에 온 정아가 다른 말을 했다.

"아빠, 내가 생각해 봤는데 아빠처럼 큰 꿈을 갖고있는 사람은 사사로운 일에 연연해서는 안 될 것 같아. 괜히 누구 봐주다가 아빠가 다치면 어떡해. 사람들이 정치인을 대하는 태도가 점점 엄격해지잖아. 앞으로 절대 우리 시댁 일에 관여하지 마. 도움 줄 생각도 말고, 그냥 겉으로 좋은 관계를 유지하면 돼. 나, 잘 살 테니 내 걱정도 말고."

정아는 그 어느 때보다 자신감에 차 있었다. 건강하고 행복해 보였다. 무슨 변덕인가? 잠시 그런 생각을 했지만 틀린 말이 아니다. 서로 원앤 윈 하려고 맺은 사돈 관계지만 내가 가져올 수 있는 건 갖고 오고, 내 것을 내주지 않아도 된다면, 이보다 좋은 관계는 없다. 정아가 그 집에 있어서 전혀 무관심할 수는 없겠지만 본인이 그래도 된다니까 박 의원은 속 편했다. 사실 정아와 상관없이 오늘 일은 들어 줄 수 없었다. 부탁은 한 사람한테 한 번이면 족하다. 그래야 뒤탈을 줄일 수 있다. 더구나 무리해서 은 회장을 위해 할 수 있는 건 없다. 박 의원은 잠시 싸구려 감상에 젖은 자신을 탓하며, 흘러나오는 노래를 따라 불렀다.

-그대는 내 사랑 당신도 내 사랑 이 세상의 그 무엇도 짭이 안 되지.-

소문은 슬슬 퍼지기 시작했고 시간은 부채질을 해댈 것이다. "아니다. 헛소문이다." 잡아뗄 수는 없는 노릇이고 유일한 해결책은 그 정도로 전혀 타격을 받지 않는다. 끄떡없다. 이건데 현실은 그렇지 않았다. 우선 주가가 흔들릴 것이다. 그동안 증권가에 좋은 금액으로 유상증자 준비를 하고 있다는 말이 돌아서 주가가 제법 올라줬다. 이 상태로 유상증자를 할 수 없고 고려건설도 자금압박을 받고 있다. 일단 은행 대출 문제를 해결해야 한다. 은행장은 제2의 담보제공을 요구하고 있지만, 아내와 자식들 것을 위험한 전쟁터 맨 앞에 방패로 내세울 수는 없다. 해결이 **빠를수록** 과장되게 부풀린 소문을 막는다.

"골치 아프게 생각 마. 이참에 백화점 매각해. 그 돈이면 다 해결되잖아. 이러다 당신 큰 병 나겠어. 우리 제2 담보 그런 거 하지 말고, 잘못하면 제1담보 제2담보 다 은행에 넘어갈 수 있어. 괜히 백화점 담보 잡히고 매각사태 일어나면 제값도 못 받아. 고려건설도 여력이 없잖아 우리 단순하게 생각해."

영희의 말이 틀린 말은 아니다. 고려백화점까지 담보제공이 된다면 고려그룹 전체를 위태롭게 여길지 모른다. 도미노 현상은 순식간이라서 그만큼 시선을 모으고 자극적이다. 더 큰 자극을 위해서 사람들은 얼마든지 말을 만들어낼 수 있다. 말의 홍수에서는 견디기 힘들다. 결국 휩쓸려 내려간다.

"당신 거야. 유일한 당신 거."

"그래 내거니까 내 마음대로 할래. 그리고 그깟 백화점이 뭐라고, 유일한 내 거는 당신이야. 당신만 있으면 만사 오케."

영희는 눈을 찡긋하고 웃었다. 거센 해풍 맞고 자라서인가? 위기에 오히려 담대해지는 여자, 그러나 철수는 고개를 저었다. 함께 고생한 아내의 몫을 지켜주고 싶었다. 그러나 마땅한 방법이 떠오르지 않았다. 그날 밤 영희는 혼자 독한 위스키 한 병을 다 비웠다. 말은 그렇게 했지만 아니 실천도 하겠지만 백화점은 영희의 인생에 그럴 수 없이 멋진 상이었다. 노력하고 또 노력한 내 인생 헛되지 않았구나.

백화점 건물을 올려다볼 때마다 감동으로 눈물이 핑 돌았다. 절대 누구한테 주고 싶지 않다.

그러나 영희는 이 상황에서 최선의 방법을 이미 알고 있었다. 영희는 그 자리에 엎드려 울었다. 울음소리가 새어 나가지 않게 입술을 깨물며 가슴을 쥐어뜯으며. 그런데 인생이란 얼마나 다양한 의외성과 기회를 제공하는가? 그래서 아주 가끔은 '살맛 나는 인생'으로 표현되기도 하는가 보다. 지수에게 선 자리가 들어 왔다. 큰 손 사채업자 중 현금을 가장 많이 보유하고 있다는, 단지 소문이 아니라 이용해 본 기업인들 사이에 확실하다는 말을 듣는 청파동 윤 춘애 여사의 유일한 혈육인 손자 서강호였다. 반대하는 결혼을 강행한 아들 내외를 못마땅하게 생각한 윤 여사는 아들이 사고로 죽자, 바로 며느리를 내쳤다. 두 살 된 아들을 절대 찾지 않는다는 조건으로 큰돈을 줬다. 며느리는 선뜻 양육권을 내주고 팔랑거리며 가볍게 떠났다. 물론 이건 윤 여사의 입에서 나온 말이라 신빙성에 의심이 가지만, 며느리가 곧 재혼을 한 걸로 봐서 전혀 근거 없는 이야기라고 할 수도 없다. 윤 여사는 손자를 지극정성으로 키웠고 손자를 위해서라면 뭐든 그게 목숨이라도 내놓을 수 있는 사람이다. 그 집에서 지수를 며느리 삼고 싶다고 전해왔다. 영희는 윤 여사의 만나자는 연락을 받자, 어떤 기대감으로 가슴이 뛰었다.

'그래, 죽으라는 법은 없지.'

지금까지 그래왔다. 벼랑 끝에서도 매달릴 나뭇가지가 눈에 띄었다. 영희는 단정한 옷차림으로 윤 여사의 집을 방문했다.

정갈한 다과상을 앞에 놓고 두 사람은 마주 앉았다.

"예까지 오느라 수고하셨어요. 편하게 얘기할 장소로는 내 집만 한 곳이 없어서요."

"아닙니다. 집이 참 좋습니다."

"평범한 한옥인데, 저 소나무들 덕분에 제법 운치 있고 멋스럽게 보이지요."

큼직한 창문을 통해서 본 정원의 소나무들은 전시회장의 뛰어난 예술작품처럼 보였다. 특별히 사람의 손으로 다듬어진 것 같지는 않은데 자연스럽게 멋진 모습을 연출했다.

"요즘 힘들지요?"

윤 여사는 걱정스러운 표정으로 물었다.

"네."

영희는 짧게 대답했다. 여기 오면서 마음먹은 게 두 가지, 하나는 말을 적게 하고 많이 듣는다. 다른 하나는 부드러운 미소를 잃지 않는다.

윤 여사는 고개를 끄덕였다.

"내가 이 계통에 처음 발을 들여놨을 때, 시행착오를 많이 한 것 중하나가 담보였어요. 일단 담보물의 적정 값어치에 대해 철저히 조사하자. 그리고 담보물의 가치를 100으로 볼 때 최소 20에서 최대 30 그범위 안에서만 돈을 빌려주자. 그런데 아주 지능적으로 담보물의 가치를부풀리는 사람도 있고, 도움을 못 받으면 죽을 수밖에 없다고 칼을 품고온 사람도 있고, 무시할 수 없는 사람의 청탁이 들어오는 경우도 있고,참 내 뜻대로 되는 게 별로 없는 게 세상이에요. 그래서 발전하는 거지요. 만만하게 볼 수 없으니 노력하는 수밖에. 그런데 제일 화나고 내가싫어지는 게 뭔지 알아요? 담보물을 부풀린 거 그건 내가 알아차리지못한 온전한 내 잘못이고, 대부분 담보물의 가치를 높이죠. 마지막이다, 라고 찾아온 사람은 그 절박성에 외면할 수 없고, 그런데 청탁 때문에 기준 이상의 돈을 빌려줄 때는 자괴감이 들어요. 비겁하니까요. 타협하니까요. 내가 왜 이런 긴 이야기를 하냐면 그 은행장 야박하다고 상처받지 말라고요. 아마 박 의원의 부탁 때문에 적정률을 넘어선 대출을해줬을 거예요. 그래서 불안과 후회로 그리 몰아세우는 거지요."

영희는 깜짝 놀랐다. '대체 이 할머니 뭘 어디까지 알고 있는 건가?'다행히 부드러운 미소는 잃지 않았다.

"내 자랑 하나 할까요? 그 은행에서 내 돈 빼내면 당장 그 은행 문닫아요. 하하하 과장이 좀 심했나?"

영희도 조금 웃어 보였다.

"그 은행장 단순 무식한 데가 있어서 비밀이 없어요. 죄다 내게 쏟아내요. 그 자리가 하고 싶은 말, 다 할 수 없는 자리잖아요? 그래서 '임금님 귀는 당나귀 귀'하고 임금의 비밀을 숲속에서 소리치는 이발사의 심정으로 내게 말하나 봐요. 난 안심해도 되는 사람이다. 뭐 그렇게 생각하는 것 같아요. 틀린 것도 아니에요. 이 나이 되면 타인한테 무관심해져요. 내 일이 아니면 곧 잊어버려요."

영희는 고개를 끄덕였다. 잠시 침묵이 흘렀다. 윤 여사가 재스민차로 목을 적시고 입을 열었다. 오늘의 본론은 이것이었다.

"작은 따님, 참 잘 키우셨어요. 예쁘고 이건 엄마 닮아서 타고난 거지만, 성품이 따뜻하고 온화하고 배려심 많고 겸손하고 그렇다고 능력이 빠지는 것도 아니고. 정말 탐나는 신붓감이에요."

"그렇게 봐주셔서 감사합니다. 사실 어디 내놔도 안심이 되긴 해요."

"그럼요. 그렇다마다요."

윤 여사는 목소리를 높이며 지수에 관한 관심을 노골적으로 드러냈다. 그만큼 마음에 드는 처자였다.

"우리 강호도 어디 빠지는 데는 없는 아이지요. 인물도 좋고 지 애비 쪽 빼닮았어요. 성격도 좋고 능력도 있고. 이번에 전자부품 회사 인수해서 대표로 취임했어요."

"네, 알고 있습니다. 서 대표야말로 나무랄 데 없이 훌륭한 청년이지요."

"우리 긴말하지 말고, 애들 짝지어 줍시다. 아, 물론 둘이 일단 만나야겠지요."

"네."

"이 대표님 내가 돈이 많으면 그거 다 뭐 하겠어요? 죽을 때 싸 짊어지고 갈 것도 아니고, 피붙이라고는 우리 강호뿐인데 뭐가 아깝겠어요? 내 소원은 우리 강호가 예쁜 가정 이루고 알콩달콩 행복하게 사는 거

뿐이에요."

영희는 고개를 끄덕였다.

"걱정 말아요. 아무것도. 내가 다 해결해 줄게요. 까짓 대출금 갚아 버리면 되고, 물론 담보는 필요 없어요. 가족끼리 무슨 담보. 사랑이 담보고, 믿음이 담보고. 최고의 담보지요. 우리 애들 힘껏 밀어줍시다. 하하하."

윤 여사는 호탕하게 웃었다. 영희는 처음에 긴장감이 사라지고 마음이 편안해졌다. 모두에게 좋은 해결책이다. 윤 여사의 손자 강호가 좋은 청년이라는 게 너무 감사했다. 엄격하고 냉정한 재계에서도 좋은 평판을 늘 유지하고 있다. 지수의 짝으로 나무랄 데가 없다. 사실 영희는 윤 여사의 도움이 절대적이었기 때문에 강호의 좋은 점만 부각해서 보려고 했다. 그 사실조차 영희는 부인하고 싶을 정도로 강호를 사위로 삼고 싶었다. 그러면 가족의 울타리 안에 자연스럽게 윤 여사도 들어 온다. 영희는 돌아오는 차 안에서 눈을 감았다. 소르르 잠이 온다. 요즘 통 잠을 자지 못했다. 마음이 편안해진 덕인가? 영희는 곧 잠에 빠져들었다.

"저녁 식사하셔야지요? 오늘 청양고추 넣고 칼칼하게 바지락국 끓였어요."

오랜 시간 집안일을 돌봐와서 윤 여사의 마음을 잘 헤아리는 여주댁이 말했다.

"생각이 없네."

"그럼 잣죽 끓여 놓을 테니 출출할 때 말씀하세요."

"그래."

여주댁은 오늘따라 생각이 많아 보이는 윤 여사를 걱정하면서 주방으로 들어갔다.

윤 여사는 팔짱을 끼고 정원을 내다 보고 있었다. 잘 다듬어진 아름다운 정원은 평화롭기까지 했다. 그러나 곳곳에 복병처럼 숨어 있는 외로움이 있다. 윤 여사는 그것까지 눈에 보이는 자신에게 '참 오래 살았구나.' 속삭였다. 오랫동안 기회를 엿봤다. '인생은 타이밍이다.' 윤 여사의 인생관이기도 했다. 지금이 바로 최적의 타이밍이다. 상대가 갖고 있는 것을 내 것으로 만들려 할 때는 서로 공평한 위치에서 출발해서는 안 된다. 내 쪽이 유리한 고지를 점령해야 내 쪽에 다소 흠이 있더라도 내가 원하는 바를 이룰 수 있다. 강호는 멋진 청년으로 잘 자라줬지만, 결혼으로 돌입하면 그게 전부가 될 수는 없다. 결혼에는 가족이 딸려 온다. 강호에게는 가족이 할머니 한 사람이라는 것 아버지는 죽고 어머니는 아버지가 죽자마자 바로 재혼했고 그마저도 오래가지 않아 깨졌고 지금은 캐나다에서 외국 남자와 살고 있다. 그건 흠이 되기에 충분하다. 그래서 윤 여사는 기다렸다. 지금 고려건설은 위태롭다. 자신의 도움이 절실하다. 기다린 타이밍이 온 것이다. 윤 여사는 바로 자신의 속내를 드러냈다. 사실 윤 여사는 그동안 강호가 결혼할 생각을 하지 않고 여자를 즐기기만 해서 걱정이 많았다. 자신을 버린 엄마를 통해서 여자란 믿을 게 못 된다고 생각했는지 좀처럼 진중하게 여자를 만나지 않았고 마음을 열지 않았다. 윤 여사는 초조했지만 기다렸다. 그런데 어느 날 강호가 불쑥 말했다.

"할머니, 저 장가보내 주세요."

윤 여사로서는 눈이 번쩍 띄는 말이었다.

"오구, 우리 손자 맘에 드는 처자라도 생긴 거야?"

"네."

"누구?"

윤 여사는 잔뜩 긴장했다. 외로움은 덫이 된다. 행여 강호가 여자를 잘못 골랐으면 어쩌나 손에 땀이 났다.

"은 지수라고 고려건설 작은 따님이에요."

그 순간 윤 여사는 속으로 쾌재를 불렀다.

'이럴 수가, 이런 좋은 일이 생기다니.'

윤 여사가 강호의 짝으로 점찍어 놓고 지켜보고 있는 처자였다.

"오구, 대견한 내 강아지."

윤 여사는 강호의 뺨을 쓰다듬었다. 강호는 할머니가 아주 흡족할 때 하는 사랑의 표시라, 그저 웃기만 했다.

"사람 볼 줄 아네."

이번에는 윤 여사가 강호의 엉덩이를 툭툭 두드렸다. 강호는 할머니가 매우 만족해하는 상대를 골랐다는데 안도했다. 윤 여사는 지수를 여러 번 봤다. 그때마다 흡족했다. 처음 관심을 갖게 된 건 지수가 대표로 있는 광장동 고려호텔에서였다. 윤 여사는 지인들과 한우 갈비탕이 유명한 호텔 한식당에서 점심을 먹고 로비라운지 카페에서 커피를 마시고 있었다. 시원하게 사방이 뻥 뚫려서 밖의 풍경까지 훤하게 보였다. 체크인 시간이라 로비는 대기표를 받고 차례를 기다리는 투숙객들로 분주했다. 그때 '쨍그랑' 요란한 소리가 났다. 로비에 전시되어 있는 조각품 중 크리스털 주전자가 바닥에 떨어져 물보라를 일으키듯 박살이 났다. 곧이어 아이의 울음소리가 터졌고, 젊은 부모가 황급히 달려와 사색이 된 채 어쩔 줄 몰라 했다.

"애가 유난을 떨며 뛰어다니더니 그예 일을 냈네, 저거 어쩔 거야? 꽤 값이 나갈 텐데."

지인 한 명이 혀를 끌끌 찼다. 그때 지나가던 한 젊은 여자가 바로 뛰어왔다.

"아가, 어디 안 다쳤니? 괜찮아, 괜찮아."

다섯 살은 족히 되어 보이는 아이한테 '아가'라는 애틋한 호칭으로 부르며 아이를 안아주는 여자는 호텔의 대표 지수였다. 그리고 곧 벌벌 떨고 있는 아이의 부모한테 미소를 지으며 말했다.

"놀라셨지요? 괜찮습니다. 저희가 위치 선정을 잘못했습니다. 좀 더 안쪽에다 놨어야 했는데."

"죄송합니다. 정말 죄송합니다. 이거 가격이…."

아이의 아버지가 두 손을 가지런히 모으며 다소 떨리는 음성으로 말했다.

"아닙니다. 그러실 필요 없습니다. 저희가 오히려 죄송합니다. 놀라게 해드려서."

"비, 비싼 거 아니에요?"

아이의 엄마가 더듬더듬 물었다.

"아니에요. 아무 걱정마세요. 지금 일 빨리 잊어버리고 즐거운 여행 되십시오."

지수의 말에 아이의 부모는 '다행이야, 정말 다행이야' 하는 듯 서로 손을 꼭 잡았다.

"어휴 저게 얼마짜린데."

"저 여자 누구야?"

"이 호텔 대표야. 은 회장 작은딸."

"소문대로네. 예쁘고 착하고 능력 있고."

지인들의 대화를 들으며 윤 여사는 지수를 찬찬히 살펴보았다.

"아가."

"나, 아가 아니에요. 호동이에요."

아이는 자기가 저지른 일이 별거 아니라는 걸 느꼈는지, 호기롭게 이름을 댔다.

"오, 멋진 이름이다. 호동이는 정말 좋겠다. 좋은 아빠 엄마가 계셔서."

"네, 울 아빠가 호텔 데리고 왔어요. 친구들한테 자랑할 거예요."

"그래, 아빠 덕분이네. 아빠가 최고네."

지수는 호텔에 온 손님 중에 특히 가족과 함께 온 젊은 아빠, 노부모를 모시고 온 젊은 직장인에게 각별히 친절하고 겸손하게 그들을 한껏 띄워주라고 직원들한테 강조한다. 부양의 의무를 짊어진 젊은 아빠, 경쟁터인 직장에서도 직위에 따라 때로는 소신을 버리고 굽신거려야 하고, 어디 한번 편히 마음 붙일 데가 있을까? 그 젊은 아빠가 모처럼 큰마음 먹고 비싼 호텔에 왔다.

"아빠가 이 정도는 해줄 수 있어. 당신도 기분 좋게 즐겨."

아내와 자식들에게 이렇게 으스대고 싶은 마음이 있을 것이다. 그 마음을 훼손해서는 안 된다.

절대 친절, 절대 겸손 그래서 상대방을 왕처럼 만들어 줘라. 이것은 박봉의 직장인이 노부모를 모시고 왔을 때도 적용된다. 시골 뙤약볕에서 쉴 새 없이 농사짓는 늙은 부모님 그 덕에 유기농 상추에 쌈 싸먹고 달고 단 호박전도 부쳐 먹고, 옥수수 하모니카도 신나게 불 수 있다. 제발, 힘들게 이런 거 보내지 말라고 서울 슈퍼마켓에 천지라도 해도 들은 척도 안 하고 계속 보내시는 부모님. 그게 부모님의 유일한 낙인 줄 깨달은 객지의 자식들은 더 이상 만류하지 못한다. 그런 자식이 부모님의 생신

때 큰맘 먹고 비싼 호텔로 모셨다. "봐, 아빠 엄마 멋지지?" "아이고, 우리 딸 출세 했나 보네. 이런 델 다 데꼬 오고."

늙은 부모의 프라이드가 된 딸. 그 딸을 공주처럼 귀하게 대접을 해줘서 부모의 흐뭇함을 증폭시킨다. 거기다 한 걸음 더 나아가서 지수는 젊은 아빠, 젊은 직장인을 위한 프로모션도 만들었다. 가족과 함께 오는 젊은 아빠, 노부모를 모시고 오는 젊은 직장인에게는 무료 조식 제공. 여행의 꽃은 조식이다. 가족을 위해서 늘 최선을 다하는 그들에게 대접하고 싶은 지수의 마음이었다.

"감사합니다. 근데 이래도 될지."

아이의 아빠가 쉽게 돌아서지 못했다.

"즐겁게 보내세요. 그러면 됩니다."

"감사합니다."

아이의 부모는 진정으로 고마워하며 허리 굽혀 인사를 했다.

지수는 밝은 미소로 답했다. 그런데 잠시 후 체크인하고 룸으로 올라간 아이의 아버지가 내려와 지수를 찾았다.

"대표님, 회의 들어가셨습니다. 그런데 무슨 일이신지요?"

직원이 물었다.

"아, 그분이 대표님이셨어요? 제가 예약한 룸이 아니라서요."

"아, 네. 캐릭터룸으로 두 단계 업그레이드 시켰습니다. 아까 일로 아이가 놀랐을지 모른다고 대표님이 지시하신 겁니다. 아이가 좋아하지요?"

"네. 너무 좋습니다. 이층 침대도 있고, 텐트와 장난감도 있고, 거실과 방이 구분되어 있고, 정말 좋습니다."

아이의 아버지는 끝내 울먹였다. 처음으로 큰맘 먹고 선택한 비싼 호텔행, 하마터면 망칠뻔한 여행이 이렇게 빛날 수 있다니….

"좋은 시간 보내십시오."

윤 여사는 처음부터 끝까지 지켜봤다. 마음이 뭉클 젖었다. 겨우 서른 남짓한 젊은 여자의 마음 폭이 저리 넓고 깊다니… 윤 여사는 지수에게 반했다.

윤 여사는 정원을 바라보던 시선을 거두고 돌아섰다. 큰 소리로 여주 댁을 불렀다.

갑자기 잣죽이 당겼다. 잣죽만큼 고소한 인생이 다가올 것 같은 반가운 예감이 들었다.

은 회장은 미동도 하지 않은 채, 팔짱을 끼고 아내 영희의 말을 경청했다. 영희의 목소리는 잠자리 날개처럼 파르르 떨렸다. 간절한 바람이 들어 있기 때문이다.

"소문대로 윤 여사님 배포가 크고 여장부야."

"그분이 중요한 건 아니지."

"서 강호 대표도 나무랄 데 없이 멋진 청년이야. 당신도 알잖아? 딸 가진 사람들 다 눈독 들이고 있다는 것."

"지수는 뭐래?"

"만나보겠대. 거절할 이유가 없잖아? 다들 부러워할걸."

"당신이 등 떠민 건 아니지."

"이이가 왜 계속 떨떠름한 표정이야? 다 큰 애를 내가 무슨 수로? 지도 마음이 있으니까 나가겠다고 한 거지."

"아무튼 제일 중요한 건 지수 마음이야. 너무 몰아붙이지 마."

"내가 뭘? 지가 좋으면 되는 거고, 아니면 말고. 그동안 통 남자를 만나지도 않고 이러다 후딱 서른 중반 되고 마흔 돼."

"그래, 우리 지수한테 맡기자."

은 회장은 영희가 너무 서두르는 것 같아서 내심 걱정되는 부분이 있었지만, 강호가 좋은 청년이라는데 생각이 미치자 마음이 놓였다. 그런데 의외로 지영이 펄펄 뛰며 반대했다.

"너 왜 그래? 당사자는 좋다는데 니가 무슨 상관이야? 넌 제삼자야. 언니가 돼 갖고 심뽀 고약하게."

"엄마, 지수는 아직 결혼 생각이 없어. 그냥 내버려 둬."

"참, 니가 걔 뱃속에 들어가 봤니? 좋은 남자 생기면 마음이 움직이는 거야. 나도 결혼할 생각 없었어. 자유롭게 살고 싶었어. 니 아빠하곤 친구 사이로만 지내고 근데 어느 날 갑자기 내 마음이 요동치는 거야. 친구고 뭐고 저 남자 딴 여자한테 주고 싶지 않다. 이렇게 마음은 얼마든지 변하는 거야."

영희의 잣대는 늘 은 회장이다.

"그럼 한 가지만 약속해줘. 지수가 싫다고 하면 그만두기로."

"그거야 당연하지."

영희가 선선히 대답하는 걸로 봐서 영희는 지수가 자신의 뜻을 거절하지 않을 거라는 확신이 있는 듯했다. 지영은 지수의 방으로 갔다.

"너 왜 서 강호 만나려고 하니? 마음에도 없는 짓 그만둬."

"다들 좋은 남자라고 하는데 한번 만나보고 싶어. 궁금하기도 하고, 좋은 남자의 기준."

지수는 지영의 딱딱한 표정을 풀어주고 싶어서 다소 장난기 섞인 어투로 말했다.

"너 그 남자 좋아하잖아?"

"누구? 아."

지영이 말하는 그 남자는 민우였다.

"그냥 친구야. 아무 사이도 아니야."

지영은 말없이 지수를 바라보았다. 지수가 민우를 이야기할 때는 늘 양 볼이 발그스레 분홍빛이 되었다.

"가난한 효자야. 정말 매력 없지? 기타도 제일 싼 중고, 그런데 가격이 전부가 아닌가 봐. 기타 소리가 제법 괜찮아. 얼마나 무뚝뚝한지 헤어질 때 한 번도 뒤돌아보는 법이 없다니까. 만화영화 보며 울고, 창피해 죽는 줄 알았다니까."

그 남자를 만나고 들어오면 지수는 이제 막 첫사랑을 시작한 열여섯 소녀처럼 들떠서 그 남자 흉을 봤다.

그때마다 지영은 속으로 '흥흥' 웃었다. 우리 지수가 좋아하는구나.

"너."

지영은 잠시 말을 끊었다.

'너 은혜 갚는다는 생각으로 마음에도 없는 짓 하지 마. 제발 널 소중하게 생각해.'

그러나 지영은 그대로 입을 다물었다. 지수를 너무 초라하게 만드는 말이다. 결국 지수는 엄마 뜻대로 움직일 것이다.

"네 생각이 가장 중요해. 언제든지 그만둘 수 있어. 알았지?"

"걱정 마 언니."

지수가 활짝 웃었다. 그 웃음이 슬펐다.

"그래."

지영은 지수의 어깨를 두어 번 두드리고 나갔다. 지수는 잠깐 닫힌 문을 바라보았다.

지수에게 우호적인 홍초는 늘 새로운 소식을 전해줬다.

"우리 작은아가씨한테 좋은 일이 생기나 봐요."

"무슨 좋은 일이요?"

"우리 작은아가씨 웨딩드레스 입으면 정말 예쁘겠지요? 사모님이 정말 좋아하셔요. 사람이 죽으라는 법은 없나보다 하시면서."

홍초는 구체적으로보다는 두루뭉술하게 이야기하는 버릇이 있다. '얼핏 지나가다 들었어요'로 말하기 어울리는. 몰래 엿들었다는 의심을 받지 않기 위해서. 홍초 나름의 전략이었다.

영희가 "이 남자 한번 만나 볼래? 청파동 윤 여사 손자야." 하며 강호의 사진을 테이블 위에 놓았을 때 지수는 홍초의 말을 바로 이해했다. 지수는 바로 "네, 만나 볼게요." 했다.

지수는 늘 자신이 큰 빚을 진 채무자라고 생각했다. 아버지는 연민의 눈빛으로 무조건 감싸려고 했고, 엄마는 자책감을 느끼며 노력하느라 안간힘을 썼고, 아, 그리고 제일 피해자는 오빠, 언니. 늘 눈치를 보며 부모의 사랑을 온전히 즐기지 못했다. 다 나 때문에. 이제 비로소 갚을 기회가 온 것이다. 단순한 소개팅이 아니다. 특별한 변수가 없는 한 결혼으로 이어질 것이다. 지수는 모든 걸 받아들이기로 했다.

[10]

∽

숙자는 가슴을 탕탕 치기도 했고, 머리카락을 쥐어뜯기도 했다. 마지막 패가 꽝이었을 때 모든 게 일시에 무너지는 노름꾼의 모습이었다. 민우는 그런 숙자를 말없이 바라보았다.

"너 고거밖에 안 되는 놈이었어? 외로움에 쩔어서 허덕이는 계집애 마음 하나 못 얻어? 밥상 차려주고 숟가락까지 쥐여줬는데? 하."

숙자는 앞에 놓은 얼음물을 벌컥벌컥 마셨다. 생리일이 같아서 생리대까지 나눠 쓴다고 지수와의 돈독한 우정을 자랑하는 소미가 무슨 큰 비밀을 털어놓듯 낮은 목소리로 말했다.

"이모. 우리 대표님 곧 결혼하게 될 것 같아."

숙자는 하마터면 들고 있던 커피잔을 떨어뜨릴 뻔했다.

"그게 무슨 얘기야? 남자가 있었어?"

"아니, 뭐랄까? 정략결혼? 근데 남자가 너무 괜찮아. 그럼 됐지 뭐."

소미에게 들은 얘기로는 결혼은 이미 내정된 사실이었다. 죽 쒀서 개 준다고 했던가? 다 된 밥에 코 빠트린다고 했던가? 이런 게 낙동강 오리

알 신세다. 숙자에 비해 민우는 침착했다. 무슨 복안이라도 있는 건가? 이번에는 숙자가 민우를 말없이 바라보았다. 인생을 건 도박이었다. 처음부터 끝까지 일관되게 남루한 인생에서 비상하기 위한 처절한 안간힘이기도 했다. 민우는 준수한 외모와 좋은 머리를 갖고 있었지만, 오랫동안 가난에 시달려서 눈치가 매우 빨랐다. 그건 순발력과 다르다. 살아남기 위해 본능적으로 몸을 움직이는 장돌뱅이처럼 천박했다. 확연하게 드러나지 않지만, 언뜻언뜻 보였다. 숙자는 민우에게 품위를 덧입히기 위해서 많은 돈을 쏟아부으며 민우를 훈련시켰다. 초라한 차림이라도 자연스럽게 나타나는 기품을 위해서. 부자일 때보다 가난할 때 나타나는 기품은 더욱 빛나는 법이다. 당연하지 않은 상황에서 나오는 건 더욱 값어치가 있다. 숙자는 오래전에 본 영화 '마이 페어레디'를 기억하고 다시 여러 번 봤다.

언어학자인 헨리 히긴스 교수가 그의 절친한 친구인 피커링 대령과 묘한 내기를 하면서 이야기는 시작된다. 즉 길거리에서 방황하는 하층 계급의 여인을 한 명 데려와 정해진 기간 안에 그녀를 교육시켜 우아하고 세련된 귀부인으로 만들어 놓겠다는 계획을 세우는 것이다. 이 내기의 실험 대상으로 선택된 여인이 바로 빈민가 출신으로 꽃을 파는 부랑녀 일라이자 토리틀이다. 그녀는 히긴스 교수로부터 끊임없는 개인 교습을 받게 되는데, 그녀 자신은 이 교육을 하나의 고문으로 받아들인다. 이제 그녀에게서는 더 이상 투박한 런던 말씨와 촌스런 악센트를 들을 수 없게 되고, 우아하고 아름다운 여인으로 변신한다. 오드리 헵번이 주인공을 맡은 이 영화는 누구에게나 비상이 가능하다고 속삭였다. 그래서 숙자는 이 영화를 더욱 좋아했다. 숙자는 헨리 히긴스 교수처럼 민우를 훈련시켰다. 걸음걸이, 말씨, 포크와 나이프를 제대로 사용하며 풀코스 양식 먹는 법, 와인잔 드는 법, 소리 없이 멋지게 미소 짓는 법, 눈빛에 다양한 감정을 담는 법, 따뜻함, 애틋함, 슬픔, 기쁨 등등 물론 이모든 건 숙자가 먼저 그 분야의 전문가에게 배우고 그대로 민우에게 전수한 것이다. 영어, 일본어, 중국어는 빠른 진도를 위해서 개인 레슨을 받게 했다. 심지어는 여자의 숨어 있는 성감대 위치와 침실에서 여자를 황홀하게 연주하는 방법도 그 방면의 고수한테 배워서 알려주었다. 숙자는 실습을 위해서 자기 몸도 내주었다. 카사노바 제비라는 이름으로 한때 카바레를 주름잡은 그 남자는 비록 나이 먹었지만 현란하게 때로는 은은하게 숙자를 죽였다 살렸다 했다. 그 상황에서도 숙자는 민우에게 알려줘야 할 것을 놓치지 않았다. 숙자는 못할 게 없었다. 더 이상 이렇게 비루하게 살고 싶지 않았으니까. 그건 민우도 마찬가지였다. 그래서 죽도록 연습했다. 자존감은 거추장스러울 뿐이었다. 멋진 대본을 손에 쥔 배우라고 생각하면 그뿐이었다.

숙자가 이런 일을 꾸미게 된 건, 비 오는 날 편의점에서 컵라면을 먹는 소미를 우연히 지나가다 보면서부터였다. 왠지 소미를 움직일 수 있을 것 같았다. 자기 마음대로 활용할 수 있을 것 같았다. 컵라면 대신 자신의 주특기인 맛깔스러운 음식을 앞에 놔 준다면… 소미는 호텔 대표인 지수의 절친이며 비서다. 그날 숙자는 오랫동안 컵라면을 아주 달게 먹는 소미를 바라보며 뜨거운 야망 하나를 품었다. 이제 어느 정도 됐다 싶을 때, 숙자는 민우를 지수 앞에 내놓았다. 민우가 지수가 다니는 검도장에 등록했을 때는 이미 다른 검도장에서 6개월 동안 검도를 배운 후였다. 그래서 지수와 대련을 할 수 있었다. 박 관장은 타고난 실력자라며 민우를 추켜세웠지만 이미 계획된 것이었다. 이렇게 치밀하게 노력했는데. 습하고 어두운 음지에서 밝고 쾌적한 양지쪽으로 옮겨 앉을 수 있는 유일한 방법인데.

"인제 와서, 안 돼. 절대 안 돼."

숙자는 다시 자신의 머리카락을 쥐어뜯으며 온몸으로 절규했다. 민우는 그런 숙자를 말없이 바라보았다. 숙자는 고개를 들어 민우를 애절한 눈빛으로 바라보았다.

'제발, 방법 있지? 아니 있어야 돼.' 숙자의 눈빛은 그렇게 말하고 있었다.

"이모, 오늘 만나기로 했으니까 일단 얘기 들어볼게."

"도망가자고 하면 바로 도망가."

숙자의 말에 민우는 피식 웃음이 났다. 우리가 그런 사이인가?

지수가 알려준 레스토랑은 강이 보이는 한적한 곳에 있었다. 지수가 먼저 와서 기다리고 있었다. 지수는 몹시 지쳐 보였다. 오랫동안 입원했다가 막 퇴원한 사람처럼 푸석푸석하고 생기가 없었다. 그 모습에서 민우는 그 남자와 원치 않는 만남이라는 걸 바로 알 수 있었다. 민우에게는 좋은 신호였다.

"오래 기다렸어요?"

"아니요. 방금 왔어요."

민우의 시선이 다 마신 아이스 커피잔에 머물자 지수는 픽 웃었다.

"들켰네요."

지수는 한 시간 전에 왔다. 생각할 게 많았는데 막상 자리에 앉으니 아무 생각도 하고 싶지 않았다. 그냥 하염없이 흐르는 강물만 바라보았다.

"저녁 식사할까요?"

민우가 다정하게 물었다. 지수가 고개를 저었다.

오늘은 가능한 한 빨리 끝내고 싶었다. 힘들고 어려운 일이니까 빨리.

민우는 평소 좋아하는 싱가폴슬링을 주문했다. 곧 테이블 위에 올려졌고 민우는 단숨에 반을 마셨다. 그리고 지수를 바라보았다. '무슨 일 있어요?' 하는 표정으로.

"나 곧 결혼해요."

민우는 놀라는 표정으로 바라보았다. 지수는 그 표정을 묵살하고 자기 말만 쏟아냈다.

"그래서 우리 친구 그만 해요."

지수는 '미안해요'라는 말을 해야 될 것 같았지만 하지 못했다. 정말 미안해서였다.

민우는 나머지 반의 싱가폴슬링을 입안에 털어 넣었다. 칵테일 잔을 잡은 그의 손이 떨렸다.

그 모습을 보자, 지수는 가슴 한 귀퉁이가 잘려 나가는 듯한 예리한 고통을 느꼈다.

"그 사람 좋은 사람이었으면 좋겠습니다. 좋은 사람이지요?"

민우의 질문에 하마터면 지수는 눈물을 쏟아 낼 뻔했다. 그동안 민우는 늘 지수 감정이 먼저였다. 지금도 민우에게는 지수의 행복이 무엇보다 우선인 듯했다. 지수는 고개를 숙였다. 아프고 슬프다.

"나한테 미안해하지 말아요. 친구란 원래 무거운 짐을 나눠지고 인생 길 같이 걷는 사람이라고 했어요. 앞으로도 혹시 무거운 짐 만나면 나를 불러요. 나눠 지게. 근데 그런 일은 없었으면 좋겠어요."

지수는 자리에서 일어났다. 자신이 위태로워서 시간을 지체할 수 없었다. 감정을 숨기기에는.

지수가 막 돌아서는데 민우가 따라서 일어나다가 휘청거리며 테이블 모서리를 잡고 다시 주저앉는 게 보였다. 지수는 그대로 뛰어나갔다. 돌아보면 민우를 붙잡고 울 것 같았다. 지수의 모습이 시야에서 사라지자, 민우는 느긋한 자세로 미소 지었다. 휘청거리며 주저앉은 건 참 잘한 짓이다. 정면으로 보는 것보다 측면으로 눈 귀퉁이에서 잡힌 광경은 더 애틋하게 기억된다. —얼핏 담백해 보이지만 사실은 너무 힘들고 괴롭다.— 오늘 충분히 보여줬다. 민우는 자신의 연기력에 흡족해하며, 오랫동안 생각해 온 것을 터트려야 할 때가 된 것을 알았다.

비가 추적추적 오는 밤 포장마차 안은 술꾼들로 와글거렸다. 이 시간에 포장마차에서 닭똥집에 소주를 들이켜며 간간이 공짜 우동 국물을 마시는 인간들은 대부분 서글프고 불만투성이다. 그 속에 숙자와 민우가 앉아 있다. 숙자는 놀란 표정으로 물었다.

"너 언제부터 그런 생각하고 있었니?"

"영 진도가 안 나간다고 생각했을 때부터야. 오십 미터 다가갔다고 생각하면 백 미터 달아나고 인생에도, 사람에게도, 겁이 많은 여자야. 갑옷으로 무장한 것 같아. 상처받지 않으려고. 시간을 앞당기려면 이 방법밖에 없다고 생각했는데 딱 지금이야. 절망적일수록 내가 필요할 거야."

"자식, 제법인데."

숙자는 대견한 듯 민우를 바라보다가 빈 술잔에 소주를 따라 주었다. 민우는 바로 홀짝 마셨다.

'자식. 누구 닮은 거야? 지 아버지는 너무 착해서 멍청하기까지 했는데, 지 엄마도 겁 많고 약해빠졌는데 많이 컸네.'

왕따 당할 때마다 도망치거나 비굴하게 항복하던 민우가 아니었다. 그래, 열 번 맞으면 한 번쯤은 주먹이 나간다고 하지 않던가? 숙자는 비로소 숨통이 탁 트였다.

지영은 자기 방 창문에 딱 붙어서 지수를 기다리고 있었다. 때마침 지수가 들어오는 게 보였다.

지수는 바로 안으로 들어오지 않고, 정원 벤치에 앉았다. 저 벤치— 소나무로 둘러싸인 저 벤치에서 그동안 지수는 슬프고 외로울 때마다 소리 없이 울기도 하고 밤하늘을 올려다보며 깊은 한숨을 토해내기도 했다. 지수는 울지 않았다. 공처럼 몸을 둥글게 말고 가만히 앉아 있었다. 그런데 그 모습이 너무 슬퍼 보였다. 눈물을 보이지 않고 안으로 우는 것 같았다.

'오늘, 그 남자 민우라고 했던가? 그 남자와 헤어진다고 했지. 언제 우리 지수가 자유로워질 수 있을까?'

지영은 마음이 아팠다.

잔잔한 피아노곡이 흘러나오는 실내는 따뜻하고 편안했다. 지수는 말 없이 커피를 마시고 있었다. 그런 지수의 모습을 바라보던 강호가 입을 열었다.

"지수 씨, 고흐 좋아하지요?"

"네."

"전 고갱 좋아합니다. 우리는 통하는 거지요? 같은 고 씨를 좋아하니."

지수는 조금 웃어 보였다.

"재미없지요? 제가 이렇습니다. 전 그래서 미술관에서 그림 감상할 때가 제일 좋습니다. 말 안 해도 되니까요."

"저도 그래요."

"이건 확실히 통하는 것, 맞지요?"

지수는 고개를 끄덕였다. 강호는 소문대로 좋은 남자 같았다. 문득 좋은 사람인가 묻는 민우의 얼굴이 떠올랐다. 참 이상한 일이다. 지수는 옆자리를 돌아보았다. 당연히 비어 있는데 민우가 앉아 있는 것처럼 느껴지는 건 뭘까? 그 생각을 털어 버리려는 듯 지수는 커피를 마셨다. 빈 잔이었다.

"커피 더 주문할까요?"

강호가 눈치채고 물었다.

"아니에요."

"그럼 밥 먹으러 갈까요? 할머니가 밥 먹지 말라고 했는데."

"왜요?"

"처음 만난 날, 밥 먹으면 깨진다고요."

"그럼 먹지 말까요?"

"밥 말고 국수 먹어요. 우리."

"그래요. 파스타."

"와, 나도 파스타 좋아하는데 우리 또 통했네요."

강호는 유쾌하게 웃었다. 공식적 모임에서 우연히 몇 번 마주친 지수가 매우 마음에 들었다. 그런데 만나보니 더 마음에 든다. 자신의 선택에 확신을 가진 강호는 절로 얼굴에 미소가 번졌다. 그러나 지수는 민우를 혼자 앉혀 놓고 나오는 것 같아서 자꾸 뒤를 돌아봤다. 달콤한 아이스와인을 곁들인 랍스터 파스타를 먹고 두 사람은 헤어졌다. 다음에는 미술관에 가기로 하고. 이번에는 영희가 침실 창문에 붙어서 정원을 내다보고 있었다. 지수가 천천히 계단을 밟고 올라오는 게 보였다.

'지수야, 제발 벤치에 앉지 마라.'

영희는 간절한 마음으로 중얼거렸다. 다행히 지수는 그대로 안으로 들어갔다. '후유' 영희는 안도감에 가슴을 쓸어 냈다. 지수가 힘들 때마다 어김없이 앉아서 스스로를 달래는 정원 벤치. 오늘은 다행히 지수의 마음이 나쁘지 않은 듯했다. 영희는 윤 여사와 강호가 가족의 테두리 안에 들어와야 모든 게 빠른 시일 내 원만하게 해결될 수 있다고 믿었다. 유일한 방법이기도 했다. 손톱으로 벽을 긁듯 힘들게 살아 온 상으로 받은 백화점을 내놓기가 싫었다. 지수는 옷도 벗지 않은 채 그대로 침대 위에 누웠다. 지수는 정원으로 이어지는 계단 중간쯤에서 엄마가 창문에 붙어서서 밖을 내다보는 걸 알았다. 엄마가 걱정이 많이 되나 보다. "아무 걱정 말아요. 엄마." 지수는 중얼거렸다. 눈물이 또르르 흘러내렸다.

[11]

~

   드디어 디데이. 민우는 침을 꿀꺽 삼켰다. 뭐든 한 번에 박살을 내야
한다. 미적대거나 힘의 양을 조절하면 실패한다. 있는 힘껏. 민우는 불
안감을 다스리려고 독한 양주로 목을 적셨다. 그때 휴대폰이 울렸다.
숙자였다.

   "이모, 무슨 일 있어?"

   "큰일 났다. 내가 계단에서 미끄러져 다리를 다쳤어. 급하게 동네 정
형외과에 왔는데 깁스해야 된단다. 너무 아파."

   아, 하필이면 이런 날. 민우는 발칵 짜증이 났다.

   "그럼 어떡해? 내가 할게."

   "아니야. 넌 앞에 나서지 마. 몸 사려."

   "그럼 어떡하냐구?"

   "엄마보고 하라고 해. 방법이 없어."

   민우는 엄마까지 동원하고 싶지 않았다. 엄마에게 그런 일을 시키고
싶지 않았다 −내가 해야지− 그러나 민우를 말린 건 엄마 은채였다. 은채

는 자신이 나서야 한다는 걸 깨달았다. 거의 다 왔다. 망설일 필요가 없다.

"내가 할 거야. 넌. 나서지 마."

은채는 완강했다. 민우는 고개를 끄덕였다. 은채는 긴 머리를 틀어 올리고 단발형의 가발을 썼다. 옷도 많이 껴입어서 얼핏 뚱뚱해 보였다. 그리고 모자와 마스크를 썼다. 안경도 쓸까 했지만, 너무 얼굴을 가리는 것 같아서 오히려 의도가 엿보일까 봐 그만뒀다. 피시방 안에 CCTV가 양쪽 끝에 두 대가 있는데, 그건 거친 손님들 겁주기 위한 관상용일 뿐, 제구실을 안 한다고 했던가? 그래도 만일에 대비해야 한다. 은채는 숙자가 알려준 영등포 피시방으로 갔다. 규모가 크고 식사까지 제공해서 항상 사람이 들끓고 매우 어수선한 곳. 소미가 사는 원룸 빌라에서 10분 거리에 있는 곳. 은채는 구석에 앉아서 소미의 아이디와 비번을 이용해서 광장동 고려호텔 직원커뮤니티 방으로 들어갔다. 은채는 망설이지 않았다.

숙자는 오랜만에 느긋하게 소파에 앉아서 T.V를 보고 있었다. 트롯 경연이 한창이다. 좋아하는 가수가 아주 멋들어지게 트롯을 부르고 있다.

'저 푸른 초원 위에 그림 같은 집을 짓고 사랑하는 님과 함께'

그런 적이 있었다. 그림 같은 집에서 님과 함께 살고 싶었다. 그러나 그 님은 내 님이 아니었다. 내가 간절한 눈빛으로 그를 바라볼 때 그는 나보다 더 간절한 눈빛으로 한 여자 은채를 바라보고 있었다. 그때 숙자는 눈이 뒤집혔다. 늘 은채의 아름다운 외모에 밀려서 향단이 역할에서 벗어나지 못해 질투가 날카로운 칼이 되어 있는데 드디어 그 칼을 꺼내서 찌르고 싶었다. 숙자는 TV 볼륨을 크게 올리고 주방에 가서 소주병과 쥐포를 갖고 왔다. 소주는 달고 시원했고 쥐포는 씹히는 맛이 좋았다. 그보다 이 상황이 더할 나위 없이 즐거웠다. 오늘 은채의 손에 피를 묻히게 했다. 숙자가 다리를 다쳐서 깁스해야 한다는 건 거짓말이다. 은채가 해야만 은채와 민우의 목줄이 된다. 그 목줄을 나 김 숙자가 잡고 있다. 이 얼마나 멋진 일인가? 숙자는 은채에게 소미의 아이디와 비번을 알려 주었다. 소미의 아이디와 비번은 진작부터 알고 있었다. 언젠가 유용하게 사용될 것이라 생각했다. 그 생각이 맞았다는 데 쾌감을 느꼈다. 소미는 숙자에게 아이디와 비번이 노출되었다는 생각을 전혀 못할 것이다. 어쩌면 같은 비서실에 있다가 퇴사한 변 대리를 의심할지도 모른다. 변 대리는 소미를 좋아했고, 소미는 질색했다. 그럴수록 변 대리는 집요했고, 결국 스토커로 몰려서 권고사직을 당했다. 변 대리의 보복이라고 생각할지도 모른다. 상황이 참 안성맞춤이다. 은채는 잘해 낼 것이다. 아들을 위해서라면 단 일 초의 망설임도 없이 목숨을 내놓을 인간이다. 숙자는 소주 몇 잔에 알맞게 취해서 노래를 흥얼거렸다.

"저 푸른 초원 위에 그림 같은 집을 짓고 사랑하는 님과 함께 한 백년 살리라, 젠장."

남아있는 소주를 병나발을 불며 목구멍에 들이부었다. 젠장 하지만 이제부터 장밋빛 인생이다.

광장동 고려호텔이 발칵 뒤집혔다. 소미는 벌벌 떨었다.

"나, 아니야. 나, 아니야."

소미의 목소리에 울음이 배어 있었다.

"알아. 너 아니야."

의외로 지수는 침착했다. 홍보실에서 급히 막았지만, 이미 소문은 날개를 달고 사방에 퍼졌다. 기자들의 전화가 오기 시작했다.

─광장동 고려호텔 은 지수는 은 철수 회장의 혼외자다. 그래서 눈치
보며 외롭고 가엾게 자랐다….─

이런 내용이 듣는 자의 기분에 맞게 덧붙여져서 새털처럼 가볍게 이리
저리 날아다녔다.

"왜 혼외자야? 은 회장하고는 피 한 방울 안 섞인 가짜 딸이야. 자살한
친구 딸이라고."

숙자는 의아한 표정으로 물었다.

"그건 그쪽에서 해명할 것이고, 해명 안 한다 해도 상관없어 괜히 자살
한 친구 딸 받아서 잘 키웠다면 사람들 시선이 오히려 우호적이 될 수
있어. 그러면 재미없지. 그리고 그 여자가 은 회장 딸이라는 게 유리해.
그래야 권리를 누릴 수 있고 우리도 나눠가질 수 있잖아. 물론 그쪽에서
사실을 터트릴 수도 있지만, 그건 그것대로 나쁘지 않아. 어느 쪽이든
결혼은 깨질 거야. 조사해 보니 그 사채업자 할머니 보통이 아니던데…
가차 없이 내칠 거야. 그 손자도 골치 아픈 건 딱 질색이라니까. 쉽게
물러날 거고. 벼랑 끝에 몰린 그 여자는 내게 올 거야. 그 여자 주변에
사람이 없어."

민우는 '씨익' 웃었다. 아주 사악한 웃음이었다. '저 녀석, 저렇게 변했
구나.' 숙자는 처음으로 민우를 경계했다. 하지만 약점을 갖고 있는 자가
강자다. 숙자는 그런 생각을 하면 같이 웃어줬다.

은 회장은 기가 막혔다. 자신이 부도덕한 사람이 되어 매를 맞는 건
상관없다. 그보다 지수 우리 지수가 받을 따가운 시선과 상처는 어떡한
단 말인가? 영희는 한 마디로 환장할 지경이었다. 지수의 마음을 헤아릴
여유가 없었다. 주위에서는 "아유, 그동안 얼마나 마음고생이 심하셨어
요? 보살이 따로 없네. 우리 이 대표님이 살아 있는 보살이야."

이런 말을 하면서 고소해 못 견딘다는 표정으로 목소리에 윤기를 덧입혔다.

하루아침에 부도덕한 남자가 되었고, 하루아침에 보살이 되었다. 오히려 당사자인 지수는 의연한 태도를 보였다.

"지수 쟨 독한 데가 있어. 어쩌면 저렇게 태연하니? 우리는 죽을 지경인데. 저래서 정이 안 가."

방금 윤 여사로부터 강호와 지수 일은 없었던 것으로 하자는 딱 부러지는 일방적 통보를 받고 휘청거리던 영희는 그 화살이 바로 지수에게 갔다.

"엄마, 제발 그런 식으로 말하지 마. 지금 지수가 제정신이겠어? 아버지 엄마 걱정할까 봐 태연한 척하는 거야. 그게 안 보여? 엄마잖아."

지영은 영희에게 쏘아붙였다. 이럴 때 엄마가 정말 싫다.

"암튼 너한테 무슨 말을 못 하겠다. 내가 너무 속이 상해서 그래. 이제 우리 어떡하니?"

"뭘 어떡해? 지수가 덜 상처 받는 쪽으로 해야지."

"그게 뭔데?"

지영은 입을 다물었다. 더 이상 엄마와 아무 얘기도 하고 싶지 않았다.

은 회장은 지수를 빼고 식구들을 불러 모았다. 다행히 지수는 외출 중이었다.

"이미 수면 위로 떠올랐으니 사실을 밝혀야겠지. 그렇지 않으면 말이 더 많아지고 보태지니까. 그런데 말이다. 나는 그냥 소문대로 밝힐 생각이다."

"뭐? 당신 미쳤어? 당신은 다른 여자한테서 애 낳은 파렴치한 인간이고, 나는 그 애 구박하면서 키운 세상 악독하고 불쌍한 여자고. 난 그렇게 못해. 사실대로 말하면 되잖아?"

영희는 부들부들 떨면서 소리쳤다. 하루아침에 남들의 부러운 시선을 한 몸에 받고 산 행복한 여자에서, 세상 불행한 여자의 표본으로 곤두박질치기 싫었다. 화려한 공작새에서 연민의 비 맞은 참새 꼴이라니. 그건 모욕이다. 어쩌면 전화위복이 될 수도 있다. 자살한 가엾은 친구의 아이를 친딸처럼 키운 따뜻한 휴머니즘의 소유자. 친딸처럼이라는 증거는 차고 넘친다. 무엇보다 친자식들과 똑같이 호텔 대표로 세우지 않았나? 그리고 평소 은 회장이 얼마나 귀하고 소중하게 대했나? 재계 많은 사람에게 늘 화자가 되었다. 딸 바보 아버지, 특히 작은딸이 하늘의 별이라도 따다 달라면 자다가도 벌떡 일어나 하늘에 닿을 사다리 만들 아버지라고, 그런데 지훈과 지영도 아버지 편에 섰다. 도무지 알 수 없는 남편이며 자식들이다. 왜 힘든 길로 돌아가려는 걸까? 그렇지 않아도 지금 회사가 살얼음판인데 영희는 분노로 입술을 깨물었다.

"엄마, 아버지 말씀대로 해요. 그래도 지수가 아버지 딸인 게 나아요. 친아버지한테 버림받고 그 아버지가 자살했다면 지수가 설 자리가 없어요."

지훈이 간곡하게 말했다.

"맞아. 엄마, 제발 지수를 더 불쌍하게 만들지 마, 그래선 안 돼."

지영은 눈물을 쏟았다.

"영희야, 당신 힘든 줄 잘 알아. 그런데 남들 시선이 뭐 그렇게 중요하나? 우리 지수가 먼저지."

영희는 아무 말 없이 시선을 창밖으로 던졌다. 영희는 자신의 뜻을 굽힐 생각이 조금도 없었다. 좀 전에 인터뷰 약속을 해두었다. 사실을 밝혀야지.

지수는 무작정 길을 걸었다. 걷고 또 걸었다. 문득 민우에게 전화를 걸고 싶었다. 따뜻한 위로가 필요했다. 민우라면 해줄 것 같았다. 그러나 지수는 바로 고개를 저었다. 견디어 내야 한다.

혼자 견디어 내야 앞으로 당당하게 살 수 있다. 얼마를 걸었을까? 지수는 다리가 아파서 버스 정류장 긴 의자에 앉았다. 어둠이 검은 물감을 물어 놓듯 서서히 사방을 적시고 있다.

'나는 정말 도움이 안 되는 사람이구나. 어떡해야 하지?'

지수는 머리를 숙였다. 눈물이 방울방울 바닥으로 떨어졌다. 정말 도움이 되고 싶었는데….

지영은 이층 거실 창가에서 정원을 내려다보고 있었다. 지수가 무사히 들어와야 하는데 어디 간 걸까?

지수의 휴대폰은 꺼져 있었다.

'지수야, 어디 있니? 언니가 참 미안하다. 미안한 게 너무 많다.'

지영은 눈물이 났다. 대부분 방관자였다. 지레짐작으로 도움이 안 될 것이라고 생각하고 바라보거나 뒷걸음질 쳤다. 지금 생각해 보니 참 비겁했다. 그때 휴대폰이 울렸다. 재빨리 받았다.

"지수니? 지수야."

"지수가 안 들어온 모양이네."

윤호였다. 얼마 만에 들어보는 윤호의 목소리인가?

"윤호 씨."

그 이름을 부르는데 왜 어리광 섞인 눈물이 배어 나오는지….

"그래. 나야."

침묵이 흘렀다. 그러나 많은 말이 오고 간 듯 서로의 마음을 읽었다.

윤호는 한때 처가였던 고려건설이 어려워진 걸 알자마자, 힘이 되어

주고 싶었다. 그러나 이미 윤호의 마음을 알아챈 아버지가 모든 자금줄을 막았다. 단 한 푼도 아버지 결제 없이는 빼낼 수 없었다.

"이미 다 끝난 사이다. 지금 네가 뭘 할 수 있니? 도움도 못 되고, 괜히 싸구려 감상에 사로잡히지 마라. 아버지 눈 밖에 날 짓은 절대 하지 마. 아버지 무서운 분이다."

어머니도 윤호를 감시했다. 그런데 이번 일은 더 가슴 아프다. 지수, 너무도 예쁜 처제.

가끔 윤호는 지수에게 용돈을 줬다. 20만 원, 때로는 30만 원 그 범위를 넘어서지 않았다. 평범한 형부가 되어서 아직 미혼인 처제에게 용돈을 주고 싶었다. 지수는 그런 윤호의 마음을 잘 알아줬다.

"형부, 너무 고마워요. 이 돈으로 맛있는 거 사 먹어야지."

"형부, 땡큐. 이 돈으로 예쁜 스카프 하나 사야지. 정말 갖고 싶은 거 있는데."

지수는 용돈을 받을 때마다 기뻐했다. 그런 지수를 미소로 바라보는 게 윤호의 즐거움이었다. 결혼에서 얻은 많은 즐거움 중 작지만 유독 반짝이는 즐거움.

지수의 상황은 지영으로부터 들었다. 그러나 윤호는 들은 즉시 잊어버렸다. 아니 잊어버리려고 애썼다. 혹시라도 편견을 갖게 될까 봐 연민의 눈빛으로 지수를 바라보게 되면 큰일 아닌가? 윤호는 지수를 평범하게 대했다. 지금 지수가 얼마나 힘들까? 잘 이겨냈으면 좋겠다.

"지수 괜찮아?"

침묵을 깨고 윤호가 물었다.

"모르겠어. 내색을 안 해. 그래서 더 불안하고 더 마음 아파."

"잘 이겨 낼 거야. 너무 걱정하지 마."

"아직 안 들어왔어."

"늦었는데… 지수 들어오면 문자 남겨줘."

"알았어. 당신은 잘 지내?"

"응. 여러 가지로 도움도 못 되고 미안해."

"그런 말 하지 마. 근데 당신 농사짓는다는 거 무슨 얘기야?"

"어디서 들었어?"

"오빠한테."

"응. 여주에 농장을 하나 샀어. 주말마다 내려가서 농사지어."

"뭐하러?"

"힘들라고. 몸은 힘들고 마음은 편해지고, 뭐 그런 거."

"무슨 농사짓는데?"

"많아. 상추, 쑥갓, 깻잎, 고추, 가지, 아욱, 이제 좀 있으면 무 배추도 심을 거야. 옥수수, 고구마, 감자도 세상에 있는 거, 다."

"혼자?"

"응, 혼자."

"한번 가보고 싶다."

"그럼 내일 가자. 마침 주말이고 기분전환도 할 겸."

"그래도 돼?"

"그런 바보 같은 질문이 어디 있어?"

"알았어. 어? 지수 들어 온다. 끊어."

"그래."

지영은 이층 거실 불을 끄고 바싹 창가로 다가가 커튼 뒤로 몸을 숨겼다. 지수는 '톡' 치면 그 자리에 바로 쓰러질 듯 힘이 하나도 없어 보였다. 지수는 정원 벤치에 앉지 않고 바닥에 무릎을 꿇은 채, 벤치에 두 팔을 없고 그 속에 얼굴을 묻었다.

아, 지영은 탄식이 흘러나왔다.

지수가 너무 많이 힘들구나. 어떻게 해야 되나? 이제는 더 이상 방관자가 되어서는 안 된다. 난 언니다. 언니답게….

그러나 지영은 지수에게 달려가지 못했다. 겁이 났다. 위로가 되지 않을까 봐 그냥 마음이 시키는 대로 뛰어가 지수를 안아줬어야 했다. 같이 울어줘야 했다. 그런데 지영은 자신에게 지수가 위로받지 못한다면 너무 미안할 것 같아서 주저하고 있었다. 그 시간 정원 벤치를 영희도 바라보고 있었다. 지영처럼 불을 끄고 커튼 뒤에 몸을 숨기고. 아주 조심스럽게. 지수는 울고 있는 걸까? 지수는 엄마 품을 놓쳐 버린 그래서 겁에 질린 작고 여린 새 같았다. 그동안 지수가 늦은 밤 혼자 벤치에 앉아 있는 모습을 보면서 영희는 자책하기도 했고, 스스로 노력을 다짐하기도 했고, 때로는 벌 받는 기분도 들었다. 때로는 평온한 일상에 훼방꾼으로 등장하는 지수가 미워서 "친구야, 규진아, 너 왜 나한테 지수를 보냈니? 나 힘들다." 하소연도 해 보았다. 확실한 건 언제나 지수의 기분보다 영희 자신의 기분이 더 절실하다는 것이다.

그런데 오늘은 달랐다. 지수가 너무 가여웠다. 달려가 품에 꼭 안고 싶었다. "걱정 마, 엄마 왔어." 그렇게 말하면서. "걱정 마, 엄마 여기 있어." 영희는 중얼거렸다. 그 순간, '엄마'라는 말을 내뱉는 순간, 눈물이 쏟아졌다. '그래, 난 엄마였지 엄마야.' 영희는 스르르 그 자리에 주저앉아 오열했다. 가슴 저 밑바닥에서부터 뜨거운 것이 치밀어오르더니, 울음이 되어 입 밖으로 쏟아졌다.

'왜 나는 엄마가 되려고 노력했을까? 안간힘을 쓰며 힘들어했을까? 난 그냥 엄마인데 그냥 지수 엄마인데 지훈이 엄마인 것처럼, 지영이

엄마인 것처럼, 그냥 지수 엄마인데.'

영희는 울고 또 울었다. 그 모습을 방문 뒤에서 바라보고 있던 은 회장도 뜨거운 눈물을 흘렸다. 이제 정말 영희는 지수의 엄마가 되는구나 그런 생각을 하며.

아침 햇살은 그 어느 때보다 눈부셨다.

"이렇게 일찍 데리러 올 줄 몰랐어."

지영은 운전 중인 윤호에게 빨대 꽂은 바나나우유를 건네며 말했다. 윤호는 어린애처럼 단 바나나우유를 좋아했다. 지영은 냉장고 안에 바나나우유를 가득 채워놓고 그걸 바라보며 흐뭇해했다. 가슴이 따뜻해지는 기억이다.

"농사는 시간 싸움이야. 특히 아침이 중요해."

"농사꾼 다 됐네."

윤호는 지영을 바라보며 활짝 웃었다. 윤호는 자신이 스스로 쳐놓은 덫에서 빠져나오려고 기를 썼다. 그러나 단순한 덫이 아니라 늪이었다. 몸부림치며 빠져나오려고 할수록 더 깊이 빠져드는, 윤호는 9시에는 절망했고, 10시에는 포기했고, 12시에는 다시 일어났다. 그러기를 반복하면서 윤호는 깨달았다. '지영에게로 다시 돌아가고 싶다. 아니 반드시 돌아가야 한다. 그래야 제대로 살아갈 수 있다.'

윤호는 농장을 사서 농사를 짓기 시작했다. 회사에서 일하는 시간을 빼고는 낮과 밤을 가리지 않고 미친 듯이 흙과 씨름했다. 김 회장은 아들의 미친 짓을 아무 말 없이 구경했다. 곧 제풀에 지쳐 나가떨어질 테니까. 정 여사는 아들의 처절한 몸부림을 처음으로 안타깝게 바라보았다. 아들이 진심으로 지영을 사랑했구나. 어쨌든, 모성의 본질은 따뜻한 이해와 사랑이다. 윤호는 시간이 지나면서 조금씩 조금씩 늪 밖으로 나올 수 있다는 자신감과 힘이 길러지는 걸 느꼈다. 여자를 즐기는 횟수도 줄어들었고, 쾌락에도 둔감해지기 시작했다. 윤호는 희망을 봤다. 해가 뉘엿뉘엿 지는 밭에서 윤호는 무릎을 꿇고 엉엉 울었다.

할 수 있다. 그래서 감사하고 또 감사했다.

"오늘 내가 점심 맛있게 해줄게. 된장찌개에 삼겹살 어때? 밭에 식재료가 다 있어."

"삼겹살도?"

"응, 삼겹살 주렁주렁 열린 나무 못 봤지?"

지영은 '푸아' 웃음을 터트렸다.

"우리 점심 먹고 바로 올라와야 돼."

"주말인데 출근해?"

"응. 회의가 있어."

"난 더 같이 있고 싶은데, 일이 중요해? 내가 중요해?"

지영은 응석을 부리듯 몸을 살짝 흔들며 말했다. 결혼 초에 지영이 많이 했던 말과 행동이다.

윤호는 갑자기 유쾌해졌다. 그리고 행복했다.

"출근 안 해도 돼. 저녁까지 있자. 아니 낼까지 있자. 일요일이니까."

"회사 쫓겨나면 어떡해? 그럼 우리 뭐 먹고 살아?"

순간 지영과 윤호는 눈이 마주쳤고 동시에 웃음을 터트렸다. 이렇게 정말이지, 이렇게 살고 싶었는데…. 하지만 윤호와 지영은 점심 식사는 커녕 농장에 도착하자마자, 바로 서울로 올라왔다.

오전 10시에 판매 부수 1위인 여성 잡지사 기자와 한 지수의 인터뷰 기사가 인터넷을 도배했다.

지수는 솔직하게 모든 걸 털어놓았다. 혼외자가 아니다. 내 친아버지는 지금 부모님의 가장 친한 친구였고 자살했다. 그래서 나를 맡아 키우셨고, 마음의 그늘 없이 충분히 사랑받고 행복하게 자랐다. 지금도 행복하고 부모님과 오빠 언니를 나 자신보다 더 사랑한다. 그런 내용이었다. 지수의 사진도 인터뷰 내용과 함께 떴는데 미소가 밝고 화사해서 더욱 아름다웠다. 지수는 은 회장과 영희의 오명을 벗기기 위해서 인터뷰를 자청했다. 친아버지의 자살까지 밝힌 건 기자들이 곧 알아낼 거고, 무엇보다 진실이라는 걸 강조하기 위해서 남김없이 드러냈다. 은 회장은 지수가 광장동 고려호텔 대표로 취임하기 하루 전날, 모든 걸 다 이야기해 줬다. 지수가 단단해졌다고 느꼈기 때문이기도 했고, 은 회장 자신에게 듣는 게 가장 충격이 덜 할 것이라는 생각에서였다. 영희는 인터넷을 통해 지수의 인터뷰 내용을 봤다. 또 눈물이 쏟아졌다.

오늘 아침 영희는 평소 가깝게 지내는 신문사 기자와의 오후 2시 인터뷰 약속을 깼다.

영희는 사실을 밝힐 생각이었다. '혼외자는 무슨, 은 회장은 절대 그럴 사람이 아니다. 친구의 딸이다…'

그러나 어젯밤 영희는 생각이 바뀌었다. 침묵하기로, 억울하더라도 그게 지수를 위한 일이라면, 덮기로 했다. 그렇게 결심하자, 영희는 그 어느 때보다 마음이 편해졌다. 정말 지수의 엄마가 되었구나. 순간 눈물이 핑 돌았다. 그런데 지수가 인터뷰를 한 것이다. 영희 자신이 밝히려고 했던 말을 그대로. 영희는 빨리 지수를 찾아야 한다고 생각했다. 어디서 외롭게 혼자 울고 있는 건 아닌가? 마음이 조급해졌다. 그건 서울로 급히 올라 온 지영도 마찬가지였다. 윤호는 지영의 등을 토닥거리며 말했다.

"처제 잘 위로해줘, 같이 있어 주고, 회의 끝나면 전화할게."

지영은 윤호의 차가 골목을 빠져나가는 걸 보고 급히 집으로 들어왔다.

"엄마, 지수는? 지수 어디 있어? 연락돼?"

영희는 아무 말 없이 고개를 저었다. 지수의 휴대폰은 꺼져 있었다.

'어떡하지? 어디 갔을까? 출근도 안 했다는데.'

지영은 불안해서 서툰 스텝을 밟는 초보 춤꾼처럼 왔다 갔다 몹시 산만했다.

"연락 올 거야. 마냥 우리 걱정시킬 애 아니니까, 기다려 보자."

영희는 울컥 눈물이 쏟아졌다. 지금 우리 지수 얼마나 외롭고 힘들까? 영희는 재빨리 돌아섰다.

지영에게 눈물을 보이는 게 부끄러웠다. "인제 와서" 이런 지영의 안타까운 외침이 등 뒤에서 들리는 듯해서 울음을 삼켰다. 눈물을 흘릴 자격도 없는 엄마다.

차도 위에는 다양한 차들이 휙휙 지나갔다. 저렇게 종류가 많았던가? 지수는 버스 정류장 긴 의자에 앉아서 지나가는 차들을 보고 있다.

ㅡ이곳은 참 편하다. 목적지까지 데려다줄 버스를 기다리는 여러 명 중 하나라는 사실로 사람들의 시선에서 자유롭다. 누구나 앉아 있어도 되는 장소다.ㅡ

그동안 지수가 종종 애용한 곳이다. 갈 곳이 없는데 서둘러 갈 곳이 있는 것처럼 앉아 있어서 조금 덜 외로운 장소이기도 하다.

'어디로 갈까? 어디로 가야 되지?'

스스로에게 수없이 반문해 보지만, 딱히 갈 곳이 없다. 문득 소미의 시골집이 떠올랐다. 고무신 가게를 하느라 음식솜씨가 없다고 한 소미의 어머니는 투덕투덕 거친 손놀림이지만 제철 나물을 맛깔스럽게 무쳐냈다. 아, 그래 된장찌개는 달래 냉이로 향긋했지만, 너무 짰지. 앞마당 꽃밭의 맨드라미, 분꽃, 봉숭아는 다소 촌스러웠지만, 정감 있었다. 그러나 지수는 고개를 저었다. 소미는 사표를 내고 시골집으로 내려갔다. 지수가 여러 번 간곡하게 만류했지만, 소미는 떠났다. 자신 때문에, 자신의 부주의로 아이디와 비번이 노출돼서 지수가 곤경에 빠졌다고 울면서 기차를 탔다. 지금 소미를 찾아간다면 소미는 자책감으로 더 힘들게 분명하다. '어디로 가야 하나?' 지금은 집에 들어가기가 겁이 난다. 식구들이 자신을 끌어안고 울 것 같았다. 아버지, 엄마, 오빠, 언니, 사랑하는 가족을 슬프게 하고 싶지 않다. 시간이 좀 필요하다. 지수는 휴대폰을 켜고 지영에게 문자를 보냈다.

─언니 나 괜찮아. 걱정하지 마. 나, 어디 가서 좀 쉬었다 올게. 오래 걸리지 않을 거야. 장소 정해지면 다시 연락할게. 식구들한테 아무 걱정 말라고 전해줘.─

지수는 식구들 마음 놓이라고 일부러 '오케'라는 익살스러운 표정의 이모티콘을 달았다. 그때 문자가 왔다. '괜찮아요?' 민우였다. 순간 지수는 설움이 확 밀려왔다. 애써 밀어냈지만 기다렸다. 지수는 삐쭉삐쭉 어린아이같이 입술을 내밀며 급기야 울음을 터트렸다. 덩치 큰 또래의 아이들에게 둘러싸여 있는데 누군가 대단한 힘을 가진 자기 편이 '짠' 하고 나타난 것처럼 지수는 망설임 없이 답했다.

'나 좀 데리러 와 줘요.'

눈물이 휴대폰 위에 방울방울 떨어졌다.

'알았어요. 어디 가지 말고 기다려요. 날아갈 테니.'

민우에게 위치를 알려주고, 지수는 비로소 한숨처럼 깊은숨을 토해냈다. 쪼그라들었던 가슴이 펴지는 기분이었다.

민우는 옆자리 숙자를 보며 '됐어. 굿 타이밍'이라는 듯 '씨익' 웃으며 고개를 끄덕였다. 숙자는 만족한 표정으로 민우의 어깨를 토닥거렸다.

"오늘 밤 자빠트려. 알았지? 애라도 배면 딱 좋은데."

때로는 숙자의 천박한 말투가 귀에 딱 꽂힌다.

"가능해."

숙자는 놀라서 반문했다

"뭐? 그걸 알아?"

"이모가 그랬잖아? 비서가 자랑했다고 생리대 나눠 쓴다고. 그때 날짜 알려 줬어."

"그걸 기억해?"

"중요한 거잖아?"

'자식, 넌 다 계획이 있구나.' 하는 듯 숙자는 민우의 볼을 살짝 꼬집었다. 그러다 선뜻한 한기를 느꼈다. 갑자기 민우가 좀 무서워졌다. 그러나 숙자는 곧 활짝 웃었다. 약점을 잡고 있는 사람이 어떤 경우라도 강자다.

"빨리 가봐. 날아간다고 했잖아?"

"뭐, 빨리 갈 필요 없어. 배고픈 사람이 곰탕을 상상할 때는 곰탕이 지상 최고의 음식이 되거든. 그런데 눈앞에 있으면 그냥 곰탕일 뿐이야. 갈증을 느낄수록 그리움과 의존도가 높아지거든."

숙자는 경이로운 눈빛으로 민우를 바라보았다. 고양이 새끼인 줄 알았더니 사자 새끼네….

"암튼, 오늘 집에 보내지마. 그리고 잘해."

"뭘?"

"모른 척 하긴, 여자 성감대 잘 외워놨지? 내가 실습도 몇 번 시켜줬잖아? 돈 꽤 들었다."

"이모, 그건 외우는 게 아니라, 느끼는 거야. 먼저 내가 느껴야 돼. 손뼉도 마주쳐야 소리 난다는 거 싸움하고 섹스야. 한쪽만 느낄 수 없어."

"알았어. 암튼 잘해 완벽하게 해체시켜."

민우는 숙자를 빤히 바라보았다.

"왜?"

"이모의 언어 구사는 극과 극이야. 어느 때는 대학교수고, 어느 때는 바닥, 저 밑바닥."

"대학교수는 주워들은 것 써먹을 때고 밑바닥은 내 삶에 체험이고."

"그럼 밑바닥이 진짜네."

"그래. 그러니까 이제 네 덕에, 잘난 우리 조카 덕에 날개 달고 맨 꼭대기로 날아 올라가 보자. 가능하지?"

"오케."

민우와 숙자는 마주 보며 유쾌하게 웃었다. 두 사람 다 갑자기 동지애가 솟아서 기분이 좋았다.

비가 추적추적 내리기 시작했다. 4월의 봄비는 스산함을 몰고 온다. '4월은 잔인한 달'이라고 한 엘리엇의 시 '황무지'가 생각난다….

-사월은 잔인한 달, 죽은 땅에서 라일락을 키워내고, 추억과 욕정을 뒤섞고 잠든 뿌리를 봄비로 깨운다. 겨울은 오히려 따뜻했다.-

민우는 날씨까지 도와주는구나. '으샤!' 스스로에게 파이팅을 외쳤다. 버스 정류장 긴 의자에 앉은 지수가 보였다. 저 여자는 늘 공처럼 몸을 웅크리고 있구나. 보들보들 연한 분홍빛 우모에 싸인 작고 여린 새처럼.

지수의 부드러운 연약함이 민우의 몸을 뜨겁게 달궜다.

오늘 멋진 밤이 될 거야.

민우는 지수 바로 앞에 차를 세웠다. 그리고 곧 뛰어나와서 준비해 온 담요로 지수의 온몸을 감싸고 차에 태웠다. 안전벨트를 매어주고 출발하면서 동시에 음악도 틀었다. 지수가 좋아하는 비발디의 '사계' 중 봄이 사뿐사뿐 왈츠를 추듯 차 안을 돌았다. 갑자기 지수가 어깨를 들썩이며 울기 시작했다. 민우는 안전한 곳에 차를 세우고 지수를 안았다. 지수는 울음을 멈추지 못했다. 자꾸 터져 나오는 울음을 멈출 힘이 없었다. 민우는 자신의 품으로 들어와 자신의 와이셔츠를 눈물로 적시는 지수를 안고 가만히 있었다.

언젠가 이런 적이 있었다 고등학교 1학년 때인가? 엄마가 자신의 품에 안겨서 울었다. 민우네가 사는 산동네와 달리 그 근처에서 부촌이라고 소문난 고급 단독주택가 큰길에 있는 한의원 원장은 일흔이 다 된 노인이었다. 엄마는 출퇴근을 하는 그 집 가정부였다. 입주가 아닌 출퇴근을 할 수 있어서 고마운 마음에 엄마는 열심히 일했다. 한의원 원장이 동네 할머니를 통해서 엄마한테 청혼했다. 그때 엄마의 나이 마흔이었다.

"엄마 울지마, 하고 싶지 않은 결혼 안 하면 돼. 내가 잘할게. 나만 믿어."

민우는 뭘 잘해야 하는지, 뭘 믿으라는 건지, 자기도 모르는 말을 남발했다. 엄마에게 위로와 힘이 되는 말 같아서였다. 그런데 엄마가 울먹이면서 말했다.

"아니야, 민우야. 내가 결혼이 하고 싶어서 우는 거야. 내가 어처구니가 없어서 우는 거야."

엄마는 사는 게 너무 힘들고 지쳐서 돈 많은 부자한테 시집이 가고 싶었고, 그 상대가 누구라도 좋다고 생각한 자신이 한심하고 어이없어 울었던 것이었다. 그건 결혼 안 하고 싶어서 우는 것보다, 더 슬프고 비참했다. 민우는 엄마가 불쌍해서 더 꼭 안아줬다. 지금 그런 기분이 확 몰려왔다. 지수가 가여워서 지수를 안은 팔에 힘이 들어갔다. '안 돼. 싸구려 감상.' 민우는 입술을 지그시 깨물었다. 연민은 위험하다. 사랑보다 더 큰 감정이다. 민우는 지수의 눈물을 손수건으로 닦아주면서 자연스럽게 떨어졌다. 지수는 다시 등받이에 몸을 기댔다. 그리고 차창 밖으로 시선을 던지면 말했다.

"어디 좀 먼데 가도 돼요?"

"어디 가고 싶은데 있어요?"

"청평으로 가요."

"알았어요, 좀 자요. 아, 이거 마시고."

민우는 미리 준비한 보온병에서 커피를 한 잔 따라서 지수의 입에 대주었다.

커피향이 훅 끼치는데 너무 좋다. 지수는 커피를 조금씩 조금씩 음미하듯 마셨다. 꽁꽁 언 마음이 사르르 풀렸다.

"자, 청평으로 출발합니다."

민우는 엑셀을 밟았다.

"고마워요."

"눈 감고 자요. 아무 생각 말고."

"눈 뜨고 잘래요. 민우 씨도 보고 바깥 풍경도 보고."

"하하하."

이제 몸도 마음도 말랑말랑 따뜻해졌다. 더 이상 춥지도 더 이상 외롭지도 않다. 아, 내가 이 남자를 사랑하는구나. 지수는 그런 생각을 하며 눈을 감았다.

아버지는 각기 다른 장소에 크지 않은 별장을 3개 사서 자식들에게 하나씩 줬다.

"아버지 엄마는 절대 거기 안 간다. 너희도 서로 왔다 갔다 하지 말고 자기 별장만 다녀라. 비밀이 보장되는 곳 하나쯤 갖고 있으면 든든하고 신난다. 슬플 때 가서 울고 기쁠 때 가서 웃고."

"그것보다 아버지 뜻은 좋은 사람 있으면 거기서 맘 놓고 데이트도 하고, 잠도 자고."

"크, 영희야, 꼭 그걸 그렇게 콕 짚어야 하나? 그냥 두루뭉술하게 데이트라고 하면 되지, 무슨 잠, 데이트에는 당연히 그것도 포함되지. 그러나 느그들 자기 몸은 아껴야 된다. 값어치 있는 보석으로 만들어야지. 싸구려 비닐우산으로 만들면 안 되지."

"어렵네. 장소 제공했으면, 그다음은 알아서 하라고 해야지, 뭔 잔소리."

"그래, 느그들 믿는다."

은 회장과 영희는 지수 삼 남매에게 특별한 부모였다.

'참 오랜만에 가보는구나.'

지수는 혼자 중얼거리다 먹을 게 없을 거라는데 생각이 미쳤다.

"먹을 것 좀 사 갖고 가요."

민우와 지수는 제법 큰 마켓에서 장을 봤다. "이건 어때요? 저것도 사요" 하면서 이리저리 카터를 끌고 다니는데 기분이 묘했다. 민우와 지수는 눈이 마주칠 때마다 웃었다. '이게 행복인가?'

지수는 낯선 감정 앞에서 고개를 갸웃거렸지만 너무 좋았다.

"인물이 다 좋네, 부부가, 신혼부부인가?"

사과 더미에 손을 넣고 분주하게 움직이며 사과를 고르는데 맞은 편에서 사과를 고르던 아주머니가 민우와 지수를 보며 말했다. 지수는 배시시 웃으며 고개를 끄덕였다. 봄비가 제법 굵은 줄기로 떨어졌지만, 별장으로 가는 오솔길은 녹색 나무 터널로 아름다웠다. 별장 안은 깔끔하게 정리 정돈이 잘 되어 있었고 매우 낭만적인 분위기를 지니고 있었다. 샤링이 잡힌 아이보리색 커튼과 높은 천장에 매달려 있는 크리스틸 샹들리에, 붉은 벽돌로 둘러싸인 벽난로, 남프랑스 어느 골목에서 산 듯한 테이블보와 흔들의자.

민우는 영화에서나 봄직한 실내 풍경에 감탄했지만, 내색하지 않았다. 지수는 익숙한 손놀림으로 벽난로를 켰다. 곧 그 안에 얼키설키 쌓여 있는 나무가 타다닥 경쾌한 소리로 불을 올렸고 어느 순간 불길은 가난한 무희처럼 온 힘을 다해 춤추며 타오르기 시작했다. 그 앞에 널게 깔려 있는 페르시아 양탄자가 조명을 받은 듯 붉은 빛깔을 띠기 시작했다. 순간 민우는 온몸이 짜릿했다. 저 위에서는 반드시 알몸이 되어야 한다. 가장 잘 어울리니까. 그때 지수가 음식을 갖고 왔다. 파스타와 케이준 샐러드, 리코타 치즈와 와인이었다.

"와, 근사한데요. 이걸 어떻게 다 만들었어요?"

민우의 감탄에 지수는 기분이 좋아졌다.

"다 간단한 거예요."

거실에 놓여 있는 테이블 앞에 마주 앉아서 두 사람은 식사를 하고 와인을 마셨다.

아, 음악이 빠졌네.

지수는 리모컨으로 음악을 틀었다. 흐느끼는 듯한 색소폰 소리가 먼저 튀어나오는 재즈였다.

늪처럼 축축하고 치즈처럼 쫀득하고 검은 물감처럼 진했다. 지수가 일어나 손을 내밀었다. 민우도 일어났다. 지수의 손을 잡고 다른 손으로 지수의 허리를 둘렀다. 민우는 블루스, 지터박, 왈츠, 차차차 심지어는 아르헨티나 탱고도 배웠다. 한 여자를 정복하는 건 한 나라를 정복하는 것보다 어렵고 힘든 일이었다. 지수가 민우에게 다가왔다. 깊고 푸른 날카로운 키스였다. 알사탕을 입안에서 굴리는 듯한 달콤한 키스였다. 민우와 지수는 스르르 허물어지는 허술한 담벼락처럼 아래로 아래로 무너져 내려갔다. 페르시아 양탄자 촉감은 따뜻하고 부드러웠다. 벽난로에서 춤추는 불길은 요염했다.

"아, 아아."

지수는 처음으로 여자가 된 것 같았다. 온몸에 설탕비가 내리는 듯 달큰했고, 실로폰 봉으로 두들겨 맞는 듯 짜릿한 쾌감과 알싸한 고통이 어울려져 자신의 몸이 작은 악기 실로폰이 되어 소리를 지르는 걸 느꼈다. 도레미 솔 솔라시…도, … 죽어도 좋을 만큼 행복한 시간이었다.

"사랑해"라는 말이 석류가 저절로 제 가슴을 벌리듯 쉴 새 없이 입 밖으로 튀어나왔다.

비는 점점 거세지고 밤은 점점 깊어갔다.

'아침이 왔나?'

지수는 커튼 사이로 비집고 들어오는 눈부신 햇살에 눈살을 찌푸리며 일어났다.

고소하고 맛깔스러운 음식 냄새가 났다. 민우가 앞치마를 두르고 국자를 들고 주방에서 나왔다.

"잘 잤어요?"

민우의 음성은 다정했다. 지수는 조금 부끄러워 고개를 숙이고 "네"

옹알이하듯 작은 소리로 대답했다. 어젯밤 고음 잘 지르는 트롯 가수 못지않았던 자신을 생각하며. 민우가 다가와 지수의 볼에 가볍게 입을 맞췄다. 이 작은 신호에도 몸이 부르르 떨었다. 지수는 두 팔로 민우의 목을 감았다. 두 사람은 다시 양탄자 위에서 두 개의 다른 불길이 되어 춤을 추기 시작했다.

"아, 이대로 죽어도 좋아."

지수는 뜨거운 김이 나는 음성으로 속삭이고 속삭였다.

알몸에 담요 하나씩 걸치고 마주 보며 뜨거운 차를 마셨다.

"뜨거워, 후후 불면서 마셔요. 우리 아기."

"응, 응."

지수는 더운물에 잘 풀리는 질 좋은 비누처럼 그동안 경직된 몸과 마음이 부드러워졌다. 지수는 정말 해 보고 싶었다. 모든 말에 이응을 붙이며 애교와 어리광이 뚝뚝 떨어지는 말과 몸짓, 언제나 버킹엄 궁전의 근위병처럼 차렷 자세로 흐트러짐 없이 서 있는 것 너무 외롭고 불편했다.

이제 그동안 하고 싶었던 말투 몸짓을 받아 줄 사랑하는 남자가 앞에 있다. 지수는 눈물이 핑 돌았다.

-오랫동안, 정말 너무 오랫동안 기다렸어요.-

민우는 미소를 지었다. 굳이 이름을 붙이자면 '세상에서 가장 따뜻한 미소.'

지수는 행복했다.

숙자는 한강 변에 차를 세우고 민우를 기다리고 있었다. 이틀 동안 젊은 남녀가 집안에서 한 발걸음도 나가지 않고 칩거했다. 서로의 몸을 탐닉하면서 얼마나 달콤한 시간이 흘렀을까? 민우는 최선을 다했을 것이다.

안단테, 모데라토, 알레그로, 비바체 아 비바체. 비바체.

몸이 악기가 되어 움직이면 얼마나 황홀한 음을 낼까? 숙자는 갑자기 벌레가 기어 다니는 듯 온몸이 스멀스멀거렸다. 두 팔로 자신을 안았다. 숙자는 늘 사랑을 꿈꿨다. 그러나 번번이 실패했다. 늘 상대는 열정과 낭만으로 다가와서 숙자의 돈과 함께 사라졌다. 어느 날 우연히 마주친 남자에게 숙자는 내 돈 내놓으라고 울부짖었다. 남자는 죄책감도 연민도 없었다. 못생긴 여자와 재미나게 놀아 준 대가로 그 정도는 받아야지, 남자는 씨익 웃었다.

남자의 미소는 비수가 되어 숙자의 가슴에 꽂혔다. 갑자기 자신의 영원한 첫사랑 동훈이 떠올랐다. 그 남자와 잘 되었다면 이런 절망적인 수모를 당하지 않았을 텐데…. 동훈의 아내 은채가 밉고 또 미웠다. 한 번도 가져보지 못한 동훈이었지만, 왠지 은채가 빼앗았다는 기분이 늘 들었다. 가슴에 꽂혀 있는 비수를 빼서 은채의 가슴을 찌르고 싶었다. 숙자는 머리를 흔들었다. 이제 곧 은채의 아들 민우가 내게 눈부신 날개를 달아 줄 것이다. 그 장본인이 저기 오는구나. 민우는 차를 세우고 숙자에게 다가왔다. 숙자는 재빨리 문을 열었다. 민우가 숙자의 옆자리에 앉는데 비릿하면서도 화한 냄새가 훅 끼쳤다. 울창한 숲길을 비 맞으며 걸을 때 나는 냄새, 이상하게 침실이 연상되는 향기였다.

"잘했어?"

숙자의 의미심장한 질문에 민우는 고개를 끄덕였다.

"걔, 좋아하대?"

언제부터 숙자는 지수를 '걔'라고 불렀다. 아랫사람같이 생각하고 싶었기 때문이다.

이번에도 민우는 고개를 끄덕였다.

"자식."

숙자는 민우의 등을 한 대 쳤다. 민우는 '픽' 웃었다.

"애를 배야 할 텐데."

숙자는 중얼거리며 차창 밖으로 시선을 던졌다. 이제 곧 눈 앞에 펼쳐질 장밋빛 신작로가 보이는 듯했다. 숙자는 가슴이 뛰었다.

은 회장은 영희와 포옹하는 지수를 바라보았다. 다행이다. 우리 지수가 무사히 돌아왔다. 거기다 표정도 밝다. 지영도 지수를 보고 있다. 이틀 동안 그 남자, 지수가 사랑하는 그 남자와 같이 있었다는 걸 느꼈다. 지수는 평온해 보였다. '고맙다. 지수야, 내 동생 지수야.'

"오늘은 우리 샴페인을 터트리자. 별채 애들도 불러라."

"네."

홍초는 대답과 동시에 벌써 문을 열고 나갔다. 홍초도 지수가 별 탈 없이 돌아온 게 너무 좋았다. 지수는 단 한 번도 자신을 아랫사람으로 대한 적이 없었다. 늘 따뜻하고 겸손했다.

홍초는 지훈과 정아에게 은 회장의 뜻을 전했다. 지훈과 정아는 소파에 앉아서 넷플릭스 영화를 보고 있었다. 소라는 무덤덤한 엄마보다 자신을 예쁜 강아지라고 부르며 살뜰하게 챙겨 주는 외할머니가 좋은지 가까운 곳에 있는 외갓집에 주로 가 있다. 홍초는 지훈과 정아를 볼 때마다, 사랑이 있는 듯 없는 듯해서 고개가 갸웃거려졌다. 이혼할 것 같더니 그런대로 잘살고 있다. '사랑'과 맞먹는 무게가 '필요'인가?

홍초는 서로 필요한 상대라면 포기할 부분은 과감하게 포기하고 사나 보다 생각했다.

온 가족이 모여서 모처럼 편안한 저녁 식사를 했다. 그 자리에서 백화점 매각을 논의했고, 모두 영희의 뜻을 따랐다. 다행히 백화점은 재계에서도 능력 있고 좋은 품성을 지녔다며 후한 점수를 받고 있는 심화그룹에서 좋은 가격에 사들였다. 형편이 급박하다고 가격을 후려치는 비열함은 보이지 않았다. 좋은 인연으로 이어질 듯하다. 고려그룹의 모체인 고려건설은 은행 대출을 갚고 매각자금이 들어와 재무구조가 더 탄탄해졌고 주가도 부침 없이 제 가격을 유지하고 있었다. 욕심을 버리고 하나를 내어주면서 얻은 평온함은 위대하기까지 했다.

[12]

〜

지수가 헛구역질하는 걸 몇 번 본 홍초는 바로 예감이 왔다. 지수가 주방에 들어왔다.

"뭐 드려요?"

"커피 한잔 마시려고요."

지수는 커피머신에서 커피를 뽑으려 했다.

홍초가 재빨리 만류했다.

"안 돼요. 우유 드세요."

"네?"

지수가 의아한 표정으로 홍초를 바라보았다. 홍초는 애매하게 웃었다. 순간 지수도 느낌이 왔다.

이상하게 나른하면서 잠이 쏟아지고. 대체로 정확한 생리일이 지났다. 홍초는 지수의 표정을 읽고 말했다.

"테스트기 사 올게요. 좀 기다려요."

홍초는 지수가 민망할까 봐 대답도 듣기 전에 후다닥 밖으로 뛰어나왔다. 앞치마를 미처 벗지 못한 채 나와서, 약국으로 가면서 벗고 손에 움켜쥐었다. 지수는 가슴이 뛰었다. 손으로 배를 쓸어 보았다. 눈물이 핑 돌았다. 내 편, 영원한 내 편이 또 한 명 생기나? 그건 축복이었고 터질 듯한 기쁨이었다. 홍초가 숨을 몰아쉬며 들어 왔다. 지수는 홍초가 내민 임신 테스트기를 들고 급히 화장실로 갔다. 선명한 두 줄 임신이었다. 천정의 물줄기처럼 베토벤의 '환희의 찬가'가 쏟아져 내리는 듯했다. 기뻤다. 너무 기뻤다.

홍초는 지수의 얼굴이 벌겋게 상기되고 눈에 눈물이 그렁그렁 고인 걸 보고 '임신이구나' 확신했다. 홍초는 지수의 양손을 잡았다.

"축하해요, 대표님, 정말 축하해요."

홍초의 목소리가 떨렸다.

'이제 지수는 더 이상 외롭지 않겠구나. 정말 다행이다. 착한 사람이 복을 받아야지. 인생을 한마디로 정의하기 어렵지만 대체로 정직하다. 이래야 살맛 나지 않겠나?'

지수는 방으로 들어왔다. 눈물이 쉴 새 없이 흘렀다. 비로소 어둡고 추운 방에서 문을 열고 나온 기분이다.

불이 났다. 언니와 장난감을 갖고 노는데 불이 났다. 불길이 치솟는데 동화책에 나오는 마귀할멈의 긴 혀가 날름날름거리는 것 같아서 너무 무서웠다. 지수는 오줌을 싸면서 울음을 터트렸다.

"엄마아, 엄마아."

언니도 울면서 엄마를 불렀다. 그때 엄마가 들어왔다. 지수는 너무 기뻐서 손을 뻗었다. 그런데 어찌 된 일인지 엄마는 언니만 안고 급하게 나갔다. 지수는 다급하게 엄마를 여러 번 외쳤다. 그러나 엄마와 언니는 순식간에 문밖으로 사라졌다. 그때 이상한 힘이 생겼다.

‘나도 나가야지. 엄마가 없어도 나가야지.’

지수는 입술을 깨물고 엉금엉금 기어서 나왔다. 그리고 기절했다. 눈을 떴을 때는 병원이었다. 아버지도 엄마도 울고 있었다. 엄마는 미안하다고 정말 미안하다고 말했다. 지수를 못 봤다고.

지수는 엄마한테 괜찮다고 말했다. 그러나 그때부터 어린 지수는 지독하게 춥고 어두운 작은 방에 갇혀 있었다. 자신의 힘으로 나올 수가 없었다. 정말 나오고 싶은데 너무 무서워서 나오고 싶은데 이상하게 한 발걸음도 앞으로 나갈 수 없었다. 가끔 꿈을 꿨다. 문을 두드리며

“살려주세요, 나, 여기 갇혀 있어요. 꺼내 주세요. 제발.”

소리쳤지만 아무도 문을 열어주지 않았다. 그런 밤이면 이불을 뒤집어쓰고 하염없이 울었다. ‘좀 더 크면 괜찮아질 거야.’ 스스로 위로하며 버텼지만 서른이 다 넘어도 나올 수 없는 방이었다.

‘이제 비로소 나올 수 있게 됐구나. 비로소 이제 문을 열고 햇빛 환하고 따뜻한 곳으로 나오게 되었구나.’

지수는 방울방울 눈물을 떨어트리며 서 있었다.

‘아, 전화를 해야지. 우리의 아기가 생겼어요. 아니, 직접 만나서 말해야지. 민우의 눈을 보며 말해야지. 그가 얼마나 기뻐하는지 내 눈으로 보고 말 테야.’

지수는 급히 재킷을 걸치고 밖으로 나왔다. 홍초가 따라 나오면서 걱정을 했다.

“김 기사 부를까요? 이 밤에 운전하는 거 위험해요. 비도 조금씩 뿌리는데 홀몸도 아니시고.”

“조심할게요.”

지수는 심호흡을 하고 액셀을 밟았다. 민우는 카톡으로 날아온 지수의

문자를 보고 가슴이 뛰었다.

　ー'우리 빨리 만나야 해요. 집 근처로 갈게요.'

　아, 드디어 목표 달성이구나. 민우는 아버지가 되는 것에 관심이 없었다. 지수의 남편이 되는 것에만 온 신경이 집중됐다. 지수의 차가 골목에 들어서는 게 보였다. 민우는 뛰어갔다. 지수는 차를 세우고 밖으로 나오자마자 민우를 끌어안았다. 그리고 펑펑 울기 시작했다. 민우는 지수의 등을 토닥거리며 기다려줬다. 지수가 눈물로 범벅이 된 얼굴을 들고 민우를 바라보며 말했다.

　"아기, 우리의 아기가 생겼어요. 나, 엄마가 돼요."

　"정말이야? 그게 정말이야?"

　민우는 지수를 안은 팔에 힘을 주며 눈물을 흘렸다. 눈물도 의지로 나올 수 있다니 정말 다행이다. 민우는 그런 생각을 하며 양손으로 지수의 얼굴을 감싸고 이마에 입을 맞췄다.

　아, 이제 지긋지긋한 가난과 멸시에서 탈출이구나….

　민우가 운전을 해서 지수를 집까지 데려다줬다.

　"이 차 타고 가요."

　"아니야. 택시 타고 가면 돼. 잘 먹고 잘 자고 우리 아기를 위해서 알았지?"

　민우의 목소리는 너무 다정해서 부드러운 비단천으로 지수의 온몸을 싹싹 휘감는 것 같았다.

　지수가 집 안으로 들어가는 걸 보고 민우는 큰길로 나왔다. 갑자기 웃음이 터져 나왔다.

　"잘했어, 이민우. 축하해, 이민우."

　민우는 소리치며 주먹으로 자신의 가슴을 탕탕 쳤다. 민우는 집에 들어오자마자, 소주를 병째 들어서 벌컥벌컥 마셨다.

'아, 달고 시원하다. 꿀맛이구나.'

은채가 방에서 나왔다.

"엄마, 지수가 임신했어."

은채의 표정도 환해졌다. 그동안 고생만 하던 내 아들은 이제 다른 세상으로 들어가는구나. 축하한다.

민우는 은채를 와락 껴안았다.

"이제 엄마 하고 싶은 거 다 해. 뭐든지 다 내가 해줄 거야."

은채는 고개를 끄덕였다.

"술 더 마시려면 찌개 하나 끓여 줄게."

"응. 더 마셔야겠어. 잠이 안 올 것 같아."

은채는 서둘러 아들이 좋아하는 돼지고기 김치찌개를 끓여서 식탁 위에 놨다. 민우는 거푸 소주를 마셨다.

"결혼하면 그때부터 진짜 사랑을 해 봐."

은채는 민우가 뼛속까지 행복해지기를 바랐다.

"알았어. 엄마."

그러나 민우는 은채의 말이 귀에 들어오지 않았다. 사랑이란 얼마나 하찮은 감정인가? 우유처럼 유효기간이 있고 치약처럼 소모성이 아닌가? 그런 것에 의미를 두고 시간 낭비를 하다니, 난 그런 바보 같은 짓 안 한다. 손으로 쥘 수 있는 것, 숫자로 셀 수 있는 것, 정확하고 분명한 게 좋다. 민우는 소주로 축배를 들었다.

홍초는 입이 간질간질해서 더는 참을 수가 없었다. 지수가 변두리 산부인과에 가서 임신을 확인한 후부터는 더욱 조바심이 났다. 영희가 모닝커피를 마시며 조간신문을 뒤적이는 걸 본 홍초는 양갱을 하나 접시에 담아 티 테이블에 놨다.

"맛있긴 한데 너무 달아서."

영희는 말은 그렇게 했지만 냉큼 양갱을 집어서 한 입 베어 물었다.

"대표님 말이에요."

"응?"

"작은아가씨 말이에요."

"우리 지수가 왜?"

"아무래도 사모님이 알아야 될 것 같아서."

"뭔데 그렇게 뜸을 들여? 자기답지 않게."

"임신했어요."

홍초는 직구로 날렸다.

"뭐야?"

영희가 놀라서 벌떡 일어나는 바람에 커피가 쏟아졌다. 그러나 영희는 아랑곳하지 않고 바로 이층으로 뛰어 올라갔다.

"와, 빠르네. 우리 사모님."

홍초는 쏟아진 커피를 닦으며 쿡쿡 웃었다. 이제야 속이 시원하다. 사람은 하고 싶은 말 다 하며 살아야 한다. '말하는 것과 똥 싸는 게 닮았네. 참으면 병 된다.' 홍초는 다시 킥킥거렸다.

막 출근 준비를 하던 지수는 다급한 목소리로 자신을 부르는 엄마의 표정이 예사롭지 않다는 걸 느꼈다.

"너, 너, 임신했니?"

지수는 고개를 끄덕였다. 지수의 표정이 밝고 평온한 걸로 봐서 사랑하는 남자가 있구나, 영희는 안도했다. 최근 들어 두 번째 샴페인이 저녁 식사에 등장했고 온 가족이 지수의 임신을 축하해줬다.

"빨리 그 녀석을 보고 싶구나. 나 외할아버지 만든 녀석, 내일 당장 집으로 오라고 해라."

은 회장은 기분이 좋아서 어깨를 들썩이며 웃었다.

"네."

"어떤 사람이니?"

영희의 말을 지영이 막았다.

"뭐 하는 집안이니? 학교는 어디 나왔니? 그런 것 묻는 거 무지 촌스러운 거 엄마 알지?"

"작은아가씨가 사랑하는 분이면, 분명 좋은 사람일 거예요."

정아도 거들었다. 왠지 지수가 측은했는데 다행이다 싶었다. 인터넷에 출생의 비밀이 도배가 되어 아홉 시에는 웃음거리가 되고 열 시에는 불쌍하다고 혀를 끌끌 차며 오만함을 보인 무책임한 댓글부대에 일절 내색하지 않고 묵묵히 참아낸 지수에게 진심으로 축배의 잔을 들고 싶었다.

민우는 잔뜩 긴장했다. 드디어 재벌가에 입성한다. 얼마나 오랫동안 꿈꾸어 왔던가? 현실이 되니 술을 마신 듯 흥분되고 짜릿했다. 민우는 정성껏 손편지를 썼다.

'좋은 남편, 좋은 아버지가 되기 위해서 최선을 다하겠습니다. 그리고 가족의 일원으로 화합하며 책임과 의무를 잘 해내겠습니다. 아버님 어머님 안심하셔도 됩니다.'

간략하지만 진솔한 내용으로 여러 번 고친 후 완성했다. 그리고 여러 모양과 색깔로 머핀을 직접 만들었다. 숙자에게 얻은 정보로 그 집 식구들은 머핀을 아주 좋아하며 디저트로 잘 먹는다고 했다. 디저트용 컵케이크는 카스텔라 수준으로 부드러운 맛을 갖고 있다. 민우가 머핀을 만드는 동안, 은채는 노란 프리지어와 안개꽃 두 묶음을 꽃다발로 정성껏 만들었다. 지수 엄마가 좋아하는 꽃이라고 했는데, 이런 꽃을 좋아하는 걸로 봐서 요란한 사람은 아닌 것 같아 좀 안심이 되네. 그런 마음을 갖고. 그러다 문득 생각난 듯 말했다.

"결혼하면 그때부터 진짜 사랑을 해 봐."

민우는 짜증이 났지만, 내색하지 않고 대답했다.

"알았어, 엄마."

무슨 사랑 타령인가? 빨리 결혼식하고 혼인 신고해야지, 그게 급하다. 다 된 밥에 죽 쑤면 큰일이다. 그동안 운명은 내게 너무 야속하게 굴지 않았나?

민우는 잔뜩 긴장된 표정으로 정중하게 인사를 했다.

"처음 뵙겠습니다. 이 민우입니다."

"앉아, 앉아, 편히 앉아."

은 회장은 스스럼없이 민우의 어깨를 안고 자리로 안내했다. 지수의 식구들은 모두 민우에게 우호적이었다. 홍초까지 신바람이 났다. 키 크고 잘생긴 훈남이었다. 긴장하고 수줍어하는 모습이 돼바라 뵈지 않아서 좋았다. 저녁 식사를 하는 동안 웃음과 대화가 끊기지 않았다. 민우는 말수가 적었지만, 미소를 잃지 않고 대답을 잘했다. 손편지와 머핀과 프리지어와 안개꽃은 민우를 더욱 빛나게 했다. 소박하지만 정성이 가득 담긴 선물, 모두 감동을 받았다. 작별 인사를 하고 돌아서는데, 민우는 양손이 땀으로 끈적거리는 걸 느꼈다.

'아, 잘 해냈다.' 안도의 숨을 크게 한번 쉬었다. 차고 문이 열리면서 미끄러지듯 벤츠가 나왔다.

지수가 차 문을 열어줬다. 민우는 지수 옆에 앉았다. 곧 차가 출발했다. 이제 당당히 기사가 운전하는 차를 타고 지수와 나란히 뒷좌석에 앉아서 간다. 앞으로 이게 내 현실이다. 민우는 뭉클했다. 지수가 민우의 손을 꼭 잡고 속삭였다.

"수고했어요. 오복이 아빠."

민우는 말없이 미소 지었다. 오복이는 방금 은 회장이 지어준 태명이다. 식구들이 촌스럽다고 했지만, 은 회장은 꿋꿋했다. "모든 복을 다 갖고 태어나는 게 최고지."

"나도 어머님한테 인사드리러 가야지. 언제가 좋을까? 빨리 뵙고 싶어요. 상견례 날짜도 잡고….."

"알았어. 엄마하고 의논해 볼게. 예쁜 오복이 엄마."

지수는 쿡쿡 웃었다. 행복했다. 민우가 지수를 집에 초대하기로 한 날은 이번 토요일이었다. 3일 남았다. 민우는 지수의 오빠 지훈이 신경 쓰였다. 친절하고 정중했지만, 민우 자신을 날카로운 눈빛으로 탐색했다. 다른 식구들처럼 무조건 우호적이지 않았다. 마치 '남자는 남자가 알아' 하는 식으로. 거기다 불쑥불쑥 허를 찌르는 질문을 했다.

"우리 지수가 호텔 대표라는 건 언제 알았어요? 좀 부담스럽지 않았나요?"

"만화영화를 언제부터 좋아했어요? 가장 재미있게 본 만화영화는 뭐예요?"

"검도하기 전에는 무슨 운동했어요?" 등등.

혹시 뒷조사라도 하는 건 아닌가? 그래봐야 나올 건 없다. 휴대폰으로는 숙자와 통화도 하지 않았고, 밀회를 하듯 자동차 안에서 만나 남의 눈에 띈 적도 없다. 당분간 서로 만나지 않기로 했다.

'다 된 밥이다. 더 조심해야 한다.'

그러나 민우는 초조했다. 다 된 밥이라 더 초조해서 견딜 수 없었다. 결국 숙자를 만났다. 숙자와의 통화는 공중전화를 이용했다. 숙자는 먼저 터트리자고 했다. 민우는 고개를 끄덕이며 동조했다. 특종기사로 결혼과 임신 소식이 나왔고, 또 인터넷을 도배했다. 지수가 뛰어난 미모를 지니고 있고 서른둘에 광장동 고려호텔에 대표라는 점, 거기다 슬픈 출생의 비화까지 갖고 있어서 대중에게 뜨거운 주목을 받고 있었다. 남자 신데렐라는 과연 누구인가? 평범한 직장인으로서 키 180이 넘는 성격 좋은 훈남형 영화 같은 러브스토리 등등 평범한 일상에 다소 지쳐있던 사람들은 환호했다. 이번에는 숙자가 직접 신문사에 제보했다. 믿을 사람은 아무도 없기에 숙자가 직접 민우와 지수가 함께 있는 사진들과 내용을 보냈다. 사진들은 민우로부터 얻은 것이고 내용은 글씨를 일부러 왼손으로 썼다. 특히 사진은 내용이 사실이라는 걸 입증할 필요가 있어서 보냈지만, 민우의 얼굴은 옆모습이나 뒷모습 위주로 누군지 알기 어려운 사진만 보냈다.

은 회장은 도대체 누가 이런 제보를 했냐고 불같이 화를 냈다. 순간 지훈은 민우를 의심했다. 가족 외에는 모르는 일인데, 그러나 범인이 곧 자수를 하는 바람에 민우에 대한 의심이 풀렸다.

"저기, 제가 엄마한테 얘기를 했는데, 엄마가 친구들 모임에서. 죄송해요."

정아가 기어들어 가는 목소리로 말했다. 엄마가 알면 온 우주가 다 안다고 아빠가 늘 엄마의 입 싼 걸 경계하라고 얘기했는데 정아는 고개를 숙였다.

"그럼 사진은 어떻게 된 거야? 느히 엄마가 사진도 찍었어?"

"그건 아니에요. 아버님."

정아는 펄쩍 뛰었다.

"사진은 내용을 미리 알고, 기자들이 지수를 미행했을 거예요."

지영은 명쾌하게 결론을 내려주었다. 지수의 입장이 곤란해져서는 안 된다.

지수는 기사가 뜨자마자 바로 전화를 해서 민우에게 사과를 했다.

"올케언니가 친정어머니한테 얘기했는데, 그게 퍼져나갔나 봐요. 미 안해요."

민우는 괜찮다고 위로하면서 전화를 끊었다. '후유' 안도의 한숨이 절 로 나왔다.

오해받을 수도 있다고 생각했는데 의외로 쉽게 풀렸다. 비로소 불안감 이 사라졌다.

지수가 방문하는 토요일, 은채는 아침부터 분주했다. 나물을 좋아한 다고 했지? 특히 데친 두릅, 초고추장을 잘 만들어야 한다. 은채는 정성 을 다했다. 지수는 봄을 몰고 오는 화사한 봄꽃 같았다. 밝고 아름다웠 다. 은채는 지수의 손을 잡았다.

"어서 와요."

은채의 손은 따뜻했다. 온종일 겨울 칼바람 맞으며 썰매를 타고 양 볼이 빨갛게 추위로 익은 어린 개구쟁이 아들을 "오구구, 우리 아가 추웠 지?" 하며 양손을 잡아 주는 바로 그 엄마의 손이었다. 지수가 너무도 오랫동안 기다린 무조건 내 편이 되어 주는 따뜻한 손. 지수는 가슴이 뭉클 젖었다.

"어머니, 안녕하세요? 은 지수라고 합니다."

내게 또 한 분의 어머니가 생기는구나. 지수의 음성은 떨렸다. 은채는 미소 지으며 고개를 끄덕였다. 은채는 기품이 있었고 연약해 보이는 외모와 달리 뭔가 단단하고 꽉 찬 느낌이 있었다.

　은채와 지수는 서로가 마음에 들었다. 은채와 민우가 좁은 주방에 나란히 서서 저녁 식사를 준비하는 동안 지수는 거실 소파에 앉아 따뜻한 허브티를 마시며 그 모습을 보고 있었다. 엄마와 아들은 서로 몸을 부딪치기도 하고, 서로 돌아보며 웃기도 하고, 작은 목소리로 이야기를 주고받기도 하며 채소를 다듬고 나물을 조물조물 무쳤다. 작은 창으로 들어오는 4월의 바람은 사과 과수원에 서 있는 것 같은 달콤한 과일 향기를 데리고 왔다. 모든 게 제자리에 있는 듯 편안하고 평화로웠다. 지수는 프릴이 달린 귀여운 앞치마를 입고 저 사이에 끼어 음식을 만들며 웃고 이야기하는 자신의 모습을 상상했다. 상상만으로도 가슴이 터질 듯 행복했다. 저녁 식사는 훌륭했다. '정성이 가득한 음식이란 이런 것이다.' 하는 표본을 보여주는 밥상이었다. 지수는 밥을 한 그릇 반이나 먹었다. "정말 맛있어요. 어머니." 지수는 여러 번 말했고 그때마다 은채는 미소를 지으며 지수가 잘 먹는 반찬을 지수 앞으로 밀어놨다. 지수는 민우의 집에 있는 동안 '어머니'라는 호칭을 애용했다. '어머니' 그렇게 은채를 부르고 또 부르고 싶었다. 민우가 지수를 데려다주고 오겠다며 지수의 어깨를 감싸고 나간 다음, 은채는 그 자리에 서서 울었다. '우리 민우가 행복해질 수 있겠구나. 저 아이라면.'

　은 회장은 서둘러 상견례 날짜를 잡았다. 의미 있는 장소라 생각하고 지수가 대표로 있는 광장동 고려호텔 중식당으로 했다. 민우가 어머니와 단둘이라서 너무 단출하구나 염려스러웠는데 은채를 보고 생각이 달라졌다. 아내인 영희가 세상 제일 예쁜 여자로 알고 살았는데, 그보다 쬐끔 더 예쁜 여자가 있다는 사실, 거기다 은채는 창호지 바른 창문에 어른거리는 달빛처럼 은은하고 품위가 있었다. 힘들게 살았음에도 자신의 본성을 유지하고 있다는 건 그만큼 노력했다는 것이고 그 성실함으로 아들도 반듯하게 잘 키웠을 것이다. 은 회장은 싱글벙글 둥근 웃음을 어린아이가 쏘아 올린 비눗방울처럼 쉴 새 없이 날렸다. 영희는 그런 은 회장이 못마땅했다. 은 회장은 미인이라면 사족을 못 쓰는 약점이 있다. 다행히 영희를 최고의 미인으로 알고 있기에 큰 사고를 치지는 않았지만. 하지만 영희도 은채가 마음에 들었다. 어떤 경우에도 나대지 않을 타입이다. 부자 며느리 신용카드 들고 마음대로 쇼핑하고, 친구들 모아 비싼 밥 사주며 자랑하는 그런 속물들과는 거리가 멀어 보였다. 무엇보다 사람이 겸손하고 따뜻하고 조신하다. '아들이 엄마를 닮았구나.' 영희는 말수가 적지만 대화에 잘 어울리고 유머도 있는 민우를 보며 미소 지었다.

그러나 민우는 달랐다.

'아, 이 자리 언제 끝났나?' 지겹고 힘들었다. 하지만 민우는 내색하지 않고 흐트러짐 없는 반듯한 자세로 미소를 잃지 않았다. 그 자리에서 결혼 날짜가 잡혔다. 6월 27일 겨우 한 달 남은 너무 촉박한 일정이지만 서두르는 게 좋겠다는 은 회장의 생각을 모두 따랐다. 날씨가 덥기 전에 해야, 드레스 입은 신부가 땀을 흘리지 않아 더 아름다워 보이지 않겠는가?

"우리 큰딸도 6월에 결혼했어요."

기분이 좋아서 불쑥 말했다가 은 회장은 '아차' 했다.

'6월에 결혼한 우리 큰딸 지영이는 이혼하지 않았던가?'

다행히 지영은 밝게 웃고 있었다. 지영은 윤호와 연애 중이다. 이혼한 전 남편이 아니라, 새로운 남자와 만나는 것 같았다. 윤호는 더 이상 몸도 마음도 병약하지 않았다. 햇볕에 그을린 구릿빛 얼굴에 눈빛도 맑고 무엇보다 의욕에 차 있었다. 정직한 땅에서 진정한 땀을 흘리며 농사를 짓는 동안 윤호는 내면이 단단해졌다. 용기를 내서 지영에게 한 발 한 발 다가가는 중이고, 지영은 그 자리에 서서 양팔을 벌리고 기다리고 있다. 이제 막 걸음마를 뗀 아가를 부르는 엄마처럼. 잠깐 지영은 지수와 합동결혼식을 하면 어떨까 그런 생각을 했지만 이내 고개를 저었다. 자신은 재혼인데 무슨 욕심이람, 지영은 쿡쿡 웃었다. 생각만으로도 재미있고 신났다. 그런 지영의 모습을 보고 지수는 미소 지었다. 언니가 형부랑 잘 되어 가는 것 같아서 참 좋다. 합동결혼식 하면 좋을 텐데. 지수는 지영과 눈이 마주치자 활짝 웃었다.

집으로 돌아오는 차 안에서 은채도 민우도 아무 말을 하지 않았다. 민우는 감기 몸살 환자처럼 온몸이 쑤셨다. 긴장 탓이리라. 확 짜증이 몰려오면서 '빨리 결혼하고 혼인신고하고 지수의 가족이란 이름의 떼거리들하고 가능한 한 덜 만나고 살아야겠다.'라는 생각이 꽉 차 있었다. 은채는 자책감이 들었다. 민우를 믿고 사랑하는 지수에게도 어떤 편견도 없이 따뜻하게 민우를 가족으로 받아준 지수의 식구들에게.

"결혼해서 진짜 사랑을 해. 제대로 된 사랑."

'아, 엄마는 또 사랑 타령이야. 사랑이 몇 푼이나 된다고?'

민우는 아무 말 없이 차 안 라디오 볼륨을 확 올렸다. 음악이 쾅쾅거리며 쏟아져 나와 은채의 입을 막았다. 은채는 민우를 바라봤다. 너무 변한 아들이 가엾고 걱정이 되었다.

[13]

❧

"와우, 와우, 브라보."

숙자는 소리를 질렀다. 드디어 결혼 날짜가 잡혔다. 거기다 지수는 임신을 했다. 이제는 탄탄대로다. 장애물 따위는 없다. 숙자는 드디어 자신에게 차례가 온 행복을 양팔 벌려 힘껏 안았다.

'이제부터 나는 누리면 살 거야. 최대한 우아하고 멋지고 풍족하게 남들이 부러워 미치는 꼴을 보고 말 것이다.'

숙자는 제일 먼저 이사를 해야겠다고 마음먹었다. 반지하 원룸은 햇빛도 한 줌씩 약 올리며 들어왔다가 나가고, 무엇보다 괴로운 건 바로 윗집 최 목수 부부다. 윗집 화장실에서 물이 새서 숙자가 변기에 앉아 볼일을 볼 때마다 머리 위로 물이 툭툭툭 떨어진다. 똥물인지 오줌물인지 알수 없는 물의 정체가 숙자를 비참하게 했다. 여러 번 그 집 부부에게 하자보수를 요구했지만 "알았어요." 그걸로 끝이다. 보수업체에서 사람을 불렀는데 윗집 화장실 타일 바닥을 드러내고 누수되는 부분을 고치고 방수작업을 해야 한다고 했다. 그런데 그 집은 문을 열어주지 않았다.

출장비만 2만 원 날렸다. 참다 참다 어느 날 숙자는 윗집을 찾아갔다. 분명 사람이 있는 것 같은데, 초인종을 아무리 눌러도 문을 열어주지 않았다. 숙자는 발로 문을 빵빵 차다가 문고리를 확 잡아 당겨봤다. 의외로 쉽게 문이 열렸다. 애초에 문이 잠기지 않은 것이다. 숙자는 안으로 들어가다가 멈칫했다. 손바닥만 한 거실 낡은 소파에서 부부가 알몸으로 뒹굴며 가쁘게 숨을 몰아쉬고 있었다. "오, 원더플, 원더플" 어울리지 않는 영어가 쉴 새 없이 튀어나오는 현장은 민망하기도 하고 무슨 개그 프로처럼 웃기기도 했다. 최 목수는 숙자와 눈이 마주치자, '씨익' 누런 이빨을 드러내며 웃었다. 순간 숙자는 소름이 쫙 끼쳤다. 어떻게 집으로 돌아왔는지 모르겠다. 숙자는 뜨거운 수모에 눈물이 핑 돌았다.

'여자 혼자 산다고 날 무시하는구나.'

언젠가 301호 아저씨한테 최 목수 마누라가 한 말이 떠올랐다.

"세상은 예쁜 여자 편이에요. 못생겨 봐요. 얼마나 사는 게 고단한지. 멀리 갈 것도 없어요. 나 봐요. 남편이 꼼짝 못 하잖아요. 나, 설거지, 집 안 청소, 그런 거 안 하고 살아요. 그래도 좋다고 하니. 그런 거 보면 우리 아래 반지하 그 여자 참 딱해요. 난 그 여자 볼 때마다 왜 사나? 무슨 낙이 있어 사나? 그런 생각 해요. 호텔 주방에서 뒷설거지 한다믄서요?"

"아니에요. 요리사에요."

"요리사는 무슨 얼어 죽을, 그걸 믿어요?"

그때 숙자는 막 퇴근을 해서 들어오는 중이었다. 숙자는 걸음을 멈추고 하늘을 봤다. 주홍빛 노을이 비단폭처럼 사르르 펼쳐져 있는 게, 어찌나 곱던지. 윗집 여자 머리채를 안 잡기로 했다.

이제 시작이다. 잘 봐라.

숙자는 민우를 불러냈다.

"나, 이사 가야겠다. 너도 알다시피 너 교육시키느라 집까지 옮겼잖니? 돈이 좀 들어가야지. 지금 집에서는 단 하루도 못 살겠어. 화장실 천장이 새서 똥물이 줄줄줄 내려오고, 습해서 벽지는 곰팡이 슬고, 쥐새끼도 있는 것 같아. 어휴."

숙자는 절레절레 고개를 흔들었다.

"이모, 조금만 기다려줘."

"뭐? 너 누구 덕에 이렇게 됐는데, 이제 나 몰라라 그거야?"

숙자는 눈꼬리가 매섭게 올라가더니, 찢어질 듯 날카로운 쇳소리로 쏘아붙였다.

"그게 아니라, 아직 내 입장이."

"니 입장이 뭐? 넌 개 남편이고 애아버지야. 쉽게 얘기해 줘? 광장동 고려호텔 네 거야. 거기 당연히 내 지분도 있고. 나 괜히 이러는 거 아니야? 내 것 달라는 거야. 너, 내 공로 잊어버리면 사람 새끼 아니다."

숙자는 거리낄 게 없었다. 약점을 쥐고 있는 사람이 강자다.

"조금만 시간을 줘."

"못해, 나 이제 죽어도 그 집에서는 못 살겠어. 생병 나겠어. 아니 벌써 났어. 근데 걔는 그렇게 무심하니? 아니, 지 시어머니가 그런 게딱지 같은 집에서 사는데, 아무 말이 없어? 어머니, 어머니 입만 산 거야? 암튼 가진 것들이 더 무섭다니까."

"그거 아니야. 지수가 집 옮기라고 했어."

"그래? 어디? 몇 평이야?"

숙자의 얼굴이 활짝 폈다.

"엄마가 싫대."

"웃기네, 허긴 이제 세상이 다 니 엄마 껀데, 아파트 한 채가 대수겠니? 잘됐다. 그거 나 줘라. 내가 당장 이사갈 테니."

"이모, 아직 시기상조야."

"그런 소리 집어치워. 너 똥물 뒤집어쓰고, 윗집 것들 핵핵거리는 소리 들으며, 개무시당하고 살 수 있어? 난 못 살아 아니 안 살아. 거기 어디니? 나 이사 간다."

숙자는 판사가 판결봉을 두드리듯 탕탕탕 스스로 결론을 내렸다.

"그럴 줄 알았어. 이제 시작이구나."

민우에게 이야기를 전해 들은 은채는 깊은 한숨을 쉬었다.

"휙 돈 여자 같아. 그 정도는 아닌 줄 알았는데."

"그거보다 더 할 수도 있어."

"어떡하지?"

"할 수 없지, 결혼식 얼마 안 남았는데."

"에이, 완전 미친 여자라니까. 며칠 굶주린 하이에나가 먹잇감 보는 눈빛이야."

은채는 창문 밖으로 시선을 던졌다. 오랫동안 준비한 일. 그걸 하지 않기를 바랬는데 어쩌면 해야 할지도 모르겠다. 내 아들, 내 아들을 위해서, 은채는 민우의 얼굴을 바라보았다. 어딘지 강팍하고 메마른, 논바닥이 오랜 가뭄으로 쩍쩍 갈라진 듯. 어쨌든 넌 행복해야 한다. 은채는 깊은 한숨을 쉬었다.

"와우, 와우, 넘 멋지다. 멋지다."

숙자는 소리를 지르며 두 팔을 벌리고 뱅글뱅글 돌았다. 한강이 보이는 45평 아파트는 구석구석 햇살이 비집고 들어와 앉아 있고, 모든 가구는 멋스러운 유럽 수입품이었다. 바닥은 대리석으로 번쩍거렸고 천장에 매달려 있는 샹들리에는 크리스털이었다. 화장실은 수도꼭지도 금빛이었다. 쭉 걸려있는 도톰한 수건에도 꽃수가 새겨져 있었다. 숙자는 황홀했다. 온몸을 부르르 떨었다. 이제 겨우 시작일 뿐이다. 이건 별거 아니다. 그 사실에 다시 한번 온몸이 떨렸다.

숙자는 와인색 가죽 소파에 앉아서 두 사람을 기다리고 있었다. 한 사람은 숙자가 살던 동네에서 인테리어업을 하는 서 사장이고, 또 한 사람은 그 가게 소속인 최 목수다. '띵똥' 벨이 울렸다. 숙자는 지중해 물빛처럼 파란 벨벳 롱드레스 자락을 끌고 아주 천천히 문으로 다가가 문을 열었다.

"어서 오세요."

두 사람은 숙자를 보고 자지러지게 놀랐다.

"들어오세요."

최 목수는 자신의 냄새 나는 양말이 걱정되어서, 슬쩍 현관 발 매트에 발을 문질렀다.

"아, 그거 페르시아 카펫인데, 세탁이 좀 어려워요. 조심해요."

숙자는 우아하게 지적했다. 최 목수는 쩔쩔맸다.

'대체 이게 어떻게 돌아가는 건가? 로또라도 당첨됐나? 저 가난하고 못생긴 여자가 하루아침에 여왕이 되어 나타나다니.'

"집이 참 좋습니다."

서 사장이 휘휘 둘러보며 연신 감탄을 했다. 최 목수는 입도 뻥긋 못하고 서 사장 뒤를 줄레줄레 쫓아다녔다.

"특별히 고칠 데는 없는 것 같은데요. 너무 완벽합니다. 사모님, 어디 손 보시려고요?"

서 사장이 깍듯한 존대어를 쓰며 '사모님'이라고 불렀다.

"아, 네, 창문 테두리를 모두 원목으로 바꾸려고요. 난 나무가 좋아요. 냄새도 좋고 고풍스럽고."

말투도 달라지고 고급스러운 언어를 구사하는 숙자를 두 사람은 경이롭게 바라보고 있었다.

"네, 알겠습니다. 저희 가게를 찾아주셔서 감사합니다."

"같은 동네 산 정이지요. 돈은 얼마든지 드릴 테니 고급스럽고 매끈하게 잘해 줘요."

"아, 그럼요. 그럼요."

굽신거리는 서 사장 뒤에서 최 목수도 연신 고개를 숙였다.

"근데 누가 작업을 할 건가요?"

"여기 최 목수가 할 겁니다. 나무는 이 사람처럼 잘 다루는 사람이 없어요. 잘할 겁니다."

"네, 맡겨만 주십시오."

비로소 최 목수는 한 발걸음 앞으로 나와서 허리를 굽혔다.

몇 달 전부터 일거리가 확 줄어들어 공과금도 두 달이나 밀린 터라 절실했다. 숙자는 지긋이 최 목수를 바라보았다. 최 목수는 두 손을 가지런히 모으고 서 있었다. 웃는 듯 우는 듯 묘한 표정으로. 입 안에 침이 마르는 듯 살짝살짝 혀를 내밀어 입술을 빨기도 했다.

'수모를 돌려줄 때는 눈덩이처럼 크게 굴리고 굴려서 돌려줘야 제맛이지.'

숙자는 '씨익' 웃었다. 순간 최 목수는, 등줄기를 훑고 내려가는 한기를 느꼈다.

"이게 단순한 작업이 아니라, 일종의 예술작업 같은 거라서, 전문가의 손이 필요하지요."

순간 서 사장은 숙자가 최 목수를 탐탁해 하지 않는다는 걸 알아챘다.

"아, 그럼요. 그럼요. 그럼 다른 사람을 알아보지요. 이 분야의 최고 전문가로."

"그게 좋겠어요."

최 목수는 한마디도 할 수가 없었다.

"아, 최 목수는 타일 작업은 못 하지요?"

숙자의 말에 최 목수는 와락 덤벼들었다.

"아닙니다. 제가 원래 타일부터 출발해서 목수까지 됐어요."

그건 사실이었다 최 목수는 도장도 용접도 할 줄 알았다. 그만큼 먹고 사는 일이 참 만만치 않았다.

"그럼, 거실 화장실 타일 좀 봐줘요."

"타일을 바꾸시려고요?"

"일부만 포인트로 색다른 걸로 넣으려고요. 페르시아 타일인데 하나에 몇십만 원 해요."

페르시아 좋아하는 여자구나. 조금 있으면 페르시아고양이도 나오겠구나. 서 사장과 최 목수는 동시에 그렇게 생각했다. 서 사장은 전문가를 데리고 오기로 하고 갔다. 혼자 남은 최 목수는 어색하고 긴장되었다. 그런 최 목수한테 숙자는 웃으면서 말했다.

"돈은 얼마든지 줄 테니, 딱딱 잘 맞춰서 예쁘게 해줘요."

"네, 네, 사모님."

'돈은 얼마든지' 최근에 들은 말 중 제일 짜릿한 말이었다. 최 목수는 숙자가 원하는 대로 대각선에만 포인트로 페르시아 타일을 깔기 시작했다. 동시에 최 목수의 고통도 시작되었다. 숙자는 계속 트집을 잡았다. 타일의 무늬가 서로 맞지 않는다. 여기 아주 작긴 하지만 틈이 보인다.

요것만 좀 튀어나온 것 같다. 최 목수는 온몸에 땀이 줄줄 흐르는 걸 느끼면서 숙자가 하라는 대로 고치고 또 고쳤다. 도무지 숙자는 만족을 모르는 것 같았다. 몇 시간이 흘렀을까? 최 목수는 화장실이 가고 싶었다. 그러나 소변이 급하다는 말을 하지 못했다. 번쩍번쩍 으리으리한 화장실을 사용하기가 미안하고 눈치가 보였다. 최 목수는 '어서 이 고난이 멈췄으면' 하는 간절한 바람으로 부지런히 손을 놀렸다. 그러다 너무 지쳐서인지 타일을 놓쳤고 타일은 박살이 났다.

'아니, 한 장에 몇십만 원씩 하는 페르시아 타일이 이렇게 약한가?'

그보다 최 목수는 물어 줄 생각을 하니 온몸이 와들와들 떨렸다. 오늘 일당으로 오늘 저녁을 해결해야 하는 형편이다. 최 목수는 간절한 눈빛으로 숙자를 쳐다보았다.

'살려주세요, 살려주세요, 사모님.'

그 눈빛을 잠시 숙자는 즐겼다. 그리고 천천히 말했다.

"삼십만 원짜리인데 그래도 아래 윗집에서 산 이웃사촌이라 물어내라 할 수는 없고, 오늘 일당이랑 퉁치지요."

"아, 네. 감사합니다. 감사합니다. 사모님."

사모님을 붙이면 왠지 숙자가 좋아할 것 같아서 최 목수는 사모님을 말꼬리마다 달았다.

페르시아 타일을 대각선으로 깔고 돈 한 푼 못 받고, 그래도 타일값 물어내지 않아도 된다니 감사하다고 여러 번 고개를 숙이고 밖으로 나오니, 어둠이 깔려 있었다. 최 목수는 다리가 후들거려서 그 자리에 그대로 주저앉았다. 동시에 참았던 오줌이 터져 나와 바지를 적셨다. '허허허' 최 목수는 밤하늘을 올려다보며 웃기 시작했다. 그 못생긴 여자한테 차렷 자세로 서서 뺨을 수십 대 맞은 것처럼 얼굴이 얼얼했다. 마음은 더

얼얼했다. 그래서 웃음이 나오는지도 모르겠다. '세상은 요지경, 요지경 속이다….' 최 목수는 노래를 흥얼거리다 눈물이 뚝뚝 떨어졌다. 그 못생긴 년도 저 밤하늘을 보고 있겠지? 밤하늘은 참 공평하구나….

숙자는 고개를 젖히고 온몸을 흔들며 깔깔깔 웃었다. 통쾌했다. 짜릿했다.

'이제 나는 이렇게 살 것이다. 나는 오만한 여왕이 될 것이다.'

숙자는 터져 나오는 웃음을 다시 쏟아내기 시작했다. 탱고처럼 신나는 인생을 위해서.

숙자는 질주하기 시작했다. 거침없이 민우에게 요구했다. 당당한 채권자였다. 숙자는 민우에게 현금과 신용카드를 요구했다. 다이아몬드가 박힌 연회비 높은 VIP카드. 언젠가 담당 직원이 급체로 병원에 실려가서 호텔 레스토랑 카운터에 잠깐 선 적이 있었다. 온몸을 윤기 자르르 흐르는 검은 색 밍크코트로 감싼 여자가 내민 신용카드는 한눈에 봐도 예사롭지 않았다. 작지만 위세 등등한 다이아몬드가 박혀 있었다. 반짝이는 건 카드에 박힌 다이아몬드만이 아니었다. 남편의 품에 폭 싸여서 걸어 나가는 여자의 인생도 반짝반짝거렸다. 벤츠 한 대가 미끄러지듯 다가와 멈췄고 정장 차림의 기사가 재빨리 튀어나와 차 문을 열고 서 있었다. 여자와 남편을 태운 차가 시야에서 사라질 때까지 숙자는 바라보았다. 가슴속 저 밑바닥에서부터 분노가 활활 타올랐다. '참 드럽게 공평치 않은 세상.' 숙자는 대리석 바닥에 침을 '타악' 뱉었다. 저 멀리 서 있는 지배인이 뛰어오는 게 보였다. 숙자는 자신이 뱉은 가래침을 발로 밟았다.

"지금 뭐한 겁니까?"

"아무것도 안 했는데, 왜요?"

숙자의 태도가 까칠했는지, 그보다 필요에 의해 주방에 있는 사람을 불러다 카운터를 보게 해서 그런지 지배인은 더 이상 아무 말 안 하고 돌아섰다. 숙자는 트위스트를 추듯이 발을 비비며 가래침을 뭉갰다.

'나는 꼭 날개를 달 거야 가장 높은 데까지 올라갈 거야.'

숙자는 입술을 꽉 깨물었다. 이제 가장 높은 곳까지 올라갈 수 있는 날개가 준비되어 있다.

숙자는 단 일 분이라도 기다리고 싶지 않았다. 너무 오래 기다렸으니까.

민우는 숙자가 원하는 신용카드와 돈을 마련해서 숙자에게 내밀었다. 숙자는 독수리가 땅바닥에서 모이를 쪼고 있는 병아리를 낚아채듯 한 치의 망설임도 없이 큰 가방에 넣었다. 민우에게 받을 게 많기 때문에 숙자는 민우를 만날 때마다 큰 가방을 들고나왔다. 카드와 돈 모두 지수에게서 나온 것이다. 다이아몬드가 박힌 VIP 카드는 사회적 신분이 보장된 상류층에게만 발급되는 것이라 민우에게는 해당 사항이 없었다. 돈도 마찬가지다. 그동안 월급을 모을 형편이 못 되었다. 며칠 전 지수가 봉투 하나를 내밀었다. 카드와 수표가 들어 있었다. 수표는 사용하기 편하게 여러 단위로 나뉘어 있었다. 꽤 큰 금액이었다. 민우가 질색하며 거절하려고 하자, 아파트를 줄 때처럼 지수는 민우의 품에 폭 안겼다.

"모든 건 우리 거예요. 당신 것을 당신이 쓰는 거예요."

그리고 달콤한 키스로 거절의 말을 막았다. 순간 민우는 녹아내렸다. 키스 때문이 아니라, 내가 많은 걸 갖게 되었구나. 소유에 대한 황홀감으로.

민우는 수표를 일부 현금으로 바꿔서 숙자에게 줬다. 숙자의 존재가 노출되어서는 안 된다. 숙자에게 카드 사용은 조심하라고 했다.

226

"나 바보 아니야. 네 엄마가 쓴 것처럼 딱 맞게 쓸 거야."

그러면서 숙자는 '흥흥' 웃었다. 그 미소가 점점 소름 끼친다.

"또 연락할게."

숙자는 팔랑팔랑 손을 흔들며 카페에서 사라졌다. 민우는 앞에 놓인 물 잔을 들어 입안으로 물을 쏟아부었다. '대체 언제까지' 민우는 스스로에게 한 질문에 고개를 흔들었다. 끝이 없을 것 같았다. 민우는 숙자가 나간 카페 문을 바라보면서 잠시 눈을 감았다. 거추장스러운 짐이 내 곁에 있었구나. 무섭게 탐욕스럽고, 지독하게 교활한. 민우는 다시 물컵을 들었지만 물이 없었다. 빈 물컵이 민우를 불안하게 했다. 다시 원래대로 돌아가게 될까 봐. 그건 죽어도 안 된다.

숙자는 카드보다는 현금을 쓰기로 했다. 카드는 은 지수 이름으로 되어 있다. 자기가 막 쓰고 다니기에는 위험하다는 생각이 들었다. 아직은. 좀 더 안전할 때를 기다려야 한다. 다 된 밥에 코 빠뜨리는 경우는 목표 막바지에 이르러서 긴장이 풀릴 때다. 그런 어리석음을 범해서는 안 된다. 그래서 숙자는 꼭 공중전화를 이용했고 민우의 휴대폰보다는 회사 직통번호로 통화했다. 앞으로도 그럴 것이다 '황금알을 낳아주는 거위'를 잘 보존해야지.'

숙자는 강남 유명한 성형외과로 갔다.

"전 지현이나 김 태희, 김 혜수처럼 할 수 있나? 돈은 얼마든지 들어도 상관없고."

숙자는 '돈은 얼마든지.' 이런 말을 할 때마다 희열을 느꼈다. 그래서 그 말을 애용하기 시작했다. 상대방의 태도가 확 달라지는 것도 미슐랭 추천 맛집만큼 맛나고 즐길 거리였다. 돈의 위력은 참 대단하다. 상담사는 바로 반색을 하며 목소리 옥타브를 높였다.

"그럼요. 그건 일도 아니에요. 구체적으로 누굴 원하세요? 아, 부분적
으로도 가능해요. 전 지현 코, 김 태희 눈, 김 혜수 입술."

"얼마나 걸리는데?"

"원하시는 대로요. 시간이 없으시면 빨리해드릴게요."

상담사는 사랑하는 남자 앞에서 블라우스 단추를 풀 때처럼 들뜨고
기대에 차 있었다.

'돈은 얼마든지'라는 말이 또 위력을 발했다. 숙자는 민우의 결혼식이
끝나고도 어느 정도의 시간이 필요했다. 전에 살던 반지하 원룸이 아직
세입자를 못 찾고 있고, 짐도 있다. 정리할 시간이 필요하다. 숙자는
7월 22일 수요일로 예약을 했다. 일단 입원하기로 했다. 그때 의사와
상세한 상담을 하고 바로 수술로 들어가기로 했다.

"잘 부탁해요."

숙자는 5만 원권 두 장을 꺼내서 상담사에게 줬다. 상담사의 눈과 입
이 크게 벌어지더니, 갑자기 자리에서 벌떡 일어나 "감사합니다. 감사합
니다. 사모님, 잘해드리겠습니다." 연신 고개를 숙이며 큰 소리로 말했
다. 숙자는 가볍게 손을 흔들며 유리문을 밀었다. 그때까지 상담사는
고개를 숙이고 있었다.

아, 정말 상쾌한 날이다.

숙자는 바로 호텔 안에 있는 마사지숍으로 갔다.

"돈은 얼마든지 들어도 좋고, 뭐 좀 개운하고 산뜻한 것 없을까?"

"아, 네, 전신으로 하세요. 결혼 앞둔 신부들이 많이 해요. 풀코스로
다."

마사지 담당 직원이 반색하며 말했다.

"알았어, 잘 부탁해요."

숙자는 경어와 반말을 적당히 섞은 화법을 애용하기 시작했다. 호텔을 드나드는 귀부인들의 화법이기도 했다. 마사지를 받는 동안 숙자는 머리 굴리기에 바빴다. 일단 도우미를 구하자. 혼자 사는 집, 굳이 도우미가 필요 없다. 그러나 숙자는 사람을 부리고 싶었다. 언젠가 사랑을 미끼로 돈을 갖고 사라진 남자 때문에 파출부 일을 한 적이 있었다. 몹시 추운 눈 오는 겨울날이었다. 일할 곳은 장충동 단독주택이었다. 버스와 지하철을 번갈아 갈아타고 도착했다. 너무 추워서 뼈 마디마디가 시리고 아팠다. 늦지 않으려고 서두르다가 목도리와 장갑을 챙기지 못했다. 벨을 누르니 문이 자동으로 '털컥' 열렸다. 동시에 주인 여자의 목소리도 쏟아졌다.

"마당에 빗자루 있으니까, 눈부터 쓸고 들어와요."

"네."

숙자는 안으로 들어와 빗자루를 잡았다. 빗자루도 꽁꽁 얼었지만, 손이 바싹 얼어서 잘 펴지지 않았다. 가까스로 손을 펴고 빗자루를 잡는데, 커단 유리창으로 밖을 내다보는 주인 여자와 눈이 마주쳤다. 실내에서도 두툼한 스웨터를 입고 김이 나는 찻잔을 쥐고 있었다. 순간 숙자는 빗자루를 내동댕이치고 그대로 밖으로 나왔다. 언 몸을 녹일 단 5분의 시간도 주기 싫은 주인 여자의 야박함이 괘씸했다. 이 경우 괘씸하다는 감정은 맞지 않았다. 고용주는 제 마음대로 할 수 있다. 숙자는 고용주가 되고 싶었다. 숙자는 슬며시 웃음이 났다. 뭐든 마음만 먹으면 다 된다. 아, 그래 자동차가 필요하겠다. 운전면허증도 아직 살아 있고 운전 경력도 있다.

그런데 내가 직접 운전할 필요가 있을까?

기사를 고용하자. 젊고 잘생긴 놈으로. 갑자기 온몸이 스멀스멀거렸다. '돈은 얼마든지'라는 카드를 내밀면 젊은 기사가 나를 즐겁게 해줄 수도 있다. 아니다. 아직은 내가 운전해야 된다. 비밀 유지가 절대 필요하다.

"사모님, 다 되었습니다."

"아, 그래."

숙자는 몸을 일으켰다.

"목이 많이 경직되어 있어요. 제가 좀 풀어 드릴게요. 이건 서비스예요."

직원의 음성이 나긋나긋했다.

'서비스는 개뿔. 온몸 마사지인데, 당연히 목도 포함이지.'

그러나 숙자는 모든 게 끝났을 때, 5만 원권 두 장을 꺼내 줬다. 누구나 갖고 싶어 하는 특정 메이커 로고가 새겨진 명품지갑에서. 직원은 침을 꼴깍 삼켰다. '대체 저거 얼마야?'

5만 원 권이 빼곡히 꽉 차 있었다.

"왜? 더 줘?"

"네, 아, 아니에요."

튀어나오는 본심을 급히 막으며 직원은 멋쩍게 웃었다. 숙자는 우아하게 미소 지으며 5만 원권 한 장을 빼서 내밀었다.

"감사합니다. 감사합니다. 사모님."

직원은 밖으로 뛰어나와 엘리베이터 버튼을 눌러놓고 차렷 자세로 서 있다.

"사모님, 다음에도 꼭 찾아주십시오. 잘 모시겠습니다."

숙자는 직원의 인사를 받으며 엘리베이터를 탔다. 스르르 엘리베이터 문이 닫혔다. 숙자는 자꾸 웃음이 삐져나왔다. 이런 삶이라니, 너 대체 어디 갔다 이제 온 거니?

숙자는 수입차 판매장으로 갔다. 잘 씻어놓은 마늘쪽같이 매끈한 남자 직원이 재빨리 다가와 인사를 하는 동시에 명함을 내밀었다. 숙자는 명함을 받으며 말했다.

"돈은 상관없고, 안전하고 품위 있는 차를 좀 보고 싶은데. 추천할 만한 것 있나?"

"아, 그럼요. 역시 벤츠가 좋습니다. 요란하지도 않고."

벤츠라는 이름 자체가 이미 요란하지 않은가? 그런 생각을 하며 숙자는 직원의 안내를 받았다.

"이게 벤츠 중에서도 최고입니다. 예술 그 자체입니다."

"나 잘 모르겠고, 제일 비싼 게 제일 좋겠지. 다 제값 지니고 있으니까 안 그래요?"

"물론입니다. 사모님, 역시 멋지십니다."

"현금으로 사면 몇 프로 디스 해 줄 수 있어요? 이건 뭐 중요한 건 아니고."

"현금요? 그럼요, 그럼요, 최대한 해드리겠습니다. 시승 한 번 해보시겠습니까?"

숙자는 직원이 운전하는 벤츠를 타고 코엑스를 중심으로 빙빙 돌았다.

"혹시 어디 가고 싶은데 있으세요? 강이 보이는 분위기 좋은 카페로 모실 수 있습니다."

"다음에."

"아, 네."

숙자는 사무실로 돌아와 계약서를 쓰고 계약금을 냈다.

"사모님같이 시원시원하고 통 크신 분은 처음 뵙습니다. 존경합니다.

사랑합니다."

직원은 구호를 외치듯 큰 소리로 말하며 깊게 허리 굽혀 인사했다.

숙자는 지갑에서 5만 원권 넉 장을 꺼내줬다.

"이건 강이 보이는 분위기 좋은 카페 가라고, 여자 친구랑."

"역시 우리 사모님 멋지십니다. 감사합니다. 감사합니다."

직원은 손가락 하트와 동시에 미소를 날렸다.

'참, 재미있어. 돈이 그 어렵다는 사람의 마음을 움직이네. 뭐, 어제오늘 일도 아니지.'

숙자는 판매장을 나가기 전에 탁자 위에 놓인 일반전화로 민우에게 전화를 걸었다. 돈이 더 필요했기 때문이다. 지갑에 돈을 빈틈없이 꽉꽉 채워 넣고 다녀야 가슴에서 부는 찬바람을 재울 수 있다. 그동안 시도 때도 없이 가슴에서 부는 찬바람이 시리고 아팠다. 참, 지겹다. 이제 겨울 찬바람은 잠자고 그 자리에 따스한 꽃바람이 살랑거리겠지.

"이 민우 씨 퇴사했습니다."

"네? 언제요?"

"일주일 됐습니다."

다른 말을 물어볼 새도 없이 전화는 '찰칵' 끊겼다. 순간 숙자는 얼굴이 벌겋게 달아올랐다.

돈 갚을 날짜를 앞두고 도망친 채무자처럼 괘씸하기가 이를 데 없었다. 배신감도 들었다.

내 손바닥 안에 있어야 될 놈이, 숙자는 바로 민우의 집으로 갔다. 숙자의 냄새 나는 반지하 원룸과 한 정거장밖에 안 떨어진 곳에 민우의 집, 낡고 초라한 17평 빌라가 있다. 동네 자체가 후졌다. 지하철역과 멀고 뒤로는 넓은 공터에 비닐하우스가 수십 개 있었다. 얼핏 농사짓는 것 같지만, 재개발을 할 경우 기득권을 인정받으려고 형식적으로 지어 놓고 가전제품과 생활용품을 들여놓은 곳이다. 사람의 온기는 없고 꼼수만 있는 곳이다.

숙자가 집안으로 들어서자, 은채와 민우는 저녁 식사를 하다가 놀라는 표정이었다. 자신의 존재를 드러내지 않으려고 그동안 여기 오지 않았다. 그렇게 애를 썼는데, 누구 덕에 재벌 사위가 됐는데….

숙자는 괘씸했다. 저녁 밥상은 정갈하고 맛있어 보였다. 그리고 보니 오늘 한 끼도 제대로 먹지 못했다. 은채는 숙자에게 식사했느냐고 물어보지도 않고 바로 저녁상을 치웠다.

"나 때문에 식사 제대로 못 한 거 아니야?"

"다 먹었어. 근데 이모 웬일이야?"

"너, 회사 그만뒀더라. 그걸 제일 먼저 나한테 말했어야지. 너 뭐 하는 애야?"

숙자는 대뜸 언성을 높였다.

"바로 말하려고 했는데 너무 바빠서."

"나, 서운해."

"미안해. 이모."

"어디로 간 거야? 걔 호텔?"

"아니, 장충동 고려호텔."

"거긴 걔 언니가 대표로 있잖아? 이래서 재벌들은 발전을 못 해. 다 가족끼리 해 먹으려 하니까, 거기서 너 뭐해?"

"기획실장으로 일하게 됐어."

"와우, 바로 실장? 은 회장 화끈하다. 허긴 그게 그 인간 매력이지."

은 회장의 뜻이었다. 부부가 직급 차이가 큰데, 같은 곳에 근무하는 건 불편할 테고 그렇다고 작은사위를 그대로 둘 수는 없고, 호텔 일도 배울 겸, 남 보기도 괜찮은 곳으로 옮겨줘야지 하는 생각에서였다.

민우는 지훈의 호텔이 아니라, 지영의 호텔이라서 마음이 놓였다. 지훈은 좀 어려웠지만 지영은 편했다. 민우가 무슨 말을 해도 잘 웃어 주고 따뜻하게 대해 줬다.

"암튼 이제 시작이다. 손녀들 다 제치고 니가 다 먹어라. 고려그룹."

"언니 무슨 말을 그렇게 해?"

은채가 차와 과일을 쟁반에 받쳐 들고 주방에서 나오다 기겁을 했다.

"넌 그게 문제야. 고상한 척, 아닌 척 은근 잘난 척하며 내숭 떠는 거. 뭐 내가 틀린 말 했어? 우리 목표잖아? 시시하게 대 저택 지붕 한쪽 차지하려고 이 짓을 시작했니? 대 저택을 가져야지. 암튼 여러 말 할 것 없고, 민우야, 나 돈 좀 주라."

"돈 준 지 얼마 됐다고."

"애 말 하는 것 좀 봐. 정떨어지게. 니가 십억을 줬어? 백억을 줬어? 꼴랑 일억. 차 사느라 모자라."

"차 샀어?"

"응, 벤츠. 카드 조심해서 쓰라며? 그냥 카드로 긁을까? 니 엄마가 샀다고 그러면 되지."

민우는 은채를 바라보았다. 은채가 돈을 주라고 눈짓을 했다.

"알았어."

"오구구, 이쁜 내 새끼. 아니 은채 새끼지. 그게 그거지. 나, 간다. 아직은 들락거리다 누구 눈에 뜨이면 안 되지. 너 명함 있지? 그거 한 장 줘."

민우는 명함을 내밀었다.

"오케이. 나, 간다."

숙자는 손을 흔들며 나갔다. 은채와 민우는 말없이 앉아 있었다.

은채는 잔뜩 풀이 죽어 있는 아들을 보며, 오래전에 마음먹은 걸 실천해야 할 때가 머지않았다는 걸 직감했다.

'정말 하고 싶지 않은데….'

숙자는 도우미가 대령한 커피를 마시며 새로운 미래를 꿈꾸기 시작했다. 아주 구체적으로. 민우의 결혼식이 바로 내일모레 이틀 남았다. 결혼식이 끝나고 은 회장 대 저택에서 피로연이 진행될 것이다. 숙자는 거기 음식 담당으로 가게 되었다. 숙자는 자기가 만든 작품을 감상하고 싶었다. 그래서 모두 까다롭고 힘들어 핑계를 대는 자리에 군말 없이 가겠다고 했고, 그 일이 끝난 뒤 사표를 낼 생각이다.

숙자는 천천히 커피잔을 들어 바샤 커피를 한 모금 한 모금 음미하듯 마셨다. 음 음, 이제 아무거나 먹고, 아무거나 입지 않는다. '아무거나'를 아주 '특별한'으로 바꿔 낄 생각이다.

숙자는 손가락을 쫙 펴서 자신의 긴 손톱을 바라보았다. 네일아트 젊은 여사장이 흥분된 어조로 말했다.

"사모님, 손톱을 도화지라고 생각하고 아주 멋진 그림을 그릴 거예요. 곧 예술작품이 탄생할 거예요. 기대하세요."

'내 마음에 들면 돈은 얼마든지'를 내세웠더니 여사장은 자신의 마지막 한 방울까지 쥐어짜서 헌신하는 순종적인 애인처럼 최선을 다했다. 긴 손톱 위에서 춤추듯 블링블링 그려진 그림 위에 아주 작은 보석 알갱이들이 반짝거렸다. 주방 일을 하면서부터 손톱을 기를 수 없었다. 한 달에 한 번씩 위생 검사를 했는데 손톱과 머리카락 체크가 제일 먼저였다.

"될 수 있는 대로 짧게." 주방장은 군기를 잡는 선임병처럼 건조하고 딱딱하게 소리치고는 했다.

'이제는 될 수 있는 대로 길게 할 것이다. 뭐든 내 마음대로다.'

숙자는 스스로 만족한 듯 고개를 끄덕이며 테이블 위에 놓인 종이를 집어 들었다. 일종의 각서였다. 공증을 받아야 그나마 효력이 있다는데 변호사 사무실에 가서 공증을 받을까?

암튼 민우가 먼저 자필 사인을 해야 된다. 지장을 찍으라고 할까? 지문처럼 정직한 게 없으니까.

결혼식 이틀 전. 몰아붙이기에 최적의 타임이다. 숙자는 오늘을 기다렸다. 민우는 마음의 여유가 없다. 다 된 밥에 코 빠트릴 수 없어서 민우는 숙자가 시키는 대로 뭐든 할 것이다. 결혼식 이틀 전, 참 알맞은 타임이다. 숙자는 버버리 원피스를 입고, 에르메스 스카프를 두르고 밖으로 나왔다. 민우네 집에 가기 전 들를 때가 있다. 숙자의 애마가 된 벤츠가 멈춘 곳은 성수동 구둣가게 골목이었다. 숙자는 공용주차장에 차를 세워 두고 2라고 숫자 하나만 덩그러니 쓰인 구둣가게로 들어갔다. 소미와 몇 번 온 곳이다. 소미는 신발가게 주인 딸답게 신발을 소중하게 생각했다. 좋은 신발을 신어야, 좋은 사람을 만나게 되고, 좋은 곳에 다닐 수 있다고 했다.

이곳은 삼 대째 내려오는 수제 구둣가게로 비싸지만 제값 한다고 소문난 장인의 가게다. 간판의 2는 구둣가게 이름이다. 어딘지 자신보다 더 잘 만드는 1이 있을 거라는 생각에 2라고 이름 지었다고 주인인 70대 할아버지가 설명했다고 한다. 소미는 자신의 한 달 월급에 3분의 1을 과감하게 투자하며 여기서 구두를 주문해서 신었다. 물론 일 년에 서너 번이지만, 숙자는 동행할 때마다 완성된 소미의 구두를 보고 감탄했다.

정말 돈이 아깝지 않았다. 구두에 품격을 입혔다고 할까? 구두 하나로 사람이 달라 보였다. 숙자는 무려 열 켤레를 주문했다.

"돈은 얼마든지 줄 테니, 제대로 잘 만들어 주세요."

돈 자랑을 기깔나게 했다.

할아버지는 무덤덤한 표정으로 "네" 했다. 그게 전부였다. 열 켤레씩이나 뭐 하러 그렇게 많이 맞추냐는 호기심 어린 질문도 없었고 '돈은 얼마든지'에 감동도 하지 않았다. 일상의 대답 "네"가 전부였다.

그래, 돈 앞에 흔들리지 않는 인간도 더러 있어야 전투력이 생기지, 숙자는 열 켤레의 구두 굽 높이를 다양하게 정했다.

일을 하러 뛰어다닐 때 신어야 할 구두는 굽이 3센티, 오너가 되어서 회의나 파티에 참석할 때 구두 굽은 하이힐로 10센티. 그밖에 5센티, 7센티 등 겹치게 않게 주문했다.

할아버지는 묵묵히 수첩에 숙자의 말을 받아 적을 뿐, 특별한 관심을 보이지 않았다. 숙자는 "잘 부탁한다"는 말을 남기고 밖으로 나왔다. 왠지 싱거웠다. 숙자는 다시 들어가 명품지갑에서 5만 원권 넉 장을 천천히 꺼내 낡은 나무 테이블 위에 놨다.

"맛있는 저녁식사 하세요."

할아버지는 숙자를 쳐다보더니 '픽' 웃었다. 저 웃음의 의미는 뭔가?

"왜요?"

"이 돈으로 맛있는 저녁식사 못 해요. 나는 좋아하는 술로 반주를 하는데 그 술값이 30만 원이에요."

할아버지한테 한 방 먹고 숙자는 밖으로 나왔다. 괜히 입가가 스멀스멀거리더니 급기야 뱃속 밑바닥에서부터 웃음이 올라와 터졌다. 숙자는 깔깔거렸다.

'재미있는 세상이야.'

은채와 민우는 숙자의 방문에 긴장감을 역력히 드러냈다.

"드디어 낼 모래네. 팔려 가는 신랑은 되지 마라."

"이모는 무슨."

"너도 결혼 준비하느라 바쁠 테고, 빨리 끝내자."

숙자는 민우를 데리고 민우 방으로 들어왔다. 은채가 없는 게 편했다. 숙자는 침대 모서리에, 민우는 책상 앞 의자에 걸터앉았다.

"나, 멋진 생각을 했어. 너 내 음식솜씨 대단한 거 알고 있지? 구내식당에서 썩기는 너무 아까운 실력이지. 그래서 내가 내 이름으로 프랜차이즈를 내기로 했어. 들어 봐. 아주 구체적인 계획도 세웠어. 일단 너희 호텔 세 개잖아? 소공동, 장충동, 광장동 우선 거기에 입점하는 거야. 소공동은 일식집 생선 초밥이 유명한데 가격이 완전 미쳤어. 30만 원에서 70만 원 무슨 생초 한 접시가, 거기 생선은 다 금가루 뿌렸대니? 장충동은 불쇼 곁들인 철판구이가 유명한데 이것도 30만 원, 광장동은 한우갈비가 유명한데 가격은 말하기도 숨차. 아무리 호텔이지만 너무 비싸, 대중성이 없어. 그래서 내가 비빔밥 하나로 승부 걸 거야. 비빔밥에 시래기 된장국, 듣기만 해도 벌써 침이 고이고 구수하지? 이걸 3만 원에 파는 거야. 손님들 미어터질 거야. 비빔밥 먹으려고 호텔 투숙하는 사태가 생길지도 몰라. 그러니까 일단 민우 니가 세 곳에 내 가게 하나씩 만들어줘. 프랜차이즈 숙 비빔밥.

어때? 이름 정감 있지? 숙은 suk로 쓸 거야. 나중에 전국적으로 뻗어나갈 거고, 외국도 가야 하니까 부르기 쉽고, 영어로 쓰기도 좋고, 오직 비빔밥하고 시래깃국으로 승부를 걸 거야. 메뉴 많은 거, 그거 장사 안돼서 죽겠어요. 비명 지르는 거야. 알았지? 빨리 들어가게 해 줘. 아, 그리고 건물도 필요해. 큰 거 말고, 너 부담 안 줄 거야. 3층 정도, 회사 사옥이라고 할까? 공장도 필요해, 음식 만들어서 포장하고, 가능하면 농장도 있으면 좋겠어. 신선한 채소를 재배해서 그걸 쓰면 되니까, 나만 좋으라고 하는 거 아니야, 내가 지금 너한테 아이디어를 주고 있는 거야. 최고급 호텔에서 단돈 3만 원으로 기막히게 맛있는 식사를 할 수 있다. 이거 완전 미치지."

숙자의 얼굴은 벌겋게 달아올랐고, 온몸에서는 확확 열기가 품어져 나왔다. 폭주하는 기관차 같았다. 민우는 간신히 입을 열었다. 민우의 목소리는 떨렸고 차라리 애원에 가까웠다.

"이모, 좀 기다려줘. 천천히 하자. 응?"

숙자는 발칵 했다.

"뭐? 넌 벌써 누리고 있잖아? 호텔 기획실장, 너 누구 덕에 그렇게 됐는데. 천천히? 언제? 강아지가 야옹야옹 짖을 때? 악어가 깡충깡충 뛸 때? 난 못 기다려. 절대 못 기다려."

"이모, 내가 아직 힘이 없어."

"얘 좀 봐, 왜 힘이 없어? 너 고려그룹 작은사위야. 곧 네 아이도 태어나고. 은 회장이 그 작은딸 얼마나 애지중지하는 줄 알아? 불쌍해서 더 그래. 뭐든지 다 들어 줄 거야. 너하고 니 엄마가 작당해서 터트렸잖아? 혼외자라고."

"이모 왜 그래?"

민우는 순간 욕이 나오려는 걸 가까스로 참고 소리를 질렀다.

"뭘? 사실 아니야? 야, 나, 참 그때 말을 안 해서 그렇지, 나 무지하게 놀랐어. 정말 인정사정 볼 거 없다 하고 니네 모자가 밀어붙이는데. 이거 그 집에서 알아봐. 너 바로 낙동강 오리알 신세야. 고소당해도 할 말

없어. 허긴 내가 입 다물고 있는 한, 그 집에서는 죽었다 깨나도 알 수 없지. 난 평생 입에 지퍼 채울 거고."

숙자는 손으로 입에 지퍼 채우는 시늉을 했다. 민우는 정신이 아득했다. 내일모레 결혼식이다.

민우는 가까스로 입을 열었다.

"이모, 알았어, 알았어. 이모가 뭘 하고 싶은지. 조금만 기다려줘. 해볼 게. 날 믿고 응? 제발 부탁이야."

민우는 숙자의 팔을 붙잡고 애원했다.

"그래, 알았어, 우리 민우, 내 조카 믿지."

민우의 약점을 쥐고 있는 한, 민우를 믿을 수 있다. 숙자는 활짝 웃으며 가방에서 종이 한 장을 꺼냈다.

"여기다 네 이름 쓰고 지장 찍어. 여기 인주도 갖고 왔어."

"이게 뭔데?"

"별거 아니야. 네가 혹시 너무 바빠서 잊어버릴까 봐. 나한테 뭘 해주겠다 하는 약속, 일종의 각서야."

종이 위에 글씨가 그네 위에 올려진 것마냥 흔들거렸다. 민우는 눈을 서너 번 끔뻑거리고 읽어 내려갔다.

1. '프랜차이즈 숙 비빔밥'을 고려호텔 세 곳에 6개월 안에 입점시킬 것
2. 강남, 송파, 서초 세 곳 중 한 곳에 사옥으로 사용할만한 3층짜리 건물과 서울 근교에 채소농장을 김 숙자 이름으로 구입할 것
3. '프랜차이즈 숙 비빔밥'이 국내는 물론 세계로 뻗어나갈 수 있게 물심양면으로 적극 지원할 것
4. 매달 생활비로 일정 금액을 통장에 입금시킬 것. 금액은 김 숙자가

그때그때 원하는 대로 등등

한 마디로 숙자가 원하면 민우는 목숨이라도 내놓아야 한다는 식이었다. 민우는 머리가 하얗게 비워지는 느낌이었다. 아무것도 생각할 수가 없었다. 손이 벌벌 떨렸다. 이 모든 걸 방문 밖에서 은채가 듣고 있었다.

"너 참 예쁘게 생겼구나. 이 과자 먹어."

다섯 살 때 고아원에서 만난 언니는 다정했다. 은채는 낯선 환경이 너무 무서워서 밥도 못 먹고 벌벌 떨고 있었는데 '저 언니랑 친해져야겠다'고 결심했다. 어린 은채가 살기 위해서 본능적으로 잡은 보호자였다. 그래서 그 언니 마음에 들기 위해 안간힘을 썼다. 그러나 그 언니는 오히려 자신의 보호막으로 은채를 이용했다. 그래도 은채는 그 언니를 떠날 수가 없었다. 누군가가 너무도 절실히 필요했기 때문이다. 혼자가 너무 두렵기 때문이다. 은채는 아기 때부터 '소망고아원'에서 자랐다. '소망고아원'이 경영난으로 문을 닫자, 다섯 살 때 '희망고아원'으로 왔다. 거기서 그 언니 숙자를 만났다.

갑자기 민우가 발악하듯 소리를 고래고래 질렀다.

"이모 대체 왜 그래? 이거 누가 보기라도 하면 어떡하라고? 나 죽는 꼴 보고 싶어 그래?"

"그럼 이 정도도 안 해주려고 했어? 니가 누구 덕에."

은채가 방으로 뛰어 들어가, 책상 위에 놓인 종이를 빡빡 찢기 시작했다. 찢고 또 찢었다. 가루로 만들 것처럼.

"너 미쳤어? 이게 무슨 짓이야?"

"언니, 걱정 마, 내가 책임질게, 여기 쓴 거, 다 내가 책임질게. 내가 한다고 할게. 내가 비빔밥집 한다고 할게. 아무렴 시어머니가 한다고 하는데 안 된다고 하겠어? 내가 언니가 하고 싶은 거 다 할 수 있게 책임질게. 내가."

은채의 눈에서 눈물이 뚝뚝 떨어졌다. 하얗게 질려 있는 민우의 얼굴이 눈앞에서 흔들거렸다.

―가엾은 내 새끼, 결혼식이 내일모레인데, 지금 너무도 행복한 시간인데. 날벼락을 맞고 똥물을 뒤집어쓰고 있구나.―

은채는 숙자의 손을 잡고 무릎을 꿇었다.

"언니, 내가 다 할게. 날 믿어."

민우가 재빨리 은채를 일으켜 앉혔다.

"알았어, 나라고 이렇게까지 하고 싶겠니? 다 세상 탓이다. 세상에 배은망덕이 좀 많니? 암튼 나, 믿고 간다. 결혼식 준비 잘해라."

숙자는 민우의 등을 두어 번 두드리고 갔다.

"엄마 괜찮아?"

"그럼, 엄만 괜찮아. 너도 아무 생각 말고 결혼식 준비에 집중해. 지수한테 전화해라. 아까 너 샤워할 때 전화 와서 내가 받았어."

"알았어."

"엄마, 그때 이모가 다리 다쳐 깁스했다는 거, 다 거짓말이었어."

은채는 말없이 고개를 끄덕였다.

―고려호텔 직원커뮤니티에 소미의 아이디로 들어가 지수가 혼외자라고 터트리는 일을 내가 하게 만들었다. 빠져나올 수 없는 늪 같은 덫―

은채는 입술을 깨물었다. 민우는 창밖으로 시선을 던졌다. 은채도 아들을 따라 창밖을 바라보았다. 숙자는 뭐든지 집어삼킬 것 같은 괴물이 되었다. 숙자의 요구는 점점 눈뭉치처럼 커질 테고 멈추지 않을 것이다. 은채는 깊은 한숨을 토해내는 민우의 손을 가만히 잡았다.

"민우야, 걱정 마. 다 잘 될 거야."

민우는 고개를 끄덕였다. 그때 숙자의 휴대폰이 눈에 뜨였다. 민우는 숙자의 휴대폰을 들고 밖으로 나왔다. 마침 빌라 앞에서 숙자와 만났다.

"휴대폰 생각이 이제 났네. 내가 결혼하는 것도 아니고, 내가 왜 이렇게 정신을 못 차리나?"

숙자는 휴대폰을 받아 들고 돌아서다가, 민우 옆으로 다가와 속삭였다.

"이 민우 잘해. 나 승질 좋은 여자 아니다. 기분 나쁘면 바로 터트릴 거야. 난 잃을 게 없거든. 이건 니 엄마한테는 비밀인데, 우리 대화 녹음도 해놨다. 요 휴대폰에 그러니까 이거 잃어버리면 큰일 나지. 내 말 잘 들을 거지? 오구구, 이쁜 내 새끼."

숙자는 민우의 엉덩이를 몇 번 두드리고, 빠른 걸음으로 골목을 빠져나갔다. 그 모습을 바라보고 서 있는 민우는 등골이 오싹했다. 동시에 절대 벗어날 수 없는 덫에 걸린 걸 알았다.

숙자는 서둘러 집으로 돌아왔다. 돈에 취해서 한 가지 중요한 사실을 잊어버릴 뻔했다. 숙자는 도우미에게 아이스커피 한 잔을 주문하고 홍초에게 전화를 걸었다. 그동안 딸 만나러 독일 간다고 하고 연락을 끊었다. 더 이상 이용 가치가 없기 때문이다. 그런데 은 회장 정원에서 펼쳐지는 결혼식 피로연장에서 홍초를 만나면 큰일이다. 홍초가 알고 있는 숙자라는 여자는, 남편에게 유산으로 받은 건물이 있는 부자 사모님이다.

"여보세요, 여보세요."

홍초의 음성은 여전히 조선 시대 허름한 주막의 주모 같다. 통통 튀다 못해 천박하기까지 했다.

"나야, 잘 있었어? 친구?"

"옴마 옴마. 이게 누구야? 독일에서 언제 왔어?"

"며칠 됐어. 잘 있었지?"

"나야, 뭐, 그날이 그날이지."

"그 집에 경사 있는 것 같던데? 작은딸 결혼한다면서? 인터넷 여기저기 떠다니더라. 신문에 대문짝만하게 기사도 나고, 자기 바쁘겠다."

"나 하나도 안 바빠. 잠시 전근 왔어."

홍초는 킥킥 웃었다.

"전근?"

"응, 여기 청평 작은아가씨 별장이야. 임신해서 신혼여행 못 가게 됐어. 몸조심해야 할 때야. 그래서 여기 와서 며칠 있겠대. 나 여기 청소하고 음식 준비하느라 내려왔어. 결혼식도 피로연도 꼭 보고 싶었는데, 허긴, 보면 뭐 해? 내 팔자만 서럽지."

다행이다. 숙자는 가슴을 쓸어내렸다.

"남자는 누구야? 굉장한 집안의 아들이겠지?"

숙자는 그물을 던졌다.

"아니, 평범해. 근데 잘생기고 얌전해. 나대지 않게 생겼어. 그게 좋은가 봐. 우리 회장님. 거기다 안사돈 자리가 엄청 미인인가 봐. 회장님이 연신 싱글벙글이셔. 아니, 가까이하기엔 너무 먼 당신인데 뭐가 그렇게 좋지?"

"기분이라는 게 있잖아?"

"허긴. 엄마 닮았나? 애가 멀끔하니 멋있어. 착해 보이고, 집안이 뭔 상관이야? 우리 작은아가씨가 죽고 못 사는데."

민우, 눈빛까지 선하게 바꿀 수 있는 녀석이다.

"나, 자기, 선물 샀어."

"선물? 아, 공항에서? 더티프리루다?"

홍초의 영어 발음에 '쿡' 웃음 나려고 하는 걸 간신히 참으면서 숙자는 말했다.

"바쁜 일 끝나고 만나. 내가 연락할게."

"그래, 그래, 나 자기 보고 싶어. 근데 뭐 샀어?"

"우리 친구 좋아하는 메이커로 가방 하나 샀어."

"뭐? 미쳤어? 지갑이나 사지. 얼마나 비싼데."

"친구한테 그것도 못 사줘? 나 돈하고 시간 두 개밖에 없는 불쌍한 여자인 거 잊었어?"

숙자의 농담에 홍초는 숨이 넘어갈 듯 '까르르' 웃어젖혔다.

가까운 시일 내에 만나기로 약속하고 전화를 끊었다. 숙자는 전화하는 동안 홍초는 소미와 다르다는 걸 알았다. 소미는 사표 던지고 시골구석에서 지내니 이제는 이용 가치 없는 게 맞다.

그러나 홍초는 여전히 은 회장 집에 있다. 많은 이야기를 들려줄 것이다. 민우의 결혼생활부터, 숙자는 홍초를 다시 만나기로 했다. 그 사이 도우미가 아이스커피를 갖다 놨다.

'왜 이렇게 목이 마르지.'

숙자는 단숨에 아이스커피를 입안으로 쏟아부었다. 오늘 온 도우미가 마음에 든다. 있는 듯 없는 듯 소리 없이 움직이며 자기 할 일을 제대로 한다.

'저 여자를 계속 써야겠다.'

숙자는 소파 등받이에 몸을 기댔다. 피곤하다. 은채가 무릎을 꿇고 우는 모습이 떠올랐다. 자식이라면 벌벌 떠는 여자. 돈의 위력에 취해서 몰아붙였지만 그것이 전부는 아니다. 민우가 몸집이 커지기 전에, 확실히 받아낼 걸 다 받아내야 한다. 민우의 위치가 높고 단단해지면 숙자 자신이 쥐고 있는 약점도 무용지물이 될 수 있다. 결국은 힘의 싸움이다. 그래서 숙자는 불안하고 초조한 마음에 밀어붙일 수밖에 없었다. 물론 빨리 갖고 싶기도 했다. 너무 오래 가난했고, 멸시당했으며, 힘들었으니까, 눈부신 보상을 하루라도 빨리 받고 싶었다.

"다 잘 될 거야."

숙자는 프랜차이즈의 대표가 될 자신의 헤어 스타일은 어떤 게 어울릴까? 잠시 생뚱맞은 생각이 들어서 킥킥댔다.

결혼식 날은 구름 한 점 없이 쾌청했다. 아름답고 품격 있는 결혼식이었다. 특히 혼주석에 앉아 있는 영희와 은채는 두 송이 어여쁜 꽃 같았다. 박 의원은 저렇게 예쁜 여자를 둘씩이나 오랜 시간 마음 놓고 감상할 수 있다니 이게 웬 횡재인가 싱글벙글이었고, 김 회장은 '저 집 묏자리가 좋은가? 집구석에 미인이 바글바글하구나.' 하면서, 옆자리 정 여사를 못마땅한 표정으로 힐긋 쳐다봤다. 둘째딸이라면 거들떠보지도 않았을 텐데, 상속권이 몽땅 있는 부잣집 무남독녀 함부로 내칠 수가 없었다. 그나마 아들 윤호가 엄마를 닮지 않아서 천만다행이다. 정 여사는 아들 윤호를 바라보고 있었다. 지영 옆에 앉아 있는 윤호는 그 어느 때보다 얼굴이 빛났고, 아주 많이 행복해 보였다. 오늘 저녁 윤호는 가장 행복한 주인공이 될 것이다. 정 여사는 지영에게 시선을 옮겼다. '저 아이가 있어야 아들이 행복하다.' 정 여사는 무조건 후한 점수를 주기로 했다.

피로연장은 오케스트라 단원들이 도착하면서 더욱 분주해졌다. 악기를 꺼내 서로 음을 맞추는 동안 테이블이 정갈하게 세팅되었고, 음식도 접시에 옮겨졌다. 칵테일 담당인 호텔 바텐더는 분위기를 돋우려고 음악에 맞춰 '쉐키쉐키' 춤추면서 다양한 칵테일을 만들고 있었다. 무지갯빛을 쏟아 넣은 듯 술잔마다 오묘한 색의 술들로 가득 찼다.

숙자도 부지런히 움직였다. 드디어 사람들이 들어오기 시작했다. 자기도 모르게 숙자는 침을 꼴깍 삼켰다. 민우와 지수는 정말 잘 어울리는 신랑 신부였다. 숙자는 자신이 만든 작품을 다소 떨리는 심정으로 감상했다. 그때 은채가 눈에 들어왔다. 순간 숙자의 가슴에 뜨거운 질투의 불기둥이 확 솟구쳤다. 단아한 옥색 한복은 은채를 더욱 돋보이게 했다. 기품 있고 아름다웠다. 그동안 늘 자신은 춘향 아씨 모시는 향단이었다. 은채가 옆에 있는 한. 은채는 말이 없는데도 존재감을 드러냈고 대접받았다. 숙자는 옆에 놓인 칵테일 잔을 은채에게 집어 던지고 싶었다. 머리도 얼굴도 옥색 한복도 술 냄새 범벅으로 얼룩지게 만들고 싶었다. 은채는 숙자와 눈이 마주쳤는데도, 동요 없이 은 회장 식구들과 잘 어울리고 있었다. 숙자는 그런 은채가 얄미워 견딜 수가 없었다. 숙자는 은쟁반에 칵테일 잔을 서너 개 받쳐 들고 은채 앞으로 갔다. 숙자가 은쟁반을 내밀자, 은 회장과 영희는 칵테일 잔을 집어 들었다. 은채는 "괜찮습니다."라며 사양을 했다. 역시 흔들리지 않았다. 숙자를 그저 고용된 일꾼으로 자연스럽게 대했다. 숙자는 돌아서면서 입술을 깨물었다.

'네가 언제까지 그런 태연한 자세를 유지할지, 두고 보자.'

그때 민우와 지수가 눈에 띄었다. 지수는 아름다웠고 무엇보다 아주 많이 행복해 보였다. 민우는 세련되고 멋졌다. 숙자는 '픽' 웃음이 터져 나왔다.

'애야, 지금 니 옆에 있는 남자는 가짜야, 가짜. 진짜가 하나도 없단다.'

지수가 옆에 있기라도 한 듯, 숙자는 속삭였다. 갑자기 기분이 좋아졌다. 지수가 누구한테 불려 가 한 무리에게 인사를 하는 동안, 민우는 잠깐 혼자 서 있었다. 숙자는 재빨리 은쟁반에 칵테일 잔을 받쳐 들고 민우에게 다가갔다. 민우는 숙자를 보자 흠칫했다.

'그래도 니 엄마보다는 정직하구나.'

숙자는 민우의 긴장된 꿈틀거림이 마음에 들었다. 민우가 칵테일 잔을 잡아서 마시는 시늉만 하는 동안, 숙자는 민우 곁에 바싹 붙어서 속삭였다.

"내가 멋진 결혼선물 하나 할게. 휴대폰에 녹음된 거 없어. 아무것도."

숙자는 다시 칵테일 잔을 받쳐 든 은쟁반을 들고 사람들 틈을 누비기 시작했다. 시간이 맛있게 흘러가고 있었다. 숙자가 뒤쪽 구석진 곳에서 디저트로 나갈 케익과 과일을 체크하고 있는데 민우가 주위를 살피며 조심스럽게 다가왔다.

"이모, 그거 정말이지? 휴대폰에 녹음된 거 없다는 거?"

"자식, 쫄았구나. 없어."

"고마워, 이모, 정말 고마워."

숙자는 점점 더 기분이 좋아졌다. 민우가 연하고 순한 작은 새 같았다. 모가지 비틀기 너무 쉽고 간단한.

"고마워하긴 좀 이른데, 내 머릿속에 다 녹음되어 있잖아. 그깟 휴대폰이 문제니? 아, 물론 니가 잘하면 내 머릿속 녹음도 싹 다 지울 수 있어. 어서 가봐. 누가 보면 어쩌려고."

민우는 빠른 걸음으로 사라졌다.

'아, 이제 내 시대가 오는구나.'

숙자는 새하얀 접시에 올려진 예쁜 조각품 같은 디저트에 침을 투투투 뱉기 시작했다.

이걸 맛있다고 먹겠지. 잘난 것들아.

숙자는 유쾌하기 이를 데가 없었다.

피로연장에서 윤호와 지영의 재결합이 발표되었고, 동시에 둘의 결혼식도 진행되었다. 미리 계획된 것이라 웨딩드레스를 입은 지영과 턱시도를 입은 윤호가 팔짱을 끼고 나타났다. 웨딩드레스와 턱시도는 요란하지 않고 단정했다. 지수가 재빨리 준비된 부케를 지영에게 쥐여줬다. 오케스트라의 결혼행진곡에 맞춰서 빨간 카펫을 밟으며 걷고 있는 윤호와 지영은 더없이 행복해 보였다. 영희는 눈물을 훔쳤다.

'내 새끼들, 제발 행복하게 잘 살아라.'

지영과 윤호 그리고 지수와 민우가 나란히 서자, 우레와 같은 박수와 환호가 터져 나왔다. 동시에 폭죽이 터지면서 밤하늘을 아름답게 수놓았다. 너무도 멋진 밤이었다.

지수와 민우는 분가했다. 은 회장이 집안의 가풍도 익힐 겸 서로 부대끼고 살아야 가족애가 느껴진다면서 1년 정도는 같이 살자고 했지만, 지수가 원하지 않았다. 지수는 민우를 편하게 해주고 싶었다. 은 회장은 아쉬웠지만 지수의 뜻에 따랐다. 민우가 짐 정리를 위해서 본가를 찾았을 때 은채가 말했다.

"그동안 시주하면서 인연을 맺은 절이 있는데, 당분간 거기 들어가서 좀 쉴 게. 지수한테는 부산에 있는 친구 집에 가서 좀 쉬다 온다고 해라. 절이라면 연상되는 게 있어서 놀랄지 모르니까."

민우는 고개를 끄덕였다. 그동안 자기를 지키려고 엄마가 얼마나 노력했나? 진이 다 빠졌을 것이다. 엄마는 아무 생각 없이 팔다리를 쫙 펴고 누워서 무조건 쉬어야 한다.

어느 날 엄마가 초등학생인 민우를 안고, 민우의 머리를 쓰다듬으며 말했다.

"세상에서 가장 힘든 건, 자기보다 더 사랑하는 걸 가졌을 때란다.

그걸 지켜야 하니까."

그때는 이해 못 한 말을 지금은 이해할 수 있다.

"엄마, 지수는 신경 쓰지 않아도 돼."

지수는 아무것도 상관하지 않았다. 아파트를 주고, 카드를 주고, 돈을 주면서도 그걸 어디다 썼는지, 제대로 잘 활용하는지, 묻지 않았다. 항상 주는 데서 끝났다. 은채와 민우를 편하게 하기 위해서였다.

"민우야, 이제부터 제대로 된 사랑을 해. 그래야 너도 행복해져."

어휴, 또 그 소리. 민우는 짜증이 났지만 내색하지 않았다. 은 회장이 마련해 준 신혼집은 한강이 보이는 72평 아파트였다. 민우는 적응이 되지 않아서 잠을 설치고는 했다. '이런 거 아무것도 아니야. 물질은 중요하지 않아.' 그런 태도를 보이기 위해서 불면의 고통을 혼자 참아냈다. 다행히 지수는 순한 아기처럼 잠을 잘 자서 민우의 불면을 눈치채지 못했다.

민우는 냉철하게 처가 식구들을 분석했다. 의외로 말랑말랑한 구석이 없고 단단했다. 특히 가족 이기주의라고 붙여도 될 만큼 부모와 자식들이 똘똘 뭉쳐 있다. 이 집안에서 사위와 며느리는 크게 중요하지 않았다. 자식들의 행복을 위해서 그 전제하에 사랑하고 베풀고 따뜻하게 대해 줄 뿐이었다. 특히 장남의 위치는 견고했다. 지훈과 윤호는 고등학교 선후배 간인 데다 서로를 좋아했다. 그들은 민우를 잘 대해줬지만, 왠지 그 둘 사이에 끼어들 틈도 없고, 어색하고 어려웠다.

'초조해하지 말자. 기회가 있겠지. 자신이 돋보일 기회. 그러려면 위기가 와야 하는데 그 위기를 멋지게 한 방에 해결하게 되면 자신의 입지가 탄탄해질 텐데.'

민우는 얌전하게 굴었다. 무조건 순종적이지 않으면서 나대지 않고,

큰 욕심 없이 선하지만 자기 할 일은 딱 부러지게 해내는 능력 있는 남자.

어려웠다. 늘 계산해야 하고, 눈치 봐야 했다. 그래서 사는 게 힘들고 재미가 없었다. 이럴 때 남자는 새로운 여자를 탐닉하게 된다.

'지금은 아니다. 나중에는 그렇게 되겠지.'

생각만으로도 짜릿했다. 민우는 여자 대신 음식을 탐하기 시작했다. 민우는 맛집을 찾아다니는 취미생활을 시작했다. 지수와 함께 때로는 혼자. 지수는 배가 불러오면서 행복도 부풀기 시작했다.

민우는 좋은 남편이다. 무엇보다 식구들하고 잘 어울렸다. 지수는 결혼생활이 만족스러웠다.

그날 밤 민우는 서재에 앉아서 어둠이 둥둥 떠다니는 강을 바라보고 있었다. 좀처럼 잠을 이루지 못하는 날이면, 호텔 일을 핑계로 서재에서 시간을 보냈다. 그때 민우의 휴대폰이 울렸다. 밤 1시가 막 넘어가고 있었다. 낯선 번호라 잠시 망설이다가 받았다.

"이 민우 씨지요?"

상대는 민우를 확인한 후, 누군가에게 전화를 바꿔줬다. 잔뜩 취한 목소리가 쏟아져 나왔다. 숙자였다.

"민우야, 우리 민우 재벌 집 막내 사위, 나 좀 데리러 와라. 나 취해서 한 발걸음도 못 걷겠다. 너무 외로워서 마시고 또 마셨다. 니 엄마는 좋겠다. 너 같은 아들이 있어서. 너, 내 아들 하자. 내 새끼 하자. 니 엄마 멀리 쫓아 보내고. 이봐요, 바텐더, 얘가 내 조카인데 대단한 집 사위야. 어느 집 사위냐 하면."

그 다음 숙자의 목소리가 사라졌다. 처음 전화한 남자의 목소리가 다시 들렸다.

"손님이 너무 취해서 잠들었어요. 아, 영업 끝날 시간인데."

민우는 칵테일 바 위치를 묻고 바로 출발했다.

'이러고 떠들고 다니면 안 되는데, 이 아줌마 도대체 정신이 있는 거야? 없는 거야? 한 번으로 끝날 것 같지도 않고.'

민우는 숙자에게 깊고 날카로운 적의를 느꼈다. 민우는 술값을 계산하고 숙자를 업고 나와서 짐짝처럼 차 안에 던졌다. 숙자는 완전히 곯아떨어졌다. 민우는 숙자의 새 집, 지수가 엄마에게 선물한 아파트 앞에서 숙자의 지문으로 문을 열었다.

"지문도 되고, 눈동자도 돼. 신기한 세상이다."

숙자가 신바람이 나서 여러 번 말했다. 민우는 숙자를 안방 침대 위에 던졌다. 물컹물컹한 게 뱀처럼 징그럽고 싫었다. 민우는 나가려다가 반쯤 열린 장롱 앞으로 다가갔다. 명품 옷과 명품백이 가득했다. 채 꺼내지 못한 여러 개의 쇼핑백 안에도 가방과 옷이 잔뜩 들어 있었다. 화장대 위 역시 값비싼 화장품이 즐비했고, 서랍을 여니, 반짝거리는 보석 반지, 목걸이, 귀걸이 등이 돼지 저금통에서 꺼낸 동전만큼 수북이 쌓여 있었다. 어이가 없었다. 민우는 숙자를 돌아봤다. 추하고 쉰내 나는 욕망덩어리가 누워 자고 있었다.

'내 엄마가 누려야 될 걸, 가로채고도 당당하고, 미안한 게 조금도 없는 여자.'

순간 민우는 저런 숙자의 모습을 어디선가 본 듯했다. 갑자기 등줄기를 아프게 훑고 지나가는 한기를 느꼈다.

그때 네 살인가? 나는 벌벌 떨고 서 있는 엄마의 등에 업혀 있었다. 모텔 싸구려 침대에서 숙자가 저렇게 누워있었다. 엄마는 쓰러지지 않으려고 안간힘을 쓰며 서 있었고, 아버지는 당황해서 어떤 말도 하지 못했다. 엄마는 그 방을 뛰쳐나왔고 곧 아버지가 쫓아 나왔다. 뭔가 안타깝고 간절한 외침이 있었다. "은채야, 아니야, 아니야!" 그랬나? 아주 오래전 일인데 새벽안개 걷힌 신작로처럼 그 모습이 차츰차츰 드러났다. 민우는 침을 꿀꺽 삼켰다. 민우는 천천히 다가가서 숙자의 가방에서 지갑을 꺼냈다. 망설임 없이. 그 안에서 은 지수 이름의 다이아몬드가 박힌 VVIP 카드를 뺐다. 민우는 바로 나왔다. 주머니 안에 들어있는 카드를 다시 만져 보았다. 사방의 어둠은 더 깊게 내려앉았다. 민우는 입술을 깨물었다.

[14]

"아이고 이게 누꼬? 지수 아이가? 와, 눈에 띄게 배가 불렀네."

여옥은 지수의 손을 잡고 반가워했다.

"어머니, 잘 지내셨지요?"

"아이다. 승질 드런 아가 옆에서 꼬장 부리는데, 내가 잘 지낼 턱이
있노?"

"엄만 내가 언제?"

소미가 발칵 했다. 여옥은 소미를 가볍게 무시하고 말을 이었다.

"조심해야 할낀데, 모하러 예까지 왔노? 아 부르지, 할 일 없어 빈둥빈
둥 놀고먹는 날이 천지 삐깔인데."

"부탁할 사람이 와야지요."

"가만, 아직 저녁 전이제? 내 오늘 솜씨 한번 부릴끼다. 기깔나게.
운전기사도 들어오라케라. 밥 묵자고."

"엄마, 지금 3시야, 무슨 저녁."

"지금부터 준비해도 시간 모자를끼다. 지수야, 니는 그동안 한숨 자라

254

얼매나 피곤하겠노? 먼 길 오느라."

"차 안에서 잤어요."

"아, 이거 뭘 해야 하노? 아, 우리 지수 두릅 좋아하제? 내 산처럼
데쳐놀끼다. 많이 묵고가라."

"암튼 울 엄마 뺑은."

지수는 여옥의 호들갑스러운 환영이 즐거웠다. 지수와 소미는 들길을
걸었다. 어디선가 '음메' 엄마소 부르는 송아지 울음도 들리고, '멍 멍
멍' 강아지 짖는 소리도 가깝게 들렸다. 참 평화롭다.

"이제 그만하고 서울 올라와."

"미안해서 싫어."

"내가 누구 덕에 결혼해서 행복하게 잘 살고 있는데, 다 네 덕이야."

"무슨 소리야?"

"나, 행복할 자신이 없어서 늘 달아날 생각만 했어. 그런데 절벽 앞에
서보니 누굴 사랑하는지, 누구와 함께 해야 행복한지 알겠더라."

"그래도 내 부주의로 네가 얼마나 궁지에 몰렸니? 나, 못 가."

"그럼 평생 여기서 엄마하고 투닥거리며 살 거야?"

소미는 저절로 한숨이 나왔다. 사실 여기서 더는 못 살겠다. 서울이,
직장이, 너무도 그리웠다.

지수는 소미의 손을 잡았다.

"소미야, 나 욕심이 많아졌어. 행복하면 욕심이 줄어들어야 하는데,
그 반대더라. 남편도 있고 아기도 있고 이제 친구도 있어야겠어. 내 옆에
있어 줘. 부탁이야."

소미는 뭉클해지며 눈물이 뚝뚝 떨어졌다.

"미안해. 내가 생각이 짧았어, 네가 많이 불편했을 거야. 친구라도 직

급이 다른데."

"아니야, 넌 언제나 내 친구였어."

"그래서 이번에 홍보실로 발령 냈어. 너 글쓰기 좋아하잖아. 사보 편집하면서 작가 수업도 받아봐."

"지수야."

소미는 '와락' 지수를 안았다.

"고마워. 지수야."

그때 어디선가 듣기 좋은 바리톤 음성이 날아왔다.

"햇빛 쨍쨍한 대낮에, 이게 무슨 시츄에이션인가? 여자들끼리 끌어안고 난리 났네."

소미가 소리 나는 쪽을 돌아보니, 수호가 건들거리며 서 있었다.

"너 경찰서 짤렸니? 왜 서울 안가고 여기서 비실대니?"

"내 천직이 강력계 형사야. 누가 날 짤라? 아, 안녕하십니까? 소미와 썸만 타는 초등학교 동창이자, 꼼짝 마. 다 죽었어. 강력계 형사 성 수호입니다."

"소미 친구예요. 은 지수라고 합니다."

"아, 그 은 지수 씨요?"

수호가 무슨 말을 할지 몰라서, 소미는 다급하게 수호의 팔을 꼬집었다.

"아야야, 무슨 애정 표현을 이렇게 격하게 하냐?"

"너 왜 자꾸 내 앞에서 얼씬거리는데?"

"보고 싶어서 그런다."

"가라, 좋게 말할 때."

"그렇지 않아도 서울 간다. 나 없으면 우리 경찰서가 안 돌아간다.

놀다 가십시오."

수호는 유쾌하게 손을 흔들며 빠른 걸음으로 지나갔다.

"참 달라진 게 없어."

소미는 투덜거렸지만 수호의 뒷모습을 오래 지켜봤다.

"너 좋아하는 거 같던데?"

"나도 좋아해."

"뭐? 근데 왜 아직도 썸이야?"

"쟤네 누나들 때문이야. 쟤 누나들 다 깻잎머리 출신이야."

"뭐?"

"누나가 넷인데, 어리숙한 막내 남동생 보호하겠다고 짱돌 들고 다녔
어. 누가 쟤 조금만 건들기라도 하면 어디서 원더우먼처럼 나타나 두들
겨 팼다니까. 저 집에 시집가봐. 내 명에 살기 힘들 거다."

"그거야 어렸을 때 얘기고."

"사람 안 변해. 쟤네 누나들. 아이고, 저기 오네. 둘째 누나. 제일 극성
이야."

"아이고 이게 누꼬? 우리 이쁜 소미 아이가?"

"안녕하세요?"

"누구? 친구?"

"네. 소미 친구예요."

"끼리끼리 만난다더니, 친구도 억수로 이쁘네. 아직 저녁 전이제?"

수희는 장바구니를 뒤적이더니 맨손으로 물이 뚝뚝 떨어지는 오징어
한 마리를 잡아 올렸다.

"이거 미나리랑 오이 넣고 초고추장에 무쳐 먹으면 기막힐끼다. 초고
추장에 설탕 말고 꿀 넣어라. 꿀."

수희는 매끈매끈한 오징어를 소미 손에 쥐여 주고 갔다.

소미는 얼굴을 찌푸리며 투덜댔다.

"암튼, 다 지멋대로라니까."

"오징어 싱싱해서 맛있겠다."

"이걸 어떻게 들고 가니? 참."

소미는 말은 그렇게 해도, 미끌거리는 오징어를 떨어트리지 않으려고 두 손으로 감싸 쥐었다.

"누나 괜찮아 보이는데?"

"나한텐 잘하는 편이야."

"좋은 징조야, 가만, 나 너한테 저 형사 얘기 들은 것 같다. 못생긴 애가 잘생겼다고 착각하면서 사는 거 비극이니? 희극이니? 이렇게 나한테 물은 적 있지? 저 형사 얘기지?"

"그런 얘기를 했나? 빨리 가자. 오징어 감촉 미끄덩한 게, 징그러워 죽겠다아."

지수와 소미는 걸음을 빨리했다.

"아, 참, 이번에 후생복지 차원으로, 너 있을 오피스텔, 회사 이름으로 구해 놨어."

"뭐? 안 그래도 돼. 미안해 죽겠는데, 나 돈 있어. 원룸 정도는 구할 수 있어."

"후생복지 차원이야. 아무 말 마셔."

소미는 눈물을 참으려고 고개를 숙였다. 고맙다 친구야.

소미는 서울 올라오자마자, 숙자를 찾아갔다. 그동안 서로 연락을 하지 않았다. 숙자는 소미가 힘들 거라고 생각하고, 일부로 연락을 안 한 듯했다. 숙자의 정성 가득한 도시락과 따뜻한 미소가 그리웠다. 소미에게 숙자는 이모였다.

"네? 뭐라고요?"

소미는 자지러질 듯 놀라며, 숙자에게 줄 과일 바구니를 떨어뜨렸다.

"우리도 너무 놀랐어."

주방장은 떼구루루 구르는 사과를 집어 들며 말했다.

"자살이라니요? 말도 안 돼요. 그럴 리 없어요."

"우리도 그렇게 생각했다니까. 근데 유서가 나왔어."

"유서요?"

"응. 필적 조사도 했어. 나도 경찰서 여러 번 불려 갔어. 그 전에 숙자 씨가 사표를 냈어."

"사표요? 왜요?"

"몰라, 불쑥 냈다니까. 뭐 사업을 한 대나? 아주 신났어. 그래서 우리 주방 식구들 모두 좋은 일로 떠나는 거니까 축하해 주자고 했는데. 정말 어이가 없어서. 날벼락이 따로 없다니까 이래서 어디 사람이 산다고 할 수 있겠어?"

"왜요? 왜 자살했대요?"

소미는 목소리부터 온몸이 와들와들 떨리기 시작했다.

'아니야. 그럴 리 없어. 이건 아주 나쁜 꿈일 뿐이야. 이모가 왜? 얼마나 씩씩하고 매사에 긍정적이었는데.'

"우울증이 깊었나 봐. 오랫동안 신경정신과 다니며 치료받았대. 병원 갈 때마다 의사한테 죽고 싶다고 했다더라고. 우리는 감쪽같이 몰랐어."

"아니에요. 그럴 리 없어요."

"우리도 마찬가지야. 지금도 짠하고 나타날 것 같다니까. 사람이 아주 단단했는데, 찔러도 피 한 방울 안 날 것 같다고 그랬는데. 사람 겉만 보지, 속은 몰라."

"장례식은요? 딸하고 사위가 왔어요?"

"무슨 소리야? 숙자 씨 결혼한 적 없어. 미혼이야."

"독일에 딸하고 사위하고 있어요."

"그래? 소미 씨 숙자 씨하고 꽤 가까웠나 보네. 집안 사정도 잘 알고. 근데 아무도 안 왔어. 참 적막강산같이 쓸쓸한 장례식이었어. 우리가 전부야. 우리 없으면 무연고로 처리될 뻔했어. 아, 가족관계 증명서에도 아무도 없다던데. 경찰서에서 다 조사한 모양이야."

"그럴 리가 없는데."

"그럼 미혼모였나? 아이는 아버지 호적에 올라갔고. 어쨌든 참 가여운 인생이야."

"저, 가볼게요."

"이 과일 바구니는?"

"드세요."

"알았어. 참 이번에 홍보실 대리로 발령받았다면서? 비서실보다 백번 났지. 거긴 자유가 없잖아."

소미는 꾸벅 인사를 하고 돌아섰다. 다리가 휘청거려서 걸을 수가 없었다. 가까스로 소미는 직원식당 의자에 앉았다. 망치로 머리를 한 대 맞은 것처럼 머리에 심한 통증이 느껴지더니 온몸이 찌릿찌릿 저려왔다.

'도대체 내가 뭘 모른 건가? 나는 받기만 했나 보다. 나는 겨우 이런 사람인가?'

소미는 자책감을 느끼면서 엉엉 울었다. 소미는 며칠 동안 앓아누웠다. 출근 날짜가 다가와서야 겨우 몸을 일으키고 정상 생활에 돌입했다.

그러나 소미의 마음은 깊고 어두운 동굴에 떨어진 것처럼 아프고 두렵기까지 했다. 이런 잔인한 의외성이 있는 세상이라면 살기가 겁이 났다.

소미는 출근하면서 마음이 조금씩 가라앉았다. 할 일이 있다는 게 다행이었다. 첫 월급을 받고 소미는 성수동 구둣가게를 찾았다. 기분전환을 하고 싶었다.

할아버지는 건강하신가? 할아버지는 자신을 단순한 손님으로 대하지 않았다. 늘 멀리 떨어져 사는 손녀딸처럼 자상하게 안부를 물어주고, 가격도 개업 기념 세일이라며 어색하지 않게 깎아주었다.

'이번에는 내가 할아버지 안부를 꼼꼼하게 물어봐야지. 어려운 일은 없으신가? 살펴봐야지.'

'나는 참 인복이 많구나. 지수도, 숙자 이모도, 구둣가게 할아버지까지.' 그동안 받기만 한 죄스러움이 소미의 마음을 따갑게 찔렀다.

성수동 구둣가게 골목을 들어서니, 맨 끝에 위치한 숫자 2라는 간판이 보였다. 얼마만인가? 왈칵 반가움이 몰려왔다. 그리고 떠오르는 얼굴 숙자이모.

"나, 언젠가는 여기서 구두 열 켤레 한꺼번에 맞출 거야. 꼭 그럴 거야."

이모는 할아버지가 만든 구두를 아주 좋아했다. 왜 나는 이모한테 구두 한 켤레 선물할 생각을 못 했을까? 늘 받기만 하고 그건 어느새 당연한 쪽으로 자리를 잡았다.

'미안해, 이모.'

소미는 중얼거리며 가게 문을 밀었다.

"안녕하세요? 할아버지."

"이게 누구야? 소미 씨."

할아버지는 자리에서 벌떡 일어날 정도로 반가워했다.

"그동안 별일 없으셨지요?"

"나야, 그날이 그 날이지. 근데 왜 그렇게 안 왔어? 난 어디 섬으로 시집갔나 했네."

할아버지의 농담에 소미는 오랜만에 유쾌하게 웃었다.

"전화하려고 했는데, 번호를 분명 적어놨는데, 아무리 찾아도 없더라고."

"그렇게 제가 궁금하셨어요?"

"그것도 그렇고, 왜 그 여자분, 소미 씨와 같이 오던 여자분 있지?"

숙자 이모? 소미는 잔뜩 긴장된 표정으로 할아버지를 바라보았다.

"그 여자분 이름이 숙자, 김 숙자 씨지?"

"네, 근데 왜요?"

"글쎄, 구두를 열 켤레나 맞추고 현금으로 돈 다 내고 찾으러 오지를 않네."

"네? 그게 무슨?"

소미는 가슴이 덜컥 내려앉았다.

"돈 자랑 하고 싶어 아주 안달이 났더라고. 내가 눈 딱 감고 좀 받아줄 걸. 괜히 꼴 보기 싫어서 한 방 먹였지. 김 숙자 씨한테 구두 찾아가라고 연락 좀 해줘. 아주 까다로운 손님이었어. 구두 굽 높이를 다 다르게 했어. 뭐 일할 때는 3센티, 파티 갈 때는 10센티, 이러면서 절대 틀리지 말라고 신신당부하더라고. 맘에만 들면 돈은 얼마든지 준다는 말을 계속 해대면서."

소미는 다리가 후들거려서 테이블 모서리를 꽉 잡았다.

"왜 그래? 어디 아파?"

"아, 아니에요. 할아버지. 저 다음에 올게요."

소미는 급히 밖으로 나왔다.

'자살이 아니다. 이모는 자살이 아니다. 구두 굽 높이를 용도에 따라다 다르게 열 켤레나 맞춘 사람이 자살할 리가 없다.'

소미는 택시를 잡아탔다. 수호, 강력계 형사 수호를 만나기 위해서. 수호는 경찰서 근처 카페에서 소미의 이야기를 듣기 시작했다. 소미의 얼굴은 하얗게 질려 있었고, 몇 번이나 말을 멈추고 심호흡을 했다. 그러다 물을 벌컥벌컥 마시고, 한마디로 제정신이 아닌 듯했다. 소미의 입에서 '김 숙자'라는 이름이 튀어나오자, 이번에는 수호가 놀란 가슴을 진정할 수 없어서 오른손으로 왼쪽 가슴을 꾹꾹 눌렀다.

"김 숙자 씨? 광장동 고려호텔 구내식당에 근무하는?"

"네가 어떻게 그걸 알아?"

"우리 관할이야. 우리 팀에서 맡았어."

"뭐? 그, 그래?"

소미는 덜덜 떨리는 손으로 빈 물컵을 들었다. 수호가 자신의 물컵으로 바꿔 쥐여줬다. 소미는 단숨에 물을 다 마셨다.

"정말 자살이야?"

수호는 고개를 끄덕였다.

자필로 쓴 유서가 있었고, 집안에는 외부 침입자 흔적이 없었다. 거기다 오랫동안 우울증 치료를 받았는데, 의사 말로는 죽고 싶다는 말을 너무 자주 해서 입원을 권한 적도 있다고 했다. 물론 입원은 안 했지만, 치료받으러 올 때마다, 옥상에서 뛰어내리고 싶다고, 그 순간 겨드랑이에서 날개가 쑥 돋아 가볍게 뛰어내릴 것 같다고, 중증 증상을 보여서 약 종류가 늘어났다고 했다. 우울증이 원인인 자살. 그렇게 결론을 내렸다. 게다가 관내에서 대형 마약밀수 사건이 터지는 바람에 비교적 빨리 마무리가 되었다. 무엇보다 자필유서가 큰 힘을 발휘했다. 그런데 이게 무슨 소리인가? 구두를 열 켤레나 맞추다니. 물론 자살하기 전에 평소 하고 싶은 걸 해 보고 죽는 사람도 있다. 그러나 뭔가 이상하다. 수호는 소미와 함께 할아버지 구둣가게로 갔다.

"뭐? 자살? 아니야. 절대 그럴 사람 아니야. 이거 봐."

할아버지는 노트 한 권을 내밀었다.

"이거 내가 손님들 요구 조건을 적어 놓는 공책이야. 한 번 읽어 봐."

수호는 할아버지가 펴준 페이지를 읽어 내려갔다.

1. 작은 진주가 달려있는 리본 구두, 화이트. 굽 10센티. 파티용

2. 단순하지만 아주 고급스러운 분위기로 가는 금색 실이 두 줄 박힌 옅은 브라운 색. 굽 3센티. 바쁜 일상용

3. 우울할 때 신나게 춤추고 싶은, 블링블링한 반짝이가 가운데 일자로 박혀 있는 블루, 굽 7센티 기분 전환용

이런 식으로 상세하게 10개의 구두모양과 색깔이 적혀 있었다.

맨 끝에 특징, 돈은 얼마든지를 입에 달고 있고, 뭔가 들뜨고 신바람난 여자, 로또 당첨 일곱 번 정도 하면 그렇게 될 듯. 이렇게 쓰여 있었다.

"참 묘한 여자였어. 무식한 것 같기도 하고, 유식한 것 같기도 하고, 표현이 날아갈 듯 뛰어났어. 그 여자가 말한 그대로 적은 거야. 이런 여자가 자살? 왜? 살고 싶어 안달이 났다면 몰라도."

"그러니까 어르신 생각으로는 절대 아니라는 거지요? 죽기 전에 해 보고 싶은 거 다 해 보자 하는 사람도 있어요."

수호가 말했다.

"그러면 구두만 맞추지. 이렇게 꼼꼼하게 요구 조건을 달겠나? 아주 힘차게 살아갈 사람이었어. 그냥 들뜬 게 아니라 의욕도 보였고 다짐도 보였고. 아, 무슨 사업을 시작한다고 했는데 뭔가 자랑하고 싶어 안달이 었는데, 내가 무시했어. 이럴 줄 알았으면 다 들어 줄 걸."

할아버지는 숙자가 맞춘 구두 열 켤레를 갖고 와서 일렬로 쭉 늘어트려 놓았다. 그 구두들을 보는 순간, 수호도 소미도 확신했다.

'자살이 아니다!'

[15]

수호는 일단 경찰서로 들어왔다. 다시 조사를 해 볼 생각이었다. 소미가 함께 다니자고 덤볐지만, 수호는 거절했다. 대신 새로운 사실이 발견될 때마다 알려주겠다고 약속했다. 부드러운 분위기를 위해서 여자의 동행이 필요할 때는 함께 가기로 했다. 수호는 이 상황을 보고하고 재조사가 필요하다고 주장했지만, 계속 터지는 마약 사건 때문에 인원이 부족하여 여기저기 읍소하며 지원받느라 분위기가 어수선했다

"유서 있잖아, 그 정신과 의사도 올 때마다 '죽고 싶다'를 입에 달고 살았다고 했고. 그 의사 표정 봤잖아? 그 정도면 자살하는 거 하나도 이상할 것 없다는 표정. 그렇게 열심히 치료를 받았다면서 그럼 좀 낫게 해줄 일이지. 그리고 너무 구두에 꽂히지 마. 죽기 전에 구두 호사 한번 누리고 싶었나 보지, 신고 다니는 것보다 맞출 때 희열이 더 클 수 있어. 지금 정신없이 눈 돌아가는데 자다가 봉창 두드리는 소리, 제발 하지 마라."

선배 이 형사는 으르렁거렸다. 사건이 연일 터지는 바람에 집에 못

들어간 지 벌써 일주일째다. 신혼의 어린 아내가 달아날지도 모르겠다. 그런데 이런 한가한 소리를 하다니 이 형사는 주먹으로 가볍게 수호의 배를 쳤다. 수호는 더 이상 말하지 않았다. 일단 혼자 조사를 시작하고, 어느 정도 확신과 증거가 나오면 그때 다시 얘기할 생각이다. 사인은 청산가리였다. 맛이 쓰고 무취인 청산가리는 아주 강한 독극물이다. 숙자는 소주를 한 병 다 마시고 두 번째 소주병에 청산가리를 타서 마셨다. 바로 소주에 타서 마시지 않은 걸로 봐서 죽을 용기가 필요했는지도 모른다. 술에 취하면 세상이 내 발아래 깔리기 시작하니까. 처음에는 그렇게 생각했다. 그런데 아니다. 누군가가 소주 한 병을 같이 마시고, 그 다음에 남아있는 다른 소주병에 청산가리를 넣었다. 범인은 마시는 척만 했을 테니, 숙자 혼자 소주 한 병을 다 마신 셈이다. 상대가 술에 취했으니 청산가리를 소주병에 몰래 넣는 건 어렵지 않았을 것이다.

　－과연 누가?－

　수호는 편지지 위에 쓴 숙자의 유서 내용을 다시 꼼꼼히 살펴보았다. 무연고자라 중요한 몇 개의 유류품은 서에서 보관하고 있었다. 내용은 간단했다.

　나한테만 유독 야박하고 힘든 인생이었지만 그래도 좋았다고, 태어나서 세상 구경한 게 다행이었다고, 생각하고 떠납니다. 화장해서 강에 뿌려주세요. 흘러 흘러 가게. 참 공평치 않은 세상, 저 위 하늘나라는 공평할까요? 그래도 유감없이 떠납니다.

　볼펜으로 쓴 글씨는 반듯하고 큼직큼직했다. 처음 봤을 때도 느낀 건데, 편지지가 오래된 듯 좀 바래 있었다. 당장 산 게 아니라 집에 보관한 걸 꺼내서 쓴 거겠지. 그런 생각을 하며 다시 봉투에 넣으려는 순간, 뭔가 아른거렸다. 눈이 나쁜 수호는 바짝 안경테를 당기며 다시 들여다봤다. 편지지 위에 희미하게 네잎클로버가 그려져 있었고 숫자가 쓰여 있었다. 수호는 편지지에 얼굴을 바짝댔다. 숫자는 30이었다. 뭘 의미하는 건가? 30이라. 가만, 네잎클로버가 그려져 있고, 숫자 30이 쓰여져 있는 편지지. 어느 문구업체에서 만들었나 찾아낼 수 있을 것 같다. 흔하지 않기 때문이다. 수호는 일단 서울에 있는 문구업체를 뒤지기 시작했다. 시간이 꽤 걸릴 듯하다. 지원도 못 받고 시간 날 때마다 틈틈이 조사할 수밖에 없는 상황이다. 소미에게 협조 요청을 할까 하다가 바로 포기했다. 소미는 기필코 범인을 찾아내겠다는 각오가 너무 뜨겁고 절절해서 터지기 일보 직전의 수류탄 같았다. 언제라도 상식을 벗어나 돌진할 수 있다. 혼자 하는 게 속 편했다. 시내 중심의 큰 문구업체부터 뒤지기 시작했다. 판매하기 쉬운 평범한 편지지가 아니고, 뭔가 포인트를 줘서 만들었다면 규모가 제법 있을 것이라 생각했다. 운이 좋았다. 여름을 지나 가을로 접어들기 시작한 9월 초 수호는 합정동에 있는 한 문구업체를 찾아갔다. 오래된 동네 길모퉁이 카페에서는 이브 몽땅의 샹송 '고엽'이 흘러나왔다. 패션잡지와 카페 음악이 계절을 선도한다는 말을 어디선가 들은 적이 있다. 규모가 그리 크지는 않았지만, 3대째 가업으로 내려오는 문구업체였다. 수호는 근속 20년이라고 자랑하는 직원에게 편지지를 보여줬다. 직원은 고개를 갸웃거렸다.

"글쎄요, 우리가 만든 게 아닌 것 같습니다. 우리는 편지지에 이런 그림 넣지 않습니다. 개인의 취향이 다 다르지만, 평범한 게 가장 잘 팔리니까요."

수호는 신입인 듯해서 포기하려 했던 젊은 직원 두 명에게도 다시 한

268

번 확인하고 돌아섰다. 그때 몸집이 큰 여자가 "비가 오려나" 하면서 들어 왔다. 큰 몸집에 짧은 머리, 추리닝 차림이라 얼핏 남자같이 보였다. 여자는 눈짓으로 직원에게 수호의 존재를 물었다. 수호가 바로 인사를 했다.

"안녕하십니까? 형사 성 수호입니다. 좀 알아볼 게 있어서요."

수호는 큰 기대 없이 편지지를 꺼내서 보여줬다. 여자는 편지지를 보자마자 몸을 흔들며 "하하하" 웃었다. 웃음소리도 남자 같았다.

"이거 여기서 만든 거예요."

"아니, 난 본 적이 없는데."

"과장님, 그때 육아 휴직 들어갔잖아요? 늦둥이 막내. 암튼 유난은, 이런 작은 회사에 큰 회사 후생 복지를 갖다 써먹는 사람은 과장님뿐이라니까."

"에이, 너무 그러지 마. 순영 씨 나도 엄청 미안했어. 근데 마누라가 나보다 더 버는데 어떡해? 내가 들어앉아야지."

"이거 여기서 만든 편지지 맞습니까?"

수호는 다급했다. 두 사람의 핑퐁 튀듯 오고 가는 이야기를 더 이상 들어 줄 수 없었다.

"네, 암튼 우리 오라버니, 아내 사랑 하나는 끔찍하다니까. 다른 건 다 샌님인데, 그것만 난리브루스를 치니."

"그래서 사모님이 아직도 구첩반상 아침 차려 주시잖아."

"그럼 과장님은 그것도 못 얻어먹고 돈 벌러 다녀요?"

"그거 쉽지 않아."

"좀 자세히 설명해주십시오."

수호는 다시 두 사람의 대화를 잘랐다.

"이거, 무슨 뜻이냐면 결혼 30주년 기념, 요, 30은 그거고요. 네잎클로버는 하하하 이게 간질간질 웃겨요. 뭐 자기들이 많고 많은 사람 중에 만나서 부부가 된 건 행운이래요. 그래서 네잎클로버 그려 넣은 거고, 아니 아직도 짝을 못 찾아서 빌빌대는 막내 여동생 보기 미안하지도 않나?"

"이 편지지 언제 만들어서 판매했습니까?"

"7년 전에요. 결혼 30주년 기념으로 한 거니까."

"그럼 언제까지 만들었습니까?"

"그때뿐이에요. 일회성으로. 돈만 들고 수익은 안 나는 짓을 지들 사랑 광고하느라 만들었다니까요. 암튼 허당이라니까 우리 오빠. 장미다발에 돈 봉투 안기면 되는 일을, 그나마 다행인 건 천 장 정도밖에 안 만들어서 이곳저곳에 기증했어요. 고정 거래처인 문구점에 내지 않고."

수호는 침을 꿀꺽 삼켰다.

"이 편지지 기증한 곳을 알 수 있을까요?"

"뭐 고아원, 양로원, 학교 그런 곳들이요. 열악한데 도움을 주고 싶었나 봐요. 우리 오빠가 대책 없이 좀 착해요. 학교는 아이들이 국군장병한테 위문 편지 쓴다고 보낸 거예요. 요새 그거 쓰는 학교 거의 없는데 착한데다 순진하고. 결론은 좀 떨떨해요, 그러니까 이런 거 만들지. 행운은 무슨, '너 때문에 행복해'가 결혼하면 '너 때문에 지겨워'로 바로 바뀐다는데."

여자는 말이 많았다.

"학교는 어느 학교입니까? 한 군데만 보냈습니까?"

"어휴."

여자는 치를 떨 듯 몸을 흔들었다.

"딱 한 군데요. 청주에 있는 중학교요. 그때 거기 수학 선생하고 내가 연애를 했거든요. 그렇게 후원을 해줬는데."

"아, 그 밥 많이 먹어서 쌀값 걱정된다고 찬 놈? 수학 선생 맞지?"

직원이 히쭉 웃으며 말했다.

"왜 그래요? 다 지나간 일을. 아, 거기도 보냈다. 우리 오빠랑 죽고 못 사는 불알친구가 있는데, 거기도 보냈어요. 유서 쓰는 데 필요하다고."

'헉.'

순간 수호는 숨이 멎는 듯했다. 유서라는 단어는 그만큼 강력한 힘을 발휘했다.

"그, 그게 어딘데요?"

수호의 목소리가 떨려 나왔다.

"죽음체험관이래나 뭐래나. 사는 것도 힘든데 죽음까지 체험할 필요가 있나?"

"무슨 소리. 그거 체험하고 새 사람된 사람도 많아. 인생관이 확 바뀔 수도 있다니까. 결국 죽는데 이렇게 악착같이 욕심을 끌어안고 살아서 뭐 하나? 착하게 반성하게 된다던데?"

직원이 색 색깔의 어린이용 가위를 상자에 담으며 말했다.

"암튼, 난 싫어요. 연애체험관이라면 몰라도."

수호는 바로 여자가 알려준 죽음체험관으로 갔다. 서울 근교에 있는, 목재를 이용하고 군데군데 포인트로 빨간 벽돌을 붙인, 얼핏 보면 중세기 미술관처럼 고풍스러운 곳이었다.

죽음체험관의 프로그램은 침상에서 마지막 호흡, 유서쓰기, 관속에 들어가 10분 있기, 체험 후 그룹별로 소감 발표하기 순이었다.

'죽음이 종착역인 우리에게 뭔가 모으기 위해서 앞만 보고 달리는 삶이란 얼마나 허망한가?'

'욕심은 스스로 자유에 족쇄를 채우는 자해행위일 뿐이다.'

'즐겁게 살고 가볍게 떠나기'

이런 것들이 쓰여 있는 팸플릿이 군데군데 놓여 있었다. 자신을 이곳에서 가장 오래 근무한 이 실장이라고 소개한 여자는 다행히 친절했다.

"네, 맞아요. 이 편지지, 대표님이 친구분한테 기증받았다면서 300장쯤 가져와서 유서 쓰기에 이용했어요."

"그게 언제쯤이었나요? 7년 전이라고 하던데."

"아마 그럴 거예요. 그분들 결혼기념일에 맞춰서 제작한 거라고 들었어요. 8월 중순쯤이었어요. 제가 왜 그렇게 더운 날 결혼을 하셨냐고 대표님께 물었더니 결혼 비수기라 예식장을 싸게 빌릴 수 있어서 그랬대요. 에어컨이 제대로 작동이 안 돼서 땀만 흘리다 나온 기억밖에 없다고 하셨어요. 나중에 하객들 고생했다고 우산 하나씩 돌렸다고 했고."

"이 편지지는 언제 다 소모됐습니까?"

"하루에 몇십 명씩 단체로 올 때도 있어서, 얼마 못 가 다 썼어요."

"아, 네."

수호는 사진을 꺼내서 이 실장에게 보여줬다. 소미한테 얻은 숙자의 사진이었다.

"혹시 이분 기억나세요? 7년 전이라. 어렵겠지만."

"글쎄요. 그러니까 이분이 7년 전 8월 전후로 여기 왔나 알고 싶은 거지요?"

"네, 맞습니다."

"여기 와서 체험하는 사진들을 년도 별로 모아 놓은 앨범이 있어요.

십 년 단위로 보관하고 있으니까 7년 전 게 있을 거예요"

"정말입니까? 그럼 빨리 보여 주십시오."

수호는 떨리는 목소리로 와락 덤벼들었다. 이 실장은 10개의 앨범이 차곡차곡 쌓여 있는 서재 책장 안에서 '2018'년이라고 쓰인 앨범을 꺼냈다. 날짜별로 잘 정돈된 사진들을 팔랑팔랑 넘기자 '8'이란 큼지막한 숫자가 나왔다.

"여기부터가 8월이에요."

수호는 이 실장 앞에 있는 앨범을 낚아채듯, 자기 앞으로 끌어와 자세히 살펴보기 시작했다.

8월 12, 13, 14…

"아."

수호는 짧은 비명을 질렀다. 8월 19일 방문객 중에 숙자가 있었다. 숙자는 재미난 게임을 즐기듯 사진마다 활짝 활짝 웃고 있었다. 수의로 갈아입은 모습도, 관속에 들어가서 누워있는 모습도, 긴장감 없이 재미있어하는 듯 보였다. 다만 유서 쓸 때만은 울음을 참는 듯 입술을 깨물고 있었다.

"이분, 혼자 왔습니까?"

"일행이 있을 거예요. 여기 혼자 오기 쉽지 않아요."

수호는 숙자가 있는 사진들을 면밀히 살펴보았다. 일행인 듯, 아닌 듯, 숙자와 함께 찍힌 서너 명은 또래의 여자들인데 활기차 보였다. 그중 한 여자는 정면으로 찍힌 게 한 장도 없었다. 고개를 숙이거나 등을 보이며 돌아서 있거나, 긴 머리가 흘러 내려온 옆 모습뿐이었다. 모두 우연히 함께 찍힐 수 있으니 동행이라고 단정 지을 수가 없었다. 맨 아래 단체 사진이 있었다.

맨 앞줄 왼쪽 끝에 숙자가 서 있었는데 옆 여자의 팔짱을 끼고 있었다. 그 여자는 꽤 미인이라는 걸 한눈에 알 수 있었고, 어딘지 거북스럽게 보였다. 좀 전 여러 장의 사진에 얼굴이 제대로 드러나지 않은 여자인 듯싶었다. 여자는 얼굴을 감추고 싶었을까? 아니면 이런 특별한 곳에서 사진 찍는 게 꺼려졌을까? 사진 찍는 걸 아주 싫어하는 사람들도 많다. 뭐든 속단하면 안 된다. 살인사건은 비상식의 꼭대기에 있는 일이지만, 접근은 지극히 상식적으로 해야 한다. 수호는 휴대폰으로 단체 사진을 찍었다.

"무슨 나쁜 일이에요?"

이 실장은 호들갑스러운 여자는 아닌 듯했다. 비로소 차분하게 물어봤다.

"네."

수호는 짧게 대답하고 깊이 허리 숙여 인사하는 걸로, 감사함을 표시하고 밖으로 나왔다.

수호는 차 안에서 바로 출발하지 않고, 머릿속으로 상황을 정리해보았다. 상식적이지 않다. 7년 전 쓴 유서를 보관하고 있다가 7년 후 자살할 때 그 유서를 내놓았다. 누가 7년 후 자살을 계획한단 말인가? 그럼 유서 쓰기가 귀찮고 별로 할 말이 없어서 마침 집에 있는 유서를 활용했다? 역시 말이 안 된다. 그렇다면 반대로 누군가가 숙자를 살해하고 자살로 위장하기 위해서 7년 전 쓴 숙자의 자필유서를 내놓았다. 누군가는 사진 속의 여자가 유력하다. 그런데 이것도 말이 안 된다. 이런 곳까지 함께 오고 팔짱 끼고 사진 찍을 정도면 꽤 가깝다는 건데 그런 사이로 지내면서 7년 전에 살해할 목적을 갖고 숙자의 유서를 보관했다?

"아이고" 수호는 머리를 흔들었다. 뒤죽박죽이다. 그래, 또 가보자.

수호는 숙자가 자란 '희망고아원'으로 달려갔다. '희망고아원'은 운영난으로 문을 닫고 그 자리에 '사랑고아원'이 세워졌다. 희망, 사랑. 눈부시게 아름다운 단어지만 그게 없기에 간절한 마음으로 이름을 붙인 게 아닌가? 어느 신문 기사에서 본 적이 있는데 경제가 나빠질수록 고아원, 양로원 등 도움이 절실한 곳에 후원금이 가장 먼저 줄어든다고 했다. 수호는 한 어린이 재단에 매달 3만 원씩 자동이체 기부를 하고 있는데 통장에서 빠져나가는 그 숫자를 볼 때마다 자신이 대견하고 기분이 좋아졌다. 수호는 다음 달부터 2만 원을 올려서 5만 원을 기부하기로 마음먹었다. 그럼 조금 더 자신이 대견하고 흐뭇해지리라. 사실 모든 정황이 자살이었으므로 자연스럽게 조사 범위가 축소되었다. 먼저 송별회장에도 안 나오고 숙자가 통 연락이 안 된다고 처음 신고를 한 호텔 주방 직원들과 만났다. 대부분 자살할 사람이 아니라고 놀랐다. 열심히 사는 사람이라고 했다. 숙자 또래의 여직원만 전혀 놀랄 일은 아니라고 생각하는 듯했다.

"가끔 그랬어요. 이렇게 구질구질하게 사는 것보다 죽는 게 낫겠다고. 다시 태어나면 미스코리아 뺨치게 예쁜 여자로 태어나서 남자들 후리고 다닐 거라고 그러면서 깔깔깔 웃는데, 그 웃음이 이상하게 좀 섬뜩했어요."

특별한 게 없었다. 자살한 사람과 관련된 사람들을 만나면 대부분 똑같은 말을 한다.

"그럴 리가 없어요. 자살이라니요? 자살할 사람이 아니에요."

그래서 인간이 외로운 건지도 모른다. 서로 속을 모르고 사니….

'사랑고아원'이라고 큼지막하게 쓰인 나무 간판이 보였다. 여기 오기 전에 전화 통화를 한 양 승아 원장이 기다리고 있었다. 승아의 표정은 어두웠다.

"숙자가 죽었다고요?"

"네."

"어떻게 죽었나요?"

"아직 잘 모릅니다."

"천벌을 받은 거예요."

뜻밖에 말이 튀어나와 수호는 놀라서 들고 있던 커피잔을 떨어트릴 뻔했다. 승아는 한숨을 두어 번 쉬더니 입을 열었다. 아주 오랫동안 참아 온 말인 듯, 누에가 명주실을 뽑아내듯 쉬지 않고 쏟아냈다.

"저도 숙자랑 같이 희망고아원에서 자랐어요. 특히 숙자는 은채와 아주 가까웠어요. 저는 숙자와 동갑이고, 은채는 두 살 아래 동생이었지요. 은채는 참 맘이 여리고 겁이 많았어요. 누구보다 엄마가 필요한 아이였지요. 은채는 어린 맘에 살려고 어떡하든 살아내려고 숙자를 잡았어요. 마치 낭떠러지로 떨어지기 일보 직전에 잡은 소나무 가지처럼 절박한 심정으로요. '제발, 엄마처럼, 언니처럼 나 좀 보호해줘요.' 하며 눈물겹게 매달렸지요. 그래서 숙자의 말을 아주 잘 들었어요. 숙자 눈 밖으로 나면 큰일이니까요. 숙자는 선심 쓰듯 아주 가끔 은채가 원하는 보호자가 되어 주기도 했지만, 대부분 은채를 이용했어요. 그중 가장 큰 게 그 일이었어요."

승아는 눈물이 핑 돌아서 잠깐 말을 멈췄다. 수호는 물병을 들어서 승아 앞 빈 물 잔에 물을 채웠다. 승아는 단숨에 물을 다 마셨다.

"원장이 새로 왔어요. 50대 남자인데 목사였다고도 했고, 스님이었다고도 했어요. 차 원장은 아주 나쁜 놈이에요. 오자마자 본색을 드러냈어요. 꽃같이 예쁜 은채가 눈에 띄었겠지요. 그때 은채는 열여섯 막 고등학교 1학년에 올라갔을 때였어요. 차 원장은 은채를 성폭행했어요. 숙자가 항상 장소를 만들어 줬지요. 은채야 언니랑 뒷동산 가서 봄나물 캐자, 은채야 창고 가서 물건 정리 좀 하자, 은채야 짜장면 사줄 게 중국집 가자, 이런 식이었어요. 어느 순간 숙자는 사라지고 차 원장이 나타났지요."

수호는 놀란 가슴을 잠시 진정시키고 물었다.

"안 가면 되잖아요?"

승아는 고개를 저었다.

"은채는 저항할 수 없었어요. 차 원장도 숙자도 은채에게는 필요한 존재니까요. 살기 위해서는. 어느 날 은채가 숙자의 다리를 잡고 애원하는 걸 본 적이 있어요. '언니 제발. 언니 제발' 눈물을 쏟으며 그 말만 했어요. 그러나 숙자는 말 한마디 없이 싸늘한 표정으로 밖으로 나갔어요. 그 일을 하면서 얻는 게 많았을 거예요. 차 원장이 숙자에게 돈도 주고, 학용품도 사주고, 일도 안 시켰으니까요. 이 일을 아는 사람이 점점 늘어갔어요. 은채를 불쌍하게 생각하기도 했고, 은채를 창녀 취급하기도 했어요. 어느 날 누군가가 이 사실을 관내 경찰서에 알렸어요. 조사가 시작되었지요. 동시에 차 원장과 숙자가 은채를 협박하기도 했고 회유하기도 했어요. 아주 끈질기게 저는 조마조마한 마음으로 지켜봤어요. '은채야, 은채야. 제발 용기를 내!' 모두 모르는 척했어요. 차 원장 눈 밖으로 나면 고아원에서 내쫓기거나 일자리를 잃으니까요. 모두 은채가 아무 말도 하지 않을 거라고 생각했어요. 겁 많고 약하고 아무 힘이 없는 은채가 할 수 있는 일은 없을 거라고, 침묵하는 일밖에, 그런데 은채는 모두의 예상을 뒤엎고 사실을 폭로했어요. 언제 어디서 성폭행 당했다고 아주 구체적으로 진술했고 옷을 벗고 알몸인 채로 여기저기

지렁이 기어가는 듯한 저항한 흔적도 보여줬어요. 그때 은채는 달라 보였어요. 작은 일에도 깜짝깜짝 놀라는 겁 많은 아이도 아니고 약해 보이지도 않았어요. 은채의 말이 일관성 있었고 무엇보다 증인이 나타났어요. 우리 고아원에 연탄을 배달해주는 연탄 가게 박씨 아저씨가 두 눈으로 똑똑히 봤다고 자기 눈을 손가락으로 찌를 듯 가리켰어요. 그리고 엉엉 울었어요. 애가 너무 불쌍해서, 너무 가여워서 못 보겠더라고. 그런데 목구멍이 포도청이라 먹고살아야겠기에, 연탄 못 팔아먹을까 봐 입을 다물었다고, 그동안 괴로워서 미칠 것 같았다고. 차 원장은 잡혀 들어갔어요. 공금도 횡령했고 자격도 없는데 누구 백으로 들어왔다는 말도 돌고. 어느 날 은채가 제게 다가와 제 손을 꼭 잡고 말했어요. '고마워 승아야. 너는 내 생명의 은인이야.' 저는 깜짝 놀랐어요. 은채가 알고 있었구나 내가 터트린 걸."

"양 원장님이 그러셨어요?"

"네, 은채가 죽을 거 같아서요. 저도 겁이 났지만 그때 우리 고아원에 반찬이며 과일을 갖다주는 고마운 할머니 한 분이 계셨어요. 아랫동네 사셨는데 그 할머니 막내아들이 순경이라는 말을 들었어요. 그래서 학교 갔다 오다가 그 할머니 댁에 가서 다 얘기했어요. 절대 비밀로 해달라고 안 그러면 나 큰일 난다고. 제 얘기를 들은 할머니가 아무 걱정 말라며 곧 아들을 불렀어요. 그걸 은채가 알았나 봐요. 그래서 제가 물었지요. 너 어떻게 그런 용기가 났니? 그랬더니 은채가 너무 무섭고 너무 징그러워서 죽으려고 했대요. 그 방법밖에 없더래요. 어떻게 죽어야 안 아프게 죽을 수 있을까 그거 생각하고 있는데 조사가 시작된 거래요. 못할 게 없더라고 했어요. 죽기 싫으니까."

"그런데 왜 김 숙자 씨하고 계속 같이 있었던 건가요? 이해가 안 되네요.”

“저도 그런 말 한 적이 있어요. 무서운 사람이라고, 너한테 해가 될 사람이니까 떨어지라고요. 근데 잘 안되나 봐요. 혼자가 너무 무서운 아이였어요. 숙자가 제대로 보호자 역할을 해줄 때도 있었고요. 은채를 곁에 두기 위해서 적당한 때에 꿀도 줬어요. 흔한 말로 병도 주고 약도 주고 영악한 애가 순진하고 세상이 두렵기만 한 애를 제멋대로 요리하면서 곁에 둔 거지요. 시간이 지날수록 은채는 점점 더 벗어나기 어려웠을 거예요.”

“가스라이팅 당한 거군요.”

“그 말로는 부족해요. 아주 어려서부터 은채가 숙자를 졸졸 따라다녔으니까요. 보호자가 절실한 은채에게 은채 스스로 택한 유일한 보호자였어요. 숙자는.”

그럴 수도 있겠다 싶어서 수호는 고개를 끄덕였다.

“숙자는 마음 여리고 착한 은채에게 용서받는 법도 알고 있었어요. 자신을 아주 절박하고 불쌍하게 만드는 거지요. 저 밑바닥까지 떨어트리는, 숙자는 차 원장이 잡혀간 후 은채에게 매달렸지요. 언니를 절대 용서하지 말라고. 그런데 정말 어쩔 수 없었다고, 차 원장이 협박했다고, 고아원에서 내쫓고 다른 고아원에 절대 못 가게 다 막아버린다고 펑펑울면서 매달렸지요. 은채는 겨우 열일곱 살이었어요. 같이 울더라고요. 매사 그런 식이었어요.”

“그랬군요.”

수호는 떠나기 전에 한 가지 확인이 필요했다. 수호는 죽음체험관에서 찍은 단체 사진을 보여줬다. 수호가 손가락으로 가리키자, 승아는 바로 고개를 끄덕였다.

“네, 숙자하고 은채예요.”

수호의 예감이 적중했다.

수호는 숙자와 은채가 함께 근무했다는 종로 대형서점으로 차를 몰았다. 종로에 있는 대형서점은 의외로 한산했다. 요즘은 책보다 재미있는 게 많은 세상이다. 인터넷에서 모든 걸 쉽게 얻을 수 있다. 그러나 종이를 한 장 한 장 넘기며 읽는 독서가 제맛이다. 그런데 근무하는 사람 중에 숙자와 은채를 아는 사람이 없었다.

"매장 업무가 단순하고 사람들 상대하는 일이라 부딪힐 일도 생기고 암튼 이직률이 높은 편이라 장기근속자가 별로 없어요."

서점 총괄 판매과장이 말했다.

"아, 네. 감사합니다."

수호는 인사를 하고 밖으로 나왔다.

"저기."

누군가가 조심스럽게 수호를 불렀다. 수호가 돌아보니 좀 전에 판매과장과 이야기할 때, 맞은편에 서서 수호를 바라보던 50대 남자였다.

"내가 두 사람을 잘 압니다. 하는 일은 달라도 같이 근무했습니다. 난 신간 서적을 운반하는 일을 맡은 채 기사요."

순간 수호는 가슴이 뛰었다. 뭔가 알아낼 수 있겠구나.

두 사람은 서점 바로 옆에 있는 작은 카페로 들어갔다. 채 기사는 콜라를 주문했고 콜라가 나오자마자 단숨에 마셨다. 그러고도 한참을 그냥 앉아 있었다.

뭔가 아주 힘든 얘기구나. 수호는 커피를 마시며 기다렸다.

"하."

채 기사는 한숨처럼 뜨거운 입김을 토해내고 드디어 입을 열었다.

"난 늘 여기저기 다녀야 하니까, 사실 매장 직원들은 잘 몰라요. 같은 총무부지만. 어쩌다 회식할 때나 보는데 내가 좀 숫기가 없어서 여직원 들한테는 말을 못 걸어요. 근데 어느 날 은채 씨를 보고는 한눈에 반했어 요. 세상에 저렇게 예쁜 여자도 있나? 놀랐지요. 하지만 내 처지가 그래 서 그저 바라만 봤어요. 우리 서점에는 서울대 나온 남자도 있었고, 아버 지가 큰 회사 사장인 금수저도 있었고, 배우 뺨치게 키 크고 잘생긴 남자 도 있었는데 모두 은채 씨를 좋아했어요. 그런데 어느 날 은채 씨가 결혼 한다는 거예요. 매장 근무하는 동훈이하고요. 동훈이는 유일하게 술 한 잔 기울일 수 있는 친한 동료였지요. 나이도 같고 처지도 비슷해서. 나는 너무 놀랐어요, 질투도 나고 배신감도 들고. 이럴 줄 알았으면 나도 좀 움직여 볼 걸. 괜히 지레 겁을 먹었나 억울하기도 하고 그러나 곧 좋은 쪽으로 마음을 먹었어요. 돈 있고 학교 좋은데 나왔다고 잘난척하는 놈 이 아니라, 성실하고 착한 동훈이라 다행이다. 잘 살아라. 하고.”

채 기사는 잠시 말을 멈추고, 창문 밖으로 시선을 던졌다. 수호는 채근 하지 않고 기다려줬다.

동훈은 부모님이 일찍 돌아가셔서 큰집에서 살았다. 다행히 큰아버지 가 잘해 주셔서 지낼 만했다. 친자식들과의 차별은 당연한 거라고 받아 들인 동훈의 마음가짐도 한몫했다. 동훈이 큰아버지의 부담을 줄여드리 려고 의과대학을 포기하고 2년제 전문대학 입시원서를 받아 오던 날 큰 어머니가 물었다.

“우리가 캐나다로 이민을 가게 됐다. 넌 어떡할래?”

갑자기 결정된 일이라고 했다. 큰아버지 사업이 부도 위기에 처해서 다 정리하고 큰어머니 친정 식구가 있는 토론토로 가기로 했다는 것이었 다.

“넌 어떡할래? 아무래도 낯선 곳보다는 여기가 좋겠지?”

그때 동훈은 알았다. 자기는 가족이 아니었구나. 가족이라면 어떡할래? 하고 묻지 않고 당연히 함께 떠나는 거라고 생각했을 것이다. 동훈은 덜컥 겁이 났다. 혼자 남겨진다는 게 너무 두려웠다. 그러나 같이 가고 싶다는 말을 못 했다. 큰어머니가 계속 물어보는 "넌 어떡할래?"가 "넌 여기 있어라."로 들렸기 때문이었다. 큰아버지는 원룸 오피스텔을 전세로 얻어주고 전문대학 입학금과 1년치 생활비를 계산해서 주고 떠났다.

"언제든지 오고 싶으면 와라. 어려운 일 있으면 꼭 연락하고."

다정한 말을 남기고. 그러나 동훈은 연락할 수가 없었다. 주소도 전화번호도 오지 않았다. 그렇게 동훈은 혼자가 되었다.

"그 얘기를 듣는 동안, 아, 참, 나보다 더한 인생도 있구나. 그런 생각이 들었어요. 난 그래도 부모 형제가 있으니까. 툭하면 아프다고 돈 보내라고 하고, 장마에 축사 무너졌다고 돈 보내라고 하고, 동생이 오토바이 사고 냈다고 합의금 보내라고 해도 명절 때면 내려가서 웃고 떠들 가족이 있구나, 뭐 그런 생각. 다행히 동훈이는 결혼해서 잘 살았어요. 아들도 낳고. 은채 씨는 서점 그만뒀고, 동훈이는 지갑에 은채 씨 하고 아들 민우 사진을 넣고 다니며 자랑 많이 했어요. 자랑 같은 거 할 줄 모르는 성격인데, 참 행복해 보였어요. 그런데 어느 날 숙자 씨가 이상한 말을 하더라구. 뭐 동훈이가 바람을 피운다나? 나는 말도 안 된다고 펄쩍 뛰었어요. 자기도 처음엔 그랬는데 그게 아니래요. 숙자 씨는 은채 씨 친언니나 다름없었어요. 동훈이도 처형이라고 불렀으니까. 숙자 씨는 자기가 알아보니까 확실하다면서 마지막 수요일마다 만나서 여관을 간대나, 나 원, 무슨 자다가 봉창 두드리는 소리냐고 어이없어 웃었다니까. 그런데 며칠 후 그러니까 마지막 수요일 집으로 전화가 왔어요. 밤 아홉 시쯤 됐나? 숙자 씨였는데 아주 급한 목소리였어요. 빨리 동훈이 집에 전화해서 은채한테 말하라는 거예요. 동훈이가 그 여자와 여관에 들어갔다면서.

우리 서점 근처에 있는 장미여관이라고 알려줬어요. 현장을 봐야 동훈이가 변명을 못 하고 그 여자와 헤어질 수 있다며 빨리 빨리를 외쳐댔어요. 자기가 알려주면 은채가 얼마나 비참하겠냐면서 하도 빨리 빨리를 외쳐댔고, 내 목소리는 은채 씨가 모를 테고 그래서 전화를 했어요."

수호는 가슴이 뛰기 시작했다 불길한 예감이 확 덮쳤기 때문이다.

"바로 은채 씨가 전화를 받았어요. 얘기를 해줬더니 그대로 전화가 끊겼어요. 순간 걱정이 됐어요. 뭐 빨리 알아야 빨리 해결이 되겠지. 동훈이 이 자식 나한테 좀 맞아야겠다. 복에 겨워서, 나는 은채 씨 오빠 같은 심정이 돼서 동훈이를 단단히 혼낼 생각이었어요. 그런데 순간 좀 이상했어요. 아니 서점 사람들이 시도 때도 없이 드나드는 장미여관에서 여자를 만난다고? 나, 바람피웁니다, 광고할 생각이 아니라면. 거기서 만나면 안 되지. 장미여관은 우리 서점 근처에 있는 여관인데, 거기 우리 직원들이 언제든지 가서 쉬거나 잘 수 있는 방이 하나 있어요. 후생 복지로 여관방 얻어 놓은 회사는 이 서점밖에 없을 거라고 여관 주인이 막 웃었지만 우리한테 잘해 줬어요. 신간 서적이 쏟아져 들어오는 날이면 밤샘 작업도 해야 하고 집이 먼 직원들도 있고, 우리 사장님 배려였지요. 그런데 거기 가서 바람을 피운다고? 나는 급히 택시를 타고 장미여관으로 갔어요. 뭔가 이상하다. 내가 너무 경솔했구나. 동훈이한테 먼저 물어볼 걸, 오만가지 생각이 다 났어요, 그때 지옥을 봤어요. 그리고 나도 지옥 속에서 살게 됐고."

"무, 무슨 일이 있었습니까?"

수호의 목소리가 떨렸다. 갑자기 채 기사가 어깨를 들썩이며 울기 시작했다.

채 기사가 택시에서 내렸을 때는, 모든 게 끝난 뒤였다. 구급차가 와 있었고 민우를 업은 은채는 새파랗게 질려서 제대로 숨도 못 쉬는 것처럼 보였다. 구급차에 피투성이가 된 동훈이가 실려서 들어갔고 "엄마아"를 부르며 숨이 넘어가게 우는 민우를 업은 은채도 따라 들어갔다. 구급차는 곧 요란한 소리를 내며 떠났다.

"세상에, 이게 무슨 일이래."

"아유, 저 새댁 어떻게 살라고, 애기도 어린데, 별일 없어야 하는데."

길가 술집과 음식점 주인들이 나와서 웅성거리는데, 채 기사는 정신이 아득해졌다.

"어머, 이 사람 쓰러지겠네, 정신 차려요."

누군가가 채 기사의 팔을 잡고 흔들었다. 채 기사는 입술을 꽉 깨물면서 정신을 부여잡았다.

옆 사람한테 들은 얘기는 더 기가 막혔다. 무슨 일인지 아기 업은 새댁이 골목에서 뛰어나오고 그 뒤를 신랑이 다급하게 쫓아왔다. 이름을 막 부르면서 "오해야, 아무 일도 아니야." 그렇게 외친 것 같았는데, 신랑은 제정신이 아닌 듯했다. 맨발에다 옷도 제대로 못 입고 그러다 그만 달려오는 차에 치여서.

채 기사는 헉, 숨이 멎는 듯했다. 방금 전해 들은 모든 광경이 슬로비디오처럼 눈앞에서 천천히 펼쳐졌다. 채 기사는 그 자리에 주저앉았다. 그때 아는 얼굴이 얼핏 보였다. 숙자였다.

숙자는 허둥지둥 골목에서 나와 급히 택시를 타고 떠났다.

'저 여자가 왜?' 순간 채 기사는 섬뜩했다.

채 기사는 자책감 때문에 몇 날을 술로 보내다가 숙자를 만났다.

"왜 그랬어요?"

"내가 뭘요?"

"그날 장미여관에서 동훈이와 같이 있었지요?"

"무슨 소리를 하는 거예요?"

처음에 숙자는 딱 잡아뗐다. 그러나 채 기사의 추궁에 오래 버티지 못했다.

"그렇게 될 줄은 몰랐어요. 정말 몰랐어요. 저는 너무 힘들고 외로운데 은채는 너무 행복해 보였어요. 그래서 장난으로 정말 이렇게 될 줄 몰랐어요. 저도 죽고 싶어요."

숙자는 펑펑 울었다. 숙자는 울면서 채 기사의 표정을 살펴보았다. 서슬 퍼런 처음과는 달리 좀 누그러진 듯했다. 숙자는 가방에서 봉투를 꺼내 내밀었다.

"이게 뭡니까?"

"너무 미안해서요. 괜히 이런 일에 끌어들여서, 정말 이렇게 될 줄은 몰랐어요."

"아, 아닙니다. 이런 걸 왜."

"제발 받아 주세요. 얼마 안 돼요. 술 사드세요. 마음이 힘드실 거 아니에요? 정말 미안합니다."

숙자는 테이블 위에 돈 봉투를 올려놓고 뛰어나갔다.

채 기사는 봉투에서 돈을 꺼냈다. 술값치고는 꽤 많은 돈이 들어 있었다.

'허긴, 저 여자도 일이 이렇게 될 줄 알았겠어? 동훈이를 좋아한 것 같던데. 저 여자도 불쌍한 인생이야.'

채 기사는 그렇게 자신과 타협했다. 그런데 시간이 지날수록 죄책감의 무게는 돈의 부피만큼 무거워졌다. 채 기사는 안간힘을 쓰다가 결국 버티지 못해서 은채를 찾아갔다. 동훈이 사고로 죽은 지 6개월이 지난 후였다. 은채는 바싹 마른 장작개비 같았다. 도저히 숨을 쉬고 따뜻한 피가 도는 말랑말랑한 사람이라는 생각이 안 들었다. '아들이 없었으면 벌써 죽었겠구나.' 그런 생각이 들어 채 기사는 가슴이 미어지는 것 같았다. 현관문 틈으로 보이는 민우는 다행히 건강해 보였다. '엄마가 죽을힘을 다해 키우고 있구나.' 그런 생각에 눈물이 핑 돌았다. 은채는 들어오라는 소리를 안 하고 문을 잡고 서 있었다.

"제가 할 말이 있어서요."

"아니요, 아무 말도 하지 마세요. 돌아가세요."

"제가 꼭 할 말이⋯."

"제발, 그냥 돌아가세요."

은채의 눈에서 눈물이 방울방울 떨어졌다.

"제발."

은채는 문을 '쾅' 닫았다.

"그래서 아무 말씀도 못 하셨어요?"

수호가 다급히 물었다. 채 기사가 고개를 끄덕였다.

"이미 알고 있는 것 같기도 했고, 어휴, 모르겠어요."

수호는 채 기사에게 고맙다는 인사를 하고 밖으로 나왔다. 가까스로 시간을 빼서 조사하러 다니는 것도 힘들었지만 오늘은 마음이 몇 배 더 힘들었다.

누구에게는 소풍 같은 인생이, 누구에게는 폭풍우 치는 밤에 조각배 위에 인생이 되니 공평하지 못하구나 세상이.

숙자는 어색하지 않은 구실을 만들어 동훈과 함께 장미여관으로 갔을 것이다. 장미여관은 사무실 연장과 같은 개념으로 그동안 서점 직원들이 이용했기 때문에 동훈은 경계심이 없었을 것이다. 거기서 숙자는 은채가 쳐들어올 시간을 가늠하면서 만반의 준비를 해 놨을 것이다. 술에 약한 동훈에게 술을 마시게 했을지도, 자신은 갑자기 열이 나고 머리가 아프다며 갑갑하다고 옷을 벗을 수도. 영악스러운 여자니까 순진한 제부 동훈쯤은 마음먹은 대로 다뤘을 것이다.

수호는 갑자기 머리가 지끈지끈 쑤셔댔다. 감기몸살이 오려나?

요 며칠 정말 지옥을 드나든 것 같다. 그래도 조사는 계속해야 한다. 다음은 숙자가 살고 있던 다가구 주인과 임차인들을 만났다. 주인은 다가구에 살지 않고 문호리에서 밭농사를 지으며 다가구에서 나오는 월세로 생활하고 있는 70대 노인이었다. 다가구 관리를 동네 부동산 중개사무실에서 해주기 때문에 임차인들과는 계약서 쓸 때만 만난다고 했다. 숙자에 대해 아는 게 없었다.

"이사 간다고 해서 원룸을 내놨는데, 햇빛 잘 안 드는 반지하라 겨우 나갔어. 그다음 날이 이사가는 날인데, 나 참. 죽으려면 나가서 죽지, 새 임차인이 이삿짐 싣고 왔다가 사람 죽어 나가고 경찰들 조사 나오고 웅성웅성하니까 기겁해서 차 돌리고 바로 계약 깼어. 나도 할 말이 없더라고."

"그럼 김 숙자 씨 보증금은 어떻게 됐습니까?"

수호는 혹시 보증금 달라고 찾아온 주위 인물이라도 있나 해서 물었다.

"보증금 오백에 월세 오십만 원인데 그동안 월세 밀린 거 하고 수도 전기 가스 공과금 안 낸 거 하고 합치면 남는 게 없어. 하마터면 내가 손해 볼 뻔했다니까. 여자가 무슨 호텔 요리사라고 해서 월세는 잘 내겠구나 했는데. 지가 번 만큼 써야지, 씀씀이가 큰 모양이야.”

수호는 임차인들을 만나 봤지만, 역시 특별한 얘기가 없었다. 하자
보수 때문에 숙자와 다툰 적이 있는 윗집 최 목수네는 이사를 갔고, 다른
사람들은 숙자와 전혀 왕래가 없었다.

“여기가 그래요. 다들 먹고 살기 바빠서. 그 아주머니 원룸 내놓고
통 안 들어왔어요. 어디 다른 데 구했는지, 그날 이삿짐 정리하려고 온
걸 거예요. 다음 날 그 원룸 이사 들어 온다고 했으니까.”

201호 아주머니한테 들은 게 전부였다. 호수는 201호지만 1층이었다.
숙자는 반지하인데 102호였다. 101호 102호만 원룸이고 다른 집은 방이
2개에 반듯한 주방과 거실 베란다가 있었다.

“이 동네 다가구는 다 그렇게 호수를 매겨요. 지하라고 하면 집 보러
오는 사람이 없으니까. 집주인들이 잔머리 굴리는 거지요.”

“어떤 사람이었습니까?”

“뭐 말을 섞어 봤어야 알지요. 그냥 그림자처럼 소리 없이 움직였어
요.”

수호는 인사를 하고 밖으로 나왔다. 다음 날 신경정신과 배 원장을
다시 한번 만나러 갔다.

이 형사와 함께 병원을 찾아왔지만, 숙자의 죽음이 이미 우울증으로
인한 자살로 결론이 난 상태라, 이 형사가 서둘러서 형식적인 질문만
하고 바로 나왔다. 그 점이 못내 아쉬워서 수호는 다시 배 원장을 만났
다.

“착실하게 진료 날짜에 와서 상담하고 약 받아 갔어요. 한 번도 거른
적이 없고.”

“상태는 어땠습니까?”

"차도가 없었어요. 의사 기 죽이는 환자예요. 좋아지는 기색이 없고, 만날 죽고 싶다고만 하고, 잠도 못 잔다고 하고. 그래서 약을 자주 바꿨어요. 환자한테 잘 안 맞는 것 같아서, 어휴 결국….."

배 원장은 깊은 한숨을 토해냈다. 수호가 원장실을 나와 엘리베이터 쪽으로 가는데 간호사가 뒤따라왔다. '연 보라'라는 예쁜 이름표를 달고 있었다. 보라는 뭔가 할 말이 있는 듯 주춤주춤하다가 돌아섰다. 수호는 다급하게 불렀다

"연 보라 씨."

보라는 몇 발걸음 가다가 뒤를 돌아봤다.

"혹시 저한테 할 말 있어요? 뭐든 다 좋아요. 하십시오."

"아, 아니에요. 뭐 두고 와서 그래요."

보라는 고개를 흔들며 빠른 걸음으로 수호의 시야에서 사라졌다.

내가 너무 예민했나?

수호는 주차장에 있는 차를 빼다가 다시 병원으로 올라갔다.

간호사 이름이 연 보라였던가? 분명 나한테 할 말이 있는 눈치였다. 수호는 급한 걸음으로 병원 안으로 들어갔다. 시간을 쪼개고 주로 저녁이나 밤 시간에 며칠씩 나누어 조사를 다녔지만 반장과 팀원들의 눈치가 보였다. 다행히 마약 사건이 마무리되면서 큰 사건 사고가 터지지 않아서 그런대로 이어갈 수 있었다. 보라는 수호를 보자 흠칫 놀랐다.

'저 형사 왜 또 왔지?'

수호는 성큼성큼 보라 앞으로 다가왔다.

"시간 좀 내주십시오. 잠깐이면 됩니다."

보라는 침을 꼴깍 삼켰다.

오늘 오후 원장님이 '우울증, 마음의 감기, 가족의 관심이 꼭 필요하

다' 이런 주제로 한 T.V 프로에 출연하려고 방금 나가서 병원은 지금부터 휴진 상태다. 보라는 수호를 바라보았다. 뭔가 결의에 찬 표정이 쉽게 돌아갈 것 같지 않았다. 그보다 보라는 털어놓고 싶었다. 왠지 께름칙했기 때문이다. 보라는 환자들 대기실 옆에 붙어 있는 응접실로 수호를 안내했다.

"저한테 할 말 있지요?"

보라는 고개를 끄덕였다. 보라에게는 오래된 연인이 있다. 서로 가난해서 함께 지낼 방을 못 구해 결혼이 미뤄지고 있었다. "너 왜 결혼 안 하니? 연애만 하다 죽을 거야?" 주위에서 그럴 때마다 보라는 애매하게 웃었다. "방이 없어서요." 할 수가 없었기 때문이다. 보라의 오래된 연인 태수는 택배 일을 하는데 수입이 점점 좋아지고 있었다. 그런데 방값도 점점 오르고 있었다. 전세도 월세도 위로만 기어 올라갔다. 그날 태수가 원장님 앞으로 온 택배 상자를 들고 왔다. 태수의 담당 구역이 병원이 있는 강서구인데 이렇게 병원에 들어오는 날이면 두 사람은 무슨 보너스를 받은 것처럼 기분이 좋았다. 행복한 덤이 주어지기 때문이다. 태수가 먼저 2층 계단으로 나갔다. 보라도 '쓰윽' 주위 눈치를 보고 아무 서류나 한 장 들고 2층 계단으로 뒤따라 나갔다.

둘은 곧 뜨거운 포옹과 키스를 나눴다. 힘든 택배 일에 지친 태수도 매일 똑같은 일을 반복해야 하는 단조로움에 시들해진 보라도 물이 오른 난초 잎처럼 싱싱해지고 눈부시게 살아나기 시작했다.

'아, 정말 좋다. 너무 좋다.'

그때 3층에서 '쾅' 문이 닫히는 소리가 났다. 누군가가 계단으로 나왔다. 화들짝 놀라서 둘은 동시에 서로를 밀어냈다. 태수는 '씨익' 웃으면서 손을 흔들고 아래층 계단을 뛰어 내려갔다.

짧아서 더 달콤했다. 보라가 막 들어가려는데 3층 계단에서 여자 목소리가 들려왔다. 누군가와 통화 중이었고 여자는 숙자였다.

"이번에는 며칠 분 받아 가? 보름치? 알았어. 또 죽고 싶어? 너 왜 그러니? 의사도 지겹겠다. 만날 죽고 싶다는 말만 해대니. 알았어. 죽고 싶으니까, 그 마음 없애달라는 약 처방해 달라고 할게. 근데 그런 약 있겠니? 의사도 그러더라. 제발 마음을 다잡아야 한다고, 뭐 취미생활을 적극적으로 하래나, 영화도 보고, 여행도 다니고, 너는 밖에 나다니는 거 죽어라 싫어하니까 집에서 뭐 할 거리를 찾아봐. 만날 쭈그리고 소파에 앉아 있지만 말고. 그래. 죽고 싶고, 잠이 안 오고 천장 무너져 내릴까 봐 불안하고, 시도 때도 없이 가슴이 쿵쾅거리고, 하, 이번엔 가슴 쿵쾅이 보태졌네. 그래 민우 편으로 약 보낼게."

숙자는 휴대폰을 끄고 "어휴, 팔자에도 없는 이 짓을 왜 하고 있어. 김 숙자 정말 징하다." 투덜거리며 안으로 들어갔다.

"그럼 김 숙자 씨 본인이 아픈 게 아니라, 대리로 와서 진료받고 약을 타 갔다는 말이네요."

"네, 신경정신과이다 보니, 혹시 불이익이 있을까 봐 대리로 오는 경우가 드물긴 하지만 있어요."

"무슨 불이익이요?"

"아무래도 기록이 남으니까, 취업이나 결혼 같은 거, 할 때."

"아, 네."

"그전에도 좀 이상했어요. 아무것도 하기 싫고, 그저 죽고만 싶다는 분이 돈 계산에 철저했어요. 무기력한 사람들의 특징은 모든 일에 관심이 없거든요. 근데 진료비 낼 때마다 왜 매번 상담료를 따로 받냐? 한 시간에 얼마냐? 오늘은 한 시간이 안 됐는데 왜 한 시간 값을 받냐?

이런 식으로 따지고 덤벼들었어요. 살아서 펄펄 뛰는 물고기처럼요."

"네?"

"제 표현이 좀 그랬지요?"

보라는 쿡쿡 웃었다.

"그만큼 생동감이 있었어요. 원장님 앞에서 기어들어 가는 목소리로 자기 증세 말할 때와는 완전 달랐어요."

수호는 소라에게 고맙다는 인사를 하고 밖으로 나왔다. 하늘에 먹구름이 몰려오는 게 곧 비가 쏟아질 것 같다.

수호는 정 은채를 조사했다. 이 민우라는 아들이 있는데 올 5월에 결혼으로 분가했다. 결혼 상대가 고려그룹 작은딸이며 광장동 고려호텔 대표인 은 지수였다.

"헉."

수호는 자기도 모르게 소리를 질렀다. 김 숙희, 박 소미, 은 지수, 이 민우 그리고 정 은채 모두 광장동 고려호텔과 관계가 있다.

수호는 소미에게 전화를 해서 약속을 잡고 막 나가려는데, 숙자가 살던 다가구 주인한테 전화가 왔다.

"성 형사, 나요. 나."

"네, 안녕하셨어요?"

"내가 이상한 소리를 들어서 도움이 될지 모르겠지만."

"말씀해 주십시오."

"102호가 하도 안 나가서, 사람 죽은 집이라고 소문이 쫙 돌았어. 그래서 내가 집수리를 말끔하게 해서 내놔야지 하고 동네 인테리어업자를 찾아갔는데 그 사장이 이상한 소리를 하는 거라."

"무슨 소리요?"

292

"그 102호 여자가 큰 부자가 됐대나? 뭐, 으리으리한 아파트에 살고 옷도 잘 입고."

"알았습니다. 어르신 제가 그 인테리어 사장님을 만나 볼게요. 고맙습니다."

마침 저녁 시간이라 서에는 이 형사와 강 형사만 있었고, 이 형사는 휴대폰 카톡으로 신혼의 아내와 대화를 주고받는데 온 마음이 기울어져 수호에게는 관심이 없었다. 강 형사도 요즘 뭔가 새로운 걸 투자하는지 경제신문을 열독하고 있었다. 수호는 쏜살같이 밖으로 뛰어나갔다.

"정말입니까?"

"네, 내가 아주 식겁을 했다니까요. 이게 뭔 일인가? 완전 하늘에서 떨어진 돈벼락 맞은 얼굴이더라니까요. 여자가 싹 달라졌어요. 오죽하면 최 목수가 이 동네 싫다고 넌더리를 내며, 고개 절레절레 흔들며 이사 갔을까요?"

"아, 그 윗집 최 목수님?"

"네. 그 여자한테 된통 당했나 봐요. 아주 인생 낙오자 같은 얼굴로 그 여자로부터 가능한 한 멀리 달아나고 싶은지 휙 이사 갔어요."

"그 아파트 주소 알 수 있을까요? 동 호수까지 정확하게."

"그럼요, 내가 그 여자한테 주소 받고 찾아갔으니까. 아주 으리으리하고 무슨 궁전 같고, 눈앞에는 한강이 보이고, 대체 어떤 사람들이 그런 아파트에 사는지."

수호는 강 형사에게 전화해서 아파트 주소를 불러주며 명의자를 알아봐 달라고 부탁했다. 곧 연락이 왔다. 아파트 명의자는 은 지수였다. 수호는 뭔가 퍼즐이 맞춰지는 듯 온몸이 짜릿했다.

수호는 소미가 기다리는 술집으로 달려갔다. 소미는 한 시간 이상 기다렸는데도 다행히 성질을 부리지 않았다.

"야, 성 형사, 그동안 얼마나 기다렸는데, 이제 연락을 하냐? 내 전화는 씹고."

"바빠서 그랬어. 너까지 닦달하면, 더 힘들어지니까."

"그래서 뭐 좀 알아냈어?"

"자살이 아닌 건 확실해."

"뭐야? 그건 당연한 거고, 범인 잡았어?"

"윤곽은 드러났어."

"누군데? 왜 그랬대?"

소미의 속사포 같은 질문에 수호는 뒤로 물러났다.

"일단 서에 보고서 작성해서 올리고, 제대로 수사해야지."

"누군데? 누구야?"

"누구냐고 하면 네가 알아? 일단 기다려 봐. 술 마시자. 나, 너무 힘들었어."

"그래, 아주 얼굴이 반쪽이 다 됐네."

수호와 소미는 어묵탕으로 저녁 식사를 대신하며 소주를 마시기 시작했다. 수호는 소미가 소주 반 병이면 마음이 살랑살랑 풀어지는 걸 알고 있었다. 소주 반 병에 무방비 상태라니 '소미야. 나같이 좋은 남자만 만나라.' 수호는 슬슬 본론을 꺼냈다.

"근데 넌 어떻게 주방 이모와 친해진 거야? 서로 부서도 다르고."

수호는 죽은 사람의 이름을 함부로 부르기 싫어서 주방 이모라는 호칭을 사용했다.

"으응, 남자라면 운명 같은 거라고 했을 거야. 어느 날 구내식당에서 점심 먹고 나가는데 이모랑 딱 부딪혔어. 근데 이모가 너무 놀라는 거

294

야."

"왜?"

"내가 딸하고 너무 닮았대."

"딸?"

숙자는 결혼도 안 했고 딸도 없다. 역시 의도적인 접근이다.

"자식이라고는 그 딸 하나인데 유학 보내줬더니, 공부는 안 하고 결혼 했대. 독일 남자하고. 엄마가 반대하는 결혼을 해서인지 연락도 잘 안 하고 암튼 배신감에 그리움 그런 게 뒤죽박죽인가 봐."

"그때부터 친해졌어?"

"응, 이모가 도시락 싸다 주고, 반찬 해주고, 생일날 선물도 주고, 진 짜 딸같이 대해 줬어."

"딸 사진 본 적 있어?"

"응, 결혼사진, 이모 휴대폰에 보관되어 있더라고."

"진짜 너하고 닮았어?"

"사진 갖고는 몰라. 거기다 면사포로 얼굴 반은 가렸는데. 근데 이모 한테 그 소리를 들어서 그런지 날 닮은 것 같기도 하고."

외국 남자와 한국 여자 결혼사진은 구하기 그리 어렵지 않다.

수호는 소미 앞 빈 술잔에 소주를 따랐다. 소미는 홀짝홀짝 잘 마셨다.

"주방 이모와 만나면 주로 무슨 얘기해?"

"뭐 여자들 얘기 다 그렇지. 다른 여자 씹지 않으면, 부러워하는 얘기, 대표님 얘기도 하고."

"은 지수 대표?"

"응. 우리의 워너비거든. 아마 모든 여자의 워너비일 걸. 서른둘에 호 텔 대표, 거기다 뛰어난 미모의 소유자, 인간성은 또 얼마나 좋고. 눈부신 선망의 대상이지. 그리고 이모와 나 둘 다 아는 유일한 사람이고, 우리 예쁜 대표님."

"주로 무슨 얘기 하는데?"

"뭐 어느 메이커 옷 입나, 무슨 가방 들었나, 어느 화장품 쓰나, 헤어샵은 어디 다니나?"

"속물적이네."

"인간적이지. 그게 어떻게 속물적이냐?"

"그런 얘기만 하는 거야? 비생산적인 얘기?"

"아무렴 그런 얘기만 하겠니? 대표님 내일은 무슨 옷 입고 어디 간다. 그런 얘기도 하고. 아, 또 옷 얘기가 나왔네. 난 역시 속물적인가 봐. 인정. 우리 대표님 뭐 좋아하나 그런 얘기도 하고."

수호는 소주를 마시는 척했다.

"결혼한 남자는 어떤 사람이야? 모두 남자 신데렐라라고 떠들던데."

"뭐, 그렇지. 서로 차이가 크니까. 근데 우리 지수가 너무너무 좋아해. 너무너무 사랑한다니까."

소미의 입에서 대표님 대신 우리 지수가 나오는 걸로 봐서 취기가 도는 듯했다.

"자기하고 너무 닮았대. 쌍둥이 같대나? 검도도 좋아하고. 아, 검도장에서 만났어. 그 남자랑. 디즈니 만화영화도 좋아하고, 무슨 남자가 만화영화야? 액션이나 스릴러면 몰라도. 거기다 기타 잘 치고 노래도 엄청 잘 부르나 봐. 노래 부를 때마다 우리 지수가 깜짝깜짝 놀랐대. 어떻게 내가 좋아하는 노래만 부르지? 아, 고흐도 좋아해서 미술관에서 우연히 만났대. 엄마랑 같이 왔는데 무지 효자래. 서로 비혼주의자로 친구 먹자고 했는데 결혼하게 됐다고 지수가 막 웃었어. 그렇게 밝은 웃음 처음

봤어. 행복해져라. 우리 지수."

소미는 축배를 들 듯 술잔을 높이 들고 외쳤다.

"그 남자랑 서로 좋아하는 게 똑같고, 우연히 마주치기도 하고, 그래서 운명 같은 걸 느꼈나 봐. 우리 지수가."

"남자는 어떤 사람이야?"

"평이 나쁘지 않아. 일단 조용하고 누구한테나 겸손하고, 인사 잘하고, 재벌 사위 됐다고 막 으스대면 꼴불견인데, 안 그러나 봐."

소미는 테이블 위에 엎드렸다. 술이 제법 취한 거다. 어느새 소주 한 병 반이 비워졌다.

수호는 소미를 부축해서 차에 앉히고 출발했다. 회사에서 얻어줬다는 소미의 오피스텔에 데려다주고 밖으로 나왔다. 다른 날 같으면 잠든 소미의 뺨에 살짝 입 맞추고 나왔을 테지만, 오늘은 마음이 복잡해서 깜빡 잊었다. 수호는 오피스텔 앞 작은 정원 벤치에 앉아서 밤하늘을 올려다봤다. 모든 퍼즐이 맞춰졌다. 숙자가 목적을 갖고 의도적으로 소미에게 접근한 것처럼 민우도 지수에게 다가갔다. 민우는 숙자를 통해서 지수를 배웠고 가장 좋은 방법으로 접근할 수 있었을 것이다. 단순하고 순진한 소미는 자신이 지수에 관한 중요 정보를 흘리는지도 모르고 떠들었을 테고. 친이모 같다는 걸로 봐서 숙자는 소미에게 아주 잘했을 것이다. 그리고 모든 게 완성되었을 때, 숙자는 민우에게 많은 걸 요구하기 시작했을 것이다. 숙자의 잔인하고 집요한 성격을 알고 있는 은채는 아들을 보호해야 했다. 숙자가 은채 대신 신경정신과에 다닌 게 숙자가 소미에게 접근한 시기와 비슷하다. 그때부터 은채는 아들을 위해 만일에 대비했으리라. 7년 전 숙자의 유서는 은채의 보호막이었을 것이다. 꼭 사용한다기보다 정 못 견디면 사용할 수도 있다는 쪽의. 그동안 은채는 숙자에게 당하면서 많은 게 학습되었고 자기방어가 필요하다고 느낀 것이다. 거기다 아들까지 다칠 수 있다는 생각에. 은채는 생각보다 용의주도했다. 강남 대형 아파트에는 C.C.T.V가 구석구석 달려있고 경비실도 있어서 출입이 까다로우니까 숙자가 다가구에 이삿짐 정리하러 간 날을 디데이로 택한 것이다. 그 동네는 거미줄처럼 크고 작은 골목이 여러 개 엉켜있고 C.C.T.V는 대로변에만 있어서 얼마든지 피해 다닐 수 있었을 것이다. 더구나 숙자의 원룸에서 한 정거장밖에 떨어지지 않은 곳에 사는 은채는 동네 사정을 훤히 꿰뚫고 있었을 것이다. 수호는 자리에서 일어났다. 어떤 경우도 살인은 안 된다. 법에 맡겨야 한다.

아침 햇살은 여전히 눈부셨다.

"좋은 아침입니다."

수호의 출근 인사에 이 형사가 손을 번쩍 들어서 답했다.

'오늘 보고서를 올리고, 제대로 수사해야 한다.'

그런 생각을 하고 있는데 전화벨이 울렸다.

"네, 서안경찰서 강력계 성 수홉니다."

상대방은 잠시 망설이는 듯, 아무 말 없었다. 수호는 기다려줬다. 뜻밖에 이름이 흘러나왔다.

"저, 저, 정 은채입니다."

"네?"

수호는 너무 놀라서 소리를 질렀다. 이 형사가 힐긋 쳐다본다. '저 자식 대체 무슨 일을 벌리고 다니는 거야?' 하는 표정으로.

"오늘 자수하려고요. 대신 잠깐 뵐 수 있을까요? 잠깐이면 됩니다."

간절했다. 수호는 경찰서 바로 옆 골목에 있는 카페에서 은채와 마주앉았다. 은채는 먼 길 걸어 온 사람처럼 지치고 또 지쳐 보였다. 누군가

298

와 스쳐도 바스락 부서질 것 같았다.

"형사님, 제가 그랬어요, 제가 그 언니를… 죽였습니다."

은채는 울음을 참으려고 손에 쥐고 있는 손수건을 계속 비틀었다.

수호는 이유를 묻지 않았다. 아니 물을 필요가 없었다.

"형사님 부탁이 있어요. 꼭 들어 주세요. 아들은 제가 지금 절에 있는 줄 알아요. 어제 절에서 내려왔어요. 제발 아들한테는 아무 말 말아주세요. 며느리한테도… 그 누구한테도, 제발, 대신 어떤 벌이든 주는 대로 다 받을게요. 죽으라면 죽을 거예요. 대신, 아무도 모르게 제발…."

은채는 결국 참았던 눈물을 뚝뚝 떨어트렸다. 두 손을 모아 간절하게 흔들면서 제발….

수호는 고개를 끄덕였다. 지금 자신이 저 가여운 여자를 위해서 할 수 있는 유일한 일이기에 계속 고개를 끄덕였다. 은채는 아들을 위해서 급히 내려왔을 것이다. 빨리 자수해야 사건 수사가 끝날 테니까. 범인이 나타나지 않으면 사건이 수면 위로 떠 오르고, 신혼의 아들까지 불똥이 튈까 봐. 아마 사랑고아원 양 원장이 수호의 존재를 알려줬을 것이다. 형사가 찾아왔었다고. 은채는 그 순간 바로 자수를 결심했을 것이다.

은채의 자수로 사건은 마무리가 됐다.

[16]

화창한 일요일, 모처럼 수호는 소미와 데이트 약속을 잡았다.

이제 소미에게 좀 더 적극적으로 다가갈 생각이다. '썸' 오래 타면 '쌈'이 된다고 누가 말했던가? 여자를 오래 기다리게 하면 그것도 죄다. 사람 마음 모르는 무심죄에 해당된다. 수호는 오랜만에 마음에 살랑살랑 봄바람이 들어와서 기분이 좋았다. 꽃집에 들러서 장미 한 묶음을 사서 약속장소로 향했다. 분위기 좋은 레스토랑이었다.

'크, 이름도 좋다. 랑데부라.'

수호가 막 '랑데부'로 들어가려는데 휴대폰 벨이 울렸다.

"성 형사 미안, 베리 베리 쏘리, 지금 엄마가 올라오셨어. 말도 없이, 어떡하니? 담에 만나자."

소미의 목소리는 곧 사라졌다. 말도 없이 급습한 엄마 때문에 바쁜 모양이었다. 집 안 청소도 해야 되고, 냉장고도 채워야 하고, 엄마의 잔소리를 피하기 위해서 부지런히 움직여야 될 것이다.

"에이, 내가 그렇지, 뭐."

수호는 꽃다발의 무게가 느껴졌다. '나, 바람맞았어요.' 떠들고 다니는 것 같아서 창피했다. 수호는 쓰레기통에 장미 다발을 던져 버릴까 하다가 눈에 띄는 술집 앞에 섰다. 누군가가 가능하면 연인을 만나러 가는 남자가 주워 들고 가길 바라면서, 그대로 지나가려다가 갑자기 술 생각이 났다. '그래, 바람맞은 남자는 술이 제격이지.' 수호는 저녁 식사도 할 겸 돈가스와 얼큰 오징어볶음을 안주로 시키고 소주병을 땄다.

"아니, 엄마, 그렇다고 오라고 하면 어뜩해? 지금 겨우 맥주 두 잔 마셨는데. 엄마가 서방 오랜만에 왔다고 둘이 즐기라믄서? 애 봐준다고 했으면 제대로 봐줘야지, 애가 운다고 빨리 오라는 건 뭐야? 뭐? 코피가 나? 아니 그 말 먼저 했어야지. 알았어. 바로 갈게."

주위 신경 안 쓰고 큰소리로 통화하는 여자는 수호가 만난 적 있는 다가구 201호 여자였다.

여자도 수호를 알아봤다.

"형사님이 여기 어쩐 일이에요? 혼자세요? 그럼 우리 신랑하고 술친구 좀 해주세요. 내가 급히 집에 가봐야 돼서. 형석이 아빠, 여기 형사님 왜 그 102호."

남자는 곧바로 알아듣고 손짓을 했다. 수호는 남자와 합석을 했다. 남자도 맥주에서 소주로 바꿔 마시기 시작했다.

"내가 아파트 공사 현장을 뛰니까 한 번 현장에 가면 한 달도 집에 못 오고, 두 달도 못 오고, 모처럼 집에 와서 데이트 좀 하려고 했는데, 우리 마누라는 애가 우선이에요. 나는 우리 집 서열이 네 번째, 첫 번째 애, 두 번째 마누라, 세 번째 순이, 고양이 이름이에요. 그리고 나."

그러나 남자는 별 유감없다는 듯 웃었다.

"어휴, 우리 다가구에서 자살했다니까 으스스해요. 그렇지 않아도 집이 너무 오래돼서 문소리도 삐거덕거리는데."

"네."

수호는 살인사건이라고 말하지 않았다. 더 으스스해질 것 같기도 했고 군이 말할 필요도 없었다. 형사님은 결혼했느냐? 집은 어디냐? 형사 생활 힘들지 않냐? 평범한 질문과 짤막한 대답이 오고 가면서 술잔을 비워 냈다.

"근데, 그날 말이에요. 그 여자가 자살했다는 날."

"네."

"사람들이 드나들던데."

"네? 사람들이요?"

갑자기 수호는 술맛이 싹 가셨다. 긴장된 표정으로 남자를 바라봤다.

"내가 담배를 피워요. 마누라한테 욕을 바가지로 먹으면서도 못 끊어요. 물론 나도 알지요. 간접흡연이 나쁜 거, 애를 위해서 피지 말아야지 해도 안 되는 걸 어떡해? 공사판 일이 너무 힘들거든. 담배하고 술이 있어야 견디는데. 매번 필 때마다 밖에 나갈 수도 없고 베란다로 나가 피면 윗집에서 담배 연기 난다고 죽일 듯이 덤벼들고 그래서 꾀를 하나 냈어요. 내가 집에다 흡연실을 만들었지."

남자는 생각만으로도 흐뭇한지 잠깐 미소 지었다.

"어디냐 하면 신발장 있는데 그것 때문에 비싼 돈 들여 중문도 만들었다니까. 그러니까 중문과 현관문 사이 신발장 놓인 데가 내 흡연실이지. 아주 좁아. 그렇지만 그게 어디야? 중문 닫아 놓으면 완전 내 세상이야. 마누라도 그건 뭐라고 안 해요. 공사판 일 힘든 거, 지도 아니까. 그날 저녁 한 아홉 시쯤 됐을까? 저녁상 물리는데 또 그놈의 담배 생각이 스멀 스멀 기어오르는 거야. 흡연실로 갔지."

남자는 자연스럽게 말을 놓았다.

"신발장 놓인 데요?"

"그렇지, 그렇지, 거기서 신발장에 기대 담배 피우면 그렇게 좋을 수가 없어. 항상 현관문을 아주 쬐끔 열어놔. 담배 연기 나가라고. 사람들이 눈치채면 또 난리 칠 테니까. 요만큼만. 그런데 102호에서 문소리가 나더니 누군가가 나오는 거야. 그 집 문 여닫을 때마다 노랫소리가 나와. 여자 혼자 산다고 무서워서 도둑 방지하느라고 그랬나? 그 노래 있지? 엄마가 섬 그늘에 굴 따러 가면 하는 거, 그 노래가 문 열고 닫을 때마다 나와. 좀 청승맞잖아? 노래가 느려터진 게, 차라리 그 뭐냐? 설운도의 상하이 트위스트 같은 거 해 놨으면 신났을 텐데. 암튼 엄마가 섬 그늘에 그 노래 나오면서 누군가가 그 집에서 나와서 막 급하게 계단 뛰어 올라오더니 휙 밖으로 나갔어. 어찌나 빠른지 다 다 다 발소리가 요란했어. 그 집 여자 같지는 않았어. 그 집 여자는 조신하게 움직이거든, 뭐 누가 왔다 가나보다. 근데 뭐가 저렇게 급한가? 그러고 계속 담배를 피웠지."

"그래서요?"

수호는 팽팽한 긴장감에 온몸이 조여드는 것 같았다.

"그런데 한 이, 삼십 분 지났나? 내가 거기서 담배만 피우는 게 아니라, 멍도 잘 때리고 앉아 있거든. 나만의 공간이 있다는 게 그렇게 편할 수가 없어, 마누라가 잔소리를 하나? 애가 놀아달라고 떼를 쓰나? 고양이 털도 안 날리고."

"그, 그래서요?"

수호는 급한 마음에 버럭 소리를 질렀다

"형사 양반 승질 한 번 급하네. 한 이, 삼십 분 지났나? 누가 들어오는 발걸음 소리가 들렸어. 내가 담배 연기 빠지라고 현관문을 쬐끔 열어놔

서 웬만한 소리는 다 들리거든. 그 집 손님이더라고. 또 그놈의 노랫소리
가 들리는 거야. 엄마가 섬 그늘에 굴 따러 가고 아기가 혼자 남아 잠이
들었네."

"그, 그래서요?"

"생전 아무도 안 찾아오는 집구석에 오늘은 웬일인가 하고 담배 한
개비를 다시 피워 무는데 이번에 또 노랫소리가 들리는 거야. 엄마가
섬 그늘에 조금 전에 온 사람이 나가나보다 했지. 뭔 일로 왔는데 이렇게
빨리 가나 했어. 들어갔다 바로 나왔거든. 채 5분도 안 된 거 같았으니
까."

"그 사람 발걸음 소리는 어땠어요? 아까하고 같았어요?"

"아까? 아, 그 막 뛰어나간 발걸음 소리? 아니야, 이번에도 급히 나가
는 것 같긴 했는데, 뭔가 휘청휘청 그런 느낌이었어. 대체 무슨 일이지?
내다보려고 했는데 마누라가 부르는 거야. 거기서 아주 잘 생각이냐구,
그래서 들어갔지."

"앞에 발걸음 소리, 남자 발걸음 소리 같았어요? 아니면 여자?"

"얼굴을 안 봤으니 모르지."

"그냥 느낌이 어땠어요?"

"느낌? 뭐 앞에 발걸음 소리는 다다다 뛰어나가는 게 남자 같기도 하
고, 뒤에 발걸음 소리는 뭔가 힘든지 휘청거리는 것 같은. 계단에서 잠시
쉬는 것 같기도 하고 그런 거 보면 여자 발걸음 소리 같기도 하고, 정확
한 건 알 수 없지. 근데 이거 중요한 거야?"

"왜? 그 말씀을 안 하셨어요?"

"물어보는 사람도 없고, 자살이라니까 별거 아닌 줄 알았지. 그리고
내가 그다음 날 새벽 바로 화진포로 일하러 내려갔어."

"문 여닫을 때마다 노랫소리가 나왔으면 다른 집도 들었을 텐데 조사할 때 다들 아무 소리 못 들었다고 했거든요."

"그럴 수 있어. 그 시간에 요새 인기 최고인 드라마 하는 시간이라 다들 T.V 크게 켜놓고 봤을 텐데. 거기다 문 꽉 닫으면 밖에 소리 안 들려. 그리고 맞은편 101호는 집주인이 서울 올 때마다 자고 가느라 비어 있고, 바로 윗집 202호 최 목수네는 무슨 일이지 급하게 이사 갔어. 돈 떼먹고 가는 사람처럼, 그래서 그 집도 비어 있고."

"다음에 다시 연락드리겠습니다."

수호는 술값을 계산하고 밖으로 나왔다. 다리가 휘청거렸다.

다시, 다시, 수사해야 한다.

만일 숙자의 집에 먼저 방문한 사람이 남자라면 민우일 것이다. 민우는 자연스럽게 숙자와 소주를 마시며 기회를 엿봤을 것이다. 소주 한 병이 비워졌을 때, 숙자는 어느 정도 취해 있었을 것이다. 민우는 마시는 척만 했을 테니 그래서 숙자는 주위가 산만해지고 방심했을 것이다. 민우는 남아있는 소주병에 청산가리를 타고 숙자에게 소주를 마시게 했고, 201호 남자는 문소리로 민우가 나간 것만 알고 있다. 아마 최소 한 시간 전에는 민우가 들어와 있었을 것이다. 자연스럽게 술 마시며 이야기하는 시간이 필요했으므로. 민우는 숙자를 살해하고 도망치듯 나갔고, 그 다음 어느 정도 시간이 지난 다음, 201호 남자 말로는 이, 삼십 분이 지났다고 했다. 은채가 왔다. 안의 사정을 전혀 모르는 은채는 처음에 벨을 눌렀을 것이다. 아무 반응이 없자, 바로 비밀번호를 누르고 들어갔을 것이다. 비번 정도는 공유하고 있었을 테니까. 남자가 두 번째 방문객은 바로 들어갔다가 나왔다고 했다. 은채는 숙자가 죽어 있는 걸 보고 바로 아들의 짓이라는 걸 알아챘을 것이다. '자기가 먼저 올걸. 그럼 아들 손

305

에 피를 안 묻힐 수 있었는데.' 그런 뼈아픈 후회를 했을지도 모른다. 은채는 준비해 온 숙자의 유서를 식탁 위에 놓고 급히 나왔을 것이다. 시간이 걸릴 이유가 없다.

그러나 이건 어디까지나 가정이다. 만약에. 사건에 만약이란 없다. 팩트, 사실만 존재해야 한다. 완전범죄를 꿈꾸며 여자 하이힐을 신고 범행을 저지르는 남자도 있고 워커를 신고 범행을 저지르는 여자도 있다. 발걸음 소리로 쉽게 단정 지어서는 안 된다. 그리고 한 가지, 그동안 수호의 머릿속을 맴돌던 의문점이 풀렸다. 식탁 위의 유서가 든 봉투가 보송보송했다. 식탁 위에는 소주병과 잔이 엎어져 있고, 찌개 국물도 쏟아져 있어 엉망이었는데, 그 위에 놓인 봉투에는 아무것도 묻지 않았다. 숙자가 자살할 생각으로 청산가리 탄 소주를 마셨다면 미리 유서를 놨을 것이다. 그럼 그 흰 봉투에 찌개 국물도 튀고, 소주 방울도 튀고 했을 텐데, 흰 봉투는 깨끗했다. 아무것도 묻지 않았다. 모든 게 끝난 다음에 유서를 갖다 놓았기 때문이다.

수사를 다시 해야 하는구나. 아….

굉장히 어렵고 길고 힘든 수사가 될 것 같다.

수호는 무거운 추를 단 것처럼 마음이 힘들고 답답했다. 걸음을 옮기려 하는데 한 걸음도 앞으로 나가지 않았다. 수호는 밤하늘을 하염없이 바라보고 서 있었다.

그것밖에 할 줄 모르는 사람처럼….

[끝]

인간 탐구

HOTEL
for Drama

...

조연경